Pierre Emme

BALLSAISON

Pierre Emme

BALLSAISON

Palinskis siebter Fall

KRIMI IM GMEINER-VERLAG

Wir machen's spannend

Bibliografische Information
der Deutschen Bibliothek
Die Deutsche Bibliothek verzeichnet diese
Publikation in der Deutschen Nationalbibliografie;
detaillierte bibliografische Daten sind im Internet
über http://dnb.ddb.de abrufbar.

Personen und Handlung sind frei erfunden.
Ähnlichkeiten mit lebenden oder toten Personen
sind rein zufällig und nicht beabsichtigt.

Besuchen Sie uns im Internet:
www.gmeiner-verlag.de

Im Ehnried 5, 88605 Meßkirch
Telefon 07575/2095-0
info@gmeiner-verlag.de

2. Auflage 2008

Lektorat: Claudia Senghaas, Kirchardt
Umschlaggestaltung: U.O.R.G. Lutz Eberle, Stuttgart
unter Verwendung eines Fotos von Lutz Eberle
Gesetzt aus der 9,55/13,3 Punkt GV Garamond
Druck: Fuldaer Verlagsanstalt, Fulda
Printed in Germany
ISBN 978-3-89977-744-4

Meinem alten Freund Uwe V. Kohl gewidmet

›Expect emotions‹
Offizielles Motto der EURO 2008
in Österreich und der Schweiz

VORWORT

Diesmal haben es die österreichischen Kicker tatsächlich geschafft, bei der Endrunde einer Fußballeuropameisterschaft dabei zu sein. Sie dürfen mit den besten Nationalteams des Kontinents um den Einzug in das Finale zittern, das am 29. Juni in Wien stattfinden wird. Ein jahrzehntelang unerfüllter Traum Fußballösterreichs wird damit endlich wahr.

Um dieses Ziel auch ganz sicher zu erreichen, hatten sich die dafür Verantwortlichen etwas einfallen lassen: In Erinnerung an den berühmten Ausspruch Maximilians I., der mit dem Motto ›Bella gerant alii, tu felix Austria nube‹ (›Andere mögen Kriege führen, Du, glückliches Österreich heirate‹) die habsburgische Heiratspolitik begründet hatte, bewarben sie sich um die Ausrichtung des immerhin drittgrößten Sportevents der Welt. Damit hatte Fußballösterreich dieses Mal jegliches Risiko, das nun mal in einer Qualifikationsrunde steckt, vermieden.

Und welch Wunder, die milden Fußballgötter zeigten tatsächlich Verständnis für den großen Wunsch der kleinen Alpenrepublik und beauftragten sie, die Europameisterschaft 2008 gemeinsam mit ihrem spielerisch derzeit stärkeren Nachbarn, der Schweiz, durchzuführen. Dann, als man offiziellerseits bereits begann, sich Sorgen um die Stimmung im Lande zu machen, so ohne rechte Begeisterung geht es ja beim Fußball nicht, sprangen die jungen Helden in die Bresche und sorgten mit einer exquisiten Performance und einem 4. Platz bei der U 20 Weltmeisterschaft im Juli 2007 in Kanada für eine zunächst vielleicht etwas enttäuschend erscheinende, tatsächlich aber für eine ausgezeichnete Platzierung.

Also wenn das kein kräftiges Lebenszeichen des österreichischen Fußballs gewesen ist!

Vor der sowohl sportlich als auch gesellschaftlich monströsen Kulisse der Fußballeuropameisterschaft 2008 spielt ›Ballsaison‹, der jüngste Krimi mit Mario Palinski. Dass der unkonventionelle Privatermittler im Vor- und Umfeld eines derartigen Großereignisses mehr gefordert wird als in einer seiner üblichen Arbeitswochen, liegt in der Natur der Sache. Auch wenn es manchmal ein wenig drunter und drüber zu gehen scheint, Palinski behält den Überblick, meistens zumindest und knüpft die scheinbar losen Fäden schließlich zusammen.

Einen der Höhepunkte und gleichzeitig das ultimative Finale des Romans bildet natürlich das unvermeidliche Kräftemessen des rot-weiß-roten Davids mit dem deutschen Goliath.

In ›Ballsaison‹ endet dieses aus österreichischer Sicht deutlich neurotische Züge aufweisende Aufeinandertreffen schließlich durchaus versöhnlich. Ob und inwieweit das auch im Rahmen der realen Fußball-EM der Fall sein wird, wird die Zukunft erweisen. Wünschen wird man sich das aber wohl noch dürfen.

Möge der Bessere siegen und der Beste Champion werden.

Wien, Februar 2008 Pierre Emme

1

Dienstag, 3. Juni, vormittags

Arthur Mellnig, der Fahrgast von Bettplatz 301, war die erste Leiche, mit der Schlafwagenschaffner Werner Pribilek beruflich zu tun hatte. Ja, eigentlich der erste Leichnam seines gesamten, bisher 33 Jahre und ein paar Monate dauernden Lebens überhaupt. Denn sein Opa war bereits vor Werners zweitem Geburtstag einem Herzinfarkt erlegen. Und die Oma, deren Tod auch schon mehr als zwölf Jahre zurücklag, hatte er als Leichnam nicht zu sehen bekommen oder berühren müssen. Um sie hatte er trauern können, ohne dabei durch die grausame Realität eines leblosen, immer starrer und kälter werdenden Körpers gestört worden zu sein.

Und jetzt das hier. Mellnig hatte am Abend vorher sein Frühstück für 5.30 Uhr bestellt, aber auf Pribileks Klopfen nicht reagiert. Das war noch nicht weiter beunruhigend gewesen, das kam schon hin und wieder vor. Öfters als man allgemein wahrscheinlich annehmen würde. Denn eine Menge Fahrgäste hatte erhebliche Schwierigkeiten, im Zug ein- und dann auch durchzuschlafen. Das führte häufig dazu, dass sie erst am frühen Morgen einnickten, mitunter noch eine Tiefschlafphase einlegten und das erste Wecken einfach nicht wahrnahmen.

Bei Ankunftszeiten ab 7.00 Uhr aufwärts war das nicht weiter schlimm, bei einer fahrplanmäßigen Ankunft in Zürich bereits um 6.20 Uhr bedeutete das allerdings zusätzlichen Stress für den ohnehin schon ordentlich geforderten Schlafwagenschaffner. Zwar hatten die Züge seit der befristeten Aufhebung des Schengener Abkommens vor fünf Tagen regelmäßig bis zu 15 Minuten Verspätung, aber darauf konnte man sich nicht verlassen.

Gegen Viertel vor sechs hatte Pribilek einen zweiten Weckversuch starten wollen, war aber von einigen Fahrgästen aufgehalten worden. So hatte er sich erst kurz nach 6.00 Uhr wieder an der besagten Abteiltüre bemerkbar gemacht. Zunächst noch dezent, dann immer energischer und zuletzt so nachhaltig, dass die Türen aller umliegenden Abteile aufgingen. Bloß die mit der Nummer 103 nicht.

So blieb Pribilek um 6.08 Uhr, also zwölf Minuten vor der planmäßigen Ankunft des Zuges in der größten Stadt der Schweiz, nur mehr der entschlossene Griff zum Schlüssel, um sich Zutritt zu verschaffen. Und die Gewissheit zu gewinnen, dass diese Fahrt doch nicht ganz so ereignislos enden würde wie erhofft.

Mellnig lag wie schlafend da. Was den ersten, durchaus friedlichen Eindruck allerdings entscheidend störte, war der Umstand, dass die Augen des Mannes weit aufgerissen waren und anklagend zur Decke des engen, an ein Verlies erinnernden Abteils starrten. Auch das dünne, aus dem linken Nasenloch kommende Rinnsal aus Blut, das sich einen Weg über die Wange hinunter auf den weißen Überzug des Kopfkissens gesucht hatte, trug erheblich zur stark ansteigenden Beklemmung Pribileks bei.

Fieberhaft überlegte er, was jetzt zu tun war. Erwartete man vom ihm irgendwelche Rettungsversuche, obwohl der Mann doch wahrscheinlich längst nicht mehr lebte? Vielleicht Rettungsmaßnahmen, bei denen er Hand anlegen, dem Toten möglicherweise noch Luft in den von bleichen, eingefallenen Wangen flankierten Mund blasen musste?

Während es den Schlafwagenschaffner bei dem Gedanken innerlich beutelte wie einen in den Stromkreis geratenen Badewaschl, meldete sich von hinten eine Stimme. »Lassen Sie mich einmal sehen«, meinte ein alter Herr, »ich bin Arzt.«

Pribileks Oma hatte immer davon gesprochen, dass Gott am nächsten war, sobald Gefahr drohte. Bei ihr hatte das allerdings viel bedeutungsvoller und gleichzeitig auch literarischer geklungen, dennoch hatte ihr der ›Werni‹ nie geglaubt. Jetzt hatte sich das mit einem Schlag geändert. Während er sich umdrehte, um Dr. Exler, wenn er sich richtig erinnerte, Platz zu machen, sandte er der alten Dame in Gedanken ein tief empfundenes Dankeschön, verbunden mit einer Abbitte. Dann nahm er sich noch ganz fest vor, gleich nach seiner Rückkehr die längst fällige Kirchensteuer für die vergangenen Jahre zur Einzahlung zu bringen. Ehrlich, kein Schmäh.

Während sich der Arzt mit einigen kundigen Griffen vergewisserte, dass dem mit knapp 1,90 m Körpergröße für die kleine waagrechte, euphemistisch ›Bett‹ bezeichnete Fläche viel zu großen Mann nicht mehr zu helfen war, gewann Pribilek langsam die Kontrolle über sich zurück. Er nestelte in seiner Uniformjacke herum, förderte ein Handy zutage und stellte eine Verbindung zum Zugführer her. Dieser, ein St. Pöltner namens Walter Hebreich, war innerhalb von zwei Minuten zur Stelle. Gerade rechtzeitig, um Dr. Exlers vorläufige Diagnose, nämlich: »Der Mann könnte eine Gehirnblutung gehabt haben. Endgültig kann das aber nur eine Obduktion klären«, noch mitzubekommen.

»Der Fahrgast ist aber schon eines natürlichen Todes gestorben?«, wollte der Zugführer wissen.

Der Arzt zuckte mit den Schultern: »Ich bin kein Gerichtsmediziner, aber irgendwie kommen mir die Umstände eigenartig vor. Ich würde Fremdeinwirkung nicht ganz ausschließen.«

Diese Aussage veranlasste Hebreich, sich sofort mit der Bahnhofsleitung Zürich in Verbindung zu setzen. Mit der Bitte, alles in dieser Situation Erforderliche zu veranlassen.

Das war genau um 6.17 Uhr, also drei Minuten vor der planmäßigen Ankunft des Zuges. Am Dienstag, dem 3. Juni, vier Tage vor dem Eröffnungsspiel der Fußballeuropameisterschaft in Österreich und der Schweiz.

* * *

Mario Palinski, der Leiter des von ihm ursprünglich nur als formale Basis für seine Beratertätigkeit gegründeten ›Instituts für Krimiliteranalogie‹ war zufrieden. Hundemüde, aber wirklich sehr, sehr zufrieden. Beides verdankte er letztlich dem in wenigen Tagen mit den ersten Spielen in Basel und Wien beginnenden Fußballfest.

Im April vergangenen Jahres war das Institut auf Anregung seines alten Freundes Dr. Michael Schneckenburger mit der Erstellung einer Studie zum Thema ›Verbrechen und terroristische Anschläge auf Großveranstaltungen in der jüngeren Literatur‹ beauftragt worden. Ministerialrat Schneckenburger war Vertreter des Innenministers im Koordinationskomitee der für die speziellen Sicherheitsmaßnahmen verantwortlichen österreichischen Behörden, wie die offizielle Bezeichnung lautete. Und er war überzeugt von Palinskis Theorie, dass sich die realen und die fiktiven Verbrechen in einem ständigen Prozess gegenseitigen Befruchtens befanden. Auf gut Deutsch, die Bösen ließen sich von den Autoren beeinflussen und diese wieder von Gerichtsreportagen, Strafprozessakten und Sensationsberichten. Und so ging das seit der Erfindung des Buchdrucks, die dadurch ausgelöste Spirale ging deutlich nach oben. Besonders gebildete Menschen nannten das auch Interdependenz.

Nach Abschluss der umfangreichen Vorarbeiten hatten 22 freie Mitarbeiterinnen, teils Studierende, teils arbeitslose Absolventinnen der Germanistik, Anglistik und Romanistik von September bis März mehr als 1.100 in den vergangenen 15 Jahren erschienene Krimis und Thriller mit den Schwerpunkten Terrorismus und Verschwörungstheorien gelesen und nach bestimmten Kriterien analysiert. An der Vorauswahl unter nahezu 900 infrage kommenden englischsprachigen Titeln war Palinskis amerikanisches Pendant – der in der Nähe von Baltimore beheimatete Will Scott – maßgeblich beteiligt gewesen. Dessen Datenbank ›Crimes United‹ war bis dahin etwas umfangreicher gewesen als die des ›Instituts für Krimiliteranalogie‹. Nach Abschluss der aktuellen Datenerfassung und -verarbeitung hatte sich das aber ganz eindeutig geändert.

Natürlich hatte Palinski auftragsrelevante Teilergebnisse sofort an das ›KoKo‹ (Koordinationskomitee) weitergeleitet und den Behörden damit ermöglicht, diese sofort zu berücksichtigen, an die jeweiligen Schweizer, österreichischen und internationalen Stellen weiterzuleiten oder wieder zu verwerfen. Angeblich sollten sich dabei tatsächlich einige Aspekte ergeben haben, die bisher noch nicht oder nur unzulänglich berücksichtigt worden waren.

Als finalen Höhepunkt hatte Palinski gestern schließlich die Studie im Innenministerium präsentiert und viel Lob dafür erhalten. Immerhin hatten auch die penibel nach den unterschiedlichsten Parametern erstellten Statistiken einige potenzielle Schwachstellen aufgezeigt, mit denen, da sie ausschließlich aus der Literatur abgeleitet worden waren, nur wenige gerechnet hatten. Natürlich hatten sich auch wieder die Skeptiker vom Dienst zu Wort gemeldet, die den Wert der Studie sowohl im Prinzip als auch im Detail anzweifelten. Diese Leute hatten bereits bei früheren Gelegenheiten kaum ein gutes Haar an Palinskis Arbeit gelassen. Nun ja, er hatte gelernt, mit diesen Typen zu leben. Die gehörten eben auch zu dem breiten Meinungsspektrum dazu.

Die letzten Wochen vor der Präsentation waren sehr hart gewesen, die Arbeitstage hatten mitunter bis zu 20 Stunden gedauert. Aber jetzt war das alles vorüber, die Ernte eingefahren. Und Palinski war zufrieden, sehr, sehr zufrieden. Und hundemüde, wirklich …

Nach dem kurzen Nickerchen brachte er die inzwischen zu Boden geglittene Tageszeitung wieder in Augenhöhe und setzte das unterbrochene Studium des Berichts über die Pressekonferenz nach Präsentation der Studie fort.

Seit gestern hatte Palinski den Eindruck, dass mehrere Medienvertreter den Ergebnissen seiner Studie mit Skepsis, nein, was schlimmer war, mit einem gewissen Unernst gegenüberstanden. Zugegebenermaßen machten es die manchmal wirklich etwas kühnen, an den Haaren herbeigezogen wirkenden Schlussfolgerungen der Autoren, mit welchen sie literarische Verbrechen in realistische Bedrohungsszenarien verwandelt hatten, Menschen ohne entsprechendes Vorstellungsvermögen schwer, ihnen zu folgen. Der ironisierende Ton und die mitunter leicht ins Lächerliche verzerrte Tendenz des vorliegenden Artikels waren ein neuerlicher Beweis dafür. Als ob die Möglichkeit eines terroristischen Angriffs auf eine Millionenstadt über ihre Trinkwasserversorgung oder aus dem Kanalsystem heraus unvorstellbar und daher absurd wäre.

Was den meisten dieser Schreiberlinge fehlte, war schlicht und einfach die zielorientierte Fantasie ergebnis- und erfolgsorientierter Autoren. Oder auch Verbrecher, schoss es Palinski durch den Kopf. Und die Schlussfolgerung gefiel ihm nicht, überhaupt nicht.

Aber egal, darüber musste er später noch nachdenken. Zurück zur Fantasie: Die konnte, zusammen mit geballter krimineller Energie sowie entsprechenden, noch so irren Motiven und der Konsequenz zu allem entschlossener Wahnsinniger reale Abgründe öffnen, gegen die sich die Apokalypse ausnahm wie ein verschlagener Lercherlschaß*.

Aber das war wohl so. Auch 9/11 war noch zu einem Zeitpunkt für unmöglich gehalten worden, als das schreckliche Geschehen live über die Fernsehschirme der ganzen Welt zu verfolgen war. Niemand hatte sich bis dahin vorstellen können, dass ein vollbesetztes Verkehrsflugzeug vorsätzlich in einen Wolkenkratzer gelenkt werden könnte.

Außer vielleicht ein gewisser Peter van Greenaway in seinem Roman ›The Medusa Touch‹, der bereits 1973 erschienen und 1978 mit Richard Burton und Lino Ventura in den Hauptrollen verfilmt worden war.

Palinski hatte die Szene mit dem von Burton gespielten Sonderling, der ein Flugzeug auf telekinetischem Wege in einen Wolkenkratzer lenkte, noch genau vor Augen.

Natürlich durfte man sich die Szene nicht 1:1 in die Realität umgesetzt vorstellen. Die Anregung für einen Terroristen wäre ja auch nicht gewesen, einen dieser riesigen Vögel nur mit der Kraft seiner Gedanken mit Millionen Tonnen von Beton und Stahl kollidieren zu lassen. Nein, das sicher nicht. Sondern schlicht und ergreifend auf die einfachste

---

*Ostösterreichischer Dialektausdruck für Nichtigkeit, absolute Geringfügigkeit, wörtlich: Furz einer kleinen Lerche

denkbare Art und Weise. Nämlich einzig und alleine mit der von seinen gewaltigen Düsen erzeugten Kraft. Und das aus keinem anderen Grund, als damit eine Botschaft zu platzieren. Oder etwas zu beweisen. Wie Jack Morlar bzw. Richard Burton im Film das getan hatte.

Gerade die Umgebung Wiens hatte ein besonders attraktives Ziel für einen allfälligen Megaanschlag aus der Luft zu bieten: nämlich die zwischen der Stadt und dem Internationalen Flughafen liegende Großraffinerie mit ihrem Zentraltanklager am nördlichen Donauufer. Gewiss ein Ziel mit geringerem Symbolcharakter als die Twin Towers, aber mit enormer strategischer und wirtschaftlicher Bedeutung für den Osten des Landes. Wie sich da ein simpler Unfall auswirken würde, konnte man sich nach dem schrecklichen Treibstofflagerbrand nahe London im Dezember 2005 nur zu deutlich vorstellen. Ganz zu schweigen von einem gezielten Anschlag. Da könnte man schon einiges an ›emotions‹ erwarten, oder?

Ein wirklich wirksamer Schutz dagegen war schwer bis kaum vorstellbar. Denn selbst ein nur temporäres Verbot, das gewaltige Areal zu überfliegen, war angesichts der mehr als eintausend täglichen Flugbewegungen am quasi benachbarten Airport Vienna kaum realisierbar, ohne den größten Flughafen der Region lahmzulegen. Da würden auch die regelmäßig äußerst martialisch über die Stadt düsenden Euroflyer sowie die in Permanenz patrouillierenden Hubschrauber nur wenig helfen. Die eleganten, ziemlichen Krach machenden Fluggeräte würden zwangsläufig zur dramatischen Staffage einer gigantischen Inszenierung reduziert und zum Placeboeffekt degradiert werden.

Es war erstaunlich, dachte Palinski, dass bei dieser Nähe des Flughafens zur Raffinerie noch nie etwas der Art vorgefallen war. Eingedenk Murphys Gesetz, dass nämlich

›alles, was schiefgehen kann, auch einmal schiefgehen wird‹, wurde die Wahrscheinlichkeit eines entsprechenden Vorfalls allerdings mit jeder Minute größer.

Was aber, wenn just er mit der Bekanntmachung seiner Überlegungen und Zweifel diesen Vorfall, dessen Möglichkeit er eigentlich nur aufzeigen wollte, das schreckliche Geschehen ungewollt initiierte, indem er jemanden auf dumme Gedanken brachte? Und die Katastrophe damit schlicht und ergreifend erst auslöste? War er in so einem Falle als unbestritten prominentes Glied in der Kausalkette dann auch für die unabsehbar grauenhaften Konsequenzen mitverantwortlich?

Im strafrechtlichen Sinne sicher nicht, aber …?

Andererseits, wenn der Autor wider besseres Wissen, aus Skrupel, Feigheit oder aus welchen Gründen auch immer geschwiegen und mit diesem Schweigen den Eintritt eines Verbrechens oder terroristischen Anschlages begünstigt hatte, wie sah es dann mit seiner Verantwortung aus?

War es ihm, Mario Palinski, nach diesen Überlegungen und den Fragen, die er sich gestellt hatte, überhaupt noch möglich, etwas unbewusst oder ungewollt zu tun oder zu lassen? Aber war das nicht das Schicksal jedes denkenden Menschen überhaupt, das Risiko des Lebens? Das waren nicht gerade einfache, beruhigende Gedanken für einen friedlichen Morgen, musste sich Palinski eingestehen. Über dieses Thema wollte er bei Gelegenheit unbedingt noch sehr gründlich nachdenken. Jetzt war es aber besser, das Sinnieren zu beenden.

Er blickte auf seine Uhr. Es war bereits nach neun und damit höchste Zeit, sich kurz in seinem Büro zu zeigen, ehe er zu seinem Termin mit Rechtsanwalt Dr. Herburger musste. Der Streit mit Hektor Wiener entwickelte sich langsam wie die Mücke zum sprichwörtlichen Elefanten.

Eine blöde Sache, aber die Sauerei mit dem Schnitzel, seinem Schnitzel, wollte und konnte Palinski dem präpotenten Fast-Food-Kaiser auf keinen Fall durchgehen lassen.

* * *

Anselm Wiegele war 37 Jahre alt und Hauptkommissar in der friedlichen Stadt Singen im wunderschönen Hegau. Für alle, denen diese Gegend kein Begriff sein sollte: Es handelte sich dabei um die Region am Westende des Bodensees. Warum und wie eine Stadt dieser Größenordnung zu einem eigenen Hauptkommissar gekommen war, war eine eigene Geschichte*. Aber dafür war jetzt keine Zeit.

Wiegele hatte seine noch nicht konsumierten Urlaubstage und den für zahlreiche Überstunden angefallenen Zeitausgleich zusammengelegt. Gemeinsam mit den drei Monaten unbezahlter Auszeit, deren Genehmigung man ihm nach der glänzenden Erledigung seines letzten Falles nicht hatte verweigern können, befand er sich derzeit in einer für mehr als ein halbes Jahr anberaumten Dienstfreistellung. Einer Art Urlaub, zumindest im technischen Sinne, denn tatsächlich hatte Wiegele in den vier Monaten seit Antritt dieses Urlaubes mehr gearbeitet als je zuvor im Rahmen seiner normalen Tätigkeit in Singen. Wiegele war nämlich stellvertretender Leiter des Security-Teams, das im Auftrag des Fußballbundes für die Sicherheit der deutschen Mannschaft bei der Europameisterschaft 2008 zu sorgen hatte.

Einmal hautnah bei einem dieser Megaevents des Fußballs dabei sein zu können, hatte sich der kleine Anselm schon gewünscht, bevor er noch als Schüler mehr engagiert

---

*Pierre Emme ›Killerspiele‹ Gmeiner-Verlag Februar 2007

Was den meisten dieser Schreiberlinge fehlte, war schlicht und einfach die zielorientierte Fantasie ergebnis- und erfolgsorientierter Autoren. Oder auch Verbrecher, schoss es Palinski durch den Kopf. Und die Schlussfolgerung gefiel ihm nicht, überhaupt nicht.

Aber egal, darüber musste er später noch nachdenken. Zurück zur Fantasie: Die konnte, zusammen mit geballter krimineller Energie sowie entsprechenden, noch so irren Motiven und der Konsequenz zu allem entschlossener Wahnsinniger reale Abgründe öffnen, gegen die sich die Apokalypse ausnahm wie ein verschlagener Lercherlschaß*.

Aber das war wohl so. Auch 9/11 war noch zu einem Zeitpunkt für unmöglich gehalten worden, als das schreckliche Geschehen live über die Fernsehschirme der ganzen Welt zu verfolgen war. Niemand hatte sich bis dahin vorstellen können, dass ein vollbesetztes Verkehrsflugzeug vorsätzlich in einen Wolkenkratzer gelenkt werden könnte.

Außer vielleicht ein gewisser Peter van Greenaway in seinem Roman ›The Medusa Touch‹, der bereits 1973 erschienen und 1978 mit Richard Burton und Lino Ventura in den Hauptrollen verfilmt worden war.

Palinski hatte die Szene mit dem von Burton gespielten Sonderling, der ein Flugzeug auf telekinetischem Wege in einen Wolkenkratzer lenkte, noch genau vor Augen.

Natürlich durfte man sich die Szene nicht 1:1 in die Realität umgesetzt vorstellen. Die Anregung für einen Terroristen wäre ja auch nicht gewesen, einen dieser riesigen Vögel nur mit der Kraft seiner Gedanken mit Millionen Tonnen von Beton und Stahl kollidieren zu lassen. Nein, das sicher nicht. Sondern schlicht und ergreifend auf die einfachste

*Ostösterreichischer Dialektausdruck für Nichtigkeit, absolute Geringfügigkeit, wörtlich: Furz einer kleinen Lerche

denkbare Art und Weise. Nämlich einzig und alleine mit der von seinen gewaltigen Düsen erzeugten Kraft. Und das aus keinem anderen Grund, als damit eine Botschaft zu platzieren. Oder etwas zu beweisen. Wie Jack Morlar bzw. Richard Burton im Film das getan hatte.

Gerade die Umgebung Wiens hatte ein besonders attraktives Ziel für einen allfälligen Megaanschlag aus der Luft zu bieten: nämlich die zwischen der Stadt und dem Internationalen Flughafen liegende Großraffinerie mit ihrem Zentraltanklager am nördlichen Donauufer. Gewiss ein Ziel mit geringerem Symbolcharakter als die Twin Towers, aber mit enormer strategischer und wirtschaftlicher Bedeutung für den Osten des Landes. Wie sich da ein simpler Unfall auswirken würde, konnte man sich nach dem schrecklichen Treibstofflagerbrand nahe London im Dezember 2005 nur zu deutlich vorstellen. Ganz zu schweigen von einem gezielten Anschlag. Da könnte man schon einiges an ›emotions‹ erwarten, oder?

Ein wirklich wirksamer Schutz dagegen war schwer bis kaum vorstellbar. Denn selbst ein nur temporäres Verbot, das gewaltige Areal zu überfliegen, war angesichts der mehr als eintausend täglichen Flugbewegungen am quasi benachbarten Airport Vienna kaum realisierbar, ohne den größten Flughafen der Region lahmzulegen. Da würden auch die regelmäßig äußerst martialisch über die Stadt düsenden Euroflyer sowie die in Permanenz patrouillierenden Hubschrauber nur wenig helfen. Die eleganten, ziemlichen Krach machenden Fluggeräte würden zwangsläufig zur dramatischen Staffage einer gigantischen Inszenierung reduziert und zum Placeboeffekt degradiert werden.

Es war erstaunlich, dachte Palinski, dass bei dieser Nähe des Flughafens zur Raffinerie noch nie etwas der Art vorgefallen war. Eingedenk Murphys Gesetz, dass nämlich als talentiert bei der SV Böblingen gestürmt war. Das war jetzt auch schon ein halbes Leben her, sinnierte Wiegele, aber jetzt war es endlich so weit. Er stand mit einigen seiner Kollegen und Mitarbeitern der Airline neben der Ladeluke des gewaltigen Airbusses A-320-232 im verspielten Design ›FlyNikis‹ und überwachte die Verladung des umfangreichen Gepäcks. Und das war wirklich nicht ohne, denn neben den persönlichen Sachen der Funktionäre, Spieler und Betreuer wurde beispielsweise auch knapp eine halbe Tonne speziell ausgewählter und streng kontrollierter Lebensmittel nach Österreich mitgenommen. Nicht, dass man befürchtet hätte, bei den Ösis nichts Ordentliches zwischen die Zähne bekommen zu können. Das wussten alle aus eigener Erfahrung besser. Aber in dieser von paranoiden Verschwörungstheoretikern infizierten, um nicht zu sagen dominierten Zeit musste man jede Eventualität berücksichtigen, durfte nicht das geringste Risiko eingehen. Wie schnell konnte beispielsweise eine auch nur leichte Magenverstimmung des einen oder anderen wichtigen Spielers den Ausgang eines Matches oder des gesamten Turniers beeinflussen. Und nach dem Abschneiden bei der WM vor zwei Jahren erwartete die Öffentlichkeit zwischen Flensburg und Rosenheim von der deutschen Elf schließlich nicht mehr und nicht weniger als den Titel des Europameisters.

Anfänglich hatte Wiegele die selbst für einen akkuraten Polizeimenschen etwas überzogen wirkenden Vorsichts- und Kontrollmaßnahmen ein wenig belächelt. Ja, sogar einiges Verständnis für den Wutausbruch des Küchenchefs des renommierten Wiener Schlosshotels ›Hermannskogel‹ gezeigt, als dieser hörte, dass er in seiner Küche nichts zu sagen haben würde, wenn es um das Essen der deutschen Kicker ging.

Nachdem er aber erfahren hatte, dass Emile Bergeron gebürtiger Elsässer und mit einer Wienerin verheiratet war, war auch für ihn natürlich nicht ganz von der Hand zu weisen gewesen, dass der Chef Tendenzen zu seinen alten Landsleuten haben könnte. Oder Sympathie für das Team seiner neuen Heimat. Nicht, dass Wiegele dem Haubenkoch deswegen unlautere Absichten unterstellt hätte, aber wozu etwas riskieren? Bei Frank Heberlein aus Eschborn, der die DFB-Auswahl schon seit der EM in Portugal bekochte, konnte man eben zu 150 Prozent sicher sein, für wen sein Herz schlug.

Wiegele freute sich schon auf Wien. Trotz des auch ohne die immer zu erwartenden unvorhergesehenen Ereignisse dichten Arbeitsprogrammes würde er zwischendurch etwas Zeit mit seiner Freundin Marianne Kogler verbringen können. Daneben freute er sich schon auf ein Wiedersehen mit seinem alten Freund Mario Palinski, mit dem gemeinsam er schon einige ›Schlachten‹ geschlagen hatte.

Ein Blick auf seine Uhr zeigte Wiegele, dass sie gut im Zeitplan lagen. Und der Hauptkommissar im Urlaub hoffte schon, dass dem für 12.30 Uhr terminierten Abflug der Sondermaschine von Frankfurt nach Wien nichts im Wege stand, als sein Blick auf ein etwa ein Meter im Kubik großes Paket fiel, das sich gerade das Förderband hinaufbewegte und in Kürze im gewaltigen Schlund der Maschine verschwinden würde.

»Band anhalten!«, rief Wiegele mit befehlsgewohnter Stimme, die auch sofort gehört wurde. »Was ist das für ein Paket?«, er deutete auf das in braunes Packpapier gewickelte Ding. Eine Schachtel, wie er vermutete. »Ist dieses Gepäckstück überhaupt in den Transportpapieren verzeichnet?«

als talentiert bei der SV Böblingen gestürmt war. Das war jetzt auch schon ein halbes Leben her, sinnierte Wiegele, aber jetzt war es endlich so weit. Er stand mit einigen seiner Kollegen und Mitarbeitern der Airline neben der Ladeluke des gewaltigen Airbusses A-320-232 im verspielten Design ›FlyNikis‹ und überwachte die Verladung des umfangreichen Gepäcks. Und das war wirklich nicht ohne, denn neben den persönlichen Sachen der Funktionäre, Spieler und Betreuer wurde beispielsweise auch knapp eine halbe Tonne speziell ausgewählter und streng kontrollierter Lebensmittel nach Österreich mitgenommen. Nicht, dass man befürchtet hätte, bei den Ösis nichts Ordentliches zwischen die Zähne bekommen zu können. Das wussten alle aus eigener Erfahrung besser. Aber in dieser von paranoiden Verschwörungstheoretikern infizierten, um nicht zu sagen dominierten Zeit musste man jede Eventualität berücksichtigen, durfte nicht das geringste Risiko eingehen. Wie schnell konnte beispielsweise eine auch nur leichte Magenverstimmung des einen oder anderen wichtigen Spielers den Ausgang eines Matches oder des gesamten Turniers beeinflussen. Und nach dem Abschneiden bei der WM vor zwei Jahren erwartete die Öffentlichkeit zwischen Flensburg und Rosenheim von der deutschen Elf schließlich nicht mehr und nicht weniger als den Titel des Europameisters.

Anfänglich hatte Wiegele die selbst für einen akkuraten Polizeimenschen etwas überzogen wirkenden Vorsichts- und Kontrollmaßnahmen ein wenig belächelt. Ja, sogar einiges Verständnis für den Wutausbruch des Küchenchefs des renommierten Wiener Schlosshotels ›Hermannskogel‹ gezeigt, als dieser hörte, dass er in seiner Küche nichts zu sagen haben würde, wenn es um das Essen der deutschen Kicker ging.

Nachdem er aber erfahren hatte, dass Emile Bergeron gebürtiger Elsässer und mit einer Wienerin verheiratet war, war auch für ihn natürlich nicht ganz von der Hand zu weisen gewesen, dass der Chef Tendenzen zu seinen alten Landsleuten haben könnte. Oder Sympathie für das Team seiner neuen Heimat. Nicht, dass Wiegele dem Haubenkoch deswegen unlautere Absichten unterstellt hätte, aber wozu etwas riskieren? Bei Frank Heberlein aus Eschborn, der die DFB-Auswahl schon seit der EM in Portugal bekochte, konnte man eben zu 150 Prozent sicher sein, für wen sein Herz schlug.

Wiegele freute sich schon auf Wien. Trotz des auch ohne die immer zu erwartenden unvorhergesehenen Ereignisse dichten Arbeitsprogrammes würde er zwischendurch etwas Zeit mit seiner Freundin Marianne Kogler verbringen können. Daneben freute er sich schon auf ein Wiedersehen mit seinem alten Freund Mario Palinski, mit dem gemeinsam er schon einige ›Schlachten‹ geschlagen hatte.

Ein Blick auf seine Uhr zeigte Wiegele, dass sie gut im Zeitplan lagen. Und der Hauptkommissar im Urlaub hoffte schon, dass dem für 12.30 Uhr terminierten Abflug der Sondermaschine von Frankfurt nach Wien nichts im Wege stand, als sein Blick auf ein etwa ein Meter im Kubik großes Paket fiel, das sich gerade das Förderband hinaufbewegte und in Kürze im gewaltigen Schlund der Maschine verschwinden würde.

»Band anhalten!«, rief Wiegele mit befehlsgewohnter Stimme, die auch sofort gehört wurde. »Was ist das für ein Paket?«, er deutete auf das in braunes Packpapier gewickelte Ding. Eine Schachtel, wie er vermutete. »Ist dieses Gepäckstück überhaupt in den Transportpapieren verzeichnet?«

War es nicht, und damit hatte sich die Situation innerhalb einer Sekunde um 180 Grad gewandelt. Der bislang freundliche, vielversprechende Tag hatte plötzlich etwas Feindliches, Gefährliches angenommen, das den Beamten trotz der angenehmen Außentemperaturen eine Gänsehaut über den Rücken jagte.

Wiegele musste nicht überlegen, was in so einem Fall zu tun war, und auch die anderen wussten es. Für so einen Fall sahen die Sicherheitsvorschriften eindeutig vor, dass man bei dem anonymen Gepäckstück vom denkbar Negativsten ausgehen musste, von dem man nur ausgehen konnte.

Im Falle eines Flugzeuges war das ein Gegenstand, der durch die chemische Reaktion zweier oder mehrerer Substanzen plötzlich ungeheuer viel Energie entwickeln und diese nach allen Seiten hin abgeben konnte. Auf gut Deutsch, man befürchtete das Vorhandensein einer Bombe, im Fachjargon Explosivkörper genannt.

Und das bedeutete jede Menge Ärger, gefährliche ›Action‹ für die für die Entschärfung vorgesehenen Spezialisten und vor allem auch, dass die Sondermaschine des DFB mit Sicherheit erst mit einiger Verspätung nach Wien starten konnte.

Seufzend holte Wiegele sein Handy heraus und setzte sich mit seinem Chef, dem ehemaligen Grenzschutzmajor Herwig Riesser, der bereits in Wien war, sowie mit der Delegationsleitung in Verbindung, um sie über die aktuelle Entwicklung zu informieren.

* * *

Die Bahnhofspolizei in Zürich hatte rasch reagiert und den Ankunftssteig bei Einfahrt des Zuges aus Wien bereits gesperrt. Bis zum Eintreffen Oberleutnants Beat Vonderhöh von der Mordkommission bei der Zürcher Kantonspolizei vergingen allerdings 20 Minuten. Das bedeutete, dass die Fahrgäste der Schlaf- und Liegewägen, die man bisher freundlich, aber bestimmt am Verlassen des Bahnsteiges gehindert hatte, langsam sauer wurden. Noch dazu, da die meisten nicht wussten, worum es eigentlich ging.

Vonderhöh hatte drei Kollegen mitgebracht und im ohnehin schon reichlich gut besuchten Bahnhofsrestaurant einen kleinen Raum requirieren lassen. Zum großen Ärger des Managements, das sich aus Erfahrung und zu Recht von der Kantonspolizei nicht allzu viel Umsatz erwartete.

Viel konnten die vier Beamten zu diesem Zeitpunkt nicht machen. Mithilfe von Fotos, die mit einer Sofortbildkamera gemacht worden waren, versuchten sie herauszubekommen, welche Fahrgäste Arthur Mellnig überhaupt wahrgenommen hatten oder möglicherweise sonst etwas zur Klärung der Angelegenheit beitragen konnten. Die Namen und Anschriften dieser Personen, aus dem vorderen Zugsteil waren das nur ganz wenige, wurden schließlich notiert. Dann konnten sie gehen.

Als deutlich ergiebiger erwiesen sich schließlich einige Fahrgäste der drei am Zugschluss gereihten Wagen der ›Caile Ferate Romane‹ (CFR), also der Rumänischen Staatsbahnen. Mit diesen hatte die rumänische Fußballnationalmannschaft samt Betreuerteam die Reise in die Schweiz angetreten. In den beiden Liegewägen hatte man zwar nicht sehr viel mitbekommen, in dem zwischen de[m] übrigen Zug und den beiden anderen Waggons geführt[en] Speisewagen dagegen so einiges.

Das Zugrestaurant war eigentlich nur für die rumänische Reisegruppe bestimmt gewesen. Aber die Crew war nicht nur gastfreundlich, sondern auch gut bevorratet und

einem kleinen Nebengeschäft gegenüber nicht abgeneigt gewesen. Langer Rede kurzer Sinn: Reisende aus Wien, die nach der vergeblichen Suche nach Speis und Trank im vorderen Zugsteil endlich auf den leicht verschmutzten, in dieser Situation ungemein einladend riechenden und von freundlichen Menschen bewirtschafteten Fresswaggon aus Bukarest gestoßen waren, waren herzlich willkommen geheißen und mit Cierba de Burta, Sarmale und Pasca, ungarischem Schnaps und österreichischem Bier verwöhnt worden.

Mellnig war unabhängig voneinander von zwei Mitarbeitern, drei Spielern und zwei Funktionären im Speisewagen gesehen worden. Und das in Gesellschaft einer einhellig als hinreißend beschriebenen Frau, die lediglich von der einzigen weiblichen Zeugin etwas abwertend als ›ein wenig hurig aussehend‹ bezeichnet wurde, wie der recht ordentlich Deutsch sprechende Ersatztorhüter übersetzte.

Aber das Beste kam erst am Schluss zutage. Marian Adelescu, Funktionär des Rumänischen Fußballverbandes, gab schließlich sogar ohne Umschweife zu, dass er den Toten – ›Herr Mellnig, is …, äh, war Referee‹ – sofort erkannt hatte. Er hatte den Mann bei einem UEFA-Cup-Spiel zwischen Steaua Bucuresti und Legia Warschau, das Mellnig vor etwas mehr als einem Jahr gepfiffen hatte, gesehen und sich an ihn erinnert. »Ich aber nicht mit ihm sprechen«, erklärte Adelescu in akzeptablem Deutsch, »wegen der wilde Frau vielleicht nix gut.« Er zuckte vielsagend mit den Achseln: »Na hoffentlich er hat noch gehabt ein gutes Fick, bevor tot.« Er lächelte gutmütig, blickte auf seinen dicken Bauch und sah seine eigene Sterblichkeit möglicherweise plötzlich in einem ganz anderen Licht.

Der Tote im Schlafwagen also ein Schiedsrichter, in Begleitung einer wilden Frau, das war mehr, als Oberleutnant

Beat Vonderhöh auf die Schnelle zu erfahren gehofft hatte, viel mehr. Ein Anfang, der ihn optimistisch stimmte.

* * *

Harry Bachler war 20 Jahre jung, der Sohn von Wilma Bachler und Mario Palinski, und auf dem Weg zur Ballprobe. Ballproben waren Anfang Juni grundsätzlich eine Rarität, auch in der ballverrückten österreichischen Hauptstadt. Aber – ›Expect emotions‹* – es wäre nicht Wien, würde die Stadt der Geiger und der Tänzer die Gelegenheit einer Europameisterschaft nicht wahrnehmen, um dem Kontinent und dem Rest der Welt zu zeigen, dass es Dinge gab, die die Österreicher besser beherrschten als das Spiel mit der runden Kugel. Und davon gab es eine ganze Menge.

Daher fanden heuer neben dem traditionellen Presseball, der jedes Jahr im Juni im Wiener Rathaus veranstaltet wurde, einige weitere festliche Veranstaltungen statt. Allen voran der ›Europäische Sportball‹ am 12. in der Hofburg und der ›Ball der Österreichischen Bundesliga‹ am 16. im Palais Auersperg.

Wie auch immer, in Wien stand wieder einmal eine Ballsaison vor der Türe, diesmal allerdings im Juni und im doppelten Sinne des Wortes. Eine der besonderen Art also.

Für Harry Bachler war tanzen oder besser das, was er bis vor Kurzem darunter verstanden hatte, lediglich Mittel zum Zweck gewesen. Ein Weg, um sich bei entsprechenden Gelegenheiten an ein Mädchen heranzumachen und dieses in einer auf einer Abfolge von verrückten Zuckungen oder engem Körperkontakt basierenden nonverbalen Kommunikation davon zu überzeugen, dass er, Harry, der Richtige für sie war. Zumindest für die nächsten Stunden. Ausge-

*Expect emotions – Erwarte oder erwartet Gefühle

rechnet bei Irmi Weinbrugger, der einzigen Tochter des Generalsekretärs des Österreichischen Sportförderungsfonds, war Palinskis Bub mit dieser Masche besonders erfolgreich gewesen. Rasch war die knapp 19-jährige Irmgard von Harrys Einzigartigkeit überzeugt und fasziniert gewesen, und daran hatte sich seit mehr als einem halben Jahr nichts geändert.

Im Gegenteil, der jungen Frau gelangen Dinge, die sie in Wilmas und Palinskis Augen als begeisternde Mischung aus wundersamer Fee und faszinierender Hexe erscheinen ließen. Aus dem postpubertären Monster Harry war plötzlich ein angenehmer junger Mann geworden. Als er seinen Eltern vor etwas mehr als drei Monaten anvertraut hatte, mit Irmi im Jungdamen- und Herrenkomitee für den ›Sportball‹ mitmachen zu wollen und daher in zwei Monaten des Linkswalzers mächtig sein zu müssen, war Palinski so viel reaktionäre Anpassung fast suspekt und zu viel des Guten gewesen.

Aber bitte, auf einen Crashkurs Linkswalzer in Wiens traditionsreichster Tanzschule sollte es Palinski nicht ankommen. Harry und Linkswalzer, allein die Vorstellung war schon lächerlich. Das würde sein Sohn nie schaffen. Never. Doch da musste der junge Mensch selbst draufkommen.

Und dann geschah das Unfassbare: Schon bald nach Beginn des Kurses überraschte Irmi mit der unglaublichen Nachricht, dass ›Harry links walzte wie ein junger Gott‹. Zunächst war Palinski erschüttert über den Befund, schließlich aber stolz. Sehr sogar. Denn einen Sohn zu haben, der ein Naturtalent war, gefiel ihm nicht schlecht. Wirklich nicht.

Da Harry noch etwas Zeit hatte, bis er Irmi traf, um zur Probe zu gehen, machte er einen kleinen Umweg über den Stephansplatz. Obwohl das große Fußballfest erst in einigen Tagen beginnen sollte, war das Zentrum bereits von zahlreichen Schlachtenbummlern bevölkert, die in ihrer teilweise komischen Bekleidung und den mitgeführten Fähnchen das ohnehin schon bunte Stadtbild noch mehr belebten. Ebenso bemerkenswert war aber auch die nicht zu übersehende Präsenz der teilweise sehr martialisch wirkenden Burschen in Kampfanzügen und mit automatischen Waffen, die die Polizei verstärkten und das Geschehen genau beobachteten. Das schuf eine etwas beklemmende Atmosphäre, die auch durch die beiden, wie zwei putzige Alpen-Meckies im Eingangsbereich des Haas-Hauses herumalbernden EM-Maskottchen Trix und Flix nicht aufgelockert wurde. Kein Witz, die beiden hießen so. Sie verdankten ihre Namen einem kollektiven Kraftakt zentraleuropäischer Originalität.

Vor dem Haupttor war der Zugang in den Stephansdom durch eigens aufgebaute Metallbarrieren auf eine Breite von vielleicht 1,5 bis 2 Metern verengt worden. Menschen, die in den Dom wollten, mussten sich ausweisen und eine Untersuchung mit einem Metalldetektor über sich ergehen lassen. Da die Prozedur einige Zeit in Anspruch nahm, hatte sich eine lange Schlange gebildet, die weit in den Platz hineinreichte.

Harry wunderte sich über diese seinem Empfinden nach übertriebene Maßnahme, die ihm irgendwie Unbehagen bereitete. Die Antwort auf seine unausgesprochene Frage erhielt er von einem neben ihm stehenden älteren Paar. »Angeblich hams a Attentatdrohung kriegt«, erklärte der Mann der Frau. »Irgendwöche Irre wolln den Stephansdom in'd Luft sprengn.«

Das rechtfertigte wahrscheinlich das rigorose Vorgehen der Polizei, musste Harry einräumen, die über der Szene lastende Stimmung wurde dadurch aber noch bedrückender. Aber es entschuldigte sicher nicht das teilweise etwas ruppige, ja grobe Verhalten einiger junger Beamter im Kampfanzug. Gerade hier und jetzt hätte es besonderer Höflichkeit bedurft, um die Lage zu entspannen. Aber entweder waren die Burschen selbst so unsicher und versteckten diese Unsicherheit hinter schlechtem Benehmen. Oder sie machten sich einen Spaß daraus, die Menschen zu schikanieren, und damit schlichtweg einen schlechten Job.

Komisch, wunderte sich Harry, dass so viele kleine Kinder mit ihren Eltern in den Dom wollten. Wenigstens gegenüber den Kleinen waren die Vertreter der Ordnungsmacht etwas umgänglicher, nicht so geschäftsmäßig grob. Sie untersuchten die Kinder, wenn überhaupt, nur höchst oberflächlich und versuchten dabei, freundlich zu blicken. Ja, einer der Beamten riskierte sogar ein bescheidenes Scherzlein mit einem kleinen Buben in einem roten T-Shirt mit der Nummer 8 am Rücken. Und der Versuch stand dem Mann gar nicht schlecht zu Gesicht.

In den zehn Minuten, die Harry die Szenerie beobachtet hatte, hatten etwa ebenso viele Kleinkinder mit ihren Eltern den Dom betreten. Buben und Mädchen, Schwarzhaarige, Blonde und Brünette, modisch und ärmlich gekleidete sowie brave und schlimme Kinder. Trotz aller Unterschiede hatten sie aber eines gemeinsam: etwas sehr Banales, in der konkreten Situation aber doch höchst Ungewöhnliches. Das sollte Harry allerdings erst später bewusst werden und noch viel später sehr seltsam vorkommen.

* * *

Nachdem das Bombenentschärfungsteam am Flughafen Frankfurt angerückt war, alle Zivilpersonen vom Ort des

Geschehens verwiesen und das auf keiner Ladeliste verzeichnete Paket oberflächlich untersucht hatte, herrschte zunächst Ratlosigkeit. Zwar deutete nach dem derzeitigen Erkenntnisstand nichts darauf hin, dass es sich bei dem Inhalt um einen Explosivstoff handelte. Andererseits arbeiteten die internationalen Bombenleger in den letzten Jahren auf einem derart hohen technologischen Niveau, ja, waren den Sicherheitskräften häufig sogar einen Schritt voraus, sodass alleine der Transport des herrenlosen Frachtgutes von seinem derzeitigen zu einem sichereren Standort nicht ohne erhebliche Risiken möglich war.

Deshalb entschieden sich die Verantwortlichen dafür, das Paket durch einen eigens dafür vorgesehenen Roboter an eine weniger exponierte Stelle und dort zur Explosion bringen zu lassen. Der Plan war gut, alleine, er funktionierte nicht. Nachdem der Roboter sein komplettes, nicht unbeträchtliches Spektrum an Bomben auslösenden Maßnahmen ohne Erfolg durchgespielt hatte, entschied Hauptmann Wegener, der Leiter der ›Bomb Squad Airport Frankfurt‹, dass das ›Scheißding‹ jetzt endlich geöffnet werden sollte.

Auch dafür war der Roboter konstruiert, und daher war nach wenigen Sekunden klar, was den unerschrockenen Mannen von der BSAF um ein Haar um die Ohren geflogen wäre. Nämlich, und das erklärte auch das befreiende Gelächter, in das alle Umstehenden nach Abklingen des Überraschungsmoments einfielen, vier Original ›Oldenburger Landschinken‹ am Bein, zu je rund 16 Pfund das Stück. Der beiliegende Brief an Chefkoch Frank Heberlein beseitigte schließlich auch noch das letzte Dunkel um diese explosive Angelegenheit: Der Lieferant der auf den Ladelisten und Transportpapieren ordnungsgemäß verzeichneten übrigen Fleischwaren hatte mit dieser inoffiziellen Geste seinen Dank und dem Team seine besten Wünsche für die Europameisterschaft zum Ausdruck bringen wollen.

So erfreulich harmlos sich die ganze Sache schließlich dargestellt hatte, sie bedeutete doch eine mindestens zweistündige Verspätung des Fluges nach Wien, wie Wiegele mit einem missvergnügten Blick auf seinen Chronometer konstatierte. Aber besser später angekommen als gar nicht.

* * *

»Dann gehen wir am besten mit einer einstweiligen Verfügung gegen ›Wieners Beisl-Bar‹ vor«, empfahl Rechtsanwalt Dr. Rainer Maria Herburger. »Damit wird Ihr Kontrahent gezwungen, dieses Schnitzel, dessen Rezept er gegen Ihren Willen verwendet, sofort von der Karte zu nehmen. Und dann verklagen wir den Laden in aller Ruhe auf Schadenersatz.« Palinski nickte zustimmend. So hatte auch er sich das vorgestellt. Eine normale Klage auf Unterlassung hätte im konkreten Fall wenig Sinn. Die würde vielleicht in drei Monaten, also lange nach Ende der EURO, verhandelt werden und dem miesen Geschäftemacher lediglich ein müdes Lächeln kosten. Nein, um Wiener das präpotente Lachen aus dem feisten Gesicht zu vertreiben, musste sofort etwas geschehen.

Die ganze Sache hatte eigentlich schon vor knapp zwei Jahren begonnen. Palinski hatte damals aus schierer Lust am Spaß an einem Schnitzelwettbewerb anlässlich der Eröffnung eines neuen Lokals Hektor Wieners teilgenommen. Dabei hatte er mit seiner Kreation, dem ›Palinski-Schnitzel‹, den beachtlichen, für ihn persönlich aber eher enttäuschenden 5. Platz belegt*. So weit, so gut.

---

*Pierre Emme ›Schnitzelfarce‹ Gmeiner-Verlag Juli 2005

Vor etwas mehr als drei Wochen war Palinski eine ganzseitige Anzeige der Wiener Beisl-Bars in einer Tageszeitung ins Auge gesprungen, in welcher der smarte Gastronom sein spezielles Angebot für die Fußballverrückten aus allen Ländern Europas vorgestellt hatte. Nämlich Schnitzelkreationen aller teilnehmenden Nationen.

Und da war er dann auch unübersehbar zu sehen gewesen, sein, Palinskis Wettbewerbsbeitrag, der jetzt plötzlich ›feurig-scharfes Schnitzel à la Polska‹ hieß. Wiener hatte sich nicht einmal entblödet, den Hinweis ›nach einem Originalrezept der Familie Palinski‹ anzubringen. Hatte wohl gemeint, mit der Angabe der Quelle wäre alles erledigt.

Da war dem sonst eher langmütigen Mario der Hut hochgegangen. Das war nicht nur eine schamlose Aneignung seines Rezeptes, sondern auch eine ungeheuerliche Verletzung seiner Persönlichkeitsrechte. Und nicht zuletzt in der dargestellten Form auch schlicht und einfach irreführend. Mit einem Wort, eine Riesensauerei.

Von schierer Frechheit zur veritablen Chuzpe mutierte die Angelegenheit dann aber angesichts eines seit etwa einer Woche landesweit ausgestrahlten Fernsehspots, in dem eine kurze Sequenz der seinerzeitigen Wettbewerbsreportage verwendet worden war. Nämlich jene, in der Palinski sein Schnitzel, leicht dümmlich lächelnd, in die Kamera hielt. Die Aufnahme war seinerzeit im Zuge des finalen Schnitzelbackens von einem lokalen TV-Team gemacht worden.

Zornig hatte Palinski in Wieners Zentrale angerufen, den Herrn über österreichweit inzwischen insgesamt 71 Betriebe aber nicht zu sprechen bekommen. Und ein Dr. Rambader von der Geschäftsleitung hatte ihn nur kalt abfahren lassen. »Die ganze Kampagne ist juristisch wasserdicht«, hatte der unmögliche Kerl behauptet und ihn beinahe ausgelacht. »Sie können uns ja verklagen.«

Dazu war Palinski ursprünglich auch wild entschlossen gewesen. Jetzt aber ging es ihm nur mehr darum, die Sache in Ordnung zu bringen. Und dazu waren außergerichtliche Regelungen ebenso gut, oft sogar besser geeignet als der vor allem optisch sehr gewichtig wirkende Weg zu Gericht.

»Wissen Sie was?«, meinte er jetzt zu seinem Anwalt. »Wir geben den Säcken noch eine letzte Chance. Rufen Sie Wiener oder diesen unmöglichen Dr. Rambader an und setzen Sie ihm eine kurze Frist. Entweder er macht uns bis, sagen wir, morgen 17.00 Uhr ein geeignetes Angebot, die Angelegenheit zu bereinigen, oder wir holen uns am Donnerstagmorgen die einstweilige Verfügung beim Gericht. Und dann finito, adios, großes Schnitzelgeschäft während der Europameisterschaft.«

* * *

Während sich der deutsche Teamchef in Frankfurt die Zeit bis zum Abflug im Gespräch mit einigen Journalisten vertrieb, hatte sein österreichischer Kollege seine Schützlinge gerade für zwei Nächte nach Hause entlassen. Die Burschen waren die letzten zehn Tage in der Sportschule Lindabrunn kaserniert gewesen. Da sie ihre Familien oder Freundinnen andernfalls erst nach Abschluss der Gruppenphase, also nach mehr als weiteren zwei Wochen wiedersehen würden, war dieser Heimaturlaub nach Ansicht des Bundestrainers unbedingt notwendig, um einem Lagerkoller vorzubeugen.

So, jetzt musste er nur noch die tägliche routinemäßige Pressekonferenz über sich ergehen lassen, auf die die Damen und Herren der schreibenden Zunft so knapp vor Beginn eines Events dieser Art einfach nicht verzichten konnten. Hannes Nickelsbacher, der zwischen Achmed

Attamachi, dem offensiven Mittelfeldspieler Rapids, und Freddie Weinbauer, dem Ersatztorhüter der Austria, saß und die immer gleichen Fragen der Journalisten beantwortete, hatte ein gewisses Verständnis dafür. Immerhin hatten sie die Seiten in den Blättern ja mit irgendwelchen Neuigkeiten zu füllen. Auch wenn es eigentlich nichts zu berichten gab, außer den sich lediglich in Nuancen ändernden Befindlichkeiten der Spieler, die er häufig bewusst ein wenig in die eine oder andere Richtung aufbauschte, um überhaupt etwas zum Erzählen zu haben.

Ja, ja, Fußball war ein Spiel, das lange vor dem Anpfiff begann und nach 90 Minuten keineswegs zu Ende war. Wie mancher Naivling vielleicht annahm. Nickelsbacher war schon sehr lange dabei, sowohl als Spieler als auch als Trainer. Er kannte die Gesetzmäßigkeiten des Sports, und er beherrschte seine Regeln. Dass das österreichische Team in den letzten Jahrzehnten im internationalen Vergleich immer schwächer geworden war und außer gelegentlicher Überraschungen, guter zweiter Halbzeiten und zahlreicher Hättma-Spielen* nicht viel zu bieten gehabt hatte, gehörte auch zu diesen Gesetzmäßigkeiten.

Und dennoch, 30 Jahre nach der legendären Schlacht von Córdoba, diesem Triumph der Hoffnung über die Wahrscheinlichkeit, dieser Allzeitgröße im Leben eines österreichischen Fußballnarren seit dem letzten Viertel des 20. Jahrhunderts, war es an der Zeit, dem großen Bruder im Nordwesten endlich wieder einmal auch im Fußball auf die Zehen zu steigen.

»Ich habe ein gutes Gefühl …«, entfuhr es Nickelsbacher völlig ungefragt, ja unbewusst und Achmeds Einschätzung der Klasse seiner zu erwartenden Gegenspieler damit unterbrechend.

*Hättma‹ = Hätten wir »Hättma das Tor geschossen, so hättma gewonnen.«

Verwundert und interessiert richteten sich alle Blicke auf den Trainer, dem sein geistiges ›Trenzen‹ damit erst so richtig bewusst wurde.

»Wie meinen Sie das?«, rasch hatte sich Franz Zeschke von der ›Alles vom Tag‹ auf die unerwartete Steilvorlage gestürzt. »Generell oder auf ein bestimmtes Spiel bezogen?«

Der Teamchef war erfahren genug, seine geistige Blähung jetzt wie das Ergebnis eines ausgewogenen Nachdenkprozesses aussehen zu lassen. Dramaturgisch eindrucksvoll ließ er einige Sekunden vergehen, ehe er mit seinem Sprüchlein begann:

»Bei der WM 1954 haben wir nach einem legendären 7:5 gegen die Schweiz Uruguay im Spiel um den 3. Platz besiegt«, er holte bewusst weit aus, um etwas Zeit zu gewinnen. »1978 haben wir es den Deutschen in Córdoba gezeigt. Und ich denke, 54 Jahre nach Bern und 30 Jahre nach Córdoba ist es endlich wieder an der Zeit, der Fußballwelt zu zeigen, dass man auch hierzulande mit dem Ball umgehen kann.«

Das war mehr eine patriotische Absichtserklärung denn eine realistische Einschätzung der Lage, fanden nicht nur die Journalisten, sondern auch die beiden Kicker am Podium. Aber egal, das war der Stoff, aus welchem Träume gemacht wurden. Der zunächst nur zögernd einsetzende Applaus steigerte sich zunehmend zu einer begeisterten Akklamation des Bundestrainers. Diese eindrucksvolle Demonstration patriotischen Optimismus in Verbindung mit einem kleinen, aber nicht zu übersehenden Touch von Naivität, die man bei diesem Mann ganz und gar nicht vermutet hätte, berührte alle Anwesenden sichtlich. Wie schön, dass es noch Visionäre gab in dieser ach so pragmatischen, von Vernunft erdrückten Zeit

Ehe sich das Ganze zu einer etwas peinlich wirkenden Huldigung mit ›Standing Ovation‹ und so auswuchs, wurde plötzlich die Türe aufgerissen und ein aufgeregter, seiner völligen Auflösung entgegenschwitzender Alois Mengler, seines Zeichens Tormanntrainer, stürmte in den Raum.

»Hannes, Hannes«, schrie er, »eine Katastrophe! Der Pkw vom Lumpi ist auf der Fahrt nach Wien in einen Verkehrsunfall verwickelt worden. Er und der Hatscherte sind verletzt und ins Unfallkrankenhaus Meidling gebracht worden.«

»Jetzt habe ich echt ein schlechtes Gefühl«, murmelte Nickelsbacher, und damit war es ihm diesmal ernst. Er stand auf. »Meine Damen und Herren, wir müssen die Pressekonferenz …« leider abbrechen musste er schon gar nicht mehr sagen, denn die Journalisten waren bereits unterwegs zu ihren Fahrzeugen. Um so rasch wie möglich ihre Redaktionen zu informieren und dann ins Krankenhaus zu rasen. Lumpi und der Hatscherte verletzt. Gott, was für eine Schlagzeile das wieder geben würde!

2

Dienstag, 3. Juni, nachmittags

Die Nachricht von Arthur Mellnigs Tod hatte im Hauptquartier der UEFA eingeschlagen wie eine Bombe. Die Information war zuerst bei einer noch in Probezeit befindlichen Mitarbeiterin im Generalsekretariat gelandet, die ihre Bedeutung zunächst nicht erkannte und sie erst mit einiger Verzögerung an ihren Chef weiterleitete.

Nun war der unnatürliche Tod eines Schiedsrichters, korrekter formuliert, eines UEFA-Schiedsrichters, schon an und für sich keine erfreuliche Angelegenheit. Und schon gar nicht einige Tage vor Beginn einer Megaveranstaltung der Art, wie sie nun bevorstand. Der Grund, warum sich die größtenteils in Nyon anwesenden Mitglieder der UEFA-Schiedsrichterkommission innerhalb einer knappen Stunde zu einer ersten Krisensitzung zusammenfanden, war aber ein ganz anderer.

Sportliche Großereignisse wie eine Fußballeuropameisterschaft setzten unvorstellbare Geldmengen in Bewegung. Darunter auch in Bereichen, die es Menschen ermöglichten, in kürzester Zeit viel Geld zu machen. Oder, die zumindest als Möglichkeit dafür angesehen wurden. Wie vor allem das schon immer und derzeit mehr denn je boomende Wettgeschäft.

Off- oder online, offiziell oder schwarz, in Zeiten wie diesen wurde gezockt, als ginge es um das ewige Leben und auch noch die Zeit danach.

Zur Durchsetzung egoistischer Interessen und zur Verbesserung der eigenen Chancen wurde dabei auch nicht auf den Einsatz krimineller Methoden verzichtet. Einzelne Fälle von Manipulationen und Wettbetrug im normalen Spielbetrieb waren ja aus der jüngeren Vergangenheit noch in Erinnerung.

Wenn aber jetzt schon Spiele wie ›Muttersberg gegen Grabanz‹ oder ähnliche Highlights von bestenfalls regionaler Bedeutung zigtausende Euro an Bestechungsgeldern zum Fließen brachten, um wie viel mehr war der globalen Wettmafia dann ein ›vorhersehbares‹ Ergebnis bei ›Italien gegen Spanien‹ oder ›Deutschland gegen England‹ wert?

›Wette‹ wurde definiert als ›unbestimmtes, in Zukunft liegendes Ereignis‹. Auf den Ausgang dieses unbestimmten Ereignisses wurde nun gewettet. Und je vorhersehbarer der Ausgang, desto geringer die Quote für den Fall, dass man mit seiner Einschätzung richtiglag.

Umgekehrt bedeutete das aber auch, dass die Quoten förmlich in das Universum schossen, falls man auf einen höchst unwahrscheinlichen, ja fast unmöglichen Ausgang setzte. Da war viel, sehr viel Musik drinnen.

Wie schön wäre es erst, dachten einige böse Buben, scheinbar höchst unwahrscheinlich, ja unmöglich erscheinende Ausgänge unbestimmter zukünftiger Ereignisse für eine ganz kleine, exklusive Gruppe ein wenig wahrscheinlicher, möglicher werden zu lassen. Nämlich indem man mittels entsprechenden Kapitaleinsatzes den Wettausgang beeinflusste. Bei den enormen möglichen Gewinnen geschickt manipulierter Wetten konnte man sich das schon einiges kosten lassen.

Hohe Gewinnchancen bei geringem Verlustrisiko, das machte das Zockerleben erst so richtig schön. Obwohl, mit Zocken hatte das dann eigentlich nichts mehr zu tun.

Auf jeden Fall fürchtete die Schiedsrichterkommission nichts mehr als schwarze Schafe in den eigenen Reihen. Referees, die in speziellen, heiklen Situationen durch eine Entscheidung wissentlich und willentlich ein Spiel in die eine oder andere Richtung hin beeinflussten. Die Zunft der Pfeifenmänner hatte ohnehin schon genug unter dem Stigma der Fehlpfiffe zu leiden, also den nach bestem Wissen und Gewissen erfolgenden Entscheidungen, die aber auf falschen Voraussetzungen fußten. Das war oft sehr hart für die betroffene Mannschaft, ja entscheidend.

Doch was half das Jammern: Shit happens nun einmal.

Gegen Geld ein Spiel zu verkaufen, war dagegen eine ganz andere Sache und geeignet, das gesamte Fußballbusiness in Misskredit zu bringen. Die leidige Affäre in Italien vor einigen Jahren war allen noch in schlechtester Erinnerung.

In so einem Fall konnte man gar nicht hart genug gegen die Verantwortlichen vorgehen.

Vor vier Tagen hatte sich Arthur Mellnig telefonisch mit Ian McBrody, dem schottischen Vertreter in der Kommission, in Verbindung gesetzt. Mellnig hatte den Briten bei einer Schulung kennengelernt und zu dem bulligen Spitzenschiedsrichter, den er als Vorbild ansah, Vertrauen gefasst. Nach Abschluss der Fortbildungsveranstaltung hatte McBrody den ehrgeizigen jungen Wiener eingeladen, sich doch bei Gelegenheit einmal bei ihm zu melden. Was Mellnig vor einigen Tagen auch getan hatte, wenn auch nicht ganz in der von dem Schotten ursprünglich gemeinten Unverbindlichkeit.

»Arthur war ganz aufgeregt und hat etwas von ›Die wollen die EM zerstören, die wollen tatsächlich unseren Sport kaputt machen‹ gestammelt«, musste der Schotte bereits zum dritten Mal wiederholen. Mehr wusste er auch nicht, denn Mellnig hatte sich geweigert, am Telefon darüber zu sprechen. Er hatte befürchtet, beobachtet und abgehört zu werden. Darum hatte er auch von einem Münzautomaten aus angerufen und sich sehr kurz gehalten.

Nach Rücksprache mit Generalsekretär de Graaf hatte McBrody den Österreicher aufgefordert, so rasch wie möglich nach Nyon zu kommen und zu berichten.

Betroffen bestätigte der korpulente Niederländer den letzten Satz des Schotten mit einem Kopfnicken. »Vielleicht hätten wir Vorsorge für seine Sicherheit treffen müssen«, räumte de Graaf ein, »aber wer hat schon ahnen können, dass diese Leute diesmal so weit gehen würden?«

»Nun ja«, gab der Römer Ernesto Baldini zu bedenken, »diesmal geht es eben nicht nur um ein paar geschobene Spiele der Serie A oder der Bundesliga, sondern um die Europameisterschaft. Je größer der Kuchen, desto schärfer das Kuchenmesser. Eine alte umbrische Bauernweisheit«, meckerte er lustlos. Was die anderen Anwesenden in dieser Situation als absolut unpassend empfanden.

»Aber wieso haben sich diese …, wer immer sie auch sein mögen, Personen gerade an Mellnig gewandt?«, grübelte McBrody. »Der Mann war lediglich auf der Standby-Liste für die Assistenten. Es besteht«, er korrigierte sich betroffen, »bestand lediglich eine minimale Chance, dass er überhaupt zum Einsatz kommen würde, geschweige denn bei einem bestimmten Spiel.«

»Wir müssen aber davon ausgehen, dass die Schweine, die hinter dem Ganzen stecken, damit rechneten, dass Mellnig im Zuge der Ereignisse an eine für sie wichtige Stelle gerückt wäre, eine entscheidende Position eingenommen hätte«, schlussfolgerte der Schwede Per Svenson messerscharf. Kein Wunder, er war im Zivilberuf Staatsanwalt. »Und damit haben wir jetzt zwei riesige Probleme. Einmal den Mord an Mellnig und zweitens …«

»Wie sollte unser ermordeter Kollege in eine Situation gebracht werden, in der er in der Lage sein würde, ein Spiel maßgeblich zu beeinflussen?«, fiel ihm de Graaf ins Wort, der Anwalt und daher auch nicht gerade ein Langsamdenker war. »Welche weiteren Kollegen sind dadurch in Gefahr? Und welche sitzen möglicherweise im Boot mit diesen Schweinen?«

* * *

Nach der Ballprobe waren Irmi und Harry noch eine Kleinigkeit essen gegangen, eher er sie zu ihrer Vorlesung an der Wiener Hauptuniversität brachte. Sie studierte Soziologie und Politikwissenschaften und wollte später einmal in die Politik gehen. Und da sie sowohl ihr Studium als auch ihren Berufswunsch sehr ernst nahm, konnte Harry sie auch nicht zum ausnahmsweisen Schwänzen ihrer heutigen Verpflichtungen überreden.

»Wäre ich jedes Mal, wenn das Wetter schön und dir danach ist, nicht zu meinen Vorlesungen gegangen, hätte ich im Mai die Uni kein einziges Mal von innen gesehen«, wehrte sie seine stürmischen Versuche mit liebevoller Strenge ab. »Wenn es dir egal ist, wie lange du für dein Studium brauchst, ist das deine Sache«, stellte sie dann ernsthaft fest. »Aber ich möchte mit meinem so rasch wie möglich fertig werden. Verstehst du?« Jetzt gab sie ihm einen liebevollen Klaps auf den Oberarm, dann noch einen Kuss auf die Wange und verschwand in dem altehrwürdigen Gebäude am Ring.

Eigentlich wäre es für Harry jetzt vernünftiger gewesen, nach Hause zu fahren und auch wieder einmal einen Blick in die Bücher zu riskieren. Immerhin hatte der inzwischen beim Studium der Informatik gelandete Student in zwei Wochen eine Prüfung. Doch das Wetter war herrlich, der Tag noch jung und Harry absolut nicht in der Stimmung zum Büffeln.

So schlenderte er hinüber zum Rathausplatz mit seinem seit dem 24. Januar des Vorjahres laufenden Countdown-Zähler. Die riesige, rückwärts ablaufende Uhr hatte bei 500 Tagen 00 Stunden 00 Minuten und ebenso vielen Sekunden zu laufen begonnen. Gerade jetzt zeigte sie 004 04 28 13 an und sofort danach schon wieder weniger.

Auf dem riesigen Platz war für die Dauer von drei Monaten eine richtige Sportanlage errichtet worden. Hier konnten Kinder und Jugendliche unter Anleitung erfahrener Trainer, oft sogar auch prominenter Sportler, ihre leichtathletischen und sonstigen Talente testen. Man konnte hoch, weit, dreifach springen und das mit oder ohne Anlauf und Stab. Man konnte mit den verschiedensten Sportgeräten werfen, ohne befürchten zu müssen, jemanden damit ernsthaft zu verletzen, und laufen, jede Menge laufen. Eingerahmt war diese wunderbare Anlage von zahlreichen Fressständen, die den wartenden Eltern und sonstigen Zaungästen den gleichen Fraß anboten wie zu Weihnachten, in der Osterwoche und die Zeit vorher und danach.

Vier riesige Videowalls, auf denen man die EM-Spiele in Echtzeit würde beobachten können, rundeten das verrückte Angebot ab. Mit dieser ›Fan-Arena‹ wollte man die erfolgreichen Fanmeilen der letzten Fußballweltmeisterschaft in Deutschland noch übertreffen.

Der kunterbunte Multikultikochgeruch, eine Mischung aus Schaschlik, Pasta, Curryreis, Gröstel und was der Teufel noch alles, trieb Harry allerdings rasch wieder in die Flucht. Nicht dass er all diese Schmankerln nicht gerne gegessen hätte, zumindest gelegentlich. Aber nicht jetzt und vor allem nicht in diesem widerlichen, alles überlagernden olfaktorischen Potpourri.

So flüchtete er in den Vorgarten eines kleinen in der Felderstraße gelegenen Beisls, das für seine große Auswahl an sowohl süßen als auch pikanten Strudel, kalt oder warm und das zu jeder Tageszeit, bekannt war.

Wie das Haupttor zum Stephansdom und wahrscheinlich alle anderen bedeutsamen Zugänge in der Stadt wurde auch der hier gelegene Seiteneingang des Rathauses von der Polizei streng bewacht, der Zugang penibel kontrolliert. Eine mittellange Schlange Wartender stand geduldig an, um sich überprüfen zu lassen, ehe sie die im Arkadenhof stattfindende Ausstellung ›Vom Wunderteam zum Europameister 2008?‹ aufsuchen durfte. Offenbar eine satirische Aufbereitung der alpenländischen Erfolgsstory in Sachen Fußball.

Da sollte bloß jemand behaupten, der Wiener Bürgermeister hätte keinen Humor!

Komisch, zwei der wartenden Kinder hatte Harry heute schon einmal gesehen. Ohne Zweifel, die beiden waren am Vormittag mit ihren Eltern beim Stephansdom angestanden. Er war sich absolut sicher, auch die Kleine hatte ihn wiedererkannt. Ein scheues Lächeln legte sich auf ihr Gesicht, und sie deutete mit der linken Hand ein verschämtes Winken an. Die beiden hatten noch immer Stiefel an, diese klobigen Dinger, die sich bei Schlechtwetter so gut bewähren. Nein, eigentlich schon wieder. Denn im Gegensatz zu heute Vormittag waren die Treter jetzt nicht gelb, sondern blau.

Komisch, andererseits gab es Uhrbänder für alle Tageszeiten, warum nicht auch Regenstiefel? Allerdings, bei strahlendem Sonnenschein? Aber warum nicht? Jeder sollte und konnte anziehen, was er wollte, das war ja das Schöne an einer freien Gesellschaft.

Apropos freie Gesellschaft: Was Harry mit der Zeit zu irritieren begann, war die zunehmende Omnipräsenz der Sicherheitskräfte in Wien. Wohin man ging, überall traf man auf die in kleinen Gruppen auftretende Polizei. Nicht die vertrauten Wachmänner, sondern martialisch aussehende und sich mit ihren speziellen Waffen auch so gebärdende Mannen der unterschiedlichsten Sonderkommandos. Kampfmaschinen, die nicht Sicherheit vermittelten, sondern eher Angst machten. Oder manche Querköpfe provozierten, zu unbedachten Handlungen oder Aktionen verführten, die jene begingen, um dieses ungute Gefühl loszuwerden, sich alles gefallen lassen zu müssen.

›Expect emotions‹, aber doch nicht solche.

Nach einem hervorragenden Krautstrudel mit Knoblauchsauce und einem Millirahmstrudel mit warmer Vanillesoße hatte Harry seinen Ärger über die Polizei im wahrsten Sinne des Wortes hinuntergeschluckt und fühlte sich auf das Angenehmste gesättigt.

Er wollte gerade nach der Rechnung rufen, als die beiden Kinder in ihren Regenstiefeln wieder aus dem Rathaus kamen. Das kleine Mädchen schien sich zu freuen, Harry wiederzusehen, und winkte ihm ungeniert zu. Lächelnd erwiderte er den Gruß und nickte sogar den ihn erstaunt ansehenden Eltern freundlich zu. Obwohl ihn irgendetwas an der Szene irritierte. Aber was?

Kaum hatte er das Wechselgeld eingesteckt, wurde ihm klar, was ihn zuvor an dem Bild gestört hatte.

Die beiden Kinder, die das Rathaus mit Regenstiefeln betreten hatten, waren höchstens 45 Minuten später ohne diese Stiefel wieder herausgekommen. Jetzt trugen sie einfache Sportschuhe von billiger Qualität.

Wo, verdammt noch einmal, hatten die Kinder ihre blauen Regenstiefel gelassen? Und vor allem, warum hatten sie diese im Rathaus gegen Sportschuhe getauscht?

* * *

Die am Institut für Rechtsmedizin der Universität Zürich vorgenommene Legalinspektion hatte den bereits im Zug abgegebenen Befund Dr. Exlers im Wesentlichen bestätigt. Die vom Arzt am Tatort diagnostizierte Gehirnblutung, die wahrscheinlich auf einen spitzen, mit Wucht durch das linke Ohr eingeführten Gegenstand zurückzuführen war, war aber nicht die Todesursache gewesen. Was im Zug nicht erkannt worden war, war der fachmännisch herbeigeführte

Genickbruch, der den sofortigen Tod Mellnigs zur Folge gehabt haben musste. Den Rest und einzelne Details würde erst die für den Abend anberaumte Obduktion ergeben.

Oberleutnant Beat Vonderhöh war etwas ratlos. Denn der immerhin einige Kraft erfordernde Genickbruch war doch eher als männliche Attacke einzustufen. Im Gegensatz zu einer eher weiblichen, die mit einem spitzen, ins Ohr eingeführten Gegenstand ausgeführt worden war. Obwohl, diese Unterscheidung in männlich und weiblich war in einer Zeit, in der die Frauen in Scharen fernöstliche Kampftechniken erlernten und schwarze Gürtel nur so anhäuften, ohnehin nur mehr überholter Macho-Nonsense mit leicht sexistischem Anstrich.

Völlig offen war derzeit noch, ob Mellnigs Gehirn zuerst verletzt und ihm dann das Genick gebrochen worden war oder ob die Killerin – der Oberleutnant ging nach wie vor von der auffälligen Unbekannten als Täterin aus – umgekehrt vorgegangen war. Die Blutungen aus Nase und Ohr waren so gering, dass zum zeitlichen Ablauf noch keine verbindliche Aussage gemacht werden konnte. Was Vonderhöh nicht daran hinderte, sich bereits Gedanken darüber zu machen, was die Penetration des Ohres bedeuten könnte und welche Rückschlüsse auf die Tat und das Motiv sich daraus ableiten ließen.

Was der Oberleutnant der Kantonspolizei Zürich zu diesem Zeitpunkt überhaupt noch nicht wusste, ja, nicht einmal ahnte, war, welche speziellen Implikationen sich noch aus der besonderen Mission ergeben sollten, in der der ermordete Schiedsrichter unterwegs gewesen war.

Doch der kurz darauf eingehende Anruf eines Major Altenfluh von der Fedpol (Bundesamt für Polizei), der sich als Verbindungsmann zur UEFA in Nyon vorstellte, einige erläuternde Worte fallen ließ und um einen dringenden Termin ersuchte, natürlich noch heute, sollte das rasch ändern.

* * *

Die Ankunft des deutschen Nationalteams war von den Medien und den zahlreichen bereits in Wien befindlichen Fans zu einem richtigen Ereignis hochstilisiert worden. Lange vor der um mehr als zwei Stunden verspäteten Landung in Schwechat hatte sich eine riesige Menge Fans am Flughafen versammelt, um den Spielern um Teamchef Kai Uwe Kabella, allen voran Stars wie Tobias Nachen, Jens Dompfarrer, Sergius Malnitzky und Stefan Robbenreit zuzujubeln.

Die Fahrt vom Flughafen zu dem für die Phase der Gruppenspiele als Quartier dienenden Schlosshotel Hermannskogel im Wienerwald hatte, obwohl von der Polizei eskortiert, fast zwei Stunden gedauert. Auf der geheim gehaltenen, über den Handelskai und Klosterneuburg führenden Strecke – den Umweg hatte man bewusst in Kauf genommen – hatten Fans und Neugierige den kleinen Konvoi immer wieder zum Halten gebracht und ihrer Begeisterung für einzelne Spieler und das gesamte Kollektiv Ausdruck verliehen. Das waren Emotionen pur, wie erwartet.

Anders als Anselm Wiegele insgeheim befürchtet hatte, fehlte allen diesen Zwischenfällen, aus sicherheitstechnischer Sicht eigentlich mittleren Katastrophen, jegliches Bedrohungspotenzial. Überall waren nur freundliche, lachende Gesichter zu sehen gewesen, die Stimmung war eindeutig positiv. Selbst die zahlreichen Transparente und Tafeln, die das legendäre Spiel in Córdoba vor 30 Jahren in Erinnerung riefen und für die am Sonntag steigende, aber schon heute alles Denken der Anhänger beherrschende Partie Österreich gegen Deutschland eine Neuauflage des 3:2 vorhersagten, wirkten nur wie gutmütiger Spott.

So etwas konnte wirklich kein ernst zu nehmender Mensch ernst nehmen. Nicht einmal ein Deutscher.

Den Spielern tat der fulminante Empfang in der Höhle der Ösis – wie Carlo Berger, der vorlaute Außenstürmer aus Bremen die Situation scherzhaft skizzierte – nach den letzten, von Aufstellungsdiskussionen, Dopinggerüchten und sonstigen hässlichen Geschichten beherrschten Tagen in der Heimat sehr gut. Als sie beim Quartier ankamen und aus dem Bus stiegen, wirkte die gesamte Truppe merklich entspannt, und das war gut so, fand nicht nur der Teamchef.

Da es bereits nach 18.00 Uhr war, entschied sich Kai Uwe Kabella dagegen, mit der Mannschaft noch heute das als Trainingsplatz zugewiesene Hohe-Warte-Stadion aufzusuchen. Stattdessen setzte er für 19.00 Uhr einen Waldlauf an. Danach würde es Abendessen geben und dann, um 23.00 Uhr, den Zapfenstreich.

* * *

Obwohl er seinen Beobachtungen eigentlich keinerlei konkrete Bedeutung beimaß, gingen Harry Bachler die Kinder mit den Gummistiefeln, die sie plötzlich nicht mehr anhatten, nicht aus dem Sinn. Er war ein Mensch, der den Dingen gerne auf den Grund ging. Verstehen wollte, was um ihn herum geschah und auch warum.

Er hatte sich diverse Interpretationen des seltsamen Geschehens überlegt, mit und ohne Einbeziehung des Stephansdoms, und war immer zu demselben Ergebnis gekommen. Das Ganze ergab einfach keinen Sinn, zumindest konnte er keinen erkennen. Da dieses Resümee aber alles andere als befriedigend war, beschloss er, sich nicht damit zufriedenzugeben. Er wollte, nein, er musste mit jemandem darüber sprechen, am besten mit seinem Vater. Und das am liebsten sofort, denn Geduld war keine der ausgeprägten Tugenden von Palinskis Sohn.

Harry hatte Glück. Als er das ›Institut für Krimiliteranalogie‹ betrat, konnte er ›His Father's Voice‹ schon vom Vorzimmer aus hören. Das Institut, ursprünglich nur gegründet, um der Beratungstätigkeit Palinskis einen offiziösen Anstrich zu geben, hatte sich im letzten Jahr gut entwickelt und machte erfreulicherweise ganz ordentlich Gewinn. Dafür waren aber nicht zuletzt auch Margit Waismeier als rührige Büroleiterin und Florian Nowotny, ein vom Dienst freigestellter, Jus studierender Polizist, der sehr gut mit dem PC umgehen konnte, verantwortlich. Als Assistent Palinskis war er gleichzeitig auch so etwas wie sein Stellvertreter und an der Schwelle zur Unersetzbarkeit.

»Schön, Anselm«, hörte Harry seinen Vater sagen, »dann sehen wir uns morgen. Und sag Marianne Bescheid, dass wir uns freuen, wenn sie bei uns wohnt. So lange sie will, du weißt ja, Wilma mag sie sehr gerne.«

Bei Vaters Gesprächspartner musste es sich um Hauptkommissar Wiegele aus Singen handeln, schlussfolgerte Harry, dessen Schwester Tina mit Mariannes Bruder Guido …, aber das würde jetzt zu weit führen.

Palinski hatte das Gespräch beendet und war aus seinem Büro gekommen. »Hallo«, begrüßte er seinen Sohn, »wie geht's, wie steht's?«

Der Gebrauch dieser dummen Floskel war ein schlechtes Zeichen und deutete nach Harrys Erfahrung darauf hin, dass sein Vater keine Zeit hatte.

»Hast du eine Viertelstunde Zeit für mich?«, wollte der Junior wissen. »Ich muss dir etwas Wichtiges erzählen.«

»Tut mir leid«, Palinski blickte auf seine Uhr, und Harry wusste, dass er mit seiner Einschätzung wieder einmal recht gehabt hatte. »Aber ich soll bereits seit fünf Minuten bei meinem nächsten Termin sein. Können wir das auf morgen früh verschieben, vielleicht beim Frühstück?«

Das war nicht das, worauf Harry gehofft, aber das, womit er gerechnet hatte. Resignierend zuckte er mit den Achseln. »Müssen wir wohl«, brummte er unzufrieden, »aber vergiss es nicht wieder. Sonst …!« Er wusste nicht, mit welcher Ankündigung er Palinski beeindrucken konnte, ein im Raum schwebendes ›Sonst‹ schien ihm da die beste Option zu sein.

»Nein, nein, das klappt schon«, versicherte Palinski noch einmal, dann war er auch schon bei der Türe draußen.

»Das wird immer schlimmer mit ihm«, konstatierte Margit Waismeier, »dabei war das einmal ein richtig schön ruhiger Arbeitsplatz. Aber er macht sich noch selbst fertig. Glaubt wirklich, ohne ihn geht nichts mehr.«

Harry und der dazugetretene Florian Nowotny stimmten dem präzisen Befund leicht kopfnickend zu. »Aber Spaß macht es trotzdem«, bekannte der junge Polizist, »oder gerade deshalb? Was meinst du, Margit?« Er grinste die um 15 Jahre ältere Frau freundlich frech an. Mit Erfolg, denn die musste plötzlich fürchterlich lachen.

»Übrigens, ich habe jetzt eine halbe Stunde Zeit«, Florian wandte sich an Harry, »wenn ich dir helfen kann, dann nur los. Wäre mir eine Freude.«

Das war gar keine schlechte Alternative, fand Palinskis Sohn. Und so fing er an, den beiden von Kindern in Gummistiefeln zu erzählen, die plötzlich in Sportschuhen herumliefen. Begann, frei zu assoziieren, wild zu spekulieren und verschiedene Fragen zu stellen. Und sowohl Margit als auch Florian wirkten von Minute zu Minute interessierter an dem, was der Junior so von sich gab.

* * *

Juri Malatschew beugte sich über das Brett mit den 64 Feldern und versuchte, wie jemand auszusehen, der sich ernsthaft mit einem Schachproblem auseinandersetzt. Dabei hatte der alte russische Journalist und ehemalige Kalte Krieger noch weniger Ahnung von diesem königlichen Spiel als Palinski. Und der beherrschte es, freundlich formuliert, nur äußerst mangelhaft.

Palinski hatte den wahrscheinlich einzigen Russen auf dieser Welt, der einen Turm nur mit Mühe von einem Läufer unterscheiden konnte, im Hinterzimmer des geliebten Café ›Kaiser‹ gefunden. Dort, wo sich an den Freitagabenden immer die Mitglieder des Schachklubs trafen. Da heute aber Dienstag war, waren die beiden Männer außer den drei Pensionisten, die an einem der Tische schnapsten, alleine im Raum.

Kein übler Platz und keine schlechte Tarnung für die kleine Überraschung, die ihm der Russe in Aussicht gestellt hatte.

»Hallo, Juri, mein geheimnisvoller Freund«, begrüßte ihn Palinski. »Du verstehst es, Spannung aufzubauen. Was gibt es denn heute Überraschendes?«

»Cheute chabe ich einen ganz besonderen Grund zu feiern«, begann Malatschew seine Erklärung, und seine Augen funkelten zufrieden. »Und das möchte ich mit einem Freund tun.« Er grinste Palinski an, der fast gerührt über diesen ungewohnten Gefühlsausbruch war. Irgendetwas stimmte da nicht, spürte Mario instinktiv. So hatte er

Juri noch nie erlebt. Der alte Russe zeigte heute tatsächlich Gefühle. Ja, er schien geradezu glücklich zu sein, und das musste einen ganz besonderen Grund haben.

»Also, was ist los?«, drängte Mario. »Hast du dich auf deine alten Tage etwa gar noch einmal verliebt?«

»Ach was«, Juri strahlte, »verlieben tue ich mich jede Woche aufs Neue. Das ist wunderbar, aber doch nichts Besonderes. Nein, mir ist ein ganz anderes Glück widerfahren.« Er strahlte Palinski förmlich an. »Ich chabe das erste Mal in meinem Leben etwas gewonnen. Und das sogar im Lotto.«

Der Brummbär aus Kasan Gewinner des Lotto-Sechsers? Das war wirklich eine Sensation. Da die Chancen auf den großen Gewinn statistisch kleiner waren, als von einem Blitz getötet zu werden, war natürlich auch die Wahrscheinlichkeit, einen Lottomillionär persönlich zu kennen, äußerst gering. Und jetzt ausgerechnet Juri.

»Bestell dir, was du willst, mein Freund«, forderte ihn Juri lebhaft auf, »cheute bin ausnahmsweise einmal ich mit dem Bezahlen der Rechnung dran.« Der Gedanke schien ihm zu gefallen, denn er klatschte in die Hände und winkte die Serviererin an den Tisch. »Beginnen wir mit Champagner«, meinte er. »Das ist nie verkehrt.«

Palinski war mehr als erstaunt, denn Malatschew hatte eine Menge herausragende Eigenschaften. Übermäßige Großzügigkeit zählte aber nicht dazu. Falls überhaupt, hätte er mit einem Kaffee gerechnet, bestenfalls noch mit einem Achterl Wein, aber Champagner? Na gut, immerhin gewann man ja auch nicht täglich im Lotto.

»Wie viel bringt denn der Sechser in dieser Runde?«, Palinski musste verdammt aufpassen, dass nicht etwas von dem Neid, den er jetzt langsam zu empfinden begann, in seiner Stimme mitschwang.

»Keine Ahnung«, Juri prostete ihm zu, »ich weiß nicht. So eine knappe Million, schätze ich. Der Fünfer bringt auf jeden Fall 943,77 Cent. Das ist nicht sehr viel, aber ich chabe bisher noch nie etwas gewonnen. Und so bin ich einfach glücklich darüber.«

Es dauerte einige Sekunden, bis Palinski kapierte. Zu verstehen glaubte, welch fatalem Irrtum er anfangs offenbar erlegen war. Einen Moment lang fühlte er sich, als ob ihm ein Pferd …, nein, das war kein Pferd gewesen, also als ob ihm ein Esel kräftig in den Bauch getreten hätte, und dachte schon, er müsste kotzen. Aber das war rasch wieder vergangen.

»Heißt das, dass du gar nicht den Lotto-Sechser gemacht hast?«, flüsterte er. »Sondern nur einen Fünfer?«

»Was cheißt nur«, polterte der alte Russe, »das bedeutet immerhin fast 950 Euro. Das ist weit mehr als eine Mindestrentnerin in eurem kapitalistischen Musterländchen bekommt.« Er blickte sein Gegenüber einen Augenblick lang ernst an. »Ihr jungen Leute seid immer so unzufrieden. Wenn ich mir vorstelle, 950 Euro seinerzeit in meiner Kindheit in Kasan – da hätte meine Familie ein Jahr lang fürstlich leben können. Oder noch länger. Aber ihr braucht immer mindestens einen Sechser, um glücklich zu sein.« Er schüttelte den Kopf, winkte neuerlich der Serviererin und gab ihr zu verstehen, dass es Zeit für eine weitere Flasche Schampus war. Und das, obwohl die erste noch halb voll grüßte.

* * *

Kurz vor 23.00 Uhr, die meisten deutschen Spieler hatten bereits ihre Zimmer aufgesucht und in das wunderschöne Schlosshotel am Hang des Hermannskogels kehrte allmählich Ruhe ein, machten sich Anselm Wiegele und Rudi Barberini, einer seiner Securities auf, um noch ein wenig zu joggen. Seit der Hauptkommissar mit Marianne zusammen und damit quasi in geregelten Verhältnissen lebte, hatte er sich dem regelmäßigen Laufen verschrieben, um dem Speck um die Leibesmitte keine Chance zu geben. Obwohl, wenn sein Schatz, die Kinderpsychologin, weiter so gut kochte …

Die Nacht war hell, die Luft mild und der vorher ausgesuchte Rundkurs auch für Ortsfremde nicht zu verfehlen. Als die beiden Männer aus dem Lift traten, konnten sie gerade noch erkennen, wie zwei Personen, vermutlich ebenfalls männlichen Geschlechts, in ein vor dem Haupteingang wartendes Taxi stiegen und abfuhren. Obwohl sich außer den Spielern, Trainern, Betreuern und einigen Funktionären keine Gäste im Haus befanden, dachte sich Wiegele nichts weiter dabei. Wahrscheinlich handelte es sich um Mitarbeiter des Hauses, deren Auto nicht anspringen wollte oder gerade bei der Inspektion war. Wiegele blickte Barberini fragend an, der reagierte mit einer ebenso unverbindlichen Geste, die als ›Ich auch nix wissen‹ verstanden werden konnte.

Also setzten sich die beiden Männer in Bewegung und fanden schon bald ihren gewohnten Laufrhythmus.

Eine halbe Stunde später, die beiden hatten eben die Straße überquert und waren in einen Forstweg eingebogen, sahen sie etwa 200 Meter vor sich einen Wagen mit eingeschalteten Leuchten. Als sie auf etwa 100 Meter an das Fahrzeug herangekommen waren, sprang eine Gestalt aus dem Unterholz links vom Weg, setzte sich hinter das Steuer und fuhr mit nunmehr voll aufgeblendeten Scheinwerfern auf die beiden Jogger zu. Barberini brüllte noch: »Mensch, der Kerl spinnt ja komplett«, dann konnte ihn nur mehr ein entschlossener Sprung ins Unterholz vor Schlimmerem bewahren.

Bei dem Fahrzeug schien es sich um einen dunkelfarbenen Geländewagen zu handeln. Um einen dieser allradbetriebenen CO_2- spuckenden Monster, mit denen sich gut betuchte Trendsetter so gerne überall zeigten.

Vom Kennzeichen hatte Wiegele lediglich die Buchstaben GF am Anfang erkennen können sowie zwei Dreier. Die aber auch Achter gewesen sein konnten. Na, hoffentlich gab es in GF nicht allzu viele Fahrzeuge dieses Typs, mit Sicherheit waren es aber weniger als in W. So gesehen konnte man fast von Glück sprechen. Alles war eben relativ.

»Den Arsch holen wir uns«, murrte Barberini und hatte schon sein Handy gezückt, um Verbindung mit dem für sie zuständigen Kontaktmann beim Kommissariat in Döbling herzustellen.

Während sein Kollege auf das Gespräch wartete, blickte sich Wiegele vorsichtig um. Was hatte der Autofahrer hier gesucht, was sein rücksichtsloses Verhalten erklärte?

Wiegele glaubte, plötzlich unregelmäßigen Atem zu hören, gefolgt von leisem Stöhnen. Er machte einige Schritte in den Wald und stolperte fast über die gekrümmt am Boden liegende Gestalt.

»Schnell, Rudi, hier liegt ein Schwerverletzter!«, rief er seinem Kollegen zu, der seinem Gesprächspartner noch schnell zusagte, sich gleich wieder zu melden, ehe er die Verbindung mit dem Kommissariat unterbrach.

Barberini hatte so eine kleine Leuchte am Schlüsselbund, mit der man nicht wirklich etwas sehen konnte. Damit versuchte er, die Gestalt am Boden anzuleuchten. Der Fokus war aber viel zu klein, um mehr als nur eine wirre Abfolge winziger Ausschnitte menschlichen Leidens zu ermöglichen.

Aber das Wenige, was die beiden Männer erkennen konnten, reichte völlig, um Barberini sofort wieder zum Telefon greifen zu lassen. Er wählte neuerlich das Koat Döbling, informierte Inspektor Haberfellner und ersuchte dringend um einen Notarztwagen.

* * *

Da Palinskis Lieblingsrestaurant unter den Nachwirkungen eines Wasserrohrbruches zu leiden und den Betrieb für einige Tage eingestellt hatte, hatten sich die Paare Mario und Wilma sowie Helmut und Franca Wallner heute ausnahmsweise einmal im ›Drachen von Shanghai‹ getroffen. Das, Sie haben es sicher erraten, Chinarestaurant lag etwa 100 Meter unterhalb vom Italiener, Richtung Stadt.

Der Anruf Inspektor Haberfellners hatte seinen Chef erreicht, während die Runde noch lustig an ›Ente gebraten‹ und ›Chicken Chop Suey‹ herumgekiefelt und sich ehrlich bemüht hatte, die Glasnudeln nicht von den Stäbchen rutschen zu lassen.

Oberinspektor Helmut Wallner, der Leiter der Kriminalabteilung am Kommissariat Hohe Warte, hatte kurz zugehört und sich ein knappes »Ich bin gleich da« abgerungen, ehe er sein Handy wieder weggesteckt hatte.

»Zwei Sicherheitsbeamte des DFB-Teams haben beim Joggen in der Nähe der Jägerwiese eine schwerverletzte Person gefunden, die auf dem Weg ins Krankenhaus verstorben ist«, hatte er der Runde erklärt. »Willst du mitkommen?«, hatte er dann noch von Mario wissen wollen. »Einer der beiden Jogger ist dein Freund Wiegele.«

Natürlich hatte Palinski gewollt, und so waren die beiden vor knapp zehn Minuten am Fundort des kurz danach Verstorbenen eingetroffen.

»Das sind auch nicht ganz die Umstände, unter denen ich mir unser Wiedersehen vorgestellt habe«, Wiegele lächelte Palinski müde an. »Aber man kann sich das leider nicht immer aussuchen.« Dann berichtete er Wallner und den anderen von Anfang an.

»Der vielleicht 45-jährige Mann hat noch gelebt, als wir ihn gefunden haben«, stellte er schließlich fest, »aber bei der Schwere der Kopfverletzungen habe ich schon befürchtet, dass er es nicht schaffen wird. Übrigens hat er noch versucht, mir etwas zu sagen. Es hat wie ›Ohsche isse‹ und ›Ähwlin‹ oder so ähnlich geklungen. Es schien ihm wichtig zu sein, denn er hat sich sehr angestrengt.«

»Gibt es irgendwelche Hinweise auf die Identität des Opfers?«, wollte Wallner wissen.

»Wir haben bei dem Mann nichts gefunden, das auf seine Identität schließen lässt, keine Brieftasche, keinen Führerschein, nichts«, berichtete Haberfellner. »Lediglich ein teuer aussehendes Taschentuch mit dem Monogramm S.H. Einmal benutzt, vollgerotzt. Das Ganze sieht vordergründig nach Raubüberfall aus. Aber hier, in dieser Umgebung kann ich mir das eigentlich nur schwer vorstellen.« Er deutete auf den nunmehr ausgeleuchteten Fundort. »Nun ja, die Kollegen von der Spurensicherung werden schon noch den einen oder anderen Hinweis finden.«

»Haben Sie vielleicht erkennen können, ob es sich bei dem rücksichtslosen Fahrer des Wagens mit der Gänserndorfer Nummer um einen Mann oder eine Frau gehandelt hat?« Wallner hatte sich an die beiden Jogger gewandt, doch sowohl Wiegele als auch Barberini winkten ab. »Der Wagen ist mit voll aufgeblendeten Scheinwerfern auf uns zugerast«, stellte der karenzierte Hauptkommissar fest. »Wir mussten uns vor allem einmal in Sicherheit bringen und haben keine Zeit gehabt, auf den Fahrer zu achten. Da war es schon Glück, zumindest einen Teil des Kennzeichens erkannt zu haben.« Er klang ein wenig verstimmt.

»Das ist mir schon klar«, wiegelte Wallner ab, »das war nicht böse gemeint. Eigentlich eine dumme Frage, aber ...«

»Ihre Pflicht, diese auch zu stellen«, ergänzte Wiegele gutmütig. »Ich muss mich entschuldigen, aber die ganze Angelegenheit geht mir mehr an die Nieren, als mir lieb ist.« Er schüttelte mit gespielter Verzweiflung den Kopf. »Da fährt man auf Urlaub und will nur an Fußball denken. Und dann das. Man kann seiner Bestimmung eben nicht entrinnen.« Sein Lachen klang etwas gequält.

* * *

In der Schweiz war man trotz der späten Stunde noch wacker am Schaffen.

In Zürich lag seit Kurzem der mündliche Bericht der Rechtsmedizin zur Obduktion von Arthur Mellnig vor. Ursache für den Tod des 41-jährigen Schiedsrichters war die schwere Verletzung der Medulla Oblongata durch die Fraktur des Dens Axis und der Riss der Bänder, also ein klassischer Genickbruch gewesen. Fachmännisch herbeigeführt, wie der Pathologe ausdrücklich angemerkt hatte.

Kurz danach war dem Toten ein spitzer Gegenstand, etwa ein Schraubenzieher, in das linke Ohr eingeführt, mit großer Wucht durch das Labyrinth und die Schnecke sowie den knöchernen Bereich der Schädelbasis und die daran anliegende harte Hirnhaut getrieben worden und so ins Kleinhirn eingedrungen. Durch die Lage der Leiche war es dabei dank der Schwerkraft noch zu leichten Blutungen aus dem Ohr und der Nase gekommen. Diese Attacke war, isoliert betrachtet, mit Sicherheit nicht tödlich und in

Hinblick auf den Genickbruch überflüssig gewesen. Dennoch war sie erfolgt.

Warum rammte jemand, wahrscheinlich eine Frau, die dem Mann vorher möglicherweise noch Geschlechtsverkehr, auf jeden Fall aber eine Ejakulation beschert hatte, dem bereits ermordeten Opfer dann auch noch einen Schraubenzieher ins Hirn?

Wahrscheinlich hatte die Vorgangsweise etwas Symbolisches an sich, etwas von der Art: »Du hast etwas gehört, was du nicht hättest hören sollen. Und das muss getilgt werden.«

Das klang irgendwie plausibel, fand Oberleutnant Beat Vonderhöh. Obwohl er zugeben musste, dass seine Schlussfolgerung durch die Informationen beeinflusst worden waren, die er aus Nyon erhalten hatte.

In der UEFA-Zentrale tagte der Sicherheitsbeauftragte noch immer oder schon wieder mit dem Präsidium der Schiedsrichterkommission und einigen Vertretern der Fedpol. Aktueller Anlass für das derzeitige Treffen war ein am späteren Abend eingegangenes E-Mail mit dem lapidaren Text: Verräter müssen eben sterben. Ohne Unterschrift.

Die Botschaft war von einem Internetcafé in Salzburg abgesetzt worden, das täglich von einigen Hundert Menschen aufgesucht wurde.

Damit war nun auch dem letzten Anwesenden klar, welches Motiv zur Ermordung von Kollege Arthur Mellnig geführt haben musste. Und dass die richtigen Probleme für die UEFA mit diesem Todesfall erst begonnen hatten. Oder wie es das englische Präsidiumsmitglied Sir Brian Paranoy so treffend formulierte: »Gott sei uns gnädig, aber das könnte der Anfang vom Ende unseres Sports sein.«

Das Zitat sollte in den nächsten Tagen als Schlagzeile durch die Weltpresse gehen und Mellnigs Namen posthum einen Bekanntheitsgrad knapp unter jenem Arnold Schwarzeneggers einbringen.

3

Mittwoch, 4. Juni, vormittags

Palinski fröstelte, ihm war richtiggehend kalt. Hatte sich Wilma wieder einmal im Schlaf an seiner Bettdecke vergriffen und sie ganz einfach zu sich hinübergezogen? Das war schon ein, zwei Mal so gewesen. Aber im Schlaf, und daher hatte er ihr auch nicht wirklich böse sein können deswegen.

Vorsichtig öffnete er die Augen, schloss sie aber sofort wieder. Wo war er eigentlich, ging es ihm erschrocken durch den Kopf? Was er gesehen hatte, waren nicht die üblichen Lichtreflexionen und Schatten an der vertrauten Schlafzimmerdecke, sondern ein altes, ziemlich hässliches Haus im gelborangen Licht der nächtlichen Straßenbeleuchtung.

Unter sich spürte er auch nicht die vergleichsweise weiche Matratze seines Bettes, sondern … hartes Holz.

Langsam kehrte die Orientierung wieder zurück. Nachdem Palinski neuerlich die Augen geöffnet hatte, stellte er fest, dass er auf einer Bank am Äußeren Gürtel saß, keine zehn Meter entfernt von der Einmündung der Döblinger Hauptstraße.

Er blickte auf seine Uhr, die exakt 3.08 Uhr anzeigte.

Das wüste Champagnisieren nach dem Besuch des Chinarestaurants mit Juri, der Russe hatte weit mehr als die Hälfte seines Lottogewinns in Moët &Chandon angelegt und zuletzt auch noch eine Lokalrunde geschmissen, war kurz nach 1.00 Uhr zu Ende gegangen. Der Weg nach Hause, der für Palinski knapp 500 Meter betrug, hatte ihn zwangsläufig beim ›Flotten Heinzi‹ vorbeigeführt, der das Angebot seines Würstelstandes bereits ganz auf die Fußball-EM und die ausländischen Schlachtenbummler abgestimmt hatte. Plötzlich gab es beim Burenwurstkönig auch Wiener Würstchen, Bouletten und Fleischpflanzerln, ja, sogar einen Lieferanten für Currywurst hatte er irgendwo aufgetrieben.

Jetzt wusste Palinski endlich auch, was ihm schon die ganze Zeit über gefehlt hatte. Nämlich etwas Handfestes zwischen den Zähnen, um das leicht flaue Gefühl im Magen wieder loszuwerden. Wild entschlossen testete er Boulette, Fleischpflanzerln und Fleischlaberl hintereinander und konnte keinen wirklichen Unterschied feststellen. Die verschiedenfarbigen, an ordinären Zahnstochern befestigten Fähnchen (Berlin, Bayern und Wien) waren die einzige Möglichkeit, die drei faschierten Laibchen auseinanderzuhalten.

Aber es hatte ihm gemundet und Palinskis Gesamtzustand von leicht betrunken und angeschlagen zu wohlig matt und müde gewandelt.

Und so war er noch etwa zwanzig Meter weitergegangen, unter dem Stadtbahnbogen durch, um dann auf der auf der anderen Seite vorgefundenen Bank Platz zu nehmen.

Da war es dann wohl passiert, er war ganz einfach eingeschlafen.

Inzwischen hatte sich Palinski wieder erhoben und einige körperliche Übungen gemacht, um sich etwas aufzuwärmen. Wenn man die drei angedeuteten Kniebeugen und das bisschen Rotieren mit den Armen überhaupt so nennen konnte.

Bis auf ein leichtes Kopfbrummen fühlte er sich besser als nach dem Verlassen des Cafés ›Kaiser‹ vor inzwischen … ja, fast schon zwei Stunden. Jetzt war er bereit, die restlichen 300 Meter bis zu seinem Zuhause auch noch zu bewältigen.

Obwohl um diese Tageszeit selbst auf dem sonst so stark frequentierten Döblinger Gürtel so gut wie kein Verkehr mehr herrschte, wartete Palinski folgsam, bis die Fußgängerampel von Rot auf Grün schaltete, ehe er die Straße überquerte. Bewusst langsam setzte er Schritt vor Schritt und registrierte unbewusst, dass der Himmel im Osten schon langsam heller wurde. Bald würde die Nacht vorbei sein und damit auch alles Böse und alle Gefahren, die die Dunkelheit in sich barg. Oder angeblich verbergen sollte, denn Mario hatte kein Problem damit.

Ungefähr vor dem Hause Billrothstraße 2 angelangt, holten zwei zunächst völlig unabhängig scheinende Ereignisse Palinski abrupt aus seinem lustvollen Sinnieren.

Da war einmal das heisere Röhren eines starken Motors, wahrscheinlich eines Porsches oder etwas dieses Kalibers, das in der relativen Stille der Nacht schon viel früher zu hören war, ehe der aus der Stadt kommende Flitzer auch optisch in Erscheinung trat.

Gleich darauf vernahm Palinski ein von vorne links kommendes Geräusch, das er zunächst nicht recht zuordnen konnte. Keine drei Sekunden später sah er einen Mann unbestimmten Alters, der, aus der Billrothstraße kommend, rannte, so schnell er konnte. Offenbar um sein Leben sprintete, denn er wurde von zwei auch nicht gerade langsam wirkenden Typen verfolgt. Einer der beiden, er befand sich keine zwanzig Meter hinter dem Verfolgten, hatte, falls sich Palinski nicht sehr irrte, sogar einen Revolver in der Hand. Oder eine Pistole, auf diese Entfernung konnte Palinski das nicht so genau erkennen. Aber selbst dann hätte er raten müssen, denn trotz seiner Tätigkeit kannte er sich mit Schusswaffen einfach nicht aus.

Der von vielleicht 200 oder mehr Pferdestärken erzeugte Motorsound war inzwischen bedrohlich nahe gekommen, denn der starke Wagen überquerte eben den inneren Döblinger Gürtel.

Der fliehende Mann überquerte in der Zwischenzeit die Döblinger Hauptstraße. Zunächst die stadteinwärts führende Fahrspur sowie die Straßenbahngeleise.

Was nun folgte, war bei aller Schrecklichkeit des Ereignisses auf eine sehr bizarre Art lustig. Ein perfektes Beispiel dafür, dass Gott, sofern es einen gab, gelegentlich einen Hang zu schwarzem Humor haben musste. Später würde Palinski an diesen gezeichneten Witz denken müssen, in dem ein Autofahrer in der Wüste in voller Fahrt die einzige Palme im Umkreis von 200 Meilen und mehr gerammt hatte. Im Moment war ihm aber alles andere als zum Lachen zumute.

Der fliehende Mann hatte inzwischen mit zwei Schritten die Fußgängerinsel mit der Straßenbahnstation Richtung stadtauswärts gequert und die dahinter befindliche Absperrung mit einer vor allem in Anbetracht der Tageszeit durchaus eleganten Flanke überwunden.

Gleichzeitig hatte der aus Richtung Stadt gekommene, eben in die Döblinger Hauptstraße eingefahrene silbergraue Porsche schon wieder auf 80 Stundenkilometer beschleunigt. Ziemlich exakt vor dem Haus Nummer 4 kreuzten sich nun die Wege des Flüchtigen und des Sportwagens schicksalhaft. Mit dem Effekt, dass der schwächere Teil in dieser ungleichen Paarung, der Fußgänger, also der Sprinter, von dem starken Wagen erfasst und einige Meter durch die Luft geschleudert wurde.

Entsetzt beobachtete Palinski den wie in Zeitlupe vor ihm ablaufenden Vorgang, um dann auf den keine fünf Meter vom ihm entfernt aufgeschlagenen, geschundenen Körper zu starren. Er konnte nicht anders, als sich neben der stark blutenden und mit seltsam abgewinkelten Beinen auf der Fahrbahn liegenden Person hinzuknien. Automatisch, wie er das bei einem Erste-Hilfe-Kurs gelernt hatte, suchte er den Pulsschlag am Hals. Gott sei Dank, der Puls war da, zwar sehr schwach und unregelmäßig, aber immerhin, der arme Teufel lebte noch.

Inzwischen hatte der Porsche hinter der Einmündung der Glatzgasse angehalten, und eine Person war ausgestiegen. Am gegenüberliegenden Gehsteig hatten die beiden Verfolger des armen Teufels da am Boden ebenfalls innegehalten und waren dabei, den Rückzug anzutreten.

Palinski konzentrierte sich aber mehr auf den Fahrer des Porsches, der neugierig die Szene auf der Fahrbahn beobachtete.

»Schnell, rufen Sie die Polizei und die Feuerwehr«, brüllte er, »der Mann lebt noch. Also tummeln Sie sich schon.«

Der Lenker oder die Lenkerin, Palinski konnte auf die gut 30 Meter, die zwischen ihm und dem Porsche lagen, das Geschlecht der Person hinter dem Steuer beim besten Willen nicht erkennen, stieg wieder in sein Fahrzeug. Um endlich die lebensrettenden Anrufe zu erledigen, wie Palinski hoffte. Aber schmecks, der Autorowdy dachte gar nicht daran, Verantwortung zu übernehmen. Vielmehr gab er Gas, und der Unfallwagen entfernte sich rasant von der Unfallstelle.

Also gut, dann musste eben er die Polizei informieren, dachte Palinski und begann, nach seinem Handy zu kramen. Als er eben in die Innentasche seiner Jacke greifen wollte, bemerkte er, dass das blutbeschmierte Unfallopfer die Augen geöffnet hatte.

»Keine Angst, mein Freund«, versuchte Palinski den Mann mit möglichst unaufgeregter Stimmte zu beruhigen. »Ich rufe jetzt die Rettung, und in zwanzig Minuten liegen Sie schon in einem Spitalsbett, und es wird Ihnen besser gehen.«

Fast unmerklich nickte der Schwerstverletzte verneinend mit dem Kopf. Dann hob er mühsam den rechten Arm und hielt Palinski etwas hin. Eine kleine Schachtel, wie es Mario schien.

»Please, ... take ...«, das Sprechen machte dem armen Kerl offenbar große Mühe.

»Take that.« Er stieß Palinski neuerlich mit dem Päckchen an, versuchte förmlich, es ihm aufzudrängen. »It is a ... poli... political conspiration.«

»Okay, okay, in a few minutes the police will be there«, wehrte Palinski freundlich, aber bestimmt ab. »Please wait ...«

»Oh shut up, you stupid«, grollte der Mann unter Mobilisierung seiner letzten Kräfte. »No police, I don't know, whom we ... can trust. Call Mr. Jablovec ... or Mr. Szentosiewic in the Embassy, but don't speak with anybody else. They ...«, er hatte offenbar schreckliche Schmerzen, »... they want to kill the ... President and his ... suc ... ces ... sor«, er hatte Mühe, das Wort herauszubringen. »This Sunday, the soccer-game. Please help!«

Ohne es eigentlich zu wollen, hatte Palinski das Päckchen nun doch in die Hand genommen. Den Sterbenden schien das zu beruhigen, denn er nickte seinem Helfer dankbar zu.

»And please«, er blickte Mario flehend an, »take this bracelet«, er streifte eine Art Freundschaftsarmband aus schwerem Silber von seinem linken Handgelenk ab, »and give it to Janina, ...my sweet Janina. Tell her, I love her.«

Ein Schwall Blut drang aus dem Mund des Mannes und verschmutzte auch Palinskis Hemd. Hoffentlich war der Kerl nicht HIV-infiziert, schoss es diesem durch den Kopf. Aber dann gewann wieder das Mitleid die Oberhand.

»That's o.k.«, meinte Palinski, »I will contact Janina.« Doch dem Mann war inzwischen jeder Rest Lebens abhandengekommen. Er blickte nur mehr mit gebrochenen Augen vorwurfsvoll in den immer heller werdenden Döblinger Himmel. Der Tod war ziemlich genau um 3.24 Uhr eingetreten.

* * *

Kurz vor 3.45 Uhr erschienen zwei düster aussehende und erst recht so wirkende Männer beim ›Flotten Heinzi‹, dem unbestritten führenden Treffpunkt für Würstel- und Imbissfans in Wien.

Zwei Strichkatzen*, nach getaner Arbeit auf dem Weg nach Hause, luden gerade ihre in dieser Nacht wieder einmal reichlich erschöpften Energiespeicher mit einer Leberkässemmel bzw. einer ›Haßen mit Siassem‹ schon wieder auf.

Einer der beiden Männer holte einen Ausweis aus der Tasche, hielt ihn dem Heinzi kurz hin, meinte knapp, dass er Major Gerlacher vom Verfassungsschutz wäre und dringend mit dem Gastronomen zu sprechen hätte.

»Na schee«, meinte der Heinzi, »aber zerst, kaun i Ihnan wos aubietn?«

Hauptmann Ennsbacher, das war der zweite Düstere, nahm eine Wurstsemmel und ein Cola, Gerlacher nur einen Kaffee.

»Gutes Gebräu«, lobte der Major anerkennend, als der den ersten Schluck nahm, »aber jetzt zur Sache. Vor etwa

---

*Prostituierte

einer halben Stunde ist da drüben«, er deutete in Richtung 19. Bezirk, »ein Mann von einem silbergrauen Porsche angefahren und getötet worden. Wir suchen Zeugen für diesen Unfall. Haben Sie etwas davon mitbekommen?«

Heinzi überlegte.

»Na kloar hab i bemerkt, doss da dribn wos los gwesn sei muass. Na ohne Grund wiad die Polizei und die Rettung jo net mittn in da Nocht daherkumman. Oba vom Unfoi seba hob i nix gsegn. Tuat ma lad.«

Gerlacher nickte verständnisvoll, immerhin gab es von dem Standort zu dem kaum mehr als vielleicht 50 bis 60 Meter entfernten Unfallort keinen direkten Sichtkontakt.

»Tja, das habe ich auch gar nicht erwartet«, räumte er ein. »Aber vielleicht haben Sie ja …«, er blickte auf seine Armbanduhr, »einen Mann gesehen oder sogar erkannt, der …«, er zögerte kurz, »… in der letzten … Stunde, also sagen wir nach 3.00 Uhr in Richtung Döblinger Hauptstraße gegangen ist. Etwa 40 bis 50 Jahre alt, etwas korpulent, mindestens 1,80 groß.«

Spontan fiel dem Heinzi sein alter Freund Mario ein. Aber Palinski war ja schon viel früher vorbeigekommen und vor 2.00 Uhr schon wieder gegangen. Der war zur Zeit des Unfalles schon längst in den Armen seiner schönen Frau gelegen und hatte laut geschnarcht. Bei dem Fetzn*, den der offenbar gehabt hatte.

»Oiso noch 3.00 Uhr, sogn Sie«, stellte der Heinz fest. »Tjo, do foit ma nua der Dokta Weghofer ei, a Aunwoit, der sei Kanzlei in da Nußdorferstroßn hod und in da Phillipovichgossn wohnt. Glei do obn.« Er deutete vage nach halb rechts. In Richtung 2.00 Uhr, wie Flieger und Militärs wohl sagen würden.

*Schwips, leichter Rausch

»Und sonst ist niemand nach drei vorbeigekommen oder hat bei Ihnen etwas konsumiert?«, versicherte sich Major Gerlacher nochmals und blickte den Heinzi scharf an.

»Na jo, do wor no da oide Herr Messlechner und a poar Studentn vom Heim drübm hom sie a Brot ghoit«, diesmal deutete er auf 4.00 Uhr. »Des mochens eftas. Oba a Mau um die 45 Joar, a bissl blad und eha groß, na, dau woar nua da Rechtsauwoit, der Dokta Weghofer.«

Die beiden Verfassungsschützer schienen zufrieden, deuteten salopp einen Gruß an und verließen den Würstelstand.

»Na Heinzi, wos suachn denn die Kiebara?«, wollte Lisa, die eine Hure, wissen, nachdem sie den letzen Bissen ihrer Wurstsemmel im Mund hatte verschwinden lassen.

»De Hean woan kane Polizisten, sondan vom Vafossungsschutz«, erwiderte der Flotte Heinzi. »Die suachen offenboa an Zeugn fia an Autounfoi do vurn.« Sein Arm zeigte ganz klar auf 3.00 Uhr.

»Um wos si da Vavo... oder wia des haast, heit scho ollas kimmat, is a Waunsinn«, wunderte sich Nora, die zweite Schöne der Nacht. Und der Heinzi konnte ihr eigentlich nur recht geben.

* * *

Es war knapp vor 4.00 Uhr am Morgen, und Palinski saß reichlich verdattert in seinem Büro. In den letzten Minuten war ihm eindeutig bewusst geworden, dass er erstmals in seinem Leben kriminell geworden war. Zwar nur im technischen Sinne, wie er sich immer wieder einzureden versuchte, aber doch.

Was er vor Kurzem getan hatte, war eindeutig Diebstahl gewesen. Er hatte etwas an sich genommen, was dem eben verstorbenen Opfer eines Verkehrsunfalles gehört hatte. Nein, nein, damit war nicht das mysteriöse Päckchen gemeint oder das silberne Herrenarmband, das er … Janica, nein, Janina geben sollte. Nachdem er endlich sein Handy gefunden und gerade die Polizei von dem Unfall informieren wollte, hatte er aus der Ferne das unüberhörbar immer näher kommende Geräusch eines Martinshorns vernommen. Hatte schon jemand anderes die Polizei gerufen? Er hatte sich umgesehen, aber keine beleuchteten Fenster oder gar Personen entdecken können.

Nun ja, hatte er gedacht, vielleicht war das Fahrzeug, dessen ins Mark gehende Sirene immer näher kam, ja ganz woandershin unterwegs.

Wie auch immer, falls er etwas mehr über das Opfer und vor allem über Janina wissen wollte, dann musste er sich jetzt beeilen, hatte er gedacht und, ohne lange nachzudenken, die Brieftasche des Toten aus dessen innerer Sakkotasche herausgeholt.

In dem Moment war das Polizeifahrzeug in Palinskis Blickfeld aufgetaucht, mit Blaulicht und allem anderen, was dazugehört. Und hatte ganz präzise den Tatort angesteuert, an dem er sich befand. War es möglich, war ihm durch den Kopf gegangen, dass einer der beiden Verfolger des Opfers, die nach dem Unfall wie vom Erdboden verschwunden waren, die Polizei informiert hatte? Oder jemand anderen?

Jetzt waren ihm auch die Worte des Unfallopfers wieder eingefallen, niemandem zu trauen außer zwei Männern, deren Namen er schon wieder vergessen hatte. Palinski war an sich kein Anhänger von Verschwörungstheorien, aber die speziellen Umstände waren doch reichlich seltsam gewesen. Was, wenn der Sterbende die Wahrheit gesagt hatte? Und vor allem, warum sollte jemand in so einer Situation Lügen erzählen?

Und so hatte er plötzlich richtig Schiss bekommen. Angst, in diese Sache verwickelt zu werden, ohne mehr darüber zu wissen.

Manchmal ist Feigheit eine Schwester der Vernunft und eine Tochter der Weisheit. Und so hatte sich Palinski entschlossen, vernünftig und auch weise zu sein und so rasch wie möglich zu verschwinden. Und dabei hatte er ganz vergessen, die Brieftasche des Toten, in der sich immerhin auch mehr als 2.000 Euro und 400 Dollar befanden, wieder an ihren ursprünglichen Platz im Sakko des Mannes zurückzustecken.

Dass er fast in Panik davongelaufen war, weil ihm der Gedanke an die Polizei das erste Mal in seinem Leben irgendwie ... Angst gemacht, scheinbar völlig unbegründete, schwere Bedenken gegen einen Kontakt zu diesem Zeitpunkt hatte, machte den Diebstahl zwar verständlich, entschuldigten ihn aber keineswegs. Von einem Profi wie Palinski konnte man wirklich eine überlegtere Reaktion erwarten. Oder war er möglicherweise gar nicht so sehr Profi, wie er sich selbst, aber auch alle anderen ihn immer wieder glauben machen wollten?

Nun gut, der Tote war ein gewisser Branko Miskovic gewesen, 38 Jahre alt und allem Anschein nach ein an der kroatischen Botschaft in Wien akkreditierter Diplomat.

Einige Fotos in einem Seitenfach der Brieftasche zeigten ihn mit einem kleinen, hübschen Mädchen, ob das Janina war? Drei Aufnahmen waren zweifelsfrei in bzw. in der Nähe von Dubrovnik aufgenommen worden. Vielleicht der Wohnort Janinas. Darum würde er sich später kümmern.

Last, but not least fand Palinski auch noch ein kleines Telefonverzeichnis, dem er neben anderen auch die Namen Jablovec und Szentosiewic entnehmen konnte. Er war sich ziemlich sicher, dass ihn der Sterbende an diese beiden Männer verwiesen hatte. Zumindest hatten die Namen ähnlich geklungen.

Vorsichtig wischte er die Brieftasche und sämtliche Papiere mit einem Taschentuch ab, um ja keine Fingerabdrücke zu hinterlassen. Am besten würde es sein, diesen Fund an die Polizei zu schicken. Anonym natürlich und von einem weit entfernten Postamt aus. Ja, so wollte er das Problem später am Tag lösen. Wenn die Angelegenheit einmal ausgestanden sein würde, konnte er immer noch Helmut Wallner beichten, was ihm da passiert war. Oder besser noch, dessen Frau Franca. Frauen waren verständnisvoller.

So, jetzt musste er sich nur noch das geheimnisvolle Päckchen vornehmen. Seinen Inhalt ergründen, immerhin war gerade vorhin ein Mensch dafür gestorben. Scheu, fast widerwillig legte er die Schachtel, eine von der Art, wie sie Juweliere zur Verpackung kleinerer, weniger wertvoller Geschenke verwenden, vor sich auf den Schreibtisch. Dann kappte er die kreuzweise angebrachten Klebestreifen mit dem Brieföffner, einem Geschenk Florians zu seinem letzten Geburtstag, genau dort, wo sie den Deckel am Unterteil der Schachtel fixierten.

Auf Watte gebettet lag da so ein kleines Tonband, wie man es für diese winzigen Diktiergeräte benötigte. Palinski besaß so ein Gerät oder hatte es einmal besessen. Er hatte aber nicht die geringste Ahnung, wo sich das gute Stück befinden konnte.

Na egal, so ein Ding würde sich morgen schon finden lassen, nein, heute, denn es war bereits knapp vor halb fünf Uhr morgens. Langsam wurde es nicht nur hell draußen, sondern auch höchste Zeit für Palinski, endlich schlafen zu gehen.

* * *

Harry Bachler und Florian Nowotny hatten gestern noch lange miteinander gesprochen. Und der gut entwickelte kriminalistische Instinkt des Jusstudenten im Solde Palinskis hatte ihm gesagt, dass sich da möglicherweise etwas anbahnte. Die Recherchen in der legendären Datenbank ›Crimes – Facts and Ideas‹ hatten zwar keinerlei ernsthafte Hinweise auf Verbrechen mit Gummistiefeln ergeben, aber jede Menge zum Suchwort Kinder. Kinder als Opfer, Kinder als Täter und Kinder als Handlanger, Werkzeug.

Aber solange nicht feststand, was da eigentlich beim Stephansdom und dem Rathaus abgelaufen war, war jeder weiter gehende Gedanke reine Spekulation und daher Zeitverschwendung. Möglicherweise gab es ja eine völlig harmlose Erklärung für diese Vorfälle. Bloß, den beiden war keine eingefallen.

So waren sie übereingekommen, dass sich Harry heute auf Recherche begeben und Florian mittels Handy laufend über die aktuelle Entwicklung informieren sollte.

Also hatte sich Harry bereits kurz nach halb neun wieder in der Nähe des Haupttors aufgebaut. Absolut diskret, wie er überzeugt war, beobachtete er die Menschen, die den Stephansdom nach der Perlustrierung durch die Polizei betreten durften.

Aber zunächst einmal tat sich gar nichts. Seine Geduld wurde auf eine harte Probe gestellt, und seine Aufmerksamkeit ließ mit der Zeit bedenklich nach.

Kurz vor 10.00 Uhr war er mit der Beobachtung einer Gruppe skandinavischer Studentinnen ausgelastet, die in knappen Tops, engen Röcken und wehenden blonden Haaren über den Platz schlenderten.

Nachdem er den plötzlichen Aufruhr seiner Hormone wieder unter Kontrolle gebracht und seinen Blick neuerlich auf den Dom konzentriert hatte, konnte er gerade noch zwei Paar gelbe, von zwei kleinen Buben getragene Regenstiefel durch das Riesentor verschwinden sehen. Seine erste, fast panische Reaktion war, den Stiefeln zu folgen und in den Dom zu stürmen. Doch die aus gut 50 Personen bestehende Schlange vor der Polizeikontrolle ließ ihn diesen Impuls zwangsläufig wieder unterdrücken.

Also wartete er weiter ab, konzentrierter als zuvor, um den Moment nicht zu versäumen, in dem die beiden Knaben das riesige Gotteshaus wieder verlassen würden. Mit oder ohne ihr gelbes, dem Wetter so absolut nicht entsprechenden Schuhwerk.

Etwa 20 Minuten später schienen sich die Ereignisse zu überschlagen. Nachdem Harry Florian Nowotny wie vereinbart einen Zwischenbericht geliefert hatte, wollte er sich rasch einen Espresso in einem gegenüberliegenden Stehcafé genehmigen. Kaum hatte er den ersten Schluck des siedend heißen Gebräus zu sich genommen, als die Familie mit den beiden Knaben wieder auftauchte. Beide hatten zu Harrys größter Überraschung ihre Stiefel noch ganz genau so an den Füßen wie vor einer halben Stunde. Was hatte das wieder zu bedeuten, ging es dem Hobbydetektiv durch den Kopf. Hatte er sich das gestern alles nur eingebildet oder die Eltern die Sportschuhe der Kleinen zu Hause vergessen? Oder was war sonst los?

Während er noch überlegte, was er nun tun sollte, sah er plötzlich das kleine Mädchen von gestern wieder. Die, die ihm beim Rathaus einen scheuen Gruß zugesandt hatte. Sie kam mit ihren Eltern und zwei weiteren Kindern aus der

Konditorei Aida an der Ecke und stellte sich brav in die Schlange der auf Einlass in den Dom wartenden Menschen. Und alle drei Kinder steckten wieder in Gummistiefeln, zwei in gelben und der kleine Bub in grünen.

Jetzt gab es für Harry kein Halten mehr. Er eilte, nein, er stürmte fast über den Platz und reihte sich vier Wartende hinter der Familie in die immer länger werdende Schlange ein. Jetzt wollte auch er sich im Dom umsehen, das erste Mal in seinem Leben übrigens.

* * *

Sabine Pleschke war schon fast 13 Jahre alt und Schülerin am Gymnasium ›In der Wüste‹. Ulrike Pleschke, ihre alleinerziehende Mutter, arbeitete als Helferin bei einem Osnabrücker Zahnarzt und daneben noch drei Mal pro Woche als Bedienung in einer Kneipe. Gott sei Dank war sie nicht wirklich ganz alleine, denn Großmutter Else ergänzte das normalerweise fröhliche Trio, das ein kleines Haus in Harderberg bewohnte. Und das machte das Leben schon um einiges einfacher.

Sabines Vater wusste nichts von seiner hübschen Tochter, da sich seine ehemalige Freundin damals und bisher standhaft geweigert hatte, ihn von ihrer Schwangerschaft und der nachfolgenden Geburt zu informieren. Else Pleschke hatte zwar nie verstanden, was die Geheimniskrämerei ihrer Tochter sollte, diese Macke bisher aber respektiert. Beinahe zumindest.

Daher wusste Sabine zwar, dass sie einen Vater hatte, sie war nicht nur in Biologie eine aufgeweckte Schülerin, kannte aber seinen Namen nicht. Vor einigen Wochen hatte sie ein Gespräch ihrer beiden Vorfahrinnen mitbekommen, ganz zufällig natürlich, und dann hinsichtlich ihrer väterlichen Wurzeln einen starken Verdacht geschöpft. Der sich schließlich nach der Sportsendung am letzten Samstag und einer raffiniert gestellten Fangfrage an die Oma, die keine Chance gehabt hatte, einer Antwort auszuweichen, zur absoluten Sicherheit verdichtet hatte. Endlich wusste sie nicht nur, wie ihr Vater hieß, sondern auch, wer er war, und sie freute sich darüber. Er war wirklich niedlich, kam im Fernsehen gut rüber und sah aus, als ob er sich über eine Tochter freuen würde. Dazu war er berühmt und schien eine Menge Kohle zu haben. Das war für Sabine zwar nicht sehr wichtig, konnte aber auch nicht schaden. Und den ultimativen Beweis für ihre Verwandtschaft gab es auch. Das linke, angewachsene Ohrläppchen. Ihres wie seines, sie hatte das bei einer Nahaufnahme ganz deutlich sehen können. Und sie kannte niemand anderen, dessen linkes Ohrläppchen angewachsen war und das rechte nicht. Über diese Laune der Natur verfügten nur sie und ihr Papa.

Da sowohl Mutter als auch Großmutter sie nach wie vor für blöde zu halten schienen und keinerlei Anstalten machten, ihr endlich reinen Wein einzuschenken, war es wohl langsam an der Zeit, selbst den ersten Schritt zu tun. So hatte Sabine, die deutlich über ihr Alter hinaus reif war, in den letzten Tagen heimlich und unbemerkt ihre Vorbereitungen getroffen.

* * *

Als Frieda Martinek, die Büroleiterin von Rechtsanwalt Dr. Weghofer, wie jeden Tag gegen 8.45 Uhr die Kanzlei in der Nussdorferstraße betreten hatte, hatte sie nur mit Mühe einen hysterischen Anfall unterdrücken können. In den Räumen herrschte das totale Chaos, offenbar war während der Nacht eingebrochen worden. Der oder die

Täter schienen etwas ganz Bestimmtes gesucht zu haben, denn sie hatten anscheinend sämtliche Schränke und Laden aufgebrochen, geöffnet und geleert. Die Portokasse mit immerhin 132, 58 Euro war dagegen unberührt geblieben. Das Einzige, dessen Fehlen Frieda sofort aufgefallen war, war der Picasso, der im Büro des Anwalts an der Wand gehangen hatte. Das war allerdings nur eine Kopie, ein Kunstdruck mit nur geringem Wert.

Ob sonst noch etwas fehlte? Diese Frage der Polizei konnte Frau Martinek nicht beantworten. Noch nicht, wie sie betonte, während sie sich akribisch genau jeden Schrank, ja jede einzelne Schublade vornahm und durchsuchte.

Zwischendurch versuchte sie immer wieder, ihren Chef telefonisch in seiner Wohnung zu erreichen. Bisher allerdings vergebens. Gut, Frieda wusste, dass Gerda Weghofer derzeit auf Kur in Montecatini war und ihr Chef das ausnützte, um ein wenig auf den Putz zu hauen. Da musste er natürlich in der Früh etwas länger schlafen. Na egal, in knapp zehn Minuten würde er ohnehin erscheinen, denn für 11.00 Uhr hatte sich der erste Mandant des Tages angesagt.

* * *

Franca Wallner war nicht nur die Ehefrau von Oberinspektor Helmut Wallner, sondern und vor allem auch stellvertretende Leiterin der Kriminalabteilung am Kommissariat Josefstadt. In dieser Funktion hatte sie bereits gestern, gleich nachdem die inoffizielle Bitte der Zürcher Kantonspolizei um Amtshilfe eingegangen war, versucht, mit Daniela Mellnig zu sprechen, der Frau des ermordeten Schiedsrichters. Wie ihr ein Nachbar an der Adresse Laudongasse 6 mitgeteilt hatte, war die Frau vor zwei Tagen zu einer beruflichen Fortbildungsveranstaltung in die Steiermark gereist. Wann sie wieder zurückkommen wollte, hatte der alte Herr allerdings nicht gewusst.

Über den Arbeitgeber, eine Finanzierungs- und Vermögensberatungsgesellschaft, hatte Franca erfahren, dass Frau Mellnig an einem Seminar des Unternehmens auf Schloss Pichlarn im Ennstal teilnahm und erst gegen Mittag des nächsten Tages, also heute, in Wien zurück sein sollte.

Daraufhin hatte sie veranlasst, dass ein Kollege des zuständigen Polizeipostens die Witwe aufsuchte und ihr die traurige Nachricht über ihre Statusänderung überbrachte. Mit der nachdrücklichen Bitte, sich so rasch wie möglich mit Inspektorin Wallner vom Koat Josefstadt in Verbindung zu setzen.

Die trauernde Witwe von Typ ›am Boden zerstört und dennoch perfekt gestylt‹ war dann auch prompt erschienen. Genau zehn Minuten nach 11.00 Uhr und damit etwas mehr als 18 Stunden, nachdem sie die erschütternde Mitteilung vom Hinscheiden ihres Gatten erhalten hatte.

Die rein routinemäßige Frage, was sie in der vorletzten Nacht in der Zeit von Mitternacht bis 5.00 Uhr morgens getan hatte, konnte Daniela Mellnig derart offen und zufriedenstellend beantworten, dass auch nicht der geringste Zweifel an ihrer Unschuld aufkommen konnte. Nach einer nach ihren Schilderungen sehr angeregten Party im Schloss sei sie gegen 2.00 Uhr morgens mit ihrem Direktor aufs Zimmer gegangen, um dort noch weiter an ihrer Karriere zu arbeiten. Natürlich würde Theo ihr Alibi bestätigen können, hatte er doch bis zum Morgengrauen kein Auge zugetan. Die Frau Inspektor möge das bitte bloß nicht falsch verstehen. Sie hatte ihren Mann sehr geliebt, aber sie hätten eben eine sehr offene Ehe geführt. Auch Arthur hatte sein eigenes Leben neben dem gemeinsamen gehabt. Und vor allem, das mit Theo war ja nur rein geschäftlich gewesen.

Zwischendurch brach die arme Frau immer wieder in Tränen aus, tat das aber so geschickt, dass sich die zerstörerische Kraft des Wassers auf ihr Make-up nicht bemerkbar machte. Schließlich telefonierte sie in Gegenwart Francas mit einer gewissen Helga, mit der sie sich für 12.30 Uhr im ›Schwarzen Kamel‹ verabredete und ihr interessante Neuigkeiten in Aussicht stellte.

Franca Wallner war schon oft Frauen und auch Männern begegnet, die die Meldung vom gewaltsamen Tod ihres Partners oder ihrer Partnerin mit einer gewissen Nonchalance aufgenommen hatten. Aber so was von Kaltschnäuzigkeit gepaart mit kleinen Einschüben von Schmierentheater hatte sie noch nie erlebt. Es war schlicht und einfach zum Kotzen. Der Suche nach dem Täter hatte sie das auch um keinen Schritt weitergebracht.

Mit der Frage: »Haben Sie vielleicht einen Verdacht, wer Ihren Mann umgebracht haben könnte?«, leitete die Kriminalistin jetzt den letzten Teil der Befragung ein. »Oder ist Ihnen in den letzten Tagen oder Wochen etwas Ungewöhnliches aufgefallen?«

Daniela Mellnig zögerte. »Vielleicht eines seiner Weiber, das sich von ihm schlecht behandelt gefühlt hat«, mutmaßte sie dann. »Oder einer der Männer, denen er Hörner aufgesetzt hat. Der alte Bock, der Scheißkerl, der verdammte.« Plötzlich hatte sie tatsächlich Tränen in den Augen.

Da war ja doch ein Mensch unter diesen Schichten von Mascara, Hautcremen und Haute Couture, ging es Franca durch den Kopf. Und eigenartigerweise freute sie sich irgendwie darüber.

»Hat sich Ihr Mann in den letzten Tagen vielleicht irgendwie anders verhalten als sonst? Angst gehabt oder

Streit mit jemandem?« Immerhin stand Mellnigs Reisezweck ja höchst wahrscheinlich in unmittelbarem Bezug zu dem Mord, soweit die Inspektorin informiert war.

Wieder zögerte die Mellnig, diesmal aber irgendwie anders als gerade zuvor. Eher berechnend, schien es Franca.

»Na ja, da war etwas mit seiner Schiedsrichterei«, räumte Daniela Mellnig ein. »Er hat zwar nicht direkt darüber gesprochen, aber ich habe mitbekommen, dass ihn irgendetwas ziemlich beunruhigt hat. Vor vier«, sie überlegte kurz, ehe sie korrigierte, »nein, vor fünf Tagen hat er eine Nachricht bekommen. Seitdem hat er sich irgendwie Sorgen gemacht. Hat immer etwas von ›Das macht den ganzen Sport kaputt‹ gefaselt.« Sie hatte ihren Lippenstift und einen Spiegel aus ihrer Tasche geholt und begann, sich die Lippen nachzuziehen. »Dann hat er keine Ruhe mehr gegeben, bis er im Zug nach Zürich gesessen ist.«

Mehr war aus der Frau im Augenblick nicht herauszubekommen. Franca forderte sie noch auf, sich zur Verfügung der Polizei zu halten und am nächsten Morgen aufs Kommissariat zu kommen, um das Protokoll zu unterschreiben.

* * *

Die Kollegen von der Hohen Warte, die mit dem Mord am Hermannskogel, ganz in der Nähe des Hotels der deutschen Elf, befasst waren, waren dank eines Fehlers des Mörders relativ rasch zu einem ersten Ergebnis gelangt. Der Täter hatte zwar sämtliche Ausweise und sonstige Hinweise auf die Identität des Toten beseitigt, aber übersehen, dass der rund 45-Jährige wegen einer angeborenen Deformation des linken Fußes gezwungen gewesen war, orthopädische Spezialschuhe zu tragen. Also Schuhe, die von einem erstklassigen Spezialisten angefertigt worden waren. Und Spezialisten aller Branchen und Länder hatten eines gemein: Sie verzichteten nie darauf, auf ihren speziell angefertigten Produkten einen eindeutigen, unverkennbaren Hinweis auf ihre spezielle Urheberschaft anzubringen. So war es auch hier gewesen, und so wusste Oberinspektor Helmut Wallner bereits gegen Mittag, dass es sich bei dem Träger des Schuhs um den 43-jährigen Architekten Urs Immenseh, verheiratet und wohnhaft in St.Gallen, handelte. Immenseh war vor drei Tagen nach Wien gereist, um sich hier mit einigen Kollegen zu treffen und über ein mögliches Joint Venture, die gemeinschaftliche Angebotslegung für ein riesiges Büro- und Einkaufszentrum in Krakau, zu verhandeln.

Seine Frau Evelyn Immenseh, eine Fitness- und Aerobictrainerin, hatte am Vortag am frühen Abend noch mit ihrem Mann telefoniert. Die Nachricht von seinem gewaltsamen Tod ließ sie zusammenbrechen. Sie befand sich derzeit unter ärztlicher Aufsicht in einer Klinik und war noch nicht wieder vernehmungsfähig.

Bei der Obduktion Immensehs war neben den schrecklichen Kopfverletzungen, die durch das mechanische Einwirken eines schweren stumpfen Gegenstandes zustande gekommen sein mussten, auch noch etwas höchst Eigenartiges mit, na sagen wir einmal, einer gewissen Symbolik zutage gekommen. Die, soweit noch erkennbar, dunkle, bereits leicht angegraute und stark gekräuselte Haarpracht rund um des Architekten bestes Stück war, offenbar mit einem Rasiermesser, sorgfältig abrasiert worden – bis auf einen kleinen, ganz schmalen Querstreifen oberhalb des Penisansatzes, der eine gewisse Ähnlichkeit hatte mit dem nach dem ehemals berühmten Filmschauspieler Adolphe

Menjou benannten Bärtchen. Die unfreiwillige Komik dieses Details hatte nicht nur den abgebrühten Gerichtsmediziner ungewollt zu einem schallenden Lachen veranlasst, sondern zwang auch fast allen anderen Rezipienten dieser Information unwillkürlich ein Grinsen ins Gesicht.

Da im Genitalbereich lediglich einige Fuzzerln Schamhaare gefunden worden waren und am Fundort des Schwerstverletzten überhaupt keine, ging die Polizei davon aus, dass der oder die Täterin diese als eine Art Beute sorgfältig eingesammelt und mitgenommen haben musste.

Das Gespräch mit den Berufskollegen Immensehs hatte ebenfalls keine sonderlichen Erkenntnisse ermöglicht. Der Schweizer hatte die Einladung zu einem gemeinsamen Abendessen dankend abgelehnt und sich mit einer privaten Verabredung entschuldigt. Bei einer Sekretärin hatte sich das spätere Opfer auch noch nach dem Jägerhof erkundigt und gefragt, wie man da am besten hinkam. Das war natürlich angesichts des Tatortes eine deutliche Spur.

Wie die Befragung der Mitarbeiter dieses beliebten Treffpunkts an der Wiener Höhenstraße ergab, schien Urs Immenseh das Restaurant aber nicht besucht zu haben. Keiner konnte sich erinnern, den Mann mit oder ohne Begleitung im Lokal gesehen zu haben.

Immensehs Frau Evelyn hatte die Nacht nach Angaben ihres Vaters im Hause ihrer Eltern in Solothurn verbracht. Der wusste nur, dass sein Schwiegersohn am Abend noch Gespräche mit seinen Partnern auf dem Programm gehabt und am nächsten Vormittag das Flugzeug nach Zürich zu nehmen beabsichtigt hatte.

Hinsichtlich des Motivs drängte sich unter diesen Umständen eines ganz besonders auf. Da Helmut Wallner und seine Leute aber noch keine Einzelheiten über des Architekten vermutlich extravagantes Sexualleben kannten, ging man mit Vermutungen sehr vorsichtig um. Genauso gut konnte die neckische Rasur auch nur einer Irreführung dienen, vom tatsächlichen Motiv ablenken. »Dazu wissen wir ganz einfach noch zu wenig«, stellte der Oberinspektor in einer improvisierten Pressekonferenz fest, »daher untersuchen wir unvoreingenommen und lassen uns vorerst einmal noch alle Optionen offen.«

* * *

Als Sabine Pleschke aufwachte, wusste sie zuerst nicht, wo sie war. Sie ließ ihre Augen geschlossen und versuchte herauszubekommen, worum es sich bei dem beruhigend gleichmäßigen Geräusch handelte, das im Augenblick ihr Sein bestimmte. Ein einschläfernd angenehmes Dröhnen, nein, eher ein Summen, unterbrochen von gelegentlichen leichten Schlägen und dem sonoren Brummen eines Motors bei mittlerer Drehzahl. Sabine war die beste Freundin von Markus Mehring, dessen großer Bruder Mechaniker war und alles über Autos wusste. Das war auch der Grund, warum Markus und daher auch Sabine sehr viel über PS, Bremswege, Vergaser, ABS und all die anderen Dinge wussten, die man über Autos eben wissen musste. Damit verfügte das Mädchen über einen entscheidenden Vorteil gegenüber ihren gleichaltrigen Geschlechtsgenossinnen. Sie hatte ein Gesprächsthema mit den Jungs und wurde von ihnen auch ernst genommen.

Lang und schlaksig, wie sie war, und mit ihren kurzen Haaren konnte sie durchaus als Junge durchgehen, überhaupt, wenn sie es darauf anlegte. So wie heute.

Jetzt wusste sie auch wieder, wo sie war. Sie lag auf der Liege in der bequemen Schlafkabine eines Fernlasters. Und war eingeschlafen. Kein Wunder, letzte Nacht hatte sie vor lauter Aufregung über ihren Entschluss kaum schlafen können. Ob Mutter ihren Brief schon gefunden hatte? Wenn, dann aber eher Oma.

Der nette Fahrer an der Autobahnraststätte hatte sich nicht lange bitten lassen und sich bereit erklärt, sie bis Hannover mitzunehmen. Dort würde sie versuchen, einen Laster in Richtung München zu bekommen. Langsam setzte sie sich auf.

»Gut, Junge, dass du schon wach bist«, kam die freundliche Stimme von vorne. »In etwa zehn Minuten sind wir da. Autobahnraststätte Garbsen, da musst du raus«, er lachte gutmütig. »Ja, die Zeit vergeht schnell, wenn man pennt.«

4

Mittwoch, 4. Juni, nachmittags

Der vormittägliche Einsatz Harrys im Dom hatte nichts gebracht, da eines der Untersuchungsgeräte der Polizei offenbar einen Defekt hatte. Damit hatte sich die Einlassprozedur in die Länge gezogen. Und als der junge Mann endlich durch das Riesentor eingetreten war, war von den Kindern mit den Gummistiefeln schon nichts mehr zu sehen gewesen. Er hatte noch etwa eine Viertelstunde gewartet, in der Hoffnung, die Kleinen beim Verlassen des Stephansdoms zu entdecken. Aber auch daraus war nichts geworden.

Auf dem Weg nach Hause hatte Harry dann noch kurz bei Florian Nowotny im Büro vorbeigeschaut und ihm von dem heutigen Fehlschlag berichtet.

»So sehe ich das eigentlich gar nicht«, hatte ihn seines Vaters Assistent wieder aufgebaut. »Immerhin ist damit bewiesen, dass deine gestrigen Beobachtungen kein einmaliger Zufall waren, sondern dass System dahintersteckt. Daher wirst du auch heute Nachmittag im Rathaus die Spur wieder aufnehmen können, und dann werden wir mehr wissen.«

Zu Hause hatte er dann den Akku seines Wertkartenhandys nachgeladen. Das hatte er sich vor Kurzem besorgt, weil sein altes Telefon seit einigen Wochen unauffindbar war. Gegen 15.00 Uhr hatte er sich wieder auf den Weg gemacht. Da das Wetter total umgeschlagen hatte, hatte er seine alte Regenjacke übergezogen. Und dabei ein kleines Erfolgserlebnis gehabt. Sein verschollenes Mobiltelefon steckte in der linken Tasche. Es war mausetot, aber immerhin da.

Für heute Nachmittag hatte er sich zu einer geänderten Strategie entschlossen.

Er war jetzt bereits durch die Polizeikontrolle und wartete im Arkadenhof auf die Kinder mit den verdächtigen Gummistiefeln.

Gott, wie sich das anhörte! Wie die Verschwörung der Zwerge im Taka-Tuka-Land oder wie das Zeugs noch hieß. Wahrscheinlich gab es eine völlig harmlose Erklärung für das ganze Geschehen, und er würde sich mit seiner Aktion nur lächerlich machen. Seine ursprüngliche Motivation schien ihm mit einem Schlag abhandengekommen zu sein.

Dann war plötzlich wieder alles anders. Zwei Familien mit insgesamt fünf Kindern, etwa zwischen sechs und neun Jahren, betraten die Szene. Darunter auch seine kleine Freundin, die ihn sofort erkannte, ihm ungeniert zuwinkte und lächelte.

Damit aber nicht genug, zupfte sie ihren Papa am Ärmel und deutete auf Harry. Der Mann blickte ihn interessiert an, nickte mit dem Kopf und kam auf Harry zu.

Hilfe, was jetzt? Harry war diese Entwicklung äußerst unangenehm. Aber was sollte er tun? Für eine Flucht war es zu spät. Und vor allem, wovor sollte er eigentlich davonlaufen?

* * *

Großmutter Else Pleschke hatte wieder einmal die überwältigenden Indizien für Sabines Schlamperei beseitigt, indem sie das Zimmer ihrer Enkelin aufgeräumt hatte. Dann hatte sie Spaghetti gekocht und eine leckere Soße aus Käse und Kräutern zubereitet, wie sie ihre Enkelin so gerne mochte. Danach hatte sie sich hingesetzt und darauf gewartet, dass Binchen von der Schule heimkam. Aber die kam nicht.

Nun gut, eine halbe Stunde Verspätung war ab und an schon drin, dachte die Oma. So genau nahmen es ihre Enkelin und deren Freundinnen mit dem Heimkommen eben nicht.

Aber als das liebe Kind nach einer Stunde noch immer nicht aufgetaucht war, sich die Nudeln hoffnungslos verklebt hatten und die Soße eingetrocknet aus dem Topf grüßte, war Else Pleschke unruhig geworden und hatte Marlies Landis angerufen, Binchens beste Freundin.

Die hatte zunächst nicht so recht herauswollen mit der Sprache. Nachdem sie aber bemerkt hatte, dass die alte Frau kurz vor dem Kollaps stand, hatte sie sich doch dazu herabgelassen, die der Freundin zugesagte Vertraulichkeit ein wenig zu vergessen.

»Sie hat gesagt, sie weiß nun, wer ihr Papa ist. Und ein Mann hat ihr versprochen, sie zu ihrem Papa zu bringen«, hatte Marlies berichtet. »Und der hat sie heute Morgen mitgenommen.«

Else Pleschke sah ihre schlimmsten Befürchtungen erfüllt, nein übertroffen. Seit Jahren schon drängte sie ihre Tochter, Binchen doch endlich das Geheimnis ihrer Herkunft zu lüften und dem Kind – »Mein Gott, mit 13 Jahren war man ja eigentlich kein Kind mehr« – endlich die Wahrheit zu sagen.

Aber Ulrike wusste ja immer alles besser oder hatte immer wieder eine Ausrede gehabt. Nicht heute, beim nächsten Geburtstag, zum Jahresanfang, immer dieses dumme Hinausschieben einer an sich unaufschiebbaren Angelegenheit. Da war aus einer Mücke, na, vielleicht aus einer Taube oder etwas dieser Größenordnung, ein Elefant gemacht worden. Und mit welchem Ergebnis, konnte man jetzt ja sehen.

Fast hysterisch rief sie bei Dr. Holzenbolz an, dem Zahnarzt, der Ulrike die Zahnhygiene seiner Patienten übertragen hatte. Als sie ihre Tochter am Telefon hatte, hatten sich Realität, Fantasie und geheime Ängste bereits so sehr miteinander vermengt, dass das, was sie ihrer Tochter erzählte, nichts mehr mit der ohnehin nicht ganz eindeutig feststehenden Realität zu tun hatte.

»Ulrike, es ist etwas passiert! Sabine weiß, dass Tobias ihr Vater ist, und sie ist unterwegs zu ihm. Möglicherweise ist sie aber entführt worden, von einem unbekannten Mann, in dessen Wagen sie heute Morgen eingestiegen ist.«

Völlig aufgelöst verabredeten die beiden Frauen, sich in einer halben Stunde am Heger-Tor-Wall zu treffen, um Sabines Entführung bei der Polizei zur Anzeige zu bringen.

* * *

Nach einem guten Dutzend fehlgeschlagener Versuche, ihren Chef telefonisch zu erreichen, sowie drei weiteren geplatzten Terminen, hatte sich Frieda Martineks Ärger über Dr. Weghofer in echte Sorge gewandelt.

Und so hatte sie sich nach ihrer traditionell durchgearbeiteten Mittagspause entschlossen, dem Chef jetzt höchstpersönlich auf den Pelz zu rücken. Bevor er noch mehr Mandanten verprellte oder gar sein Treffen mit Landesgerichtsrat Dr. Hieselbach um 17.00 Uhr verpasste.

Wozu sonst hatte er ihr einen Reserveschlüssel für seine Wohnung anvertraut, wenn nicht für einen solchen Fall? Obwohl, bei seiner Übergabe vergangenes Jahr hatte er ihr ausdrücklich dafür gedankt, dass sie sich während seines Urlaubs um die Blumen kümmern wollte.

Der Anblick, der sich ihr beim Betreten der komfortablen Eigentumswohnung ihres Chefs bot, verschaffte ihr ein äußerst brutales Déjà-vu-Erlebnis, denn in den Räumen herrschte ein mindestens ebenso großes Durcheinander wie heute Morgen in der Kanzlei. Sofort griff sie zu ihrem Mobiltelefon und verständigte die Polizei.

Dann erst bemerkte sie den gravierenden, alles anders machenden Unterschied zwischen der Inszenierung hier und jener an ihrem Arbeitsplatz. Im sogenannten kleinen Salon fand sie den leblosen Körper Rechtsanwalt Dr. Julian Weghofers.

Als erste Amtshandlung musste die kurz darauf erschienene Funkstreifenbesatzung eine Rettung anfordern, die Frieda Martinek mit einem ausgewachsenen Nervenzusammenbruch ins Wilhelminenspital brachte.

Wie die Gerichtsmedizin später am Abend feststellen sollte, war der Anwalt durch einen Genickbruch gestorben. Vorher dürfte er aber noch gefoltert worden sein. Einen anderen Schluss ließen die zahlreichen, offenbar durch Zigaretten herbeigeführten Brandwunden am ganzen Körper sowie sechs gebrochene Finger, vier davon an der linken Hand, nicht zu.

* * *

Oberleutnant Beat Vonderhöh von der Kantonspolizei Zürich war sauer. Erstens traten die Untersuchungen in der Mordsache ›Arthur Mellnig‹ nach fast 36 Stunden nach wie vor auf der Stelle. Außer einer relativ guten Beschreibung der Frau, mit der der Ermordete im rumänischen Speisewagen gesehen worden war, und einer darauf basierenden Phantomzeichnung hatten die Ermittler nichts in der Hand. Der Schlafwagenschaffner hatte keine Frau gesehen, auf die diese Beschreibung zugetroffen hätte. Auch unter den von der Bahnhofspolizei aufgenommenen Personalien fanden sich keine, die auch nur annähernd auf die als attraktiv und aufregend bezeichnete Rothaarige gepasst hätte.

Da der Mord nach Aussagen des Rechtsmediziners zwischen 2.00 und 4.00 Uhr morgens stattgefunden hatte, konnte die Mörderin, und um die handelte es sich dabei, da war sich Vonderhöh ganz sicher, den Zug ja auch schon an der Grenze oder gar noch in Österreich, etwa in Feldkirch verlassen haben.

Mit jeder weiteren Stunde, die verging, reduzierte sich die statistische Wahrscheinlichkeit einer Klärung des Falles gegen null hin. Wenn jetzt nicht sehr bald eine entscheidende Entwicklung eintrat, konnte er den Akt nur mehr schließen und der Fedpol übergeben. Die Bundespolizei würde die Angelegenheit dann noch in Verbindung mit der laufenden Aktion ›Saubere EURO 08‹ in Obacht halten bzw. mit den österreichischen Kollegen ausmauscheln.

Aber mit einer gezielten systematischen Aufklärung wäre es dann vorbei. Er seufzte.

Andererseits, wenn wirklich das internationale Verbrechen hinter der Tat steckte, wie vermutet wurde, wenn der Mord tatsächlich nur ein kleines Steinchen im gigantischen Puzzle globaler Spielmanipulationen und Wettschiebungen sein sollte, dann hatte er, der kleine Kantonspolizist, ohnehin keine Chance.

Obwohl, schön wäre es schon, an der Lösung eines Falles dieses Kalibers entscheidend mitzuwirken. Und gut für die Karriere.

* * *

Die Polizei in Osnabrück wollte sich die Sache zunächst genauso einfach machen, wie die Polizei das auch in allen anderen Städten Deutschlands, nein Europas gemacht hätte. Kinder liefen schon einmal weg, hieß es da vorerst einmal. Ausreißer kämen in der Regel nach ein, zwei Tagen ganz von selbst wieder nach Hause und so weiter und so fort. Und vor allem, man dürfte Vermisstenanzeigen erst nach 24 Stunden entgegennehmen.

Leider, aber das war Vorschrift.

Da platzte der Oma der Kragen, und sie stellte laut und dezidiert fest, dass es sich bei dem entführten Kind um die 13-jährige Tochter von Tobias Nachen, der Nummer eins im Tor der Nationalmannschaft, handle. Der in den nächsten Tagen ein wichtiges Spiel gegen …, na egal, jedes Spiel des deutschen Teams in der Europameisterschaft war wichtig. Und dessen Konzentration gewiss unter der nervlichen Belastung einer entführten Tochter leiden würde. Ob er …, Else Pleschke blickte auf das Namensschild des Beamten vor ihr, Klaus Dieter Hasenklever, tatsächlich die

Schuld dafür übernehmen wollte, falls ›unsere Jungs‹ am Sonntag nicht siegten?

Als dann noch Hauptwachtmeister Jürgen Fendersen, der die Pleschkes kannte, zufällig vorbeikam und bestätigte, das Binchen am Morgen beim Bahnhof in einen schwarzen Mercedes oder BMW steigen gesehen zu haben, gab es für Hasenklever keinen Grund mehr, das Werkel nicht doch in Bewegung zu setzen. Und zwar blitzartig.

Er nahm jetzt nicht nur hurtig die Anzeige auf, sondern setzte auch gleich die gesamte Maschinerie in Gang. Und die war bei Entführung der Tochter des Nationaltorwarts in möglicher Tateinheit mit Beeinflussung eines oder mehrerer Spielergebnisse bei der Fußball-EM zulasten des deutschen Teams nicht ohne. Wirklich nicht.

Und so nahmen die Dinge ihren Lauf.

* * *

Palinski hatte den ganzen Tag über Termine gehabt. Keine sonderlich wichtigen, aber lästige Gespräche führen müssen. Das Anstrengende dabei war vor allem, dass er in der Nacht zuvor lediglich knapp vier Stunden Schlaf bekommen hatte. Dazu kam noch ein erheblicher Mangel an Konzentration, da er immer wieder an das Geschehen am frühen Morgen denken musste. Falls er die bisherigen Informationen richtig deutete, war das, womit er es da zu tun hatte, wirklich eine ernste, eine große Sache. Eine internationale Verschwörung halt.

Diese Einschätzung wurde noch durch die Schlussfolgerungen verstärkt, die sich Palinski beim Versuch aufdrängten, mit den beiden von Branko Miscovic ausdrücklich als vertrauenswürdig bezeichneten Personen Kontakt aufzunehmen: Der an der Botschaft in Wien tätige Legationsrat

Dr. Jure Jablovec war heute Morgen mit einem schweren Herzinfarkt ins Allgemeine Krankenhaus gebracht worden, wo man dem 34-jährigen Diplomaten allerdings nicht mehr helfen konnte.

Und Professor Mirko Szentosiewic, bisher stellvertretender Leiter der Delegation, die die Verhandlungen mit der EU führte, war vor sechs Tagen übers Wochenende nach Split geflogen. Wo er allerdings nie angekommen war. Der Mann galt seither als verschollen, von ihm fehlte jegliche Spur und jedes Lebenszeichen.

Für beide Vorfälle konnte es natürlich völlig logische Erklärungen geben. Allerdings war das schon eine auffallende Anhäufung von Zufällen, sodass Palinski eher dazu neigte, sie als Indizien dafür zu werten, dass etwas Schreckliches bevorstand.

Einerseits fühlte er sich durch seine Rolle in diesem Spiel aufgewertet, auf eine makabre Art wichtig, andererseits aber auch ziemlich hilflos. Denn er hatte keine Ahnung, wie er etwas verhindern sollte, von dem er noch gar nicht wusste, worum es sich dabei eigentlich handelte.

Daher musste er so rasch wie möglich wieder Juri konsultieren, den alten Russen, mit dem er letzte Nacht so reichlich Champagner getrunken hatte. Zu dem früheren Geschäft des ehemaligen KGB-Mannes hatten Intrigen und Verschwörungen gehört wie das Kalbfleisch zum Wiener Schnitzel. Wenn überhaupt jemand etwas aus dem bisschen Kaffeesud, der zur Verfügung stand, herauslesen konnte, dann war es dieser Veteran des Kalten Krieges.

Vor seinem nächsten Termin hatte Palinski noch etwas Zeit. Er nutzte sie, um die Mailbox seines Handys abzuhören und ein, zwei Anrufe zu erledigen.

Da war zunächst einmal Rechtsanwalt Dr. Herburger, der ihn über die Reaktion Hektor Wieners in der Schnitzelaffäre informierte. »Sein Anwalt behauptet, dass alle acht Finalisten des seinerzeitigen Wettbewerbs eine Vereinbarung unterschrieben haben, die dem Unternehmen die Verwendung der Rezepte in der vorliegenden Art und Weise erlauben«, teilte Herburger mit. »Und dass wir uns die einstweilige Verfügung daher wo hinschieben können. Das hat er nicht wortwörtlich gesagt, aber sinngemäß«, schränkte der Anwalt ein.

»Ich kann mich nicht erinnern, etwas Derartiges unterschrieben zu haben«, meinte Palinski, der sich schon wieder über diesen präpotenten Schnitzelbrater aufzuregen begann. Als ob er nicht ohnehin genug um die Ohren gehabt hätte. »Die Gegenseite soll das bis morgen Mittag beweisen. Falls ihr das nicht gelingt, dann kennen wir keine Nachsicht mehr. Dann holen Sie sich sofort die einstweilige Verfügung. Ist das klar?«

Als Nächstes versuchte Palinski, Anselm Wiegele zu erreichen. Den Freund aus dem fernen Singen hatte er in der Hektik der letzten 18 Stunden ganz vergessen. Er erwischte den stellvertretenden Sicherheitschef des DFB-Teams zusammen mit seiner Freundin und zukünftigen Frau Marianne sowie mit … Wilma Bachler. Seiner Wilma, die er gleich als Nächstes angerufen hätte. Pfff, das war aber irgendwie unangenehm, denn Palinski hatte seiner …, also der Frau, mit der er seit einem Vierteljahrhundert nicht verheiratet war, versprochen, spätestens mittags anzurufen. Und jetzt war es fast schon 19.00 Uhr. Na, vielleicht konnte er sich ja mit einem Funkloch rausreden? Oder ihr Handy war gerade besetzt gewesen?

»So, Wilma möchte dich jetzt auch noch sprechen«, kündigte Anselm an. »Wir sehen einander ja ohnehin in Kürze.«

»Hallo, Mario«, da war sie, die geliebte Stimme. Und sie hatte genau diesen leichten Unterton, den er befürchtet hatte. Der bedeutete eine deutliche Warnung, die allerdings nur für ihn erkennbar war. »Schön, schon von dir zu hören. Ich hoffe, du weißt noch, wer ich bin.«

»Ja, ähh. Also das ist so …«, stotterte der Retter des Abendlandes, aber sie ließ ihn gar nicht erst zur Entfaltung seiner Fantasie kommen.

»Lass nur, mein Lieber, du wirst dir schon eine gute Ausrede einfallen haben lassen«, ätzte sie. »Da bin ich mir ganz sicher.« Wilmas Stimme klang jetzt aber etwas freundlicher, nicht mehr so unmittelbar auf Konfrontation ausgerichtet. »Ich wollte dir nur sagen, dass Helmut und Franca auch zu uns stoßen. Du findest uns dann im ›Chez Alois‹, dem neuen Beisl an der Ecke Schegargasse. Das wollten wir doch schon immer einmal ausprobieren.«

Alles klar, also ›Chez Alois‹. Palinski wäre zwar lieber zu ›Mama Maria‹ gegangen, seinem Lieblingsitaliener. Aber warum nicht auch einmal das neue Beisl an der Ecke testen. Er hatte ohnehin immer schon wissen wollen, ob der Wirt bloß ein überkandidelter Frankophiler war. Oder vielleicht gar der einzige Mensch auf dieser Welt, der mit Nachnamen ›Chez‹ hieß. Ein müdes Lächeln Palinskis begleitete den ebenso müden Gag.

Und dennoch, ›Chez Alois‹? Also Sachen gab's.

* * *

Sabine Pleschkes Geografiekenntnisse waren schlichtweg eine Katastrophe. Also wirklich zum Abwinken. Sie hatte zwar gewusst, dass sie in Hannover umsteigen musste. Aber sie hatte völlig vergessen, wohin sie ihre nächste Etappe bringen sollte. Diesem elementaren Mangel an Orientierungssinn war es zuzuschreiben, dass sie auf einem Rastplatz in der Nähe von Magdeburg gelandet war.

Der Fahrer des letzten Trucks, der sie mitgenommen hatte, hatte dem Jungen erklärt, dass er auch über Berlin nach Wien kommen könnte. Bloß die Tschechische Republik war noch nicht Schengenland und deshalb nicht so einfach zu durchqueren – ohne Reisepass.

Daher wollte Sabine zunächst einmal ausschlafen und sich morgen wieder zurück auf die ursprünglich geplante Route Kassel – Würzburg – Nürnberg begeben. Jetzt, da sie unterwegs zu ihrem Papa war, hatte sie es plötzlich gar nicht mehr so eilig. Auf einen Tag mehr oder weniger kam es ihr nicht an.

Apropos Junge: Sabine war groß gewachsen, schlaksig und noch frei von allen äußerlich erkennbaren Merkmalen ihrer Weiblichkeit. Und sie hatte überlegt, dass es vielleicht besser wäre, etwa als Jan Paluda auf Reisen zu gehen denn als Sabine Pleschke. Noch dazu, wo sie den auf diesen Namen lautenden Schülerausweis eines Freundes bei sich hatte. Jan hatte ihn voriges Jahr bei ihr zu Hause liegen lassen und nie reklamiert.

Jan beobachtete zwei Frauen, die aus dem Küchenbereich der Raststätte kamen und zu einem Auto gingen. Die beiden arbeiteten vermutlich hier und fuhren nach Dienstende in die Stadt, war seine völlig zutreffende Spekulation. Die würden den netten Jungen sicher gerne mitnehmen und bei der Jugendherberge absetzen.

Dieses Gespräch fand ungefähr zur gleichen Zeit statt, zu der RTL als erster deutschsprachiger Fernsehsender sein gerade begonnenes Abendprogramm mit der Sensationsmeldung *Tochter von Torhüterass Tobias Nachen entführt – faire Abwicklung der EURO 08 durch Druck auf Spieler in Gefahr?* unterbrach.

* * *

Langsam verlor Harry die Geduld mit diesem chaotischen Haufen. Alle, die er bisher kennengelernt hatte, waren zugegebenermaßen liebe Menschen. Wirklich ganz nette Leute. Aber so was von naiv und wirklichkeitsfremd, unglaublich. Und dann diese freundliche Penetranz, mit der sie ihn bisher gehindert hatten, wieder zu gehen. Nach seinen bisherigen Erfahrungen musste er ja beinahe fürchten, aus lauter Sympathie und Zuneigung zu Tode geknuddelt zu werden.

Die Geschichte, die ihm Michael und Doris erzählt hatten, nachdem er von der kleinen Marisa erkannt und von ihren Eltern vor dem Rathaus angesprochen worden war, war ja auch haarsträubend. So unglaublich, dass sie eigentlich stimmen musste. Denn so etwas konnte man nicht erfinden.

Die Gruppe bestand aus zwölf Psychologiestudenten und -innen der Uni Wien, einem Assistenten, nämlich diesem Michael, und 14 kleinen Kindern zwischen vier und elf Jahren. Die zwar alle mit den Erwachsenen irgendwie verwandt, mit einer einzigen Ausnahme aber nicht ihre leiblichen Kinder waren.

Jetzt war die ganze Gruppe in einem Kellerlokal in einer Seitengasse der Neulerchenfelder Straße gelandet, in dem einige Mitglieder auch zu wohnen schienen.

»Wir wollen mit diesem Feldversuch beweisen, dass die Menschen, im Speziellen die Polizei, bei scheinbar immer komplexer werdenden Bedrohungen und entsprechend immer komplexeren Abwehrmaßnahmen durch ganz einfache subversive Maßnahmen auszutricksen sind«, hatte ihm Michael etwas pompös erklärt. »Einfacher ausgedrückt, das tollste technische Kontrollequipment kann logisches Denken nicht ersetzen. Du selbst bist ja der beste Beweis dafür«, hatte der Uni-Assistent anerkennend gemeint.

»Na ja«, Harry war von dem Lob klarerweise angetan gewesen. »Ich mag halt kleine Kinder gerne und Marisa«, er hatte die Kleine freundlich angelacht und sie zurück, »ist ja eine ganz besonders Liebe.«

»Ja«, hatte die Kleine dann gemeint, »und du bist ein ganz toller Onkel.«

»Aber um zum Kern der ganzen Übung zu kommen. Warum habt ihr denn eigentlich von den Kindern Gummistiefel in den Stephansdom und ins Rathaus schmuggeln lassen?«, wollte Harry jetzt endlich wissen.

»Das wird dir Dr. Matreier erklären«, versprach Michael. »Er kommt in Kürze und lässt dich bitten, so lange zu warten.«

»Wer ist dieser Dr. Matreier?«, der Name sagte Harry nichts. »Ist das euer Professor?«

»Nein«, Michael grinste verschämt, »er ist Vertreter des Sponsors. Wir haben dieses Projekt an unserem Professor vorbeiorganisiert. Sonst kassiert er die ganze Marie, und wir werden mit einem Taschengeld abgespeist. Das ist unsere Chance, endlich einmal auch etwas auf die Seite legen zu können.«

Gut, dagegen hatte Harry nichts, das ging ihn nichts an. Was ihn allerdings langsam zu stören begann, war diese Warterei. Die wurde jetzt schon langweilig und eine Zumutung.

»Also haben kleine Kinder eine wichtige Rolle beim Austricksen der Polizei und der Sicherheitstechnik«, stellte er in den Raum.

Michael nickte nur, deutete ihm aber an, das Thema vor den Kindern nicht weiter zu diskutieren.

»Aber wenn eure Vorgangsweise später einmal bekannt und diskutiert werden wird«, fuhr Harry unbeirrt fort, »besteht dann nicht die Gefahr, dass die Öffentlichkeit in Zukunft in jedem kleinen ..., also in jedem dieser sehr jungen Mittäter eine potenzielle Gefahr sieht, egal, ob mit oder ohne Gummistiefeln?«

»Das ist natürlich nicht ganz auszuschließen«, räumte Doris ein, »ist aber im Zusammenhang mit der Versuchsannahme zu vernachlässigen.«

»Na, ihr seid aber gut«, für Harry war diese Einstellung unverständlich. »Kinder als Terroristen hinzustellen, das kann man nicht einfach vernachlässigen. Auch wenn es aus wissenschaftlichen Überlegungen erfolgt. Das ist doch unverantwortlich.«

»Ich glaube nicht, dass du das verstehst«, Doris reagierte eindeutig feindselig. »Das ist nur etwas für Psychologen. Und auch Dr. Matreier von der ›SUP‹ hat diese Versuchsanordnung ausdrücklich gutgeheißen.«

»Selbst wenn Albert Einstein diese ... Anordnung für gut geheißen hätte, würde ich sie für verdammte Scheiße halten«, jetzt grollte auch Harry. »Das gibt's doch nicht! Kinder in den Mist einbeziehen. ›SUP‹, was bedeutet das übrigens?«

»Beruhigt euch, meine Lieben«, Michael versuchte zu kalmieren. »Uns ist schon klar, dass die Einbeziehung der Kinder etwas problematisch ist. Aber das war der einzige gangbare Weg, unsere These zu untermauern. Übrigens, ›SUP‹ steht für ›Sicherheit und Psychologie‹, eine Arbeitsgemeinschaft zwischen Wirtschaft und Universität, die das Projekt finanziert.«

Inzwischen waren mehr als drei Stunden vergangen, aus dem Nachmittag war längst Abend geworden, und der gute Doktor, wie immer er auch hieß, war noch immer nicht aufgetaucht.

»Also gut«, Harry blickte demonstrativ auf seine Uhr. »Es ist ja recht interessant, mit euch zu plaudern, aber langsam habe ich keine Zeit mehr. Falls euer Mäzen nicht in den nächsten zehn Minuten erscheint, bin ich fort.«

»Ich fürchte, das werden wir dir nicht gestatten können!«, der nette Michael war jetzt aufgestanden und strahlte plötzlich so etwas wie Gewaltbereitschaft aus. »Dr. Matreier wünscht mit dir zu sprechen, und was der Doktor wünscht, das bekommt er auch.«

Doris hatte wieder ihren feindlichen Blick aufgesetzt, und zwei andere Versuchsteilnehmer waren bedrohlich näher gekommen. Spätestens jetzt bekam Harry ein ungutes Gefühl im Magen. Hastig fuhr er in seine Jackentasche und holte das Handy heraus. Unglücklicherweise das mit dem leeren Akku.

»Ich fürchte, das können wir dir auch nicht erlauben«, sagte Michael kalt und gab Doris ein Zeichen. Daraufhin nahm ihm die junge Frau das mobile Telefon aus der Hand.

Glücklicherweise das mit dem leeren Akku.

* * *

›Chez Alois‹ war weder ein verkappter Franzose noch ein geborener Chez, sondern, freundlich formuliert, bestenfalls ein Spaßvogel. Das Französischste, das es auf der Karte gab, waren die Pommes frites, die zum Grillteller gereicht wurden. Aber die regionalen Schmankerln, wie Beuschel mit Knödel, Herrengulasch oder gebackenes Bries, waren allem Anschein nach in Ordnung und versöhnten Palinski wieder einigermaßen mit dem kulinarisch Anmaßenden. Gleichzeitig freute er sich schon auf den nächsten Besuch bei ›Mama Maria‹.

Wilma, die Wallners, Marianne Bittner und Anselm Wiegele hatten bereits den Hauptgang hinter sich gebracht und widmeten sich bei Palinskis Ankunft hingebungsvoll einem Sektor des ›Aloisschen Angebots‹, das angesichts der Ahs und Ohs der Runde tatsächlich bemerkenswert zu sein schien, den Mehlspeisen. Die Dukatenbuchteln mit Vanillesauce sahen aus, als ob sie eine Sünde wert wären, der Duft des ofenfrischen Apfelstrudels erfüllte den Luftraum über dem Tisch auf unvergleichliche Weise, und die ›Schoko-Pistazien-Nockerln‹ waren schlicht und einfach unbeschreiblich. Nur Wiegeles Käseteller stank einsam gegen den Himmel.

Damit war auch klar, mit welchem Angebot ›Chez Alois‹ in dieser Gegend erfolgreich punkten und sich auf Dauer behaupten konnte.

Nach der herzlichen Begrüßung herrschte, wie immer, rege Neugierde aller am Tisch Versammelten daran, was denn bei den anderen so alles vorgefallen war. Immerhin hatte man bis zu 48 Stunden nichts voneinander gehört. Das musste man sich bloß einmal vorstellen.

Palinski, der sich immer noch nicht entschließen konnte, mit jemandem über die Vorkommnisse des frühen Morgens zu sprechen, geschweige denn mit einem Kollektiv, enttäuschte die Runde mit der für ihn ungewöhnlichen Bemerkung »Also bei mir war's heute stinkfad.« Eine reine Schutzbehauptung, was natürlich keiner wusste, der eine oder der andere aber möglicherweise vermutete.

»Wir haben übrigens wieder einen Mord unter etwas ungewöhnlichen Bedingungen«, kündigte Helmut Wallner an. »Ein Mann, Schweizer Architekt, der erschlagen worden ist. Dann hat man ihm wie einer Stripperin die Schamhaare abrasiert. Bis auf einen Oberlippenbart, einen ganz kleinen.« Auch er konnte das kurze Aufflackern eines Lächelns nicht verhindern. »Kannst du einmal in deiner Datenbank nachsehen, Mario?«

»Na klar«, gab dieser zurück, »aber ich fürchte, da wird nicht viel zu dem Thema zu finden sein.«

»Habt ihr schon einmal davon gehört, dass eine Frau einem Mann einen Schraubenzieher oder etwas in der Art mit großer Kraft durch das Ohr ins Hirn treibt?«, mischte sich jetzt Franca Wallner ein. »Also, das ist meiner Meinung nach fast noch ungewöhnlicher als das Abrasieren der Schamhaare. Vor allem erscheint es mir eine für eine Frau untypische Art zu sein, einen Mord zu begehen. Obwohl, es war wohl eher eine Art symbolische Bestrafung, denn gestorben ist der Mann durch Genickbruch.«

»Sprichst du von dem Schiedsrichter, der im Schlafwagen gefunden worden ist?«, wollte ihr Mann wissen.

»Man könnte die Ansicht vertreten, dass beides symbolhafte Handlungen sind, denen das gleiche Motiv zugrunde liegt«, warf Marianne Bittner ein, die Psychologin. »In beiden Fällen könnten die Toten durch Zerstörung einer bestimmten Funktion bzw. ›Entkleidung eines bestimmten Körperteils‹ für ein früheres Fehlverhalten bestraft worden sein. Das ›Bärtchen‹ könnte eventuell als zusätzliche Verächtlichmachung gesehen werden.« Marianne war es gelungen, dabei keine Miene zu verziehen. »Über die vordergründigen Interpretationen der beiden doch recht unterschiedlichen Handlungen hinausgehend, würde ich in diesem Fall auf Verrat als gemeinsamen Nenner tippen.«

»Du meinst, den beiden Fällen liegt eigentlich das gleiche Motiv zugrunde?«, fasste Wallner nach, der den Exkurs sichtlich interessant fand. »Aber kann man nicht alle Verbrechen letztlich auf einige wenige Motive reduzieren? Rache, Eifersucht, Geldgier und so weiter?«

»Das stimmt schon«, entgegnete Wiegeles kongeniale Freundin. »Im Gegensatz zu den meisten Fällen kommt aber hier zur eigentlichen Tat noch der ausdrückliche Hinweis auf das oder zumindest ein Hauptmotiv dazu. Der Symbolik der Tat kommt eine ganz besondere Bedeutung zu. Und der oder die Täter wollten unbedingt darauf hinweisen. In Stuttgart …«

Was sich in Stuttgart in diesem Zusammenhang zugetragen hatte, blieb vorerst unausgesprochen, denn Wiegeles Handy begann plötzlich, laut und unbarmherzig zu quäken und damit jede Konversation zu überdecken. Ein schreckliches Geräusch, fand Palinski, er würde mit dem Freund bei Gelegenheit darüber sprechen müssen.

Anselms Gesichtsausdruck hatte innerhalb kürzester Zeit von überrascht auf erschreckt und dann auf sehr ernst gewechselt. »Gut, ich komme sofort«, meinte er. »Danke für den Anruf, Rudi. Das war sehr umsichtig.«

»Die Tochter von unserem Sonnyboy im Tor, Toby Nachen, ist angeblich entführt worden«, erklärte er ungefragt. »Man befürchtet jetzt, dass Druck auf den Spieler ausgeübt werden soll. Selbst wenn Lutz Lederer statt Nachen ins Tor gestellt wird, wird das Spiel beeinflusst, denn Toby ist natürlich schon eine Klasse für sich. Dazu kommt noch ein gewisser Druck auf die gesamte Mannschaft.«

Palinski schüttelte verständnisvoll den Kopf, und Wallner meinte nur knapp: »Klar, dass du da wegmusst.«

Doch Anselm war noch nicht fertig. »Das Beste ist aber, dass Nachen angibt, überhaupt keine Tochter zu haben. Nur drei Buben. Oder korrekter ausgedrückt, bisher von der Existenz einer Tochter nichts gewusst haben will.«

Palinski musste an Silvana denken, die vorigen Herbst im Alter von 26 Jahren vor seiner Tür gestanden war, zumindest im übertragenen Sinne. Er kannte das Gefühl, plötzlich und unerwartet Vater geworden zu sein, nur zu gut.*

---

*Pierre Emme ›Tortenkomplott‹, Gmeiner-Verlag Juli 2007

»Lass ja das blöde Grinsen!«, Wilma hatte seinen Gesichtsausdruck wohl missverstanden. »Viele Frauen ziehen ihre Kinder eben lieber alleine auf, ehe sie sich und ihr Kind um jeden Preis einem seelischen Krüppel auf Gedeih und Verderb ausliefern.«

»Da tust du Nachen aber unrecht«, widersprach Marianne. »Der Mann gilt bei uns als Paradefall eines guten Vaters völlig atypischer Prägung. Er bekennt sich zu seinen drei Kindern mit drei verschiedenen Frauen, kümmert sich um seine Familien sowohl finanziell als auch persönlich rührend und liebt die Jungs angeblich sehr. Erstaunlicherweise ist auch keine der drei Mütter irgendwie sauer auf ihn. In Kreisen von uns Kinderpsychologen ist der Mann bekannt wie ein bunter Hund. Aber im positivsten Sinne des Wortes. Wenn der erfährt, dass einem seiner Kinder Gefahr droht, dann wird er alles machen, um zu helfen. Notfalls auch ein Spiel schmeißen. Soll ich mitkommen, Anselm?«

Wiegele, sichtlich überrascht von Mariannes speziellem Know-how, schüttelte verneinend den Kopf. »Im Moment besser noch nicht. Wir müssen erst einmal klären, was wirklich los ist. Falls ich dich brauche, kann ich dich ja bei Wilma und Mario erreichen, oder?«

»Na klar«, bestätigte Wilma, »Marianne wohnt bei uns, wie immer, wenn sie in Wien ist. Hier«, sie holte ihren Schlüsselbund aus der Tasche, nestelte einen einzelnen Schlüssel herunter und reichte ihn Wiegele. »Und du bist auch jederzeit herzlich willkommen. Du weißt doch, welches Tinas Zimmer ist?« Wiegele war sich zwar nicht ganz sicher, nickte aber. Dann stand er auf und verließ schweren Herzens die Runde. Aber so war das eben. Schnaps war Schnaps, und Job war Job. Und dann war da natürlich auch noch etwas anderes.

* * *

Die Atmosphäre in dem Kellerlokal in einer Seitengasse der Neulerchenfelder Straße war in der letzten Stunde zunehmend beklemmender geworden. Die positive Stimmung der ursprünglich freundlichen Studenten hatte sich nach den heftigen Zweifeln Harrys an ihrem Projekt ins Gegenteil verkehrt. Inzwischen war es draußen schon dunkel geworden, aber der von allen sehnsüchtig erwartete Dr. Matreier war noch immer nicht erschienen.

Doch plötzlich, endlich war er dann doch da. Trotz offensichtlicher Verkleidung ein absolut durchschnittlich aussehender Mann, der auch genau so wirkte. Die geborene graue Maus, zumindest solange er nicht sprach.

Es war wirklich schon an der Zeit gewesen, denn Harry hatte sich bereits vor mehr als einer Stunde eingestanden, dass die richtige Bezeichnung für seinen derzeitigen Status eigentlich ›Freiheitsberaubung‹ war. Man hatte ihn bisher zweimal am Gehen gehindert. Zwar nicht mit Gewalt, aber immerhin mit der versteckten Androhung, sich solcher notfalls zu bedienen.

»Sie sind also dieser junge Mann, der sich unseren Zielen gegenüber so kritisch, ja uneinsichtig zeigt.« Dr. Matreier, mit langem schwarzen Haar, Schnauzer und einer dicken Hornbrille fast zur Unkenntlichkeit hinter optischen Details verschanzt, hatte sich vor Harry aufgebaut und deutete ›mit nacktem Finger auf angezogene Leute‹. Was man einfach nicht tat, wie Harrys Großmutter immer zu sagen pflegte.

Das hieß, der Mann spießte ihn im übertragenen Sinne mit dem ausgestreckten Zeigefinger seiner rechten Hand geradewegs auf. Solche Kerle hatte Palinskis Sohn schon gefressen. Und dazu noch dieser preußische Kasernenton.

»Und Sie sind also dieser wichtige Mensch, dessen Ankunft ich nicht versäumen durfte, ehe ich wieder gehe«, erwiderte er frech. »Kompliment, Sie haben Ihre Marionetten ja sehr gut im Griff. So, und ich bin jetzt dahin.« Er wandte sich an Doris. »Und jetzt her mit meinem Handy.«

»Tut mir leid, mein Freund, aber daraus wird nichts«, stellte der komische Doktor fest. »Ich fürchte, Sie wissen schon zu viel und müssen uns daher bis auf Weiteres Gesellschaft leisten.«

»Ich denke gar nicht daran«, begehrte Harry auf, »und vor allem, was weiß ich schon. Dass kleine Kinder in Ihrem Auftrag Gummistiefel in verschiedene öffentliche Gebäude einschleusen. Na und, wenn kratzt das schon?«

»Sie wissen ganz genau, dass das nicht alles ist«, konterte Matreier, »und Sie haben sicher überlegt, was da wirklich abläuft. Und als intelligenter Mensch haben Sie gewiss auch eine Antwort darauf gefunden.«

»Na ja«, dieser direkten Herausforderung konnte Harry schlecht ausweichen, wenngleich Schweigen wahrscheinlich die bessere Wahl gewesen wäre. »Ich nehme an, dass damit irgendwelche verbotenen Substanzen in die Gebäude eingeschleppt worden sind. Entweder Drogen oder ...«

»Keine Drogen«, rief Michael empört aus, »für so etwas hätte ich mich nie hergegeben. Und die anderen sicher auch nicht. Nein, es handelt sich um simplen Teig. Diesen speziellen Brotteig, mit dem man auch basteln kann. Salzteig, ja, so heißt er, Salzteig. Der soll Sprengstoff darstellen. Und so soll bewiesen werden, wie leicht es wäre, zum Beispiel Semtex einzuschleusen und den Dom und das Rathaus damit in die Luft zu sprengen.«

»Eine bestechende Idee«, der ironische Unterton in Harrys Stimme war unüberhörbar. »Sie hat bloß eine riesige Schwachstelle. Es gibt Hunde, die speziell auf das Erschnüffeln von Sprengstoff abgerichtet sind. Wenn Salzteig eingeschmuggelt wird, reagieren die Hunde natürlich nicht. Diese Versuchsanordnung beweist also überhaupt nichts.«

Michael blickte etwas hilflos zu Dr. Matreier. »Aber das stimmt doch nicht«, meinte er dann, »durch die spezielle Imprägnierung der Stiefel können die Hunde nichts riechen. Ist doch so, Herr Doktor?«

»Das mag schon sein«, räumte Harry ein, »aber genau wissen kann man das nur, wenn man den Versuch mit echtem Sprengstoff durchführt.« Er blickte Dr. Matreier spöttisch an. »Ist doch so, Herr Doktor?«

»Sie sind ganz schön vorlaut«, anerkannte Matreier zynisch, »vor allem aber sind Sie ein recht aufgewecktes Bürschchen. Gilbert, Franz, kommt einmal her.«

Zwei riesige Kerle mit einfältig verschlagenen Gesichtern bauten sich neben ihrem Chef auf. »Los, Franz, sammle die mobilen Telefone von allen Anwesenden ein. Aber dalli. Und du, Gilbert, bleibst bei mir, falls es Ärger gibt.«

Blitzschnell riss Harry der wie versteinert dastehenden Doris sein Mobiltelefon, das mit dem leeren Akku, aus der Hand und hielt es Franz entgegen. »Hier, das ist meines. Ich möchte keinen Ärger mit Ihnen.«

Der nahm das Ding entgegen und zeigte es seinem Chef wie eine Trophäe.

»Schön, dass Sie doch noch vernünftig zu werden scheinen«, freute sich Matreier. »Sie dürften doch um einiges intelligenter sein als diese nützlichen Idioten hier. Jemanden wie Sie könnte ich gut gebrauchen.«

Michael und Doris protestierten halbherzig gegen die »nützlichen Idioten«, aber auch gegen das Ansinnen, ihre Handys abgeben zu müssen.

»Ihrer Reaktion entnehme ich, dass die armen Kinder tatsächlich dazu missbraucht worden sind, echten Sprengstoff einzuschmuggeln«, stellte Harry fest. »Da stellt sich doch wirklich die Frage nach dem Warum. Wollen Sie Wien in Schutt und Asche legen?«

»Aber nein, das kann nicht sein!«, heulte Michael auf. »Da hätten wir doch nie mitgemacht. Das steht auch nicht in der Projektbeschreibung, die Dr. Matreier bei einem Notar hinterlegt hat, für alle Fälle.«

»Du glaubst sicher auch noch an den Weihnachtsmann, gelt?«, fragte Harry Michael zynisch. Langsam begann er, so was wie Gefallen an seiner neuen Rolle zu finden. »Wo haben Sie denn diesen naiven Kerl aufgetrieben, Doktor?«

Matreier lachte zynisch. »Du bist ganz schön keck für dein Alter, das gefällt mir«, anerkannte er Harrys Auftreten. »Gut erkannt. Natürlich haben die lieben Kleinen nur Brotteig als Auflage auf den Sohlen ihrer Gummistiefel hineingetragen.« Er kicherte. »Warum? Weil ihre Eltern das so erzählt haben. Und Kinder glauben ihren Eltern, auch denen, die nur so tun, als ob sie ihre Eltern wären. Aber die ›Eltern‹ haben ihnen Blödsinn erzählt. Sie haben ihnen gesagt, was sie selbst glauben wollten, und nicht, was wirklich Sache war. Und was jeder hätte erkennen können, wenn er sich nur wirklich dafür interessiert hätte. Aber unsere Studiosi«, wie Matreier das Wort betonte, klang es wie ein Schimpfwort, »haben aus lauter Geldgier nur das an sich herangelassen, was ihnen ins Zeug und in ihr naives Weltbild gepasst hat. Mit einem Wort: nützliche Idioten.«

»Damit ist jetzt aber Schluss«, stellte Doris mit zitternder Stimme fest. »Wir machen keinen einzigen Handgriff mehr für Sie, Sie Schwein. Und wir werden Sie anzeigen.«

»Was du nicht sagst«, Matreier lachte höhnisch und schlug dem Mädchen hart ins Gesicht. Einmal links und einmal rechts. »Einen Dreck wirst du anzeigen, und tun wirst du, was ich dir sage.«

Er zog ein Papiertaschentuch heraus und reichte es der Studentin, die aus der Nase blutete. »Wisch dich ab, bevor du den ganzen Boden vollblutest. Das ist ja nicht zum Anschauen.«

Michael hatte sich nur mit Mühe zurückgehalten, auf die brutale Attacke zu reagieren, und auch Harry hätte dieser miesen Sau gern in den Hintern getreten, aber Gilberts grimmiger Blick hatte die angeborene Vorsicht die Oberhand gewinnen lassen.

Wo mit nackter Gewalt nichts zu erreichen war, musste man mit List agieren, hatte er einmal irgendwo gelesen. Und nie zuvor war ihm dieser Spruch richtiger erschienen als jetzt.

»Falls Sie wirklich an meiner Kooperation interessiert sind, müssen Sie so überflüssige Einlagen wie die eben in Zukunft aber unterlassen«, raunzte er Dr. Matreier an. »Wer schlägt denn heute noch Frauen? Das ist doch völlig out.«

Das hatte seltsamerweise gesessen. »Ich weiß, ich schieße manchmal etwas übers Ziel hinaus«, räumte Matreier fast zerknirscht ein, eher er mit einem gemurmelten: »Tut mir leid« sogar so etwas Ähnliches wie eine Entschuldigung zustande brachte.

»Na gut, akzeptiert«, Harry glaubte, auch ohne Psychologiestudium diesen komischen Doktor so weit durchschaut zu haben, dass er sich jetzt auf ein Spielchen mit ihm einlassen konnte.

»Wie lange soll denn das Ganze noch dauern?«, wollte er wissen. »Ich sehe ja ein, dass Sie uns jetzt nicht weglassen können«, räumte er ein. »Aber für wie lange sitzen wir denn hier noch fest?«

»Die Aktion ist fast gelaufen, das bisschen, das noch getan werden muss, kann ich auch alleine machen«, verriet Matreier. »Jetzt kommt es bald zum großen Wumm.« Wie er dazu selbstzufrieden lächelte, wirkte der Mann tatsächlich weggetreten, ja … irre. »Da wird der Alte aber gucken!« Er hatte das W bei Wwwumm so in die Länge gezogen, dass sein Schnauzbart zunächst zu zittern und sich dann am linken Ende zu senken begonnen hatte. Der war wohl auch nur Teil der Verkleidung, stand für Harry fest.

Franz hatte inzwischen gegen den Protest aller Betroffenen sämtliche Handys eingesammelt und machte jetzt die Vollzugsmeldung.

»Gut, dann sammelt ihr noch die Kinder ein und macht sie fertig zum Nach-Hause-Gehen«, befahl er seinen beiden Kreaturen. »Die Kleinen gehören eigentlich schon längst ins Bett. Heute wird dich der Onkel Franz heimbringen«, sagte er zu der kleinen Marisa, die ihm am nächsten stand. »Das ist dir doch recht. Wir wollen ja nicht, dass eure Eltern beunruhigt werden. Und noch etwas, Kinder. Wer von euch am längsten über die Geschichte hier schweigen kann, gewinnt eine Reise zusammen mit seinen Eltern ins Legoland. Ist das was?«

»Ja, toll!«, brüllten einige der Kleinen los, ein paar andere wieder wirkten trotz der vielversprechenden Ankündigung nach wie vor verängstigt. »Aber nicht vergessen«, Matreier legte nochmals nach, »wer vor Freitag darüber spricht, ist automatisch disqualifiziert. Ist das klar?«

»Ja«, schrien wieder einige. Marisa dagegen blickte Michael fragend an und sprach aus, was einige der Kleineren in diesem Moment dachten: »Was ist diswalisiert?«

»Und was ist mit uns?«, wollte Doris wissen, »was haben Sie mit uns vor?«

»Wir müssen natürlich noch etwas hier bleiben«, antwortete Harry statt Matreier. »Denn wir könnten dem Doktor sonst ja bei seinen Plänen in die Quere kommen. Ich schätze, bis Freitag sollte reichen. Also nehme ich an, wir sind bis auf Weiteres Ihre Gäste. Und Ihre beiden Freunde …« Er deutete auf Gilbert und Franz, »werden darauf achten, dass es uns an nichts fehlt. Übrigens, Ihr Bart hängt nur mehr an einem Zipfel.«

Leicht verwirrt, griff sich der Doktor an die Lippe und versuchte eine Notreparatur. Nachdem diese misslungen war, riss er das störend gewordene Teil einfach ab und steckte es sichtlich verärgert in die Tasche seiner Jacke. Plötzlich sah der Mann gut 15 Jahre jünger aus. »Ahamm, ja, also. Ja, das ist korrekt. Und nach dem großen ›Wumm‹ geht jeder von Ihnen um einige Erfahrungen reicher nach Hause.«

Michael war neuerlich nahe daran, sich auf Matreier zu stürzen, doch Harry hielt ihn zurück. »Man sollte wissen, wann man nachgeben muss«, meinte er und deutete auf die Pistole, die Gilbert inzwischen in der Hand hatte.

Nachdem Matreier, Franz und die Kinder gegangen waren und sich Gilbert mit seiner Pistole neben der Türe niedergelassen hatte, überlegte Harry, was es wohl zu bedeuten hatte, dass ihm Matreier so viel erzählt hatte.

Um das besser verstehen zu können, bat er Michael und Doris um eine Art psychologisches Profil des Doktors. Immerhin hatten die beiden das studiert. Na, man würde ja sehen.

* * *

Palinski war zwar hundemüde, dachte aber gar nicht daran, schon ins Bett zu gehen. Obwohl es bereits nach Mitternacht war, hätte er sicher noch kein Auge zugebracht. Zu sehr gingen ihm die Ereignisse des vergangenen Tages im Kopf herum.

So hatte er sich nach dem Essen beim frankophilen Loisl bald entschuldigt und war in sein Büro übersiedelt. Komisch, dachte er jetzt, da war er eben mit drei der besten Kriminalisten zusammengesessen, die er kannte und denen er ohne Zögern sein Leben anvertraut hätte. Und obwohl ihm das bewusste Tonband in seiner Tasche auf der Seele lag wie ein Zentnergewicht, war er keine Sekunde lang auf die Idee gekommen, einen der drei in sein belastendes Geheimnis einzuweihen. Was ihm vorhin im Restaurant völlig klar erschienen war, konnte er jetzt allerdings überhaupt nicht verstehen. Wieso hatte er geschwiegen, statt das Gespräch zu suchen? Es konnte doch nicht sein, dass er Franca, Helmut oder Anselm nicht traute?

Er einigte sich mit sich darauf, dass er selbst erst die komplette Problemstellung kennen musste, eher er eine dritte Person ins Vertrauen ziehen und um Rat bitten konnte. Ja, genau das musste es sein, was ihn bisher davon abgehalten hatte. Vor allem musste er vorher mit Juri sprechen. Unbedingt, denn ohne den alten Russen würde wahrscheinlich gar nichts gehen.

Während er überlegte, wo sich denn sein kleines, schon lange nicht mehr benütztes Diktiergerät befinden könnte, mit dem er das Tape abhören konnte, begann er systematisch, alle jene Caféhäuser anzurufen, die bekannt dafür waren, dass sich Juri dort die tägliche Letzte Ölung verpasste.

Im Café ›Residenz‹ war er dann teilweise erfolgreich. Die Serviererin teilte ihm mit, dass der Doktor Franz den Wahnsinnigen schon abgeholt hatte, um ihn ins Bett zu bringen.

Doktor Franz war ein Taxifahrer, der dem wilden Russen dank seiner medizinischen Ausbildung täglich mindestens einmal das Leben rettete. Dr. Franz, dessen Nachnamen niemand so genau kannte, angeblich irgendetwas wie ›Wagenberger‹ oder ›-heber‹, hatte vor mehr als 25 Jahren seinen Mediziner gemacht. Nach einigen Jahren bei den ›Ärzten ohne Grenzen‹ hatte er in seiner Heimatstadt keinen adäquaten Job gefunden und übergangsweise begonnen, Taxi zu fahren.

Inzwischen dachten das Wiener Original und einer der besten Freude Juris im Traum nicht mehr daran, den Platz hinter dem Lenkrad wieder aufzugeben. Kein Wunder, machte er doch alleine mit seiner täglich in der größten heimischen Tageszeitung erscheinenden Kolumne ›Jede Nacht unterwegs‹ gerüchteweise mehr Geld als ein Primararzt.

Nun gut, dann wusste Palinski wenigstens, wo er den Russen morgen am späteren Vormittag antreffen konnte. Er musste ihn nur rechtzeitig erwischen.

So, jetzt konnte sich Palinski auf das Band konzentrieren. Die geheimnisvolle Botschaft, die sich darauf befand oder besser, die er darauf erwartet hatte, erwies sich allerdings als herbe Enttäuschung. Denn die technisch sehr schlechte und von zahlreichen Nebengeräuschen überlagerte Aufnahme bestand aus einem in einer ihm nicht bekannten Sprache geführten, 3,23 Minuten langen Gespräch. Für Palinski hätte das Chinesisch, Kirgisisch oder Kisuaheli sein können. Er verstand nur Bahnhof, wusste aber nicht einmal in welcher Sprache.

5

Donnerstag, 5. Juni, vormittags

Bei der UEFA in Nyon jagte eine Krisensitzung die andere. Das Exekutivkomitee der Schiedsrichterkommission und das des Europäischen Fußballverbandes hatten eine gemeinsame Kommission ins Leben gerufen, die die Zusammenarbeit des Verbandes selbst sowie seiner verschiedenen Stellen mit den regionalen, nationalen und internationalen Polizeistellen koordinieren und für den Kontakt mit den Koordinierungsstellen anderer Organisationen verantwortlich sein sollte.

Der regelmäßigen sowie der speziellen, EM-bedingten Überprüfung der Schiedsrichter und -assistenten war jetzt ad hoc noch eine weitere, durch das aktuelle Geschehen bedingte gefolgt, die derzeit noch im Gange war.

Das riesige Problem war, dass es einen toten Schiedsrichter gab. Und damit eine Menge von Ahnungen, Gerüchten und Befürchtungen, derzeit aber noch so gut wie keine konkreten Hinweise. Der ermordete österreichische Kollege hatte offenbar Hinweise auf Bestechung, Schiebung oder Ähnliches erhalten. Aber mit keinem seiner Kollegen im nationalen Verband darüber gesprochen, nach bisherigem Wissensstand auch mit keinem Freund oder Bekannten. Bedeutete das, dass er seinen Kollegen nicht traute, weil diese möglicherweise selbst ...? Das offizielle Nyon weigerte sich derzeit noch, diese Möglichkeit auch nur anzudenken. Oder hatte Mellnig einfach keine Zeit oder Gelegenheit gehabt, sich jemandem anzuvertrauen? Vielleicht war er ein Geheimniskrämer, der mit seinem Wissen erst an höchster Stelle herausrücken wollte? Damit seine Bedeutung auch richtig gewürdigt würde? Wer konnte das schon wissen, Mellnig war noch nicht lange auf der internationalen Liste und daher auch noch ein weitgehend unbeschriebenes Blatt.

Das zuletzt gegen vehemente Bedenken und zahlreichen Widerstand eingezogene Sicherheitsnetz, auf das man sich in der letzten Nacht geeinigt hatte, hieß ›Untersuchung der jeweils nominierten Schiedsrichterteams mit Polygrafen‹. Auf gut Deutsch, die Pfeifenmänner und ihre Assistenten an den Linien sollten vor ihren Spielen einen Lügendetektortest über sich ergehen lassen.

Große Aufregung bei den Betroffenen. Einige der Spitzenleute trugen sich in ihren ersten Reaktionen sogar mit dem Gedanken, diese »menschenunwürdige Prozedur« zu verweigern.

Generalsekretär de Graaf glaubte allerdings nicht, dass erstklassige Leute wie Bisinetti, Mercurio oder Kandisberger eine Disqualifikation riskieren würden. Eine Weigerung, den Test über sich ergehen zu lassen, konnte natürlich auch als Schuldeingeständnis angesehen werden.

»Wie auch immer«, meinte de Graaf, »falls ein Schiedsrichter ausfallen sollte, stehen bereits genug erstklassige Ersatzleute in den Startlöchern, um einzuspringen.«

In diese angespannte Atmosphäre hinein, einer Melange aus Stress, Frust, Unsicherheit, Angst und gegenseitigen Verdächtigungen, schlug die Meldung vom Versuch, das Spiel Österreich gegen Deutschland möglicherweise durch die Entführung der Tochter eines Spielers zu beeinflussen, ein wie eine Bombe.

* * *

Palinski fühlte sich etwa so wie das Kaninchen unter dem hypnotisierenden Blick der Schlange. Zumindest dachte er, dass sich das Kaninchen so fühlen musste, wie er sich seit gestern fühlte. Seit ihn das Problem »Attentat« beschäftigte. Ein Attentat, das er verhindern sollte, von dem er aber nicht einmal wusste, gegen wen es sich richtete. Es war so, als ob man von einem ..., ihm fiel kein Vergleich ein, ... von einem ... Fußpfleger erwartete, eine Operation am offenen Herzen durchzuführen. Und ihm dazu noch die Augen verband.

Natürlich hinkte dieser Vergleich gewaltig, er kam aber der probleminhärenten Frage von Leben und Tod bedrohlich nahe. Und das war es, was ihn seit dem Aufwachen heute Morgen beschäftigte.

Wilma, die bereits gestern gespürt haben musste, dass ihn etwas über Gebühr beschäftigte, konnte sich jetzt nicht mehr zurückhalten. »Gibt es etwas, das du loswerden möchtest?«, sie blickte ihn liebevoll besorgt an.

Nun war es so weit. Er wollte zwar noch immer nicht sprechen, aber es musste wohl sein. Der schlechteste Weg, mit dem Problem umzugehen, wäre, es zu ignorieren. Und vor allem, die Zeit drängte. Wenn die Information zutraf, und dafür sprach einiges, dann würde das Attentat in drei Tagen stattfinden. Im Wiener Ernst-Happel-Stadion während des Spieles Österreich gegen Deutschland.

»Mein Gott, in was bist du denn da hineingeraten?«, Wilma starrte ihn entgeistert an, nachdem er ihr die ganze Geschichte erzählt hatte. »Ich meine, wie kommen denn diese Menschen, wer immer sie auch sein mögen, auf die absurde Idee, dass du den Lauf der Dinge ändern könntest? Du kannst doch auch nicht mehr machen als die Polizei verständigen, meinetwegen auch deinen Freund, den Innenminister.« Der letzte Teil ihrer Aussage hatte reichlich ironisch, fast schon zynisch geklungen.

Und möglicherweise ging nicht einmal das, zumindest nicht so ohne Weiteres. Denn wer konnte schon sagen, auf welcher Seite Fuscheé stand. Bisher wusste Palinski noch nicht einmal, welche Seiten es überhaupt gab und wie diese aussahen.

»Da hast du natürlich völlig recht«, bestätigte er Wilmas Lagebefund. »Aber was soll ich machen? So tun, als ob ich diese Information nicht bekommen hätte? Oder mir einreden, dass das alles nur ein schlechter Scherz ist, und einfach abwarten?« Er schüttelte resigniert den Kopf. »Nein, das kann ich einfach nicht. Es muss einen Weg geben, das Attentat zu verhindern. Das Dumme ist nur, dass ich diesen Weg nicht sehe. Noch nicht.«

Er kratzte sich nachdenklich am Kopf. »Ich muss so rasch wie möglich mit Juri sprechen. Bitte hilf mir beim Nachdenken.«

Wilma fuhr ihm sanft über das Haar. »Natürlich will ich dir beim Nachdenken helfen. Ich bin nur nicht sicher, ob ich dir dabei wirklich von Nutzen sein kann. Ich habe doch nicht die geringste Erfahrung mit solchen Dingen.« Sie schüttelte zweifelnd den Kopf.

Genau das war es aber, davon war Palinski plötzlich felsenfest überzeugt. Warum sollte dieses Problem nicht vor allem durch einfaches, konsequentes Denken, ohne den Ballast fachlichen Wissens und einschlägiger Erfahrung zu lösen sein?

»Die wäre in diesem Fall nur hinderlich«, entgegnete er daher auf Wilmas Einwand. »Denke ich mir zumindest. Was in dieser Situation vor allem gebraucht wird, ist nüchterne Logik. Oder Intuition, besser noch eine Mischung aus beiden.« Plötzlich war er sich völlig sicher. »Davon bin ich überzeugt.«

»Nun, dann fangen wir mit dem logischen Denken einmal an. Wer sind eigentlich die Kandidaten fürs Umgebrachtwerden?« Wilma sah Palinski fragend an.

»Miki müsste eigentlich wissen, welche politische Prominenz in den nächsten Tagen in Wien erwartet wird«, meinte er. »Könntest du diesen Teil übernehmen, Liebes? Sag Miki, dass ich mich später bei ihm melden werde. Ich denke, ich sollte mich als Erstes dringend um den verrückten Russen kümmern.«

Wilma nickte und stellte zu ihrer größten Überraschung fest, dass sie diese Aufgabe interessierte. Sie fühlte sich plötzlich am Puls der Geschichte und ungemein lebendig, irgendwie wichtig. Ein eigenartiges Gefühl, gar nicht unangenehm.

* * *

Florian Nowotny hatte gestern sein Handy in der kleinen Teeküche des ›Instituts für Krimiliteranalogie‹ liegen gelassen und die während der Nacht eingegangene SMS daher erst jetzt entdeckt. Er hatte sich abends schon gefragt, was aus Harry geworden war, der sich eigentlich hatte melden wollen. Aber er hatte sich bis jetzt nichts weiter dabei gedacht. Welche Gefahr sollte schon von kleinen Kindern mit und auch ohne Gummistiefel ausgehen?

Jetzt starrte er allerdings verdattert auf den kryptisch anmutenden Text:

›Gefangener der Gummistiefel – dringend suchen – Polizei!!!‹

Die Rufnummer am Display sagte Florian zwar nichts, aber die Botschaft war zweifellos vom Sohn des Bosses, wer sonst würde sich auf Gummistiefeln beziehen?

Was sollte er tun, was musste jetzt geschehen? Vor allem musste er sofort Palinski informieren, dass sein Sohn offenbar in Schwierigkeiten geraten war, und dann musste er ihm die ganze, bisher eher harmlose Vorgeschichte erzählen.

Vor allem aber musste der Aufenthaltsort Harrys festgestellt werden. Das war über Handyortung relativ einfach möglich und sollte rasch erfolgen. Solange der Akku des guten Stücks noch Saft hatte.

Dann überlegte er, welche Hinweise ihm die legendäre Datenbank ›Crimes – Facts and Ideas‹ des Instituts bereits geliefert hatte. Na, viel war das nicht gerade gewesen. Unter dem Suchwort »Schmuggeln« hatte er lediglich einen Witz gefunden, der einen gewissen Bezug zur Situation mit den Stiefeln haben könnte. Und der ging so:

Der Zöllner beobachtet seit Wochen einen Mann, der täglich mehrere Male die Grenze mit einem Einkaufswagen überquert. In dem Wagen befinden sich jedes Mal lediglich Sachen des persönlichen Bedarfs in ebensolchen Mengen. Also nichts zu verzollen. Und dennoch, der erfahrene Zollbeamte wird das Gefühl nicht mehr los, dass der nette Mann, mit dem er sich inzwischen sogar angefreundet hat, etwas schmuggelt.

Weitere 30 Tage und über 100 Einkaufswagen später lädt der Zöllner den Mann aus Anlass seines Geburtstages zu einem Glas Wein ein. Aus dem einen werden zwei, drei Gläser, und die beiden Männer nennen sich Rudi und Freddie. Und nach einigen Gläsern mehr offenbart Rudi, der Zöllner, Freddie, dem »Schmuggler«, dass ihn lediglich eine einzige Sache interessiere.

»Ich weiß, lieber Freddie, dass du schmuggelst. Ich weiß aber nicht, was du schmuggelst, und das macht mich noch ganz wahnsinnig.« Er blickt den Freund flehend an. »Wenn dir nur ein wenig an meinem Seelenheil liegt, so verrate mir doch bitte, was du die ganze Zeit unter meinen Augen über die Grenze schaffst? Ehe ich noch verrückt werde.«

Freddie blickt eine Zeit lang auf Rudi, dann sagt er: »Das liegt doch völlig auf der Hand. Ich schmuggle Einkaufswagen.«

Warum, zum Teufel, schmuggelte jemand bunte Gummistiefel in den Stephansdom und das Wiener Rathaus?

Florian griff zum Telefon, um auf kurzem Weg über einen Freund bei der Polizei eine beschleunigte Handyortung zu erreichen. Doch der war derzeit nicht erreichbar.

So, jetzt hatte er aber keine Ausrede mehr. Jetzt musste er Palinski und Wilma Bachler davon in Kenntnis setzen, dass beider Sohn Harry irgendwo in dieser großen Stadt festgehalten wurde. Von Leuten, die mit scheinbar harmlosen Gummistiefeln offenbar nichts Gutes vorhatten. Wie sollte er den beiden erklären, warum er sie nicht schon gestern informiert hatte? Nach seinem Gespräch mit dem Junior. Na egal. Da musste er durch.

Es war das erste Mal, dass Florian seinen Job hasste.

* * *

Oberleutnant Beat Vonderhöh hatte eben ein hochinteressantes Gespräch mit seiner Wiener Kollegin Franca Wallner gehabt, bei der sich heute Morgen eine Anna Bader gemeldet hatte, geborene Mellnig. Um ganz präzise zu sein, bei der Frau hatte es sich um die um einiges ältere Schwester des Toten im Schlafwagen gehandelt. Und sie hatte sich vehement gegen die aktuelle Theorie ausgesprochen, dass sich ihr Bruder von seiner Mörderin im rumänischen Speisewagen quasi hatte aufreißen lassen.

»Er hätte nie aus eigenem Impuls eine Frau in sein Abteil mitgenommen«, hatte sie dezidiert erklärt, »schon gar keine Zufallsbekanntschaft. Zumindest nicht freiwillig.«

Denn ihr Bruder, dem sie ab dem 8. Lebensjahr die Mutter ersetzt und den sie daher gekannt hatte wie kein anderer Mensch, war schwul gewesen.

»Aber er ist doch ..., war doch verheiratet«, hatte Inspektorin Wallner eingeworfen.

»Er ist sich erst vor knapp zwei Jahren seiner sexuellen Orientierung bewusst geworden«, hatte Anna Bader verraten, »und hat sich bis zuletzt dagegen gewehrt. Er hatte schreckliche Angst davor, dass seine Vorliebe für Männer bekannt werden und ihm bei seiner Tätigkeit als Schiedsrichter Schwierigkeiten bereiten könnte.«

»Aber heute ist man diesen Dingen gegenüber doch schon viel liberaler«, hatte Franca Wallner eingewendet.

»Ja, vielleicht generell. Aber in dieser traditionellen Männerwelt des Fußballs? Stellen Sie sich die blöden Kommentare vor, wenn ein als schwul bekannter Schiedsrichter einem Spieler die Gelbe Karte zeigt. Nein, dem wollte sich Arthur nicht aussetzen.«

»Hat Ihr Bruder einen Freund gehabt?«, hatte die Inspektorin noch wissen wollen.

»Er hat vor einigen Monaten jemanden kennengelernt, der ihm scheinbar sehr viel bedeutet hat«, hatte die Bader eingeräumt. »Das hat er mir vor Kurzem erst ›gebeichtet‹. Aber wer, wie, wo, was, wann, keine Ahnung.«

»Und seine Frau? Wie hat die auf das alles reagiert?«

»Die hat das wahrscheinlich gar nicht mitbekommen, zumindest nicht bewusst.« Anna Bader hatte ein böses Gesicht aufgesetzt. »Die Schlampe hat herumgehurt wie eh und je, für die ist nur ein Mensch wichtig. Nämlich sie selbst.«

»Wissen Sie eigentlich, was Ihren Bruder veranlasst hat, so plötzlich in die Schweiz zu reisen?«, wollte Wallner jetzt noch wissen. »Angeblich hatte er irgendwelche Informationen, die auf Unregelmäßigkeiten bei der Abwicklung der Fußball-EM schließen ließen.«

»Das kann ich mir nicht vorstellen«, erwiderte Frau Bader. »Wenn Sie mich fragen, hat er sich nur wichtig machen wollen. Er hat mir schon seit Monaten vorgejammert, wie ungerecht es eigentlich war, dass seine Kollegen Eisler und Pieringer auf die Schiedsrichterliste für die EM gekommen sind und er nicht. Das hat ihn ganz krank gemacht.« Sie schüttelte energisch den Kopf. »Also, wenn er von einer Verschwörung gehört hätte oder von irgendwelchen kriminellen Vorgängen, dann hätte er mir sicher etwas darüber erzählt.«

Inspektorin Wallner hatte Vonderhöh von ihrem Gespräch mit der Schwester berichtet und zugesagt, alles Mögliche zu unternehmen, um an den geheimnisvollen Freund Mellnigs heranzukommen. Obwohl, bei der Ausgangslage konnte das schwierig werden, wusste der Oberleutnant aus eigener beruflicher Erfahrung.

Insgesamt war der ganze Fall durch die aktuelle Entwicklung eher noch undurchsichtiger geworden. Aber das war jetzt das Problem der Fedpol, dachte Vonderhöh. Obwohl ihn dieser Gedanke nicht wirklich befriedigte.

* * *

Wilma Bachler war in Tränen ausgebrochen. Florian Nowotny hatte die Frau seines Chefs noch nie so niedergeschlagen und mutlos gesehen wie nach der Mitteilung, dass Harry offenbar ernsthafte Schwierigkeiten hatte.

»Wieso habe ich ausgerechnet gestern nicht nachgesehen, ob der Bub im Bett liegt?«, jammerte seine Mutter.

Und Palinski, den sie jetzt gebraucht hätte, war gerade weggegangen. Typisch.

»Kann ich Ihnen irgendetwas bringen?«, bot Florian an, der in die Wohnung hochgekommen war, um die schlechte Nachricht zu überbringen. Wieso, wusste er eigentlich nicht, aber er hatte es für besser gehalten, einfach richtiger.

Wilma schüttelte nur den Kopf, dann zog sie den jungen Polizisten wortlos an sich heran, umarmte ihn und ließ ihn für ein paar Sekunden spüren, wie viel Liebe sie für ihren kleinen Buben verspürte und wie sehr sie ihn vermisste.

»Dann hätten Sie sich nur schon früher Sorgen gemacht und nicht schlafen können«, versuchte Florian auf Wilmas rhetorische Frage einzugehen und ein wenig zu trösten. »An der Sache hätte das nichts geändert. Aber wissen Sie was? Wir holen Harry einfach wieder zurück.«

»Genau das machen wir jetzt!«, Wilma war aufgesprungen. Ihre weinerliche Stimmung hatte schlagartig umgeschlagen. So kämpferisch hatte sie sich noch nie gefühlt. »Und den Kerl, der das zu verantworten hat, den knüpfe ich mir nachher persönlich vor. Dieses Arschloch wird bluten, das verspreche ich dir.«

Die Szene wirkte zwar absolut authentisch, war aber gleichzeitig von einer derart peinlichen Theatralik, übertrieben, schlichtweg lächerlich. Das Schöne daran war, dass genau das den beiden Anwesenden auch bewusst wurde und sie daher unisono herzlich lachen mussten. Wilma noch überrascht von ihrem vorangegangenen Ausbruch, und Florian, erstaunt über seine damit verbundene Respektlosigkeit, aber egal. Das Lachen diente als alles befreiender Katalysator und darüber hinaus auch als einigendes Band für die beiden im ›Kampf gegen das Böse‹.

* * *

Wenn Anselm Wiegele etwas hasste, dann Pressekonferenzen. Die hatte er schon in seiner Zeit als Hauptkommissar in Stuttgart und später in Singen nicht gemocht. Aber im Vergleich zu dem, was hier den Spielern und dem Teamchef an »Fragen«, eigentlich an Unterstellungen, peinlichen Geschmacklosigkeiten und bestenfalls simplen Uninformiertheiten oder Banalitäten zugemutet wurde und das mehrmals täglich, waren seine früheren Erfahrungen auf diesem Gebiet fast intellektuelle Highlights gewesen.

Und jetzt das. Wiegele bewunderte Teamchef Kabella und vor allem Tobias Nachen, dem man ansehen konnte, wie sehr ihn das ungewisse Schicksal seiner Tochter zu schaffen machte. Einer fast 13-jährigen Tochter, von deren Existenz er erst seit knapp mehr als zwölf Stunden Bescheid wusste. Aber beide waren Profis und hatten gelernt, mit solchen Situationen umzugehen.

Dennoch konnte man besonders ›Turbo-Toby‹, wie der umtriebige Tormann in den Medien gerne genannt wurde, ansehen, wie sehr er unter den Umständen litt.

Aber der sentimentale Höhepunkt sollte noch bevorstehen. Elmar Wimmler von der ›Picture‹-Redaktion war es gelungen, die zu Nachens Tochter gehörende Mutter aufzutreiben, gegen den wütenden Protest eines Zahnarztes aus Osnabrück in ein gechartertes Flugzeug zu stecken und mit ihr nach Wien zu jetten. Und so stand er plötzlich mit Ulrike Pleschke im VIP-Raum des Hohe-Warte-Stadions, in dem die Pressekonferenz im Gange war. Ulrike sah Tobias, und Tobias sah Ulrike, und schon wenige Sekunden später waren sich die beiden Schwergeprüften in die Arme gesunken und stammelten Unausgegorenes.

Ja, ja, ›Expect emotions‹, selten zuvor und auch nachher sollte das offizielle Motto der EM so zutreffen wie hier.

Obwohl, ›Emoted expectations‹* hätte auch nicht schlecht gepasst.

Ein Blitzlichtgewitter begleitete diesen berührenden Augenblick und markierte den Anfang mehrerer jahrelang andauernder Gerichtsverfahren, da die Rechte für alle Fotos mit Frau Pleschke bei ›Pictures‹ lagen, die für die mit Nachen bei der ›Deutschen Sportbilder Agentur‹. Und für die EURO 08 bestanden darüber hinaus noch zusätzliche Vereinbarungen mit den Veranstaltern, der UEFA und den nationalen Fußballverbänden.

Es war der berühmte »Goldene Donnerstag«, von dem noch Generationen deutscher Rechtsanwälte schwärmen sollten.

Aber zurück zum aktuellen Geschehen: Nachdem Ulrike Pleschke ihren Teil zu den morgigen Schlagzeilen abgeliefert hatte, formulierten die Eltern Sabines gemeinsam mit Teamchef Kabella einen berührenden Aufruf an die Entführer, der in den beiden Forderungen gipfelte, ›das Mädchen doch freizulassen‹ und ›das europäische Fußballfest nicht zu ruinieren‹.

Dann war dieser Albtraum endlich vorbei, und Anselm Wiegele konnte sich wieder seinen eigentlichen Aufgaben widmen.

* * *

Während ihre Eltern auf einer Pressekonferenz Gefühle zeigten, unverhältnismäßig viel Geld, nämlich sogenannten ›windfall profit‹ damit machten und ungewollt einige jahrelang andauernde Rechtsstreitigkeiten auslösten, schlenderte Sabine Pleschke alias Jan Paluda durch die Magdeburger Innenstadt. Sie hatte gut und lange geschla-

*Emoted expectations = Dramatisierte Erwartungen

fen, fand die Stadt interessant und fühlte sich mit den 650 Euro, die sie vor ihrer Abreise von ihrem Sparbuch abgehoben hatte, ziemlich stark. Auf jeden Fall stark genug, um sich ein lukullisches Frühstück in einer Konditorei und die neueste CD von ›Lalabella‹ zu kaufen. Man leistete sich ohnehin kaum etwas, wie ihre Mutter häufig zu sagen pflegte. Eigentlich wollte sie jetzt schon in München sein, mindestens, aber diese Stadt und auch Papa liefen ihr sicher nicht davon.

Auf die Idee, dass sich ihre Mama und die Oma Sorgen um sie machten, kam sie nicht, denn sie hatte ihnen ja einen Schrieb hinterlassen und darin ausdrücklich betont, dass sie sich keine Sorgen machen mussten. Immerhin war sie 13 Jahre alt und damit kein kleines Kind mehr. Und Bedenken, dass die Nachricht nicht gefunden worden war, hatte sie schon gar nicht.

An so etwas dachten schließlich auch nur Erwachsene mit einschlägigen Erfahrungen.

Während Sabine alias Jan das Leben oder besser die neue Freiheit genoss, wälzte ein gewisser Hans Werner Altback, der schon mehr Witze über seinen Namen gehört hatte als Amen in der Kirche, dunkle Gedanken. Der flexible Vermögens- und Finanzberater, der auch sonst keine schrägen Geschäfte ausließ, hatte von der Entführung der kleinen Sabine sowie von ihrer verwandtschaftlichen Beziehung zum besten Torhüter, über den das DFB-Team derzeit verfügte, gehört. Und er zählte zu jenen Typen, die eine Chance bereits erkannten, wenn sie noch vor der Türe stand. Vor allem wusste er, dass Trittbrettfahren nicht das Schlechteste war, um weiterzukommen. Vorausgesetzt, man war imstande, sich von moralischen Bedenken und kleinlichen Zweifeln frei zu halten. Und vor allem clever genug.

Und so dauerte es nicht lange, bis aus dem Gedanken ein zugegebenermaßen ganz mieser, also, um es präzise auszudrücken, eigentlich sehr erfolgversprechender, ethisch aber verwerflicher Plan geworden war.

Noch weniger Zeit benötigte Altback, um den Plan in die Tat umzusetzen. Besser Trittbrett gefahren als gar nicht. Im Zeitalter des Internets war dergleichen schnell zu bewerkstelligen.

* * *

Palinski hatte großes Glück und traf Juri Malatschew, den »verrückten Russen« und einzigen Menschen, der ihm seiner Überzeugung nach im Moment helfen konnte, in dessen bevorzugtem Café beim Frühstück an. Als Mario an den Tisch trat, der sich unter fast allem bog, was man am Morgen so zu sich nehmen konnte, blickte ihn der ehemalige KGB-Offizier kurz über seine Lesebrille an und meinte nur lakonisch: »Das chabe ich gespürt.«

Das war typisch für diesen eigenartigen Menschen, der immer den Anschein erweckte, als ob er schon vorher alles wusste oder zumindest erahnte.

»Was hast du gespürt?«, wollte Palinski wissen, dem diese Art ein wenig auf die Nerven ging. Aber das durfte er nicht zeigen.

»Ich chabe gespürt, dass du mich cheute aufsuchen und mit einem Problem konfrontieren wirst«, erwiderte Juri und biss herzhaft in eine Nussschnecke. »Also was chast du mir zu berichten?«

Palinski holte das Diktiergerät mit dem bereits eingelegten Band aus seiner Jackentasche und reichte es Malatschew. »Hör dir das bitte einmal an und sag mir dann, ob du irgendetwas verstanden hast.«

Juri bediente sich mit frischem Kaffee aus dem Silberkanderl, auf das er allergrößten Wert legte, denn ›nur in Silber bleibt der Kaffee richtig heiß‹. Dann gab er exakt zwei Stück Zucker dazu, rührte einige Male um und krönte das Ganze noch mit einem Spritzer warmer, aufgeschäumter Milch. Nun nahm er einen Schluck, machte ein zufriedenes Gesicht und schob noch eine Gabel mit einem Stück Schinken und der glibberig-gelben Masse eines darüber geschlagenen Freilandeies nach.

Jetzt erst griff er sich das kleine Abspielgerät, brachte es ans Ohr und bediente die Abspieltaste. Nach knapp vier Minuten drückte er die Rücklauf- und dann neuerlich die Abspieltaste. Weitere dreieinhalb Minuten später schaltete Juri das Gerät ab und legte es zur Seite.

»Na und?«, entfuhr es Palinski, nachdem der Russe scheinbar endlos geschwiegen hatte. »Was sagst du? Hast du verstanden, um was es geht?«

Doch Malatschew ließ sich nicht hetzen. Nachdenklich fuhr er sich durch die graue, für einen Mann seines Alters noch erstaunlich dichte Haarmähne. »Wocher chast du das?«, flüsterte er schließlich. »Kann es sein, dass deswegen gestern Früh ein Mann gestorben ist? Es ist sehr gefährlich, in solche Sachen hineingezogen zu werden.«

Jetzt hatte Palinski keine Wahl mehr, er weihte den Russen kurz in das nächtliche Geschehen vor dem Hause Döblinger Hauptstraße 4 ein. Der hörte aufmerksam zu, schüttelte nochmals den Kopf. »Sei bloß cheikel, wem du in dieser Sache vertraust«, ermahnte Malatschew seinen Freund. Dann kam er zur Sache:

»Da besprechen zwei Männer den Mord an einer, wahrscheinlich sogar an zwei Personen«, stellte er fest. »Namen wurden allerdings keine genannt. Den einen nennen sie

Präsident, den Zweiten seinen Nachfolger. Die Sprache ist so ähnlich wie Kroatisch, ich tippe auf einen kajkavischen Dialekt. Es könnte aber auch eine Spielart des Slowenischen sein. In diesen Sprachen bin ich nicht so gut.«

Wie gut musste der Mann erst in Sprachen sein, die er seiner Meinung nach »gut« beherrschte, überlegte Palinski neidvoll.

»Auf jeden Fall soll das ›Schicksal‹, die Scheißkerle nennen das Attentat tatsächlich so«, ereiferte sich Juri, »also das Schicksal soll sich beim Spiel am Sonntag in Wien erfüllen. Und zwar sowohl das des jetzigen ›Präsidenten‹ als auch das seines ›Nachfolgers‹. Wer immer diese auch sein mögen.«

»Und, ergibt sich keinerlei Hinweis auf ein mögliches Motiv?«, warf Palinski ein. »Damit wir wissen, in welche Richtung wir suchen sollen.«

»Na ja, in einem Nebensatz wird das EU-Urteil im slowenisch-kroatischen Küstenstreit erwähnt«, bestätigte Malatschew. »Das wäre ein Chinweis auf die Täterschaft kroatischer Kreise. Also entweder spielen da ein paar alte Ustaschi mit dem Feuer, wahrscheinlich, um den Beitritt des Landes zur EU zu verchindern. Oder man will genau diesen Eindruck erwecken und damit zu diesem Resultat kommen. Cui bono?, fragten sich da nicht nur die alten Römer. Bestellst du mir noch einen Kaffee, Mario?«

Jetzt ging das wieder los, dachte Palinski. Wann immer er von Juri bisher etwas gewollt hatte, hatte das mit Unmengen von Kaffee begonnen und mit noch mehr Alkohol geendet. Dazwischen hatte sich der alte KGBler mit allem, was gut und teuer war, vollgewamst. Und das alles auf Palinskis Rechnung. Das gestrige Gelage auf Kosten Juris war eine absolute Ausnahme gewesen. Sozusagen ein Jahrhundertereignis. Aber bitte, das war schon in Ordnung. Bis auf den vielen Alkohol, der war in dieser Situation nicht drin.

»Das bringt uns direkt zur nächsten Frage«, fuhr der Russe fort. »Von wem reden wir eigentlich? Wer soll umgebracht werden? Davon hängt doch alles ab«, stellte er fest. Und ehe Palinski noch darauf hinweisen konnte, dass seine Wilma eben dabei war, die politischen VIPs zu ermitteln, die bis Sonntag in Wien erwartet wurden, fing Juri schon an mit der Aufzählung.

»Da sind einmal der deutsche Bundespräsident, der französische Präsident, der Präsident der Europäischen Zentralbank und die Präsidentin des norwegischen Parlaments«, wusste der Russe. »Dann die deutsche Bundeskanzlerin, der französische Premierminister, die Ministerpräsidenten der Slowakei, Ungarns und Sloweniens und mehrere Minister aus den verschiedensten Staaten. Aber beim ›Präsident‹ und seinem ›Nachfolger‹ könnte es sich natürlich auch um wichtige Repräsentanten aus der Wirtschaft handeln. Zum Beispiel um den Präsidenten des Aufsichtsrates einer großen Bank und seines designierten Nachfolgers. Beim heutigen Einfluss der Wirtschaft könnte ein Anschlag auf diesen Personenkreis natürlich auch einen Schock auslösen.« Malatschew nahm einen Schluck Kaffee, ehe er weitersprach. »Aber das glaube ich nicht. Ich denke, das oder die Opfer kommen aus der Politik.«

»Ich werde kurz einmal mit Wilma sprechen«, kündigte Palinski an, »die wollte sich auch erkundigen, wer alles nach Wien kommt. Wer weiß, vielleicht hat sie ja noch …?«

Juri lächelte ihn milde an, so wie ein guter Pater familias seinen leicht zurückgebliebenen Sohn anlachte, verzeihend mit einem leichten Einschlag von Geringschätzung. »Na ja, schaden kann es ja nicht«, meinte er versöhnlich und zog sich auf seinen Kaffee zurück.

Wilma hatte nichts wirklich Neues erfahren, keinen Namen beizusteuern, den Palinski nicht schon von Juri gehört hätte. Und dennoch brachte sie einen Gesichtspunkt ins Spiel, den die beiden Männer noch nicht berücksichtigt hatten.

»Danke, mein Schatz«, verabschiedete er sich von seiner Liebe, »das ist ein vielversprechender Ansatz.«

Malatschew, der das gehört haben musste, versuchte weiter, gelangweilt zu wirken. Er rührte kräftig in seinem Kaffee herum, erstaunlich, was so eine Schale alles aushielt. Schließlich und nachdem jetzt Palinski zur Abwechslung einige Zeit geschwiegen hatte, sagte er trocken: »Na und, wie ist das mit dem vielversprechenden Ansatz?«

»Der slowenische Ministerpräsident ist bis Monatsende auch Präsident des Europäischen Rates und der französische Staatspräsident sein Nachfolger in dieser Funktion.« Palinski trumpfte mit seinem eben erworbenen Wissen richtig auf. »Damit ist er ab Juli des Jahres Ratspräsident. Also, wenn das nicht passt.«

Malatschew schien tatsächlich für den Bruchteil einer Sekunde so was wie beeindruckt zu sein. Er war aber auch großzügig oder so etwas Ähnliches, denn er zog seinen nicht vorhandenen Hut mit großer Geste und sagte: »Maximales Kompliment an Madame, das ist großartig. Genau das muss es sein. Wenn es so ist, passt alles zusammen.«

Nun erklärte Juri seinem jungen Freund genau das Wie und das Warum.

Bloß, wie Palinski das alles verhindern sollte, konnte der alte Russe nicht sagen. Darüber musste er schon selbst nachdenken.

* * *

Da Wilma es aus Rücksichtnahme auf ihren ohnehin schon arg gestressten Partner oder aus welchen Gründen sonst unterlassen hatte, Palinski vom Verschwinden Harrys zu informieren, machte dieser unbeirrt weiter.

Unter anderem traf er sich zu Mittag mit seinem alten Freund Miki Schneckenburger, der rechten Hand des Innenministers und sein Vertreter im Bundeskriminalamt. Für die Dauer der EURO 08 hatte der derzeit an der Grenze der Überforderung dahintaumelnde Ministerialrat noch einige Zusatzaufgaben, -funktionen und -titel, die Palinski aber im Einzelnen nicht kannte und auch gar nicht kennen wollte.

»Nichts für ungut, lieber Freund«, begrüßte ihn der Ministerialrat unüblich knapp, »aber ich habe exakt fünf Minuten Zeit für dich. Nein, eigentlich nur eine, denn vier Minuten habe ich heute schon deiner Wilma gewidmet. Nicht, dass ich das nicht sehr gerne getan habe. Aber der Stress derzeit ist mörderisch. Mein kleiner Lukas möchte schon wissen, wer der Mann ist, der hin und wieder bei ihm zu Hause vorbeischaut.« Sein Lächeln wirkte sehr gequält. »Und Moni, also die ist nur mehr sauer.« Er schnippte sich ein imaginäres Staubkorn vom Revers seines makellosen Anzugs. »Aber Spaß beiseite, die Lage ist ja nicht gerade zum Scherzen geeignet. Habt ihr schon etwas von Harry gehört?«

Harry, was hatte denn das Ganze mit seinem Sohn zu tun, schoss es Palinski durch den Kopf. »Ich verstehe nicht ganz«, warf er vorsichtig ein. »Was meinst du mit: ›Habt ihr schon etwas von Harry gehört?‹?«

»Na, Wilma hat mir erzählt, dass euer Sohn, na ja, letzte Nacht nicht nach Hause gekommen, also vielleicht entführt worden ist? Du tust ja gerade so, als ob du noch nichts davon wüsstest.« Er zögerte, dann meinte er erschrocken: »Du weißt wirklich noch nichts davon, gelt?«

Palinski war es, als ob ein riesiger Eiszapfen in seinem Nacken aufgeprallt wäre und jetzt langsam die komplette Wirbelsäule hinabrutschte. Und dabei nicht nur einen Kälteschock verursachte, sondern gleichzeitig auch die Haut bis auf die Knochen aufschlitzte. Er musste sich dazu zwingen, langsam zu atmen, um nicht ins Hyperventilieren zu verfallen.

Schneckenburger hatte ein Glas Wasser und ein feuchtes Tuch geholt. Dankbar nahm Palinski das Wasser, um einen Schluck zu nehmen, trank das Glas dann aber zur Gänze aus. Anschließend fuhr er sich mit dem Tuch über das Gesicht und suggerierte sich, dass es ihm nun besser gehen musste. Jetzt half nur eiserne Selbstdisziplin.

»Übrigens, dein Mitarbeiter hat das Notwendige veranlasst. Die Handyortung läuft schon, soviel ich weiß. Also soweit ich helfen kann, du weißt …« Schneckenburger fühlte sich sichtlich unwohl in der Situation und suchte krampfhaft etwas auf seinem Schreibtisch.

»Scheint übrigens ein guter Mann zu sein, dieser Nowotny«, lobte er Palinskis Assistenten. »Woher hast du den eigentlich?«

Da ihm die Frage aus Verlegenheit gestellt worden war, verzichtete der Befragte auf eine Antwort. Der erste Schock hatte sich ein wenig gelegt, und die Vernunft gewann langsam wieder die Oberhand.

Der Ministerialrat war einer jener Menschen, die unangenehme Situationen durch besonders viel und eher geistloses Quatschen meistern wollten. Die nächste Frage Mikis war ein Paradebeispiel für diese These.

»Wie kommt denn Wilma damit zurecht?«, wollte der Affe jetzt tatsächlich wissen. Zumindest war ihm diese geistlose Abfolge an Worten eben über die Lippen gequollen.

Abgesehen davon, dass er das nicht wissen konnte, was war das für eine geistlose Frage? Genauso idiotisch wie die traditionelle Frage der Reporter an den Olympia- oder sonstigen Sieger im ›Wasimmerauch‹ unmittelbar nach ihrem Sieg »Und wie fühlen Sie sich jetzt?«. Nur eben unter völlig entgegengesetzten Vorzeichen.

»Na, wie wird sie schon damit zurechtkommen«, wollte Palinski den Freund schon anbrüllen. »Sie tanzt Csardas auf der Kommode und sucht bereits einen Untermieter für das freie Zimmer.« Aber er strafte Schneckenburger mit schweigender Verachtung.

»Kopf hoch, wir holen deinen Buben da schon raus«. Miki versuchte offenbar, ihn zu trösten. »Notfalls auch mit der Cobra. Um was geht es da eigentlich? Doch nicht ernsthaft um … Gummitiere?«

»Wie du dich sicher noch erinnern kannst, hast du mich vor zwei Minuten erstmalig über Harrys Schicksal informiert. Ich habe also keine Ahnung von den näheren Umständen.« Palinski zuckte provokativ mit den Achseln.

Inzwischen hatte Schneckenburger wohl erkannt, wie ungewöhnlich viel Blödsinn er selbst für einen österreichischen Beamten in den letzten Minuten von sich gegeben hatte. Um davon abzulenken, quatschte er in bewährter Manier ganz einfach weiter.

»Tja, wenn du wüsstest, wie viele eigenartige Dinge in Österreich tagtäglich passieren. Besonders jetzt und sicher auch noch die nächsten Wochen. Bis diese idiotische Fußballhysterie wieder vorbei sein wird.« Der Ministerialrat war offenbar kein großer Fan der Magie der Lederkugel auf dem grünen Rasen.

»Aber …«, fing Palinski an, hielt aber gleich wieder inne.

Jetzt kannte er Miki schon …, na, mindestens 20 Jahre und hatte noch nie mitbekommen, dass der Mann mit Fußball offenbar überhaupt nichts am Hut hatte. Aber schon gar nichts. Nicht, dass Palinski ein fanatischer Anhänger gewesen wäre. Der einzige Verein, für den er sich früher vergleichsweise hatte begeistern können und das nach wie vor tendenziell tat, war die ›Vienna‹. Der in Döbling beheimatete Verein war vor vielen, nein, vor noch viel mehr Jahren sogar österreichischer Meister gewesen, heute aber in der relativen Bedeutungslosigkeit irgendeiner Regionalliga verschollen.

Dennoch hing sein Herz noch immer an den Blaugelben. Und ehemaligen Spielerlegenden wie Schmid und Koller, die am legendären 7:5 gegen die Schweiz und dem 3. Platz der Österreicher bei der WM 1954 maßgeblichen Anteil gehabt hatten. Aber auch der berühmte Karl Decker oder der spätere Parademittelstürmer Hansi Buzek waren auf der Hohen Warte zu Hause gewesen.

Kein Wunder also, dass Palinski die österreichische Meisterschaft relativ wurscht war. Er verfolgte sie zwar und freute sich immer, wenn ein David einem der wenigen heimischen Goliaths einen Strich durch die Rechnung machte. Aber ein richtiger Anhänger, der mitfieberte und dann auch begeistert ›Tor, Tor, Tor‹ schreien konnte, wurde er nur in internationalen Begegnungen, in denen eine österreichische Mannschaft engagiert war. Und er wunderte sich immer wieder, wie viel von einem chauvinistischen Idioten in solchen Fällen auch in ihm steckte.

»Aber«, begann Palinski nochmals seinen Satz, »jetzt sind wir endlich einmal auch bei einer Europameisterschaft dabei, und du freust dich nicht.« Es klang richtig trotzig.

»Das verstehe ich nicht. Du bist doch sonst nicht so ein Ignorant. Ganz im Gegenteil.«

»Die österreichische Mannschaft ist nur dabei, weil die EM bei uns stattfindet. Und in der Schweiz«, stellte Miki fest. »Also sportlich ist das zunächst einmal keine Leistung. Überhaupt keine. Die muss die Mannschaft erst erbringen. Die Hysterie ist aber so, als ob unsere ›Buam‹ schon gewonnen hätten. Das ist doch idiotisch und vor allem bedeutet es noch mehr Arbeit. Das wird so weit gehen, dass ich eines Tages wieder einmal zu Hause vorbeischauen werde und mein Sohn wissen wollen wird, wer denn der Onkel ist, der da heute bei ihm vorbeikommt.« Resigniert schüttelte er den Kopf. »Glaub mir, da vergeht einem der Spaß.«

Er blickte auf seine Uhr. »Jetzt muss ich aber zu einer Besprechung mit dem Fußballbund und dem Staatssekretär. Melde dich, wenn du etwas brauchst und ich helfen kann.«

»Ja, aber das Wichtigste habe ich …«, wollte Palinski widersprechen, der sich entschlossen hatte, den Ministerialrat hinsichtlich des Attentats ins Vertrauen zu ziehen. Aber der Ministerialrat hatte offenbar nicht hingehört, er war unbeeindruckt aufgestanden und suchte seinen Aktenkoffer.

»Tut mir leid, aber es geht wirklich nicht. Keine Zeit mehr. Guten Tag, Herr Minister.« Unbemerkt war Dr. Josef Fuscheé, der Innenminister der Republik und gelegentliche Duzfreund Palinskis, in den Raum getreten.

»Hallo, Schneckenburger«, der große Mann pflegte einen legeren Umgangston mit seinen Beamten. Aber Vorsicht, wehe, einer der dermaßen Angesprochenen wäre auf die Idee gekommen, mit einem »Hallo, Herr Minister« darauf zu reagieren.

»Und wen haben wir denn hier? Hallo, Palinski«, fügte der oberste Verantwortliche für die Sicherheit im Lande leutselig dazu.

Im Gegensatz zum Freund, der seinen Chef verhalten devot begrüßt hatte, hatte Palinski keine Probleme mit dem gelegentlich etwas imperial-leutselig wirkenden Gehabe des Ministers.

»Hallo, lieber Josef«, er war seit einem schwachen Moment Fuscheés vor zwei Jahren oder so mit ihm per Du, wenn auch nur in Situationen, die das vertrugen. Und das war so eine, egal, was der Minister darüber denken mochte. »Gut, dass du da bist, ich muss etwas Wichtiges mit dir besprechen.«

»Das trifft sich gut«, entgegnete Fuscheé. »Denn ich habe auch etwas auf dem Herzen. Kommen …, komm am besten gleich mit mir, ich habe jetzt eine halbe Stunde Luft.«

»Brauchen Sie mich noch, Herr Minister?«, wollte der bereits wie auf Nadeln sitzende Schneckenburger von seinem Herrn und Meister wissen. »Ich soll schon vor drei Minuten beim Sportstaatssekretär gewesen sein.«

»Na, was machen Sie denn dann noch hier, mein Guter?«, meinte der Minister, nahm Palinski am Arm und führte ihn über den Gang in die ministeriellen Gemächer. Durch den privaten Eingang, eine ganz besondere Auszeichnung, wie Palinski später einmal zugesteckt bekommen sollte.

* * *

Harry hatte zwar wenig geschlafen, die Nacht aber ungeachtet der ungewohnten, etwas spartanischen Bedingungen höchst angenehm verbracht. Das war vor allem das Verdienst Tanjas gewesen, einer 23-jährigen Psychologiestudentin, mit der zusammen er zunächst das bange Gefühl, eingesperrt zu sein, geteilt und später die Zeit vertrieben hatte. Und das so natürlich und selbstverständlich, dass er keine Sekunde lang auf die Idee gekommen wäre, wegen Irmi ein schlechtes Gewissen haben zu müssen.

Überhaupt war die Stimmung an diesem Morgen viel besser als am Abend zuvor, an dem der Zorn über das Eingesperrtsein und die Angst vor dem, was noch geschehen könnte, dominiert hatten. Als sich herausgestellt hatte, dass die beiden Aufpasser Gilbert und Franz offenbar nicht mehr als martialisch herumstolzierende Angeber waren und keine blutrünstigen Killer, hatte sich die Atmosphäre im Laufe des späteren Abends spürbar entspannt.

Nach dem nicht gerade hervorragenden, aber ›besser als gar kein‹ Kaffee waren sogar wieder Pläne geschmiedet worden für die Zeit ab … Ja, ab wann eigentlich? Hinsichtlich des Zeitpunktes ihrer Freilassung wurde wild spekuliert, gerätselt, gehofft.

Harry, der die SMS an Florian mithilfe Tanjas während einer zunächst nur gespielten Liebesszene abgesetzt hatte, hatte der jungen Frau eingeschärft, den anderen gegenüber kein Wort zu verlieren. Einerseits war die Gefahr, dass sich jemand ihren Gefängniswärtern gegenüber verplapperte, einfach zu groß. Andererseits wollte Harry keine allzu großen Hoffnungen schüren. Noch nicht, erst nach Vorliegen einer Reaktion. Mit deren Eintritt er fest rechnete. Die aber bisher auf sich hatte warten lassen.

Langsam kippte die Stimmung wieder ins Negative, nicht nur allgemein. Auch Harrys Optimismus schmolz dahin wie der Schnee in der ersten Frühjahrssonne. Und das Schmusen mit Tanja machte zwar Spaß, wäre aber außerhalb dieser Mauern sicher auch nicht ohne. Vor allem aber ohne ständig anwesende Zeugen.

Während Tanja begann, sich mit Inbrunst Harrys Trapezmuskel zu widmen und fast professionell zu massieren, spürte er plötzlich das anklopftypische Vibrieren seines Wertkartenhandys in der linken Hosentasche. Das musste die Nachricht sein, auf die er gewartet hatte. Niemand sonst kannte diese Rufnummer.

Aufgeregt blickte er sich nach den beiden Aufpassern um, doch keiner war in Sichtweite. Dann deutete er dem Mädchen, sich so aufzustellen, dass sie ihn und sein Agieren mit ihrem Körper gegen neugierige oder auch nur zufällige Blicke abschirmte.

Vorsichtig fischte er das Telefon aus der Tasche und sah sich die eingegangene Nachricht an: ›Standort bekannt, Polizei bereit, wie viele Personen? Gruß Florian‹.

Jetzt war es also bald so weit. Das war der Anfang vom Ende der beschämenden, schlussendlich aber halb so schlimmen Aktion dieses Dr. Matreier. Zeit, die anderen Gefangenen langsam und in aller Vorsicht auf den bevorstehenden Sturm des Kellers durch die harten Burschen von der Cobra vorzubereiten. Nein, das war der Name der niederösterreichischen Sondereinheit, wie hießen ihre Wiener Kollegen noch bloß? Oder war's doch anders und nicht umgekehrt?

Am besten würde es wohl sein, wenn er zunächst mit Michael sprach und der dann mit Doris, und beide dann ihrerseits je eine weitere Person über die bevorstehende Polizeiaktion informierten. Das System ›Stille Post‹ war sicher weniger auffällig und bot die Gewähr, Franz und Gilbert nicht vorzeitig zu warnen. Die beiden hatten sich im Verlauf der Zeit zwar als relativ harmlose, unter anderen Umständen möglicherweise sogar nette Gesellen erwiesen, besaßen aber immerhin eine Waffe.

Zunächst wollte er aber Florians Meldung bestätigen. Er überlegte, welche hilfreichen Informationen er mitsenden sollte, und entschied sich für folgenden Text:

»Danke, in freudiger Erwartung, 12 Personen + 2 (Waffen!), hoffe auf baldiges Ende, letzter Gruß aus dem Loch H.«

Kurz nachdem die Nachricht draußen war, gab der Akku seinen Geist auf, und Harry startete mit seiner Informationskampagne.

* * *

Im Vergleich zu Miki Schneckenburgers wenn auch kleinem, so durchaus repräsentativem Büro wirkten Fuscheés Räumlichkeiten wie der große Festsaal der Spanischen Hofreitschule zum Kobel des Hengstes ›Majestoso Austria‹.

»Kommst du in den Weiten dieses Raumes eigentlich ohne Dienstpony aus?«, scherzte Palinski, aber der zugegebenermaßen müde Gag ging unter wie ein einzelner Knallfrosch zu Silvester. Der Minister legte die rund 15 Meter bis zur nächsten Gegensprechanlage in weniger als 5 Sekunden zurück und orderte in seinem Vorzimmer zwei Kaffee. »Aber von meiner Spezialmarke«, merkte er ausdrücklich an, »denn ich trinke auch einen.«

Palinski fand das irgendwie schäbig von Josef. Was hätte es den großen Macher schon gekostet, etwas zu sagen wie »mein Besuch ist ein Feinspitz« oder »für meinen Besuch ist nur das Beste gut genug«? Nichts hätte es ihn gekostet, und Palinski hätte sich gefreut, dass sein Besuch der Anlass für den Griff ins besondere Kaffeedoserl gewesen war. Aber nein, dieser praktizierende Egozentriker machte aus seinem Besucher einen Appendix, der die Gnade der besonderen Kaffeemarke nur dem Umstand zu verdanken hatte, dass er zufälligerweise zum richtigen Zeitpunkt am richtigen Ort war. Mit der richtigen Hauptperson, versteht sich.

Aber so war der Minister eben, und vielleicht war das sogar eine Voraussetzung für den oft unmöglichen Job, den er zu erfüllen hatte. Doch zurück zum Wesentlichen: Was wollte Josef Fuscheé eigentlich von ihm?

Plötzlich war er da, erfüllte den Raum und verzauberte Palinskis Sinne. Dieser unvergleichliche Duft der in Triest beheimateten Kaffeemarke, für die er und, wie er zu wissen glaubte, auch der Minister die eine oder andere Sünde zu begehen bereit wären.

Nach dem ersten genussvollen Schluck kam Fuscheé zur Sache.

»Mein lieber Mario«, begann er, »wie du sicher wissen wirst, stehen uns während der nächsten Wochen der EURO auch einige außerordentlich wichtige politische Besuche ins Haus. Es gibt ja kaum eine angenehmere Möglichkeit für Politiker, sich medienwirksam in Szene zu setzen, als ein Fußballspiel.« Er lachte, und es klang ein wenig gequält.

Palinski nickte nur, was hätte er dazu auch sagen sollen.

»Morgen wird Dr. Ante Brionigg in Wien erwartet«, fuhr der Minister fort. »Abends wird er als Regierungsgast mit seiner Frau den Presseball besuchen, am Samstag gibt es politische Gespräche, und am Sonntag will er sich unseren Triumph über die deutschen Freunde im Stadion nicht entgehen lassen.« Er lachte wieder und klang noch gequälter als beim ersten Mal.

»Und was kann ich dazu beitragen?«, Palinski war ungeduldig, denn sein Kopf war einerseits mit dem entführten Harry beschäftigt, andererseits sollte er ein Attentat verhindern und wusste nicht, ob er dem Minister vertrauen durfte.

»Da die Frau unseres Bundeskanzlers derzeit wegen ihres Blinddarms im Krankenhaus liegt«, erläuterte Fuscheé,

»hat man meine Frau gebeten, das Damenprogramm am Samstag unter ihre Fittiche zu nehmen.«

»Aha«, entfuhr es Palinski ungeduldig, »und was habe ich damit zu tun?«

»Sei nicht so ungeduldig«, ermahnte ihn der Minister. »Du wirst das gleich verstehen. Dr. Renata Brionigg hat irgendwelche Vorfahren, die aus dem Waldviertel stammen«, fuhr der Minister fort. »Und sie hat uns heute wissen lassen, dass sie anstelle des üblichen imperialen Wiener Scheiß lieber einen Ausflug in die Gegend von Ottenschlag machen würde. Sie schreibt angeblich auch ein Buch über ›Kraftplätze in Mitteleuropa‹ oder ähnlichen esoterischen Quatsch. Und davon soll es da oben einige geben.«

Palinski ahnte Schlimmes, wollte sich aber nicht so rasch geschlagen geben.

»Na und, was hat denn das mit mir zu tun?«, erwiderte er jetzt schon fast aufmüpfig, ja rotzig.

»Irgendwo habe ich in meinem Kopf gespeichert, dass Wilma …«, mein Gott, jetzt sprach der Kerl schon per Wilma von seiner Frau, na, was immer auch sie für ihn war. Ärgerlich. Das musste auch ein Ergebnis dieses sonderbaren Abends vor zehn Monaten gewesen sein. Fuscheé hatte mit Frau Bachler geflirtet, erinnerte sich Palinski. Seinen etwas vordergründigen Charme voll ausgespielt, auf den manche Damen unverständlicherweise ansprachen. Er hatte Wilmas seinerzeitige Begeisterung für den Mann nicht verstehen können. Wahrscheinlich hatte sie ihn damit aber bloß ärgern wollen. Er verspürte wieder leicht aufsteigenden Zorn. Ganz so wie damals.

»Frau Bachler hat einen Onkel in der Gegend. Ich weiß, es ist sehr knapp und eigentlich eine Zumutung«, der Minister hatte jetzt sein strahlendes ›Geben Sie mir nächsten

Sonntag Ihre Stimme‹-Lächeln aufgesetzt. »Meinst du, es wäre dennoch möglich, dass Wilma mit meiner Frau und unserem Gast aus Slowenien am Samstag einen Ausflug ins Waldviertel macht? Der Dank des Vaterlandes wäre ihr gewiss«, jetzt hatte sein Lächeln etwas Raubtierhaftes angenommen. »Aber nicht nur das. Wenn wir ihre Dienste als externe Beratung verrechnen, ist ein schönes Honorar drinnen. So um die 2.000 Euro gehen sicher.«

»Woher kommt die Dame?«, Palinski hatte seine starre Ablehnung abgelegt, endlich auch zugehört und zeigte sich plötzlich interessiert. »Hast du gesagt, aus Slowenien?«

»Ja, na klar. Oder was hast du gedacht, woher die Frau des slowenischen Ministerpräsidenten kommt?«, wunderte sich der Minister.

»Dddie Dame ist … die Frau des slowenischen Ministerpräsidenten?«, Palinski konnte es nicht fassen. Das musste so etwas wie Vorsehung sein.

»Natürlich ist Mag. Renata Brionigg die Frau von Dr. Ante Brionigg und damit des slowenischen Ministerpräsidenten«, der Minister lächelte besorgt. Dieser Palinski machte einen richtig weggetretenen Eindruck. Was war los mit dem Burschen?

»Und dieser Dr. Brio…, also der slowenische Ministerpräsident ist bis Monatsende auch noch Vorsitzender des Europäischen Rates?«, Palinski war jetzt voll bei der Sache.

»Das ist absolut korrekt«, freute sich Fuscheé. »Also, was meinst du? Kann ich mit deiner Wilma rechnen?«

»2.500 plus Ersatz der Kosten und Mehrwertsteuer extra«, in solchen Dingen war Palinski inzwischen fix geworden. Man musste Chancen sofort wahrnehmen, nicht am Tag danach trauern, dass man wieder einmal eine ausgelassen hatte. Carpe diem nannten das die alten Römer. »Gut, ich werde mit Wilma sprechen und gebe dir bis Abend Bescheid. Mit einem kompletten Vorschlag für die Gestaltung des Tages. Geht das in Ordnung?«

Während Fuscheé halbherzig Zustimmung signalisierte, klingelte das Direkttelefon auf seinem Schreibtisch. An seiner Reaktion erkannte Palinski, dass der Anrufer jemand aus der Hierarchie über dem Minister sein musste, denn so etwas wie devote Arroganz schlich sich in die sonst so forsche Tonlage Fuscheés. »Gut, ich bin gleich bei dir drüben«, antwortete er. »Wahrscheinlich wieder nur ein falscher Alarm, die Spinner haben jetzt ja Hochsaison. Ich bin schon unterwegs.«

Das musste der Kanzler gewesen sein, dachte Palinski, während der Minister auflegte und schon auf den Beinen war. »Also besprich alles Weitere mit Schneckenburger«, meinte der Minister im Gehen, »wir reden ein andermal weiter.«

»Aber es geht um ein Attentat.« Obwohl er sich gar nicht sicher war, ob es richtig war, Fuscheé ins Vertrauen zu ziehen, waren ihm die Worte einfach herausgerutscht.

»Woher weißt du?«, wunderte sich Fuscheé. »Der militärische Nachrichtendienst hat das angeblich erst gestern Abend erfahren. Erstaunlich, der Bursche«, brummte er noch und war auch schon weg.

6

Donnerstag, 5. Juni, nachmittags

Drei Meldungen, die am frühen Nachmittag erstmals über den Rundfunk verbreitet wurden, prägten die schlussendlich recht aufgeheizte öffentliche Stimmung in Österreich, Deutschland und auch der Schweiz an diesem Tag.

Da war zunächst Jean Luc Baredoux, ein belgischer Schiedsrichter, der heute, zwei Tage vor dem Eröffnungsspiel Schweiz gegen Portugal, völlig überraschend seinen Rücktritt erklärt hatte. Dank der Indiskretion eines Mitglieds der Besetzungskommission war bekannt geworden, dass die Ergebnisse des von der UEFA zwischenzeitlich als verbindlich angeordneten Polygrafentests Baredoux' offenbar einige Ungereimtheiten aufgezeigt hatten. Da der Belgier diese Widersprüche nicht befriedigend aufklären konnte, hatte die Besetzungskommission seine Nominierung als Linienrichter, heute wurde das ›Assistent‹ genannt, zurückgezogen und ihn bis auf Weiteres suspendiert.

Daraufhin hatte Baredoux etwas von Hexenjagd gebrüllt, seinen Rücktritt erklärt und eine eigene Pressekonferenz zu diesem Skandal angekündigt.

Dann hatte sich ein anonymer Anrufer beim Deutschen Fußballbund gemeldet und mitgeteilt, dass seine nicht näher bezeichnete Organisation die Tochter von Tormannlegende Toby Nachen entführt habe. Für die Freilassung der 13-jährigen Sabine Pleschke wurde die Zahlung von einer Million Euro gefordert. Die Einzelheiten dazu sollten demnächst noch bekannt gegeben werden. Nein, mit dem Mädchen konnte derzeit nicht gesprochen werden. Sie hätte letzte Nacht kaum geschlafen und holte das im Moment gerade nach. Falls man Zweifel an der Ernsthaftigkeit dieser Forderung hätte, wollte der Unbekannte dem DFB aber gerne eine Fingerkuppe des Mädchens zusenden. Und jetzt basta.

Die Reaktionen der Öffentlichkeit auf diese scheinbar in keinem Zusammenhang stehenden Meldungen waren unterschiedlich. Baredoux' spektakulärer Abgang wurde vor allem von den Fußballexperten, den echten wie den selbst ernannten, zur Kenntnis und zum Anlass genommen, das bisherige System infrage zu stellen. Diese Unsummen von Geld, die aus dem Sport einen globalen Wirtschaftsfaktor unvorstellbarer Dimension gemacht hatten. Und somit auch eine permanente Herausforderung für Menschen mit entsprechender krimineller Energie darstellten.

Mit dem den Schiedsrichtern entgegengebrachten Misstrauen hatte eine Gruppe größte Schwierigkeiten. Richtig, die Schiedsrichter selbst. Sie, die sich am Spielfeld immer wieder einer mehr oder weniger aktiven Opposition gegenübersahen und Gegenwind gewohnt sein mussten, fühlten sich zutiefst verunsichert. Dieser Mangel an Vertrauen, dieses elementare Infragestellen ihrer neutralen Position machte ihnen enorm zu schaffen. Ja, einige von ihnen drohten in ersten Reaktionen, den ›ganzen Krempel einfach hinzuschmeißen‹.

Die Geschichte mit Sabine Pleschke und ihrem Vater Tobias Nachen bewegte naturgemäß die Deutschen mehr als die anderen deutschsprachigen Nachrichtenkonsumenten. Der generelle Tenor verdammte die Entführung und die nachfolgende Erpressung natürlich. In der praktischen Diskussion darüber dominierte aber vor allem die Frage, wie sehr die Spiele des deutschen Teams, vor allem das erste gegen die österreichische Auswahl dadurch beeinflusst werden mochten. Und ob sich die Chancen der Gastgeber, durch einen möglichen Totalausfall Nachens die Gruppenphase der EM zu überstehen, damit maßgeblich verbesserten? Die Frage wurde von österreichischen Medien vorsichtig optimistisch beurteilt und beschwor schon jetzt so etwas wie eine neuerliche ›Córdoba-Euphorie‹. Den Vorwürfen einiger unverbesserlicher Gutmenschen, diese Sichtweise wäre höchst unsportlich, ja unmoralisch, wurde mit dem Hinweis begegnet, dass ein möglicher Ausfall des deutschen Torhüterstars nur den der österreichischen Stürmerhoffnung Franzi Stumpferl (›Der Hatscherte‹), der sich vor zwei Tagen bei einem Verkehrsunfall einen Knöchel gebrochen hatte, kompensieren würde. Und das wieder wäre nur ausgleichende Gerechtigkeit, da der Lenker des gegnerischen Fahrzeuges aus Bielefeld stammte.

Da baute sich einiges auf, das spätestens am kommenden Sonntag zur Entladung kommen würde.

Ja, da gab es noch zwei kurze Meldungen, die aber wegen der brandaktuellen Topnachrichten in Verbindung mit der EURO 08 auf die Innenseiten der Zeitungen verdrängt worden waren. Da war zunächst der Mord an dem Wiener Rechtsanwalt Bruno W., dessen Leiche in seiner Wohnung in Döbling gefunden worden war. Ungewöhnlich an diesem Verbrechen war, dass das Opfer vor seinem Tod noch grausam gefoltert worden war.

Dagegen war der Verkehrsunfall mit Fahrerflucht, dem der slowenische Handelsattaché an der Botschaft in Wien zum Opfer gefallen war, fast schon so was wie Routine.

Das waren also die wichtigsten Neuigkeiten zwei Tage vor dem Eröffnungsspiel zur EURO 08 in Basel und das darauf beruhende Stimmungsbild. Daran konnten auch die 78 Toten bei drei Selbstmordattentaten im Irak, die 23 Toten bei Unruhen im Gazastreifen und die mehr als 12.000 Obdachlosen nach der jüngsten Hurrikankatastrophe in der Karibik nichts ändern. Ja, selbst das kleine Kälbchen, das auf einer Alm bei Saalfelden über 14 Meter tief abstürzte und dabei zu Tode kam, sollte es nur an die vierte Stelle der abendlichen TV-Nachrichten schaffen. Es war eben immer alles eine Frage der Perspektive und der Prioritäten.

* * *

Hauptmann Werner Prosegger war Befehlshaber der aus zwölf Mann bestehenden Sondereinheit der Polizei, die sich vorsichtig an das Haus Nummer 3 am Friedmannplatz heranarbeitete.

Prosegger rekapitulierte, was ihn und seine Burschen bei dem bevorstehenden Einsatz erwartete. Gut, dass es einer der beiden Geiseln gelungen war, trotz der Bewachung durch zwölf schwerbewaffnete Personen eine SMS abzusetzen. Der Hauptmann kannte den Originaltext der Nachricht zwar nicht, hatte aber erfahren, dass eine der Geiseln schwanger sein sollte. Damit waren es eigentlich drei Personen, die es zu befreien galt. Prosegger war selbst vor knapp vier Monaten zum zweiten Mal Vater geworden und dachte in einer Mischung aus Zorn und Rührung darüber nach, was das für Menschen sein mussten, die eine Schwangere als Geisel nahmen. Pfui Teufel, die Welt wurde immer schlechter.

Die Zeit drängte, denn in der SMS war vom ›baldigen Ende‹ die Rede gewesen, und die eine Geisel hatte sogar schon letzte Grüße gesandt. Während der Hauptmann auf seine Uhr blickte, konnte er die leichte Gänsehaut, die ihm über den Rücken lief, nicht verhindern. Aber die letzten Sekunden vor einem Einsatz waren immer schon von besonderer Qualität gewesen. Trotz allen Trainings und der bestmöglichen Ausrüstung wusste man ja nie …

Ohne den Gedanken zu beenden, gab Prosegger das Zeichen zum Eingreifen.

* * *

Während ganz Deutschland nach Sabine Pleschke suchte, hatte das nach wie vor als Jan Paluda auftretende Mädchen nicht die geringste Ahnung von der durch ihr Verhalten ausgelösten Hysterie. Im Moment saß sie auf dem Beifahrersitz eines norwegischen Lasters, der griechischen Schafkäse zum Einschweißen in Kunststoff nach Riga gebracht hatte und dann leer über Warschau nach Berlin gefahren war. Hier hatte er Hustenzuckerln (lose Ware) geladen, die in Portugal einpapierlt werden sollten. Um dann nach einem weiteren Transport nach San Ambrosio di Calabria in entsprechenden, aus Rumänien stammenden Sackerln letztverpackt zu werden.

Ole Paulsen, der etwa 50-jährige Fernfahrer aus Bergen, hatte Jan am Rastplatz bei Magdeburg aufgelesen und wollte ihn bis Würzburg mitnehmen, ehe er selbst Richtung Frankfurt weiterfuhr. Beide radebrechten mehr oder weniger unverständlich auf Englisch miteinander, unterhielten sich blendend dabei und hatten keine Ahnung, was im Lande um sie herum vor sich ging.

* * *

Da auch die Ergebnisse der Tests von weiteren drei Schiedsrichtern und damit von insgesamt 50 Prozent der am Vormittag durchgeführten Polygrafentests bedenkliche Abweichungen angezeigt hatten, hatte sich die Kommission auf Anregung von Generalsekretär de Graaf zu einer unkonventionellen Vorgehensweise entschlossen. Der untersetzte Holländer, der langsam hatte befürchten müssen, dass der UEFA bei Beibehaltung der eingeschlagenen Linie in Kürze die Schiedsrichter ausgingen, hatte sich spontan an den Lügendetektor anschließen und den Test im Selbstversuch über sich ergehen lassen.

»Bei dieser Entwicklung wird es allerhöchste Zeit, nicht nur den Menschen anzuzweifeln, sondern auch die Technik«, hatte er kämpferisch gemeint. Und Kommissionskollege McBrody hatte sich der Aktion spontan angeschlossen und sich ebenfalls dem Test unterzogen. Und siehe da: In beiden Fällen hatten die Ergebnisse Abweichungen aufgewiesen, die nach ihren eigenen Kriterien zu einem Ausschluss der beiden Herren als Schiedsrichter geführt hätten.

»Die Amis haben schon recht«, konstatierte de Graaf daraufhin, »diesen Scheißtest bei Gericht nicht als Beweismittel zuzulassen.«

Der Rest war einfach erzählt. Die Tests wurden sofort eingestellt, die bisherigen Ergebnisse annulliert und die bereits erfolgte Suspendierung Baredoux' mit dem Ausdruck des Bedauerns zurückgenommen.

Die von dem belgischen Schiedsrichter angesetzte Pressekonferenz wurde schließlich dazu umfunktioniert, der Sportwelt diese neuesten Entwicklungen mitzuteilen.

Aber das allgemeine Unbehagen blieb, denn niemand wusste oder hatte auch nur die geringste Ahnung, welche Informationen Arthur Mellnig für die Schiedsrichterkommission gehabt hatte. Und diese Ungewissheit lastete über der UEFA wie ein riesiges Schneebrett über einem stark frequentierten Hang voll mit fröhlichen Skiläufern.

* * *

Hauptmann Prosegger und seine Mannen von der Wega hatten den kleinen Keller des Hauses Friedmannplatz 3 in der Inneren Stadt verzweifelt nach den beiden hier angeblich festgehaltenen Geiseln, einem gewissen Harry Bachler und seiner anscheinend schwangeren Begleitung, abgesucht. Aber vergebens, die kleinen Kellerabteile enthielten das übliche Zeugs, Gerümpel, wie es sich in solchen Räumlichkeiten nun einmal ansammelte, aber keine Gefangenen. Und auch keinerlei Hinweise darauf, dass sich hier zu irgendeiner Zeit in diesem oder auch im letzten Jahrhundert welche befunden hatten. So blieb den wackeren Speerspitzen der Ordnungsmacht letztlich nichts anderes übrig, als sich bei den teils erbosten, mehrheitlich aber eingeschüchterten Hausbewohnern zu entschuldigen und wieder abzuziehen.

In der Zwischenzeit fragte sich der Gesuchte in einem Keller in Wien 16, Friedmanngasse 3, bereits zum wiederholten Mal, warum denn die schon vor einigen Stunden angekündigte Befreiung so lange auf sich warten ließ.

Es wurde nämlich immer schwieriger, die Ungeduld der inzwischen schon längst von ihrer bevorstehenden Befreiung informierten Mitgefangenen im Zaum zu halten. Franz und Gilbert, die beiden bewaffneten Aufpasser, waren zwar keine Geistesgrößen, aber mit der Zeit sichtlich misstrauisch geworden. Sie hatten einmal telefoniert, wahrscheinlich mit diesem unseligen Dr. Matreier, sich im Übrigen aber als durchaus verträglich, ja sogar gutmütig erwiesen. Dennoch, man konnte nicht wissen, wie sie reagieren würden, wenn plötzlich die Polizei in den Keller stürmte.

Tanja und Harry waren angesichts der bevorstehenden Normalisierung ihrer Lebensverhältnisse und die damit verbundene Rückkehr zu ihren bisherigen Partnern in aller Freundschaft übereingekommen, die unter den dramatischen Ausnahmebedingungen der letzten Stunden zustande gekommene, intensive Annäherung in Zukunft als schöne Erinnerung zu betrachten und im Übrigen zu vergessen. »Beziehungen, die unter extremen Bedingungen entstehen, haben im normalen Leben ohnehin keinen Bestand«, wusste die Psychologiestudentin, die das einmal in einem Fernsehfilm gehört hatte. Und: »Du bist zwar ein toller Bursche, aber mein Meinhard ist mir auf Dauer doch lieber.«

Harry war zufrieden, diese Entwicklung entsprach durchaus seinen Intentionen. Keine Verpflichtungen, kein schlechtes Gewissen, und dennoch, dieses kleine Geheimnis, diese aufregende Zwischenstation auf dem Weg zum Erwachsenwerden konnte ihm niemand mehr nehmen.

»Du«, Gilbert war zu Harry getreten und klopfte ihm derb auf die Schulter. »Du bist do so was wie a Häuptling von die Schwindlichen do.« Er grinste, eher verlegen als böse. Hatte bisher wohl noch nie mit Psychologen zu tun gehabt. »Wos is eigentlich los? Die führn si auf, als ob jedn Moment's Chriskind komman tät.«

»Haben Sie sich eigentlich überlegt, dass Sie und Ihr Freund«, Harry deutete unbestimmt in den Raum hinein, »für das, was Sie mit uns abziehen, ins Gefängnis gehen werden?«

»Aba der Doktor hat gsagt, dass niemandm wos passiern wird, und da ghern wir ja a dazua«, erwiderte der Simpel etwas unsicher. »Wir ham ja niemanden wos gmocht.«

»Franz und Sie haben uns immerhin seit gestern daran gehindert, diesen aufregenden Ort hier zu verlassen«, Harry deutete auf den großen Raum. »Und das nennt man Freiheitsberaubung, und dafür gibt's Gefängnis.«

»Oba des stimmt jo net«, widersprach Gilbert, »wem hama denn am Weggehn ghindert? Hot doch kanna weggehn woin.«

Da hatte der Bursche eigentlich nicht unrecht, ging es Harry plötzlich durch den Kopf. Die Einschüchterung Dr. Matreiers in Verbindung mit der Existenz der beiden harten Burschen mit ihren Waffen hatte das ganz alleine zuwege gebracht.

»Aber jeder von euch beiden hat doch einen Revolver«, stellte der Häuptling fest. »Und den habt ihr doch sicher nicht nur, um uns zum Abschied zuzuwinken.«

»Also mei Kandl da«, er holte seine Waffe heraus und legte sie auf den Tisch, »is nur a Schreckschusspistoin. I bin do net teppat und renn mit aner echtn Kandl herum. Is do vü zgfährlich. Und da Franzi hot, glaub i, überhaupt nur a Spritzpistoin. Die Dinga schaun ja heut schon so was von echt aus.«

»Und hat sich der Dr. Matreier eure Waffen angesehen, wie er euch den Auftrag gegeben hat?«

»Na«, grinste Gilbert fröhlich, »der Dokta hot jo ka Aunung von so Sochn.«

Da von der Polizei nach wie vor weder etwas zu sehen noch zu hören war, fasste Harry nun einen weniger kühnen denn nach dem Gehörten logischen Entschluss. »Also gut, dann gehen wir jetzt nach Hause.« Er nahm Gilberts Schreckschusspistole vom Tisch, richtete sie in die Höhe und drückte ab. Aber nichts tat sich. Fragend blickte er den fast zwei Meter großen Riegel an.

»No jo«, meinte der, »net glodn. Is do bessa so. Sicha is sicha.« Der Mann wurde ihm immer sympathischer. »Oba a Problem gibts no. Wir kriegn vom Dokta jeda no 500 Euro Gasch.«

»Na, dann müsst ihr beiden halt dableiben und warten, bis der Doktor wiederkommt«, meinte Harry. »Aber ich warne dich ausdrücklich. Da kommt vorher sicher die Polizei.« Er hielt sein Handy in die Höhe.

»Wo host denn des her?«, wunderte sich Franzi, der inzwischen zu seinem Kollegen getreten war. Und eine gewisse Bewunderung war nicht zu überhören. »Wir ham euch do eure Handys olle weggnommen.«

»Das ist ein gutes Stichwort«, anerkannte Harry, dann wandte er sich an seine Mitgefangenen. »Leute, holt euch eure Telefone, und dann nichts wie weg. Gilbert und Franz sind ab sofort unsere Freunde. Und Freunde verraten wir auch nicht.« Er zwinkerte den beiden verschwörerisch zu.

»Soll ma net do auf den Doktor wartn?«, überlegte Franzi noch, aber Gilbert winkte ab. »Scheiß auf die Marie. Waun mi die Kiebara wirklich dawischn, hüft ma des a nix. I hob no Bewährung. Oiso i geh, Franzi!«

»Host a recht«, stimmte der schließlich zu. »Scheiß auf die poar Netsch.« Und dazu lachte er fröhlich. »I freu mi scho auf a Bier.«

Als die Wega unter Leitung eines frustrierten Werner Proseggers etwa 40 Minuten später neuerlich einen leeren Keller stürmte, diesmal allerdings den richtigen, waren zumindest noch deutliche Spuren dafür vorhanden, dass sich hier bis vor kurzem Menschen aufgehalten hatten. Wo die allerdings geblieben waren? Es war wie verhext. Der Hauptmann beschloss, den heutigen Tag am besten so schnell wie möglich wieder zu vergessen.

Und so endete Harrys Entführung relativ unspektakulär. So, wie viele Dinge in diesem Lande. Gute Idee, mangelhafte Durchführung, chaotisches Ende und dennoch: Fast alle waren schließlich zufrieden.

Die Affäre mit den Gummistiefeln war damit aber noch lange nicht ausgestanden. Also wirklich nicht.

* * *

Bis Donnerstagnachmittag hatte der Computer drei Fahrzeuge ausgespuckt, auf die die eher bescheidenen Angaben Wiegeles und Barberinis passten: einen dieser Nobelgeländewagen mit einer Gänserndorfer Nummer, in der entweder zweimal die 3, zweimal eine 8 oder eine entsprechende Kombination beider Ziffern vorkam.

Der erste, ein silbergrauer VW-Touareg, gehörte einem Spirituosengroßhändler, der damit angeblich seit zwei Wochen in Spanien und Portugal unterwegs war.

Bei dem zweiten Fahrzeug handelte es sich um einen schwarzen Jeep-Cherokee, der auf einen Autohändler zugelassen war. Der Wagen war vorgestern am frühen Abend in einen Auffahrunfall auf der Reichsbrücke verwickelt gewesen, bei welchem laut Polizeiprotokoll neben anderen Beschädigungen auch beide Scheinwerfer kaputtgegangen waren.

Da es eher unwahrscheinlich war, dass der Wagen innerhalb dreier Stunden wieder völlig repariert worden war, konzentrierte sich das Interesse der Polizei daher vor allem auf den dritten Kandidaten, einen mitternachtsblauen Mitsubishi Pajero mit dem Kennzeichen GF 21 733 Y. Zugelassen war das Geschoss auf den Freizeit- und Wellnessklub Eggenbach, einen stinkfeinen Laden im nordöstlichen Umland Wiens.

Wiegele und Barberini waren überzeugt davon, dass das der Wagen war, der sie um ein Haar überfahren hätte. Das Problem war nur, dass Herbert Rosselic, der Chef des ›FWC Eggenbach‹, der an diesem Abend mit dem Wagen unterwegs gewesen war, zur fraglichen Zeit im Jägerhof einen hervorragenden ›Tafelspitz mit Schnittlauchsauce, Apfelkren und Rösterdäpfeln‹ zu sich genommen hatte. Was nicht nur vom Personal des Restaurants, sondern auch von einigen Gästen bestätigt wurde. Wiegele war sich dennoch absolut sicher, dass es das Fahrzeug gewesen sein musste. Oder zumindest eines dieses Typs. Der optische Eindruck der Frontpartie des Fahrzeugs mit allen ihren Leuchten war unverkennbar und hatte sich für ewige Zeiten in sein Gehirn eingebrannt.

Er musste nur herausfinden, wie es möglich gewesen sein konnte, dass der Wagen gleichzeitig am Parkplatz eines Restaurants abgestellt und ein paar Kilometer entfernt davon an einem Verbrechen beteiligt gewesen war. Und das dann auch noch beweisen. Aber das konnte für ihn doch nicht so schwer sein, immerhin war er ja Hauptkommissar.

Obwohl, eigentlich hatte er sich ja um die Sicherheit des deutschen Teams zu kümmern. Aber das Jagdfieber war nun einmal da, und dagegen half nur eines: den Fall klären oder zumindest daran mitarbeiten. Mithilfe seines Freundes Mario Palinski sollte es ihm gelingen, alle seine Aufgaben unter einen Hut zu bringen.

* * *

Wilma hatte nur mit einem Ohr zugehört, als Palinski ihr von der Bitte des Ministers berichtet hatte, mit der Frau des slowenischen Ministerpräsidenten einen Ausflug ins Waldviertel zu machen. Kein Wunder, ihr gesamtes Denken und Fühlen war mit Harry beschäftigt, ihrem wunderbaren kleinen Sohn und der schrecklichen Lage, in der er sich seit vielen Stunden befinden musste. Was immer auch sie tat oder dachte, ständig sah sie sein blutiges Gesicht vor sich, dann wieder seine zerschmetterten Glieder, und hörte dazu sein ersterbendes: »Warum gerade ich, Mama?«

Mit Gewalt musste sich die an und für sich durchaus vernunftbegabte Frau immer wieder zu einer gewissen Disziplin zwingen.

Und dann kam plötzlich der alles befreiende Anruf. Es war ihr Harry, und er teilte ihr ganz cool mit, dass er mit einigen anderen auf dem Weg zur Polizei war, um ein mögliches Verbrechen anzuzeigen. »Aber vorher wollen wir schnell noch ordentlich frühstücken.«

Und das am späten Nachmittag, schoss es Wilma durch den Kopf, und sie musste wie eine Verrückte darüber lachen. Als ob es von irgendwelcher Bedeutung gewesen wäre, wann ihr Herzibinki sein Frühstück wollte.

»Aber geht es dir gut? Bist du verletzt? Hast du schlafen können?«, sprudelte es aus ihr heraus.

»Es ist alles in Ordnung, Mama«, beruhigte Harry sie. »Tu mir bloß den Gefallen, rufe Irmi an und erkläre ihr das Ganze. Sie muss ziemlich sauer auf mich sein, weil ich die gestrige Ballprobe geschmissen habe.«

»Ja, ja, natürlich mache ich das«, inzwischen schwamm Wilma förmlich in einem Meer von Tränen, das die Anspannung der letzten Stunden aus ihr herausspülte. »Aber Irmi weiß ohnehin schon Bescheid, wir haben schon mehrmals telefoniert. Sie macht sich ebenfalls große Sorgen.«

Harry, dessen subjektives Empfinden des Geschehens völlig von jenem seiner Mutter abwich, kapierte langsam, wie anders die Außenwelt seine und die Entführung der nützlichen Idioten erlebt haben musste. Irgendwie gefiel ihm das, es war schön zu spüren, wie die Menschen sich um ihn gesorgt hatten. Aber jetzt war keine Zeit für sentimentalen Schmus, er musste weiter. »Alles in Ordnung, Mama, wir sehen uns später am Abend und tschüss.«

Wilma fühlte sich wie nach einer ..., ihr fiel kein auch nur annähernd passender Vergleich ein. Ja vielleicht wie nach einer Frischzellenkur mit Optimismus, Lebensfreude und Glück. Es war herrlich und das Leben selten so schön gewesen wie heute.

Nachdem sie einige Telefonate erledigt hatte, stürzte sie sich voll Ambition und Energie in die Organisation des tollsten Ausfluges ins Waldviertel, den die Welt und vor allem die Frau des slowenischen Ministerpräsidenten je erlebt haben sollte.

* * *

Die akute Sorge um Harry hatte Palinski vorübergehend auch seinen Schnitzelstreit mit Hektor Wiener vergessen lassen. Nachdem ihm Wilma die freudige Botschaft von Harrys Befreiung übermittelt hatte, hatte er sofort den von Dr. Herburger bereits zweimal urgierten Rückruf getätigt.

»Ich wollte eigentlich mit Herrn Wiener persönlich sprechen«, hatte der Anwalt berichtet, »aber es scheint unmöglich zu sein, an diesem Zerberus Rambader vorbeizukommen, dem Geschäftsführer Wieners. Das ist ein ganz mieser Hund, knallhart und völlig uneinsichtig. Er hat sich geweigert, mich Einsicht in die von Ihnen unterfertigte Erklärung nehmen zu lassen, mit der Sie angeblich auf alle Rechte an dem Schnitzel verzichtet haben. Andererseits hat er, als ›Zeichen des guten Willens‹, wie er ausdrücklich betont hat«, Palinski sah förmlich vor sich, wie Herburger dabei den Kopf schüttelte, »Gutscheine im Wert von 500 Euro angeboten. Einzulösen in allen Beisl-Bars während der EM.«

»Das ist ein Witz«, Palinski war fassungslos gewesen, »und ein schlechter auch noch dazu. Das kann doch nicht Ihr Ernst sein?«

»Leider ist das kein Witz«, widersprach der Anwalt, »sondern eine bodenlose Frechheit. Ich habe natürlich abgelehnt.«

»Also, wenn die Herren Krieg wollen, dann sollen sie ihn auch bekommen«, hatte Palinski für ihn untypisch martialisch geknurrt. »Beantragen Sie bitte sofort die einstweilige Verfügung«, hatte er Herburger angewiesen, »ich will ab morgen kein ›Schnitzel à la Polska – feurig-scharf‹ mehr in einem dieser Schuppen angeboten sehen. Und der Fernsehspot muss auch weg. Ich lasse mich doch von diesen, diesen … Blödianen nicht weiter provozieren.«

»Ab morgen wird sich das wohl nicht ausgehen«, gab Herburger zu bedenken, »alleine schon aus Zeitgründen. Aber bis Montag müsste das schon klappen.«

Nachdem das geklärt worden war, hatte sich Palinski wieder auf die Suche nach Juri Malatschew gemacht und ihn schließlich im Café ›Weimar‹ in der Währingerstraße entdeckt. Der alte Russe saß in einer der ersten Fensternischen gleich rechts nach dem Eingang und studierte andächtig eine vor ihm stehende Portion Kastanienreis mit Schlag. Der sonst so Wortgewaltige starrte verzückt auf die zarten hellbraunen Maroniflocken, die sich auf einem gewaltigen Berg leicht gesüßten Schlagobers tummelten wie die Skihaserln am Anfängerhang des Hahnenkamms in Kitzbühl. Am Silvestertag oder in den Semesterferien.

»Ich bin schon ein chalbes Leben lang in dieser Stadt«, Juri stammelte fast, so hatte Palinski ihn noch nie erlebt. »Und ich chabe schon oft von Kastanienreis gehört oder gelesen. Aber noch nie einen gesehen. Bisher chabe ich gedacht, Kastanien und Reis, das passt doch nicht zusammen. So wie Datteln und … Nudeln. Aber wenn ich mir das chier so anseche. Dattelnudeln, warum nicht?« Jetzt grinste er wieder verschlagen und war der Alte, wie immer. »Cheute wollte ich es endlich einmal genau wissen«, erklärte er, schlug mit dem Dessertlöffel eine gewaltige Schneise in den Hausberg und schob sie sich mit einem guten Viertel der Skihaserln in den gierigen Rachen.

»Zauberhaft«, meinte er dann anerkennend. »Dass ich so lange freiwillig auf so etwas Köstliches verzichtet chabe. Mario, mein Freund, was führt dich schon wieder zu mir?«

»Ich soll ein Attentat verhindern, und ich weiß nicht, wie. Und auch nicht, wem ich vertrauen kann.« Palinski hatte seine Stimme gesenkt und sich zu Juri gesetzt. »Dann habe ich mich endlich überwunden und wollte Fuscheé einweihen, aber der Minister hat mir nicht zugehört.«

»Du musst das positiv sehen«, entgegnete Malatschew, »wer sagt dir denn, dass Fuscheé der richtige Ansprechpartner gewesen wäre? Wahrscheinlich wird er ohnehin Bescheid wissen und mit seinen bzw. den Möglichkeiten des Staates alles tun, um das Geschehen in seinem Sinne zu beeinflussen.«

Das war eine sehr eigenwillige Formulierung gewesen. Juri formulierte häufig sprachlich originell, gab aber nie etwas von sich, was er nicht meinte. Seine letzte, sehr allgemeine Aussage konnte daher eigentlich nur bedeuten, dass …

»Hältst du es für möglich, dass der Minister …?« Palinski hatte Probleme, den Gedanken auszusprechen. Obwohl er ursprünglich selbst daran gedacht hatte.

»Wer will schon wissen, was im Kopf eines Staatsdieners so vor sich geht? Der Mann chat durchaus Ambitionen, könnte dacher auch eigene Interessen verfolgen.« Malatschew winkte den Ober heran und bestellte noch eine Portion Dattelnudeln.

»Dieses wunderbare Zeugs wird mich sicher einige Kilogramm kosten«, er seufzte heuchlerisch, »und erst mein Cholesterinspiegel?«

»Aber wem kann man dann eigentlich noch vertrauen?«, Palinski wirkte unsicher.

»Auf diese Frage gibt es keine generelle Antwort, weder chinsichtlich der Menschen, denen man vertraut, noch der Themen, die man ihnen anvertrauen kann.« Juri blickte einer jungen Frau nach, die am Tisch vorbeigegangen war. »Erstklassige Fesseln«, flüsterte er, »wie ein Rennpferd.«

»Wir reden über Dinge, die die Zukunft Europas betreffen, und du hast nichts anderes im Kopf als die Beine dieser Frau«, Palinski schüttelte den Kopf. »Du bist mir schon ein seltsamer Zeitgenosse.«

»Du darfst nie zulassen, dass die großen Probleme die kleinen Freuden aus deinem Leben vertreiben«, antwortete Malatschew philosophisch. »Wenn das geschieht, dann chast du schon verloren. Denn es sind die kleinen Freuden, die dich am Leben erchalten.«

Das klang so, als ob er darüber nachdenken sollte, ging es Palinski durch den Kopf. Aber nicht jetzt, bitte, jetzt war keine Zeit. Zuerst musste er die Probleme der Welt lösen.

Das war natürlich Nonsens. Der letzte Gedanke erschien selbst Palinski so lächerlich, dass er unwillkürlich grinsen musste. »Also gut, die Frau hat klasse Beine, aber jetzt zurück zum eigentlichen Problem. An wen soll, kann ich mich wenden? Und komm mir jetzt nicht wieder mit irgendeinem philosophischen Scheiß. Wir haben nur mehr knapp 72 Stunden Zeit.«

»Das wirst du schließlich selbst entscheiden müssen«, Juri blickte jetzt völlig ernst. »Und nicht nur mit dem Verstand, sondern auch mit dem Gefühl. Am sichersten ist es natürlich, wenn du das Attentat selbst verhinderst.«

Fassungslos starrte Palinski den alten Irren an. »Bist du jetzt total übergeschnappt, Juri!«, rief er viel zu laut, senkte die Stimme aber sofort wieder. »Was kann ich denn tun?«

»Vor allem einmal musst du die Aufgabe auf ihren eigentlichen Kern reduzieren«, dozierte Malatschew. »Und dann eine Antwort auf die daraus resultierende Frage finden. Wenn ich dich richtig verstanden habe, lautet das Problem, dass sich Dr. Ante Brionigg und sein Nachfolger als Präsident des Europäischen Rates gemeinsam zu einem bestimmten Zeitpunkt an einem bestimmten Ort befinden werden. Ist das so?«

Palinski nickte. »Meine Theorie ist, dass es vor allem um Brionigg geht, also um den derzeitigen Vorsitzenden des Europäischen Rates. Wenn der plötzlich ermordet wird, entsteht sowohl ein Schock als auch ein Vakuum. Und während der Schock noch anhält, nützen gewisse Leute die Situation aus, um das Vakuum zu füllen.« Palinski atmete tief durch. Komisch, je länger er sich mit dem Thema befasste, desto klarer erkannte er die Absichten, die dahintersteckten. »Da es noch keine wirkliche europäische Verfassung gibt, sondern nur diesen Kompromiss von 2007, ist die Versuchung, sich der normativen Kraft des Faktischen zu bedienen, wahrscheinlich sehr groß.« Geschwollener konnte man das kaum ausdrücken. Jetzt ging ihm allerdings nicht nur die Luft aus. »Also, ich weiß auch nicht«, meinte er schließlich resignierend.

»Beeindruckend«, anerkannte der ehemalige KGB-Oberst, »das war schon sehr gut. Ich denke, du siehst das im Wesentlichen richtig. Jetzt musst du nur logisch weiterdenken.«

Palinski blickte erst den Russen an, dann aus dem Fenster, und dann schüttelte er den Kopf. »Tut mir leid, aber für heute habe ich die Stufe der Inkompetenz erreicht.«

»Dann überlege doch, wie du Brionigg dazu bringen kannst, am Sonntag einfach nicht zu diesem Fußballspiel im Prater zu gehen. Kein Silvester, kein Feuerwerk. So simpel ist das.«

So einfach war das also. Palinski war versucht, Juri das zu zeigen, was man in Deutschland den Stinkefinger nannte. »Und wie, bitte, mache ich das, du Klugscheißer?«, erkundigte er sich erbost.

»Indem du ihn zum Beispiel dazu bringst, vorcher wieder nach Laibach zu fahren oder sonst wochin. Oder sich ins Spital zu legen oder Golf spielen zu gechen. Das Programm muss ganz einfach kurzfristig abgeändert werden. Und zwar so, dass die Attentäter keine Zeit chaben, darauf zu reagieren.« Malatschew lachte wieder dieses präpotente Lachen, mit dem er nach Palinskis Überzeugung allen anderen seine scheinbare Überlegenheit zum Kauen gab. Es war das reinste nonverbale Götz-Zitat.

»Na, damit ist das Problem ja gelöst. Ich danke dir«, Mario kicherte leicht hysterisch. »Ich danke dir vielmals, Juri. Gott, was macht mich der Mensch fertig!«

Während der Russe begann, sich dem eben servierten Kastanienreis hinzugeben, wollte Palinski schon aufstehen. Schließlich hatte er seine Zeit nicht gestohlen und noch einiges zu tun. Und von Malatschew war heute sicher kein ernsthafter Hinweis mehr zu erwarten. Dem Kerl war offenbar das süße Zeug, dem er sich so hingebungsvoll widmete, ins Gehirn gestiegen.

»Also dann, bis zum nächsten Mal«, meinte er, wieder einigermaßen ruhig. »Und danke für die guten Ratschläge«, das hatte hoffentlich sarkastisch genug geklungen.

Doch Juri war noch nicht fertig. »Übrigens ist da noch eine zweite große Sache im Gange. Irgendwo in der Stadt sollen größere Mengen von Sprengstoff gebunkert worden sein. Da könnte eurem Bürgermeister etwas ganz schön um die Ohren fliegen in den nächsten Tagen.« Er leckte sich genießerisch einen Tupfen Schlagobers vom Zeigefinger. »Vielleicht schon am Presseball.«

* * *

Harry hatte einiges von seinem Vater gelernt. Unter anderem auch, dass es wenig Sinn machte, zum ›Schmiedl‹ zu gehen, wenn man die Gelegenheit hatte, gleich mit dem Schmied zu reden. Er hatte Michael, Doris, Tanja und zwei weitere Angehörige der Gruppe, mit der er fast einen Tag lang im Keller festgesessen war, daher überredet, nicht einfach zum nächsten Wachzimmer zu rennen und sich mit einem ihm unbekannten Beamten auseinanderzusetzen. Vielmehr hatte er versucht, Kontakt mit Helmut Wallner, dem Freund seines Vaters, aufzunehmen. Der war zwar nur ein mittlerer Schmied, aber immerhin. Und vor allem, die beiden kannten sich. Da der Oberinspektor unterwegs war, wurde Harry aber mit dem Stellvertreter Wallners verbunden.

Knapp eine halbe Stunde später saß die kleine Gruppe im Büro von Inspektor Erich Haberfellner, der bereits von dem vergeblichen Großeinsatz der Wega gehört hatte. Nachdem er einen ersten Überblick über das tatsächliche Geschehen, zumindest aus der Sicht der Anwesenden, erhalten hatte, stellte der Beamte fest, dass die ganze Angelegenheit mindestens eine Nummer zu groß war. Nicht unbedingt für ihn persönlich, aber für das Kommissariat. Denn Sprengstoff in Stephansdom und Rathaus, ein am Freitag bevorstehender ›Wumm‹, was er vorsichtshalber einmal mit der Möglichkeit einer größeren Explosion gleichsetzte, sowie das zumindest formelle Vorliegen einer Verschwörung und die Bildung einer kriminellen Gruppe durch die zugegebenermaßen nicht sehr gefährlich wirkenden, aber grob fahrlässig naiven Psychologiestudenten gehörten eindeutig in die Zuständigkeit der Direktion I der Polizeidirektion. Wenn nicht überhaupt in die des Bundeskriminalamtes. Und das so rasch wie möglich.

* * *

Die Runde, die sich an diesem Abend beim Heurigen ›Zimmermann‹ in der Armbrustergasse zum gemeinsamen Tagesausklang einfand, war noch ziemlich gestresst. Helmut Wallner hatte neben dem üblichen Kram den Mord an Immenseh am Hals und stand stark unter Druck, da die prominenten Wiener Partner des Schweizer Architekten reichlich Stress machten. Seine Frau Franca hing an dem Mord an Arthur Mellnig dran, war für die Ermittlungen am Wohnort des Opfers zuständig.

Anselm Wiegele wieder hatte sich neben seinen bisher Gott sei Dank noch nicht sehr belastenden Pflichten als stellvertretender Security-Chef des DFB-Teams ebenfalls in den Fall Immenseh verbissen. Er nahm die Sache persönlich, immerhin war er von dem vermutlichen Mörder fast über den Haufen gefahren worden. Daneben hatte er natürlich auch ein Auge auf die Sache mit Toby Nachens Tochter.

Palinski war in der Attentatsgeschichte bisher ganz gut weitergekommen. Fand er zumindest. Jetzt aber hatte er das Gefühl, anzustehen. Aber so richtig. Gott sei Dank hatte er in Florian Nowotny einen erstklassigen Mitarbeiter, der ihm zumindest den Alltagskram vom Leib hielt.

Und Harry, spätestens seit seiner Befreiung heute gehörte auch er dazu, gelegentlich zumindest, stand noch immer Rede und Antwort in der Polizeidirektion.

Wilma, die nach der Nachricht von Harrys Freilassung in eine manische Phase gefallen und ein Super-Deluxe-Damenprogramm für Dr. Renata Brionigg organisiert hatte, war die Einzige, bei der der Stress ein Strahlen ausgelöst hatte. Sie war glücklich und zeigte es jedem. Vor allem Irmi Weinbrugger, der Freundin Harrys, die sie abgeholt und zum Heurigen mitgebracht hatte. »Harry wird sich sehr darüber freuen«, hatte sie gemeint und auch Irmis Eltern davon überzeugt.

Marianne Kogler, Wiegeles Freundin, war die Einzige, die einigermaßen ausgeruht war. Wenn auch ein wenig enttäuscht, denn sie hatte gehofft, ihren Anselm in Wien etwas öfter zu Gesicht zu bekommen.

Nach dem zweiten Vierterl löste sich langsam der Stress und machte einer angenehm entspannten Stimmung Platz. Als dann wenig später Harry in Begleitung von Miki Schneckenburger erschien, erreichte die Stimmung ihren Höhepunkt. Übermütige Bravorufe und Hurras sowie spontaner Applaus gestalteten seinen Auftritt zu einem Triumphzug. An einigen Tischen dachte man wohl, ein bekannter Fußballer wäre erschienen, und schloss sich dem freundlichen Willkommen an. Und während Irmi und Wilma den Helden des Tages umarmten und herzten, stimmte eine bereits leicht angesäuselte Runde Vorarlberger Fußballfans den Schlachtgesang: »Immer wieder, immer wieder, immer wieder Austria« an. Es war einfach toll, fand nicht nur Harry.

Dann aber schlug das System unbarmherzig zu. Angeführt von der warmherzigen, aber unnachgiebigen Großinquisitorin Wilma musste ihr Herzibinki Rede und Antwort stehen. Dagegen war die Befragung durch die Spezialisten der Direktion I das reinste Kinderspiel gewesen.

»In genau«, Schneckenburger blickte auf seine Armbanduhr, zwölf Minuten beginnt die Suche nach dem Sprengstoff sowohl im Rathaus als auch im Stephansdom.« Der Ministerialrat gähnte, ehe er lakonisch meinte: »Das bedeutet, dass ich spätestens in einer Stunde wieder im Büro sein muss.«

»Dr. Matreier hat aber auch …«, wollte Harry einwerfen, doch seine nach wie vor überglückliche Mutter ließ ihn nicht ausreden.

»Was für ein lustiger Name«, zwitscherte sie, »wie der hübsche Ort in Osttirol, erinnerst du dich noch, Mario?« Und sie lachte vielsagend.

Mit einem Schlag war Wiegele, an dem das ganze Gespräch bisher mehr oder weniger vorbeigegangen war, hellwach. »Wie ist der Name von dem Doktor nochmal?«, wollte er wissen.

»Matreier«, Harry wiederholte den Namen nochmals, »Dr. Matreier.«

»Und es gibt eine Stadt in Österreich, die ebenso heißt?«, setzte Anselm nach.

»Ja, Matrei in Osttirol«, bestätigte der junge Mann. »Ob das allerdings eine Stadt ist oder nur eine Ortschaft, weiß ich nicht. Wieso, ist das wichtig?«

»Klingt ganz nach Konsul Emden«, Wiegele war ganz aufgeregt. »Mann, das wäre was! Wenn der Kerl, der für diese Gummistiefelgeschichte verantwortlich ist, identisch mit Konsul Emden wäre, dann könnte das noch ganz schön unangenehm werden.«

Jetzt war auch Schneckenburger aufmerksam geworden.

»Konsul Emden? Sie meinen d e n Konsul Emden?«, der Ministerialrat blickte Anselm entgeistert an. »Wie kommen Sie darauf?«

»Kann uns jetzt jemand freundlicherweise erklären, wer dieser Konsul Emden eigentlich ist?«, mischte sich Palinski ein. »Damit wir die Pointe auch verstehen.«

Wiegele blickte sich um, beugte sich dann vor und begann, mit gedämpfter Stimme zu erklären: »Konsul Emden ist ein europaweit gesuchter Verbrecher, ja, eigentlich eine Art Terrorist, der immer unter einem anderen Namen auftritt. Er hat zwar noch keine wirklich großen Sachen durchgezogen, sondern bisher immer nur mit mehr oder weniger Erfolg erpresst. Unternehmen, Institutionen und auch Städte. Aber es ist nur eine Frage der Zeit, dass es einmal auch zu einem großen ›Wumm‹ kommt, mit vielen Toten.«

»Warum hast du jetzt diesen Ausdruck verwendet?«, Harry war bei der Verwendung von ›Wumm‹ aufgeschreckt. Genau dieser Comicsprache hatte sich auch Matreier bedient.

»Angeblich benützt Konsul Emden diesen Ausdruck für seine Inszenierungen«, erklärte Wiegele. »Seinen jeweiligen Decknamen sucht er unter den Städtenamen des Landes aus, in dem er gerade aktiv wird. Wie zum Beispiel Conte Brunecko, Professor Mannheimer oder eben Konsul Emden. Unter der Bezeichnung ist er das erste Mal aktiv geworden.«

»Und jetzt nennt er sich Dr. Matreier, denkst du?«, warf Palinski ein. »Komisch, dass ich noch nichts von dem Kerl gehört habe.«

»Österreich hat der Konsul bisher ausgelassen, aber durch die EM ist jetzt auch euer Land interessant für ihn geworden«, vermutete der ganz in seinem Metier befindliche Hauptkommissar. »Aber du hast doch sicher von Monsieur Amiens und dem frechen Raub in der Banque de Provence in Avignon letzten Herbst gehört.«

Richtig, Palinski konnte sich dunkel an diese spektakuläre Geschichte erinnern, über die auch in den heimischen Medien berichtet worden war. Woher Anselm bloß dieses spezielle Wissen hatte? Im friedlichen Singen hatte er mit solchen Kalibern doch sicher nichts zu tun gehabt, oder?

»Das mit dem Namen kann natürlich auch nur Zufall sein«, räumte Wiegele jetzt ein. »Immerhin ist es aber ein Hinweis, dem man nachgehen muss. Ich denke, ich sollte jetzt gleich mit Dr. Schneckenburger ins Amt fahren. Und Harry sollte mitkommen, es muss einige Fahndungsfotos in eurem Zentralcomputer geben, die er sich ansehen kann.« Er kratzte sich an der Stirn. »Notfalls können wir uns die Bilder auch von Europol überspielen lassen.«

Man konnte Harry ansehen, wie wenig ihm die Vorstellung, schon wieder von Irmi getrennt zu werden, behagte. Aber er wäre nicht seines Vaters Sohn gewesen, hätte ihm die plötzliche Bedeutung, die seiner Person beigemessen wurde, nicht gefallen.

»Gut«, meinte er schließlich, »natürlich sehe ich mir die Fotos an. Übrigens, Matreier hat auch etwas von einem bevorstehenden ›Wumm‹ gesagt.«

Dieses Gespräch fand am späteren Abend des 5. Juni statt, rund 44 Stunden vor Eröffnung der EURO 08 in Basel und 68 Stunden vor dem ersten Spiel in Wien. Der mit höchster Spannung erwarteten Partie Österreich gegen Deutschland.

7

Freitag, 6. Juni, vormittags

An diesem Morgen war endlich etwas Bewegung in die bisher, wenn überhaupt, nur eher schleppend vorangegangenen Mordermittlungen gekommen. Und das sowohl in der Schweiz als auch in Österreich.

Da hatte sich zunächst einmal der Kondukteur des am 3. Juni um 5.42 Uhr von Buchs nach Zürich abgehenden Regionalzuges gemeldet, der sich ziemlich sicher war, die auf der im Fernsehen gesendeten Phantomzeichnung abgebildete Frau in seinem Zug gesehen zu haben. Die Frau, die vermutlich in Sargans eingestiegen war, war ihm wegen ihrer eigenartigen Aufmachung aufgefallen, die sie seinem

Gefühl nach unter einem dunklen Kapuzenmantel verstecken wollte. Sie habe ausgesehen wie »die Carmen aus der Oper von Bizet, die sich als Nonne kaschiert, odr?«, hatte der versierte Opernfreund durchaus vielversprechend verglichen. »Und ihr Make-up hat sich bereits aufgelöst.« Die etwa 40-Jährige hatte die Plastiktüte eines Modeladens mit einem italienischen Namen bei sich, wie sich der Mann erinnerte. Gianni de Caprice oder Caprile oder so ähnlich. Er kenne sich in diesen Dingen nicht aus, hatte der Schaffner entschuldigend gemeint. Und ja, die Frau wäre seines Wissens erst in Zürich ausgestiegen.

Na, das war doch etwas, mit dem Oberleutnant Beat Vonderhöh, der trotz anderslautender offizieller Meldungen noch immer an dem Fall ›Mellnig‹ dran war, endlich etwas anfangen konnte.

Aber auch für Franca Wallner gab es Licht am Ende des Tunnels. Ein Gast des Jägerhofes hatte sich erinnert, sich geärgert zu haben, dass er beim Wegfahren vom Parkplatz durch einen zu nahe stehenden Pajero am Einsteigen in sein Fahrzeug behindert worden war. Was ihn dabei gewundert hatte, war, dass das bei seiner Ankunft nicht der Fall gewesen war. Obwohl der andere Wagen zu diesem Zeitpunkt bereits da gestanden hatte. So viel zugenommen konnte er in zwei Stunden doch nicht haben.

Seine um einiges schlankere Begleiterin hatte das Problem dann für ihn gelöst und den Wagen aus der engen Parkposition herausgefahren. Da sie aber noch andere Ambitionen gehabt und damit auch nicht hinterm Berg gehalten hatte, hatte der bekannte Wiener Geschäftsmann die Sache rasch wieder vergessen.

Wie es aussah, war der Pajero des FWC Eggenbach in Betrieb genommen worden, während sich Herbert Rosselic und Begleitung am Tafelspitz erfreut hatten. Das konnte natürlich reiner Zufall sein, aber auch bedeuten, dass der Eggenbacher Freizeitunternehmer doch in die Angelegenheit verwickelt war. Direkt oder auch nur indirekt.

Rosselic hatte daraufhin eingeräumt, beim Wegfahren vom ›Jägerhof‹ die Position des Fahrersitzes verändert vorgefunden zu haben. Der mit knapp 1,75 m nur mittelgroße Mann hatte den Sitz um zwei Einrastungen nach vorne schieben müssen, um mit den Beinen die Pedale zu erreichen. Nachdem sich der Chef des FWC Eggenbach daran erinnert hatte, gab er der Polizei auch die Genehmigung, den Pajero kriminaltechnisch zu untersuchen. Etwas widerwillig, aber immerhin.

Dabei hatte sich der erste Eindruck bestätigt, dass das Fahrzeug weder mit Gewalt geöffnet noch kurzgeschlossen, sondern mit einem Schlüssel in Betrieb genommen worden war. Ein Zweitschlüssel zum Fahrzeug lag immer in einer Schreibtischlade in Rosselics Büro in Eggenbach und war quasi für jedermann zugänglich. Und das bedeutete bei täglichen Öffnungszeiten von 9.00–21.00 Uhr, an Sonn- und Feiertagen sogar bis 23.00 Uhr, einige 100 Leute am Tag.

Die nächste Frage war also nicht, wer konnte sich den Schlüssel zu dem Wagen verschafft haben? Sondern: Wer hatte gewusst, wo sich der Pajero an diesem Abend von 21.00 bis 24.00 Uhr befand?

* * *

Weniger erfolgreich verlief es an anderen Fronten:

Sabine Pleschke, nach wie vor getarnt als Jan Paluda, war mit einer Gruppe polnischer Studenten in einem Kleinbus unterwegs von Würzburg Richtung Nürnberg. Die dieser Tage meistgesuchte Person Deutschlands hatte noch immer keine Ahnung von der durch sie verursachten Aufregung und vor, mit ihren neuen Freunden abends an einer Party in der Nähe von Fürth teilzunehmen. ›Binchen‹ wurde langsam erwachsen und fand großen Gefallen daran.

Kaum Gefallen an dieser Entwicklung zeigte das Bundeskriminalamt (BK) und die nachgeordneten Dienststellen, die mit der Suche nach dem jungen Mädchen befasst waren. Für heute Abend war die Übergabe des Lösegeldes in Höhe von 1 Mio. Euro in Frankfurt vorgesehen. Die Einzelheiten der Übergabe wollte der Erpresser noch bekannt geben.

Inzwischen waren zwei weitere Erpresserschreiben und eine telefonische Drohung eingegangen, die ankündigten, ein Antreten Nachens bei der EM mit dem Tode seiner Tochter zu bestrafen. Da in allen diesen Fällen verschiedene Personen bzw. eine obskure Gruppierung die Verantwortung für die Entführung übernommen hatten, war Kriminaloberrat Dr. Wegener vom BKA, der die Aktion leitete, zunehmend überzeugt davon, dass es sich bei der Lösegeldforderung um die Tat eines Trittbrettfahrers handelte. Daher sollte die fingierte Geldübergabe heute Abend nur einem einzigen Ziel dienen: nämlich diesen Mistkerl aus dem Verkehr zu ziehen.

Nicht zuletzt hatte Palinski noch immer niemand Offiziellen gefunden, mit dem er über das Attentat sprechen konnte und auch wollte. Zuletzt hatte er zwar versucht, Helmut Wallner dafür zu interessieren. Doch der war selbst mehr als überarbeitet und hatte ihn, sachlich völlig zu Recht, an das BK bzw. zumindest an Miki Schneckenburger verwiesen.

Hier schloss sich der Kreis. Das war alles nicht wirklich hilfreich gewesen. Daher hatte sich Palinski auch von der Hoffnung auf Hilfe durch Dritte, vor allem der dafür vorgesehenen Stellen, verabschiedet und war wild entschlossen, das Problem selbst zu lösen. Wenn er bloß gewusst hätte, wie? Die wenigen Optionen, die er bisher überlegt hatte, waren nicht wirklich zielführend. Er konnte ja schlecht am Samstag selbst auf Brionigg schießen und ihn nur verletzen, nur um zu verhindern, dass der Mann am Sonntag von jemand anderem tatsächlich erschossen wurde. Also das konnte wirklich niemand von ihm verlangen.

* * *

Dr. Lattuga hatte vergangene Nacht kaum geschlafen. Neben den üblichen Aufgaben seines Amtes und den zusätzlichen Verpflichtungen, die ein Riesenevent wie die Fußball-EM nun einmal mit sich brachte, hatte man den mächtigen Wiener Bürgermeister heute Morgen bereits kurz vor 4.00 Uhr aus dem Bett geholt. Grund für diese frühe Stunde war ein Bombenalarm im Rathaus gewesen. Da hatte er auf und hin müssen, so schwer ihm das nach dem Heurigenbesuch mit seinen Kollegen aus Budapest und Prag und den Delegationen aus diesen Städten auch gefallen sein mochte. Solche Besuche waren bis zum Ende der EURO 08 noch einige im Programm. Hoffentlich stand er das alles durch. Er fühlte sich zwar sehr …, na ja, recht gut, aber der Jüngste war er schließlich auch nicht mehr. Und das merkte er gerade jetzt besonders. 3.56 Uhr, was für eine Zeit, um schon wieder aufzustehen, wenn man erst um 1 Uhr 52 ins Bett gekommen war. Andererseits, wer die Hitze nicht vertrug, hatte in der Küche nichts verloren.

In der Zwischenzeit war es kurz vor 10.00 Uhr morgens, der Countdown-Zähler vor dem Rathaus zeigte 001 08 02 11 an und der Verdacht, dass sich jemand einen Scherz mit dem hohen Magistrat der Stadt erlaubt hatte, wurde immer größer. Denn an den von Michael, Doris und den anderen Studenten der Polizei bekannt gegebenen Stellen, zwei Abstellräumen im Keller und einem Drucksortenlager im Erdgeschoss des riesigen neugotischen Gebäudes, war keinerlei Sprengstoff gefunden worden. Allerdings hatten die Tatortspezialisten an zwei der drei besagten Plätze Spuren gefunden, die die Angaben der total eingeschüchterten Studenten zu bestätigen schienen.

Etwas später wurden in der rathauseigenen Müllverdichtungsanlage im Keller Reste von gelbem und grünem Gummimaterial gefunden, wie es zur Herstellung von Stiefeln dieser Art verwendet wurde. Da an einigen dieser Futzeln sogar noch Spuren einer schmutzig-grau-weißen Masse festzustellen waren, wurde die weitere Suche nach Sprengstoff vorerst eingestellt. Die Verantwortlichen gingen bis auf Weiteres davon aus, dass sich jemand einen bösen Scherz mit der Stadt erlaubt hatte. Lattuga war richtig verstimmt, seine Magengeschwüre machten sich lebhaft bemerkbar. Verdammte Scheiße, was glaubten die Leute eigentlich, wer er war? Und die Experten, die ihn davor schützen sollten? Zum Lachen. Wie es aussah, war er nur von Vollkoffern umgeben, die die internationalen Witzbolde geradezu einluden, ihre Scherze just in seiner Stadt loszuwerden. So ein verdammter Mist!

Da die gleichzeitig erfolgte Durchsuchung des Stephansdoms ebenso erfolglos verlaufen war, beschlossen die Experten, die erhöhte Alarmbereitschaft wieder aufzuheben und die weitere Durchsuchung der beiden weltberühmten Bauwerke auf die routinemäßigen Kontrollen mit den Spürhunden zu reduzieren.

Wenigstens etwas, dachte der Bürgermeister, nachdem man ihm diese Nachricht überbracht hatte. Er gähnte und blickte auf die Uhr. Falls es ihm gelang, sein Gespräch mit dem Vorsitzenden auf eine halbe Stunde zu beschränken, den Termin mit der Delegation der Znaimer Verkehrsbetriebe seinem Vize aufs Auge zu drücken und den Fototermin mit dem neugeborenen Schimpansenbaby in Schönbrunn auf morgen zu verschieben, dann konnte er sich vor dem Presseball vielleicht noch eine Stunde aufs Ohr hauen.

Oder sollte er dem Parteichef absagen und dafür den Fototermin wahrnehmen? Das war keine schlechte Idee, würde in der Öffentlichkeit sicher besser ankommen.

* * *

Eine halbe Stunde, nachdem Dr. Ante Brionigg samt Frau und einer aus mehr als 20 Personen bestehenden Delegation eingetroffen und mit allen Ehren empfangen worden war, landete auch Hans Jürgen Kehl in Wien. Der Mehrheitseigentümer der zweitgrößten Supermarktkette in der EU, mit mehr als 200 Standorten alleine in Österreich, darunter auch der riesige Markt in dem neuen Einkaufszentrum beim Wiener Stadion, war gleichzeitig der größte Sponsor des DFB-Teams. Seine Anliegen lagen neben dem Spitzensport aber auch in der Förderung der Jugendarbeit.

Konsul Dr. h. c. Kehl, seine Gattin Wilhelmine – übrigens eine geborene Beitzmann – sowie beider Sohn Johann Friedrich Kehl (37) wurden von einer von DFB-Vize Karl Erich Rebenhage angeführten Delegation empfangen. Zu der zählte auch Anselm Wiegele in seiner Eigenschaft als stellvertretender Sicherheitschef. Als solcher verfügte er natürlich über Hintergrundinformationen, wusste beispielsweise, dass der junge Kehl nach einem schweren Verkehrsunfall irgendwo in Mittelamerika vor fast zehn

Jahren humpelte und daher am Stock gehen musste. Und auch, dass er seither als Assistent zur besonderen Verwendung seines Vater tätig war. Ein Titel, mit dem die schöne, angeblich aber nicht allzu üppige Apanage des Juniors steuerabzugsfähig gemacht worden war. Nicht unbedingt eine tolle Karriere, die Johann Friedrich Kehl im Schatten seines übermächtigen Vaters hatte machen dürfen.

Auch Wiegele hatte nur eine kurze Nacht gehabt. Immerhin war er bis kurz nach 2.00 Uhr morgens in der Polizeidirektion I gesessen und hatte mit Harry Bachler mehrere Dutzend Fotos sowie einige Überwachungsbänder durchgesehen.

Da Konsul Emden bisher immer maskiert und in Verkleidung agiert hatte, war es Palinskis Sohn schwergefallen, Dr. Matreier zweifelsfrei als Emden oder wie immer er sich sonst zu nennen pflegte zu identifizieren. Immerhin war Matreier in Wien mit Brille, Bart und Perücke getarnt aufgetreten.

Harry kamen aber einige Bewegungen des Verdächtigen seltsam vertraut vor, vor allem die ganz bestimmte Art, mit der der Konsul gestikulierte. Sobald er beispielsweise auf etwas oder jemanden deutete, wirkte es, wie wenn er dieses Ding oder diese Person mit dem Finger aufspießen wollte.

»Ich kann es zwar nicht beschwören«, hatte der Junge schließlich eingeräumt, »bin aber ziemlich sicher, dass Dr. Matreier und dieser Konsul Emden ein und dieselbe Person sind.« Damit hatte er sich mehr oder weniger festgelegt, und Wiegele hatte ihm das durchaus auch abgenommen.

Auf der Fahrt in die Stadt saß Wiegele im selben Fahrzeug mit dem jungen Kehl und Dr. Samum, dem Pressechef des DFB. Der Hauptkommissar neben dem Fahrer, die beiden anderen Fahrgäste auf den rückwärtigen Sitzen des Mercedes. Die Fahrt ging zum ›Bristol‹, der Luxusherberge an der Ringstraße, in dem die Kehls die nächsten fünf Nächte ihre Häupter zur Ruhe betten würden.

Kehl junior war nach eigenen Angaben das erste Mal in Wien, abgesehen von einer Klassenfahrt vor mehr als 20 Jahren. »Damals haben wir im Jugendgästehaus in Hüttelberg gewohnt, oder so ähnlich«, erklärte er eben dem Pressechef, dem das aber völlig egal war. Sozusagen als Revanche vertraute ihm Dr. Samum an, dass er nicht vergessen durfte, heute noch ein Geschenk für seine Frau zu besorgen. 8. Hochzeitstag, erklärte er knapp, damit wusste ohnehin schon jeder Bescheid.

»Sehen Sie doch einmal zu ›Valentinis‹«, empfahl ihm Kehl beiläufig, ganz Weltmann, »da finden Sie eine hervorragende Auswahl an wunderschönen Präsenten.«

»Danke für den Tipp. Ist das im Zentrum?«, wollte Samum wissen.

»Ja, ja, fünf Minuten vom Stephansdom. In der Naglergasse.«

Inzwischen hatte der kleine Konvoi das traditionsreiche Hotel ›Bristol‹ neben der Staatsoper erreicht, und der verwirrte Türsteher wusste zunächst nicht, welche Wagentüre er zuerst aufreißen sollte. Dann kamen auch schon zwei Pagen gelaufen und luden die Koffer der Kehls auf ihre Gepäckwagerln. Gott, wie viel Zeugs manche Menschen für nur sechs Tage benötigten, dachte sich Wiegele. Er beobachtete, wie Johann Friedrich Kehl einem der beiden Pagen seine Tasche übergab. »Dass Sie mir gut darauf achtgeben, Junge«, mit dem rechten Zeigefinger fixierte er den dritten Uniformknopf von oben. »Da ist mein Notebook drinnen.« Dann humpelte er durch die Drehtüre ins Innere des Hotels.

Damit hatten die Kehls wohlbehalten eingecheckt, und Wiegeles Auftrag war beendet.

Während der Taxifahrt zum Hohe-Warte-Stadion, wo die deutsche Mannschaft einige Trainingseinheiten absolvierte, versuchte er, zu ergründen, was ihn irritierte. Sein Unterbewusstsein wollte ihm etwas mitteilen, bisher aber vergebens. Na, es würde ihm schon noch einfallen. Es war ihm bisher immer noch alles eingefallen.

* * *

Anwalt Dr. Herburger hatte ausgezeichnete Arbeit geleistet. Bereits am späteren Vormittag wurde dem Fernsehen vom Gericht bis auf Weiteres untersagt, den Werbespot der ›Wiener-Beisl-Bar‹ in der bisherigen Form auszustrahlen.

Etwas später erhielt Hektor Wiener, der zufälligerweise gerade in seinem Büro anwesend war – üblicherweise pflegte er wie weiland Harun al Raschid weitgehend unerkannt durch seine Lokale zu streifen und nach Schwachstellen zu suchen –, zwei einstweilige Verfügungen. Eine, die ihm die Bewerbung und den Verkauf des ›Schnitzels à la Polska – feurig und scharf‹ ab sofort verbot. Und natürlich auch jene, die den Fernsehspot betraf.

Sofort hatte er seinen kaufmännischen Geschäftsführer Dr. Rambader zu sich beordert und ihn mit den unangenehmen Neuigkeiten konfrontiert. »Ich habe Sie doch beauftragt, diese Angelegenheit einvernehmlich beizulegen«, herrschte er den 29-jährigen Absolventen der Wirtschaftsuniversität Wien an. »Und jetzt das. Was soll das?«

Dem selbstbewussten Manager, dessen offensichtliche Fehleinschätzung der Bereitschaft Palinskis, sich zu wehren, eine Menge Geld kosten würde, hatte es zunächst einmal die Sprache verschlagen. »Aber Sie haben doch selbst gesagt, dass alle Teilnehmer an dem Wettbewerb damals auf alle Rechte verzichtet haben«, argumentierte er nach Überwindung der Sprachlosigkeit.

»Und haben Sie das überprüft?«, wollte Wiener wissen. »Es ist ja durchaus möglich, dass ich das in dem einen oder anderen Fall übersehen habe. Ich kann mich heute auch nicht mehr an alle Details erinnern.«

»Ich habe alle Verzichtserklärungen vorgefunden«, trotz der Frohbotschaft schien Rambader nicht ganz glücklich zu sein. »Bloß die von Herrn Palinski nicht. Aber wir suchen noch, vielleicht ist sie ja nur falsch abgelegt worden.«

»Und warum haben Sie ihm dann nicht einfach 5.000 Euro angeboten?«, Wiener war jetzt richtig zornig geworden. »Möglicherweise hätte er sich sogar darauf eingelassen, den Betrag für einen wohltätigen Zweck zu stiften. Irgendwie hätte das auch auf uns positiv abgefärbt.«

»Aber Professor Weinberger hat uns …«, der Kritisierte hatte einen roten Kopf bekommen und wollte sich rechtfertigen.

»Es ist mir egal, was Ihr Theoretiker für diesen Fall empfohlen hat«, Hektor Wiener ließ den Jungen erst gar nicht aussprechen. »Er muss ja auch nicht die Kosten für diesen Mist bezahlen. Rufen Sie sofort den gegnerischen Anwalt an und schaffen Sie das aus der Welt!« Er überlegte. »Oder nein, besser, ich spreche direkt mit Palinski. Dann kann ich wenigstens sicher sein, dass die Angelegenheit auch in meinem Sinne bereinigt wird. Danke, Herr Doktor Rambader.«

Der wusste genau, wann es Zeit war zu gehen – der Zynismus in der Stimme seines Chefs war ja auch kaum zu überhören gewesen. So schlich der zuvor noch so selbstbewusste Jung-Manager wie ein geschlagener Hund aus dem Büro.

Wiener dagegen gab seiner Sekretärin den Auftrag, ihn mit Anwalt Herburger oder noch besser, direkt mit Mario Palinski zu verbinden.

* * *

›Expect emotions‹: Das Hochgefühl, das Wilma gestern nach Erhalt der Nachricht von der »Befreiung« Harrys gehabt hatte, erfuhr eben eine Art Renaissance. Das Telefon hatte geklingelt, und Tina, die sich seit Wochen nicht mehr gemeldet hatte, war am Apparat. Die 24-jährige Tochter Wilmas und Marios war vor einem Dreivierteljahr für drei Monate nach Paris gegangen, um mit sich ins Reine zu kommen, und seither nicht mehr nach Hause gekommen. Außer wenigen Telefonaten, zwei Briefen und einigen Karten hatte die Familie nichts von ihr gehört. Nur bei Harry hatte sie sich mehr oder weniger regelmäßig übers Internet gemeldet. Ja, selbst Weihnachten hatte Tina in Frankreich verbracht, angeblich wegen eines unheimlich wichtigen Jobs. Und jetzt das.

»Mama, ich bin mir über einiges im Klaren«, teilte sie Wilma eben mit. »Ich weiß jetzt, was ich will, und ich möchte das mit euch besprechen. Ich fahre morgen von hier los«, hier, das war eine WG in der Nähe des Boulevards St. Michel, wie Wilma gleichzeitig erfahren hatte, »und bin dann am Sonntagnachmittag in Wien. Ist euch das recht?«

Was für eine Frage? Wilma wusste nicht, ob sie lachen oder weinen sollte, und so tat sie beides. »Natürlich, das weißt du doch. Wir freuen uns alle schon sehr. Wird Guido auch kommen?«

Guido war Tinas Verlobter, obwohl …

»Nein, ich komme alleine«, Tinas bislang fröhliche Stimme hatte einen etwas anderen Klang angenommen. »Das möchte ich auch mit euch besprechen.«

»Bleibst du dann ganz in Wien?« Man merkte die Spannung in Wilmas Stimme, die sie bei dieser Frage erfüllte.

»Ganz nicht, aber vielleicht einige Zeit«, jetzt klang Tinas Stimme wieder fröhlicher. »Lasst euch überraschen. Du, ich muss jetzt los, ich habe noch jede Menge zu erledigen, bevor es morgen losgeht. Salut Mama, gib Papa und Harry einen Kuss von mir.« Und weg war sie wieder.

Wilma musste sich hinsetzen. In die große Freude über den Anruf und Tinas bevorstehende Heimkehr mischten sich jetzt leise Zweifel als kleine Wermutstropfen. Irgendetwas in Tinas Stimme hatte sie beunruhigt.

Etwas war nicht in Ordnung, fühlte sie. Doch sie musste sich bis Sonntag in Geduld üben, fürchtete sie. Vielleicht hörte sie aber auch bloß Flöhe husten. So was kam vor, wusste sie. Mütter waren eben so.

* * *

Vergeblich hatte Palinski den ganzen Vormittag versucht, einen gleichermaßen zuverlässigen wie auch kompetenten Gesprächspartner zu finden, mit dem er sein inzwischen wie eine Tonne auf seiner Seele lastendes Wissen teilen konnte. Aber weder Anselm Wiegele noch die Wallners waren erreichbar. Miki Schneckenburger wiederum hetzte von einer Konferenz zur anderen und musste zwischendurch bei einigen Meetings Flagge zeigen.

Schließlich war Palinski doch noch ein Mensch eingefallen, dem er sich anvertrauen konnte. Ein Mensch, dem er vertraute und der sich einem Gespräch nicht entziehen konnte. Wahrscheinlich würde sein sonst so brillanter Assistent Florian Nowotny nicht viel zur Lösung dieses Problems beitragen können, aber es würde Palinski guttun, einmal darüber sprechen zu können.

Florian hatte sich, wie es seine Art war, die Geschichte in Ruhe und ohne zu unterbrechen angehört. »Wenn ich richtig verstehe, geht es darum, zu verhindern, dass Herr Brionigg gemeinsam mit Präsident Chatrel am Sonntag im Stadion erscheint.« Er hatte das Problem sofort erkannt und auf den Punkt gebracht. »Na, dann würde ich doch einmal versuchen, einiges über die beiden Herren in Erfahrung zu bringen, was nicht in der Yellow Press steht. Irgendwo im Innen- oder im Außenministerium muss es doch detaillierte Informationen über die politischen VIPs geben. Was sie besonders mögen, was sie absolut nicht wollen, welche gesundheitlichen Risiken bestehen und so weiter und so fort.« Er tippte eine Telefonnummer ein und wartete. »Immerhin kann so etwas bei … Ja, hallo, Ernst, hier ist der Florian.«

Ernst Wiesberger war ein ehemaliger Schulkollege Nowotnys und ein begnadeter Hacker. Florian wusste genau, wie er den offenbar spielsüchtigen Kumpel zu Höchstleistungen in die gewünschte Richtung motivieren konnte. Er wettete ganz einfach, dass er es nicht schaffen würde, ihm bis zum Abend ein möglichst komplettes Dossier über Dr. Ante Brionigg, Berta Richard Ida Otto Nordpol Ida zweimal Georg, den slowenischen Ministerpräsidenten, in deutscher oder englischer Sprache zu beschaffen. »500 Euro Einsatz …«, Florian blickte Palinski fragend an, und der nickte. »Ja, gut, 500 Euro sind in Ordnung.«

Komisch, eigentlich war gar nicht viel passiert. Doch die unkomplizierte Art, mit der Florian gewisse Dinge anging, hatte seinem Chef gutgetan. Es war beruhigend, diesen Burschen im Team zu haben. Palinski fühlte sich viel besser.

* * *

Die Polizei hatte das gesamte Rathausareal peinlich genau mit Sprengstoffspürhunden abgesucht. Mehr noch, sie hatte das riesige Gebäude umgangssprachlich ›auf den Kopf gestellt‹. Mit permanent sinkender Konzentration zwar, aber immerhin. Und wie erwartet ohne jegliches Ergebnis.

Die an sich immer versperrte Türe, die den kaum benützten Übergang vom Keller des riesigen Amtsgebäudes zu dem im selben Komplex gelegenen Restaurant ›Rathauskeller‹ abschloss, war allerdings unverschlossen.

Da ein Beamter in dem schlecht beleuchteten Gang just in dem Moment gestolpert, sich den Fuß verstaucht und mit einem unterdrückten Aufschrei hingefallen war, als sein Kollege eben zum kontrollierenden Griff an die Türklinke ansetzen wollte, war dieser Griff unterblieben. Dem Polizisten war dieses Versäumnis zwar später in den Sinn gekommen. Er hatte dem aber keine größere Bedeutung beigemessen oder gar Konsequenzen daraus gezogen. Nein, er hatte sich stillschweigend ans Prinzip Hoffnung gehalten. Warum sollte gerade in dieser Ecke des riesigen Kastens etwas nicht in Ordnung sein?

Daher waren die leichten Kratzspuren auf dem Schloss unentdeckt geblieben, die als Indiz für ein gewaltsames Öffnen hätten gewertet werden können.

* * *

Die kriminaltechnische Untersuchung des nachtblauen Pajero mit dem amtlichen Kennzeichen GF 21 733 Y hatte einige vielversprechende Spuren geliefert. Da war einmal das Fehlen jeglicher Fingerabdrücke am Lenkrad und am Griff des Schalthebels. Außer jenen von Herbert Rosselic natürlich, die aber zu erwarten gewesen waren. Da in den letzten Tagen nachgewiesenermaßen mehrere Leute den Wagen gelenkt hatten, hätten aber verschiedene Abdrücke gefunden werden müssen. Fazit: Jemand musste Lenkrad und Schalthebel zwischendurch abgewischt haben. Warum wohl?

Am Boden vor dem Beifahrersitz waren einige Haare sichergestellt worden, die inzwischen zweifelsfrei dem toten Urs Immenseh zugeordnet werden konnten. Der Schweizer war also in dem Wagen gewesen.

Dann waren da noch einige fettige Flecken in der Stofftapezierung entdeckt worden, die vom Labor als Rasierschaum identifiziert worden waren. Übrigens, die dazugehörige, noch halb volle Dose war gleichfalls vorhanden gewesen. Im Heck zwischen Scheibenwascherflüssigkeit und einer fast leeren PET-Flasche Mineralwassers. Auf der Dose konnten allerdings keine Abdrücke sichergestellt werden.

Die Krönung des Ganzen waren aber die beiden wunderschönen Fingerprints auf dem Hebel, mit dem die Position des Fahrersitzes verstellt worden war. Natürlich neben jenen Rosselics.

Aber auch das Labor hatte einige interessante Neuigkeiten: Im Blut des Schweizer Architekten waren Spuren von GHG entdeckt worden. Wie es schien, war Immenseh im Auto durch K.-o.-Tropfen betäubt, dann ins Freie gezerrt und schließlich erschlagen worden.

Auf der völlig durchgebluteten Decke, auf der der schwer verletzte Immenseh gelegen war, befand sich neben dem Blut des Opfers noch das einer zweiten Person.

Blutgruppe A Rhesus negativ, eher selten, aber nicht wirklich. Durchaus möglich, dass sich der Mörder oder die Mörderin beim Abrasieren der Schamhaare des Schweizers in den Finger geschnitten hatte.

Jetzt fehlte nur mehr die Person, von der die Prints und das Blut stammten. Die würde sich schon noch finden, war Oberinspektor Helmut Wallner sicher. Er erhoffte sich eine Menge von dem Bericht des Polizeipsychologen zum Thema Schamhaarrasur. Dieses seltsame Ritual musste einfach eine entscheidende Bedeutung für diesen Fall haben.

Aber bis jetzt war da lediglich die muntere Witwe, die Einzige mit einem möglichen Motiv, unter anderem einer mit 100.000 Euro allerdings nur relativ bescheiden dotierten Lebensversicherung.

Und genau diese Frau hatte ein bombensicheres Alibi. Sonst gab es weit und breit keine Verdächtigen.

* * *

Oberleutnant Beat Vonderhöh war dagegen im Fall Arthur Mellnig an einem toten Punkt angelangt. Ein Zürcher Taxilenker hatte sich zwar erinnern können, eine Frau, die der auf der Phantomzeichnung abgebildeten ähnlich sah, so gegen 7.30 Uhr vom Hauptbahnhof zum Grand Hotel ›Baur au Lac‹ gebracht zu haben.

Dort wieder hatte eine Dame, auf die die Beschreibung passte, ein Frühstück eingenommen und sich danach beim Portier nach einer Bahnverbindung nach Genf erkundigt.

Der Concierge erinnerte sich genau, da die Gute reichlich ›Caleché‹ aufgetragen hatte, das Lieblingsparfum seiner Freundin. »Ich habe dann ein Taxi für Madame bestellt, mit dem sie zum Bahnhof gebracht werden wollte.« Der Fahrer des Taxis hatte die Frau allerdings an einer Ecke der Bahnhofsstraße aussteigen lassen. Hier verlor sich jede Spur.

Auch der Hinweis auf die Plastiktasche der italienischen Boutique, von der der Zugkondukteur gesprochen und bei der es sich wahrscheinlich um eine mit der Aufschrift ›Giovanni de Gabrilo‹ gehandelt haben musste, hatte nichts gebracht. In den fünf Zürcher Läden der italienischen Textilkette konnte niemand etwas mit dem auf der Phantomzeichnung abgebildeten Gesicht anfangen. Die Ergebnisse der Befragung der Mitarbeiter der übrigen 29 Schweizer Filialen standen noch aus. Und falls das nichts brachte, gab es noch weitere 421 Geschäfte dieses Namens. Alleine in Europa.

Da waren auch noch ein, zwei Fragen offen, die sich aus der Durchsicht von Mellnigs Gepäck ergeben hatten. Ob sie für die Klärung des Falles relevant sein würden? Wer konnte das schon wissen.

Vonderhöh war aber ein unverbesserlicher Optimist. Seine Erfahrung hatte ihn gelehrt: »Immer, wenn du glaubst, es geht nichts mehr, kommt von irgendwo ein Lichtlein her, oder?«

Nein, Spaß beiseite, der Oberleutnant wusste, dass auf den Zufall in der Regel Verlass war. Das war so sicher wie das Schicksal. Alles, was es brauchte, war, sich die Zeit zu nehmen, abzuwarten, wenn sonst nichts mehr ging.

Er beschloss, seine Wiener Kollegin Franca Wallner anzurufen und sie persönlich über den äußerst bescheidenen Stand der Ermittlungen zu informieren. Das war doch wesentlich inspirierender als dieser unpersönliche Nachrichtenaustausch über Fax und Internet. Vielleicht hatte ja sie etwas in Erfahrung, aber noch nicht zu Papier gebracht, das ihm in der Sache weiterhalf.

* * *

Ernsti Wiesberger war noch besser, als Florian behauptet hatte. Nach nur etwas mehr als zwei Stunden hatte er ein aus acht Seiten bestehendes Dossier über den slowenischen Ministerpräsidenten geliefert, das alle Stückeln spielte. Soweit Palinski das beurteilen konnte. Dazu Links zu etwa 30 deutschsprachigen Presseberichten der letzten Wochen, die möglicherweise ebenfalls sachdienliche Hinweise liefern konnten.

Er hatte 500 Euro schon schlechter investiert, fand Mario. Dann begann er, das Dossier zu studieren, Florian nahm sich in der Zwischenzeit die Presseberichte vor.

Während sich Palinski durch die frühen Studienjahre Brioniggs kämpfte, erreichte ihn der Anruf Wilmas, die ihm aufgeregt die frohe Kunde von Tinas sonntäglicher Ankunft mitteilte. Das war eine gute Nachricht, freute er sich und nahm sie als gutes Omen. Von jetzt an würde es das Schicksal wieder gut mit ihm meinen. Je länger er sich das einredete, desto mehr war er davon überzeugt. Das war wohl das, was Psychologen unter ›positiv denken‹ verstanden.

Das funktionierte ganz gut bis zum nächsten Anruf. »Endlich erreiche ich Sie«, flötete ihm Hektor Wiener samtweich ins Ohr. »Es gab da in letzter Zeit zwischen uns einige Missverständnisse«, räumte er ein. »Und die wollte ich persönlich aus der Welt schaffen.«

Zunächst schien es Palinski, als ob ihm jemand Eiswürfel hinten in den Kragen geschüttet und über die Wirbelsäule talwärts hatte rutschen lassen. Dann zeigte Wieners scheißfreundliche Art doch etwas Wirkung. Immerhin ging es Palinski nicht um Rache, sondern um Gerechtigkeit. Wieners Anruf war definitiv ein erster Schritt in die richtige Richtung. »Und wie stellen Sie sich das vor?«

»Sie erhalten von uns …«, Wiener legte ein strategisches Zögern ein, »4.000, nein, sagen wir 5.000 Euro für sämtliche

Rechte in Verbindung mit dem Schnitzel und dem Werbespot, und dazu lade ich Sie und Ihre sehr verehrte Frau Gemahlin zu einem exquisiten Abendessen ein«, er meckerte lachähnlich in den Hörer. »Natürlich in ein tolles Restaurant Ihrer Wahl und nicht in eines meiner Lokale. Hehehe. Ich denke, wir sollten den Kontakt wieder intensivieren.«

Schleimscheißer, dachte Palinski, aber das Angebot war gar nicht schlecht. Bloß, er wollte eigentlich gar kein Geld von diesem ›Schnitzelfritzel‹. »Was denken Sie, wie viele ›Schnitzel à la Polska‹ werden Sie während der EURO 08 in Österreich verkaufen?«, wollte er wissen. »Vorausgesetzt, wir einigen uns«, fügte er hastig dazu.

Das war zwar nicht die Antwort, die Wiener erwartet hatte, konnte ihn aber auch nicht in Verlegenheit bringen. »Vorsichtig geschätzt, gehen wir davon aus, dass wir in unseren 64 Filialen in den drei Wochen 35.000 bis 40.000 ›Schnitzel à la Polska‹ verkaufen werden. Warum?«

»Ich schlage vor, Sie verpflichten sich, pro verkauftem Schnitzel 15 Cent an eine karitative Institution zu überweisen, die ich Ihnen noch nennen werde. Mindestens aber die angebotenen 5.000 Euro.« Es war angenehm, Gutes zu tun, durchfuhr es Palinski. Vermittelte ein hervorragendes Gefühl. Und war eigentlich auch ganz einfach, wenn man mit Gaunern wie Wiener zu tun hatte.

»Und was schaut für Sie dabei heraus?«, Wiener klang misstrauisch. »Warum wollen Sie das machen?«

»Weil wir eine Verantwortung für die Menschen haben, denen es nicht so gut geht wie uns«, entfuhr es Palinski. Mein Gott, jetzt redete er schon den gleichen hohlen, selbstgefälligen Scheiß daher, der ihn bei anderen sonst immer so aufregte.

Nicht, dass das inhaltlich nicht gestimmt hätte, aber wie er es gesagt hatte, hatte es wie eine arrogante Form von gesellschaftlichem Narzissmus geklungen. »Nein, weil ich Ihr Geld nicht will. Schicken Sie mir noch heute eine verbindliche Erklärung dieses Inhalts per Fax, und wir ziehen die einstweilige Verfügung zurück.«

»Sollen wir Ihren Namen als Spender nennen?«, wollte Wiener wissen, doch Palinski lehnte ab. »Keine Werbung für mich, ich will das nicht.«

»Sie versetzen mich immer wieder in Erstaunen«, meinte der Schnitzelking jetzt fast ehrfürchtig. »Wissen Sie was, ich runde auf 20 Cent je Schnitzel auf. Ich finde Ihr Verhalten toll, meine Hochachtung.«

Damit war also auch diese leidige Sache aus der Welt geschafft, freute sich Palinski. Und das war gut, denn er hatte wirklich genug anderes um die Ohren. Er fühlte sich richtig beschwingt, als er sich wieder dem Brionigg-Dossier widmete.

* * *

Konsul Dr. h. c. Hans Jürgen Kehl hatte eben eines seiner jüngsten Investments besichtigt. Das riesige, neben dem Ernst-Happel-Stadion gelegene Pratereinkaufszentrum gehörte zu 68 Prozent der ›Aval Beteiligungs-Holding‹ in Vaduz, die sich über diverse Verschachtelungen zu 100 Prozent in Kehls Eigentum befand. 18 Prozent der Aktien wurden von der BBLtd, Grand Cayman, gehalten. Was im vollen Wortlaut so viel wie ›Beitzmann Beteiligungen‹ mit beschränkter Haftung bedeutete und zu Recht auf Wilhelmine Kehl, geborene Beitzmann, schließen ließ.

Die restlichen 14 Prozent der Aktien befanden sich im Streubesitz und sorgten dafür, dass die jährlichen Hauptversammlungen nicht langweilig wurden.

In dem gewaltigen Komplex befand sich nicht nur ein riesiger KUP-Supermarkt. KUP stand für Kehls unschlagbare Preise, der Konsul hatte den Namen vor 54 Jahren klasse gefunden und seine Meinung bisher noch nicht geändert. Daneben gab es auch noch insgesamt sieben gastronomische Betriebe, ein Kino, einen Fitnessklub und im Keller eine Bowlingbahn. Dazu noch 82 Shops, Einzelhändler, Outlets, Läden, Boutiquen oder Filialen anderer Handelsketten, wie immer die Mieter ihre sauteuren Quadratmeter Verkaufsfläche auch nannten. Kehl war's egal, Hauptsache, sie zahlten pünktlich und regten sich über die jährlichen Erhöhungen der Miete nicht allzu sehr auf.

Das Zentrum war, ebenso wie die Verlängerung der U-Bahn, im Zuge der baulichen Aufrüstung der Stadt für die EURO 08 errichtet und im Herbst vorigen Jahres eröffnet worden. Und das Investment hatte sich bereits jetzt, nach nur etwa acht Monaten, mehr als ausgezahlt. Die Zahlen für den Mai, die Kehl gerade vom Management vorgelegt bekommen hatte, waren sensationell.

Lediglich eine ›Kleinigkeit‹ hinderte den Großkapitalisten, sich rundum zu freuen. Seit einer Woche wurde sein Laden hier erpresst. Man forderte nicht mehr und nicht weniger als fünf Millionen Euro, zahlbar bis Sonntagmittag. Sonst würde während des ersten Spieles in Wien etwas Schlimmes geschehen. Aber ein Kehl ließ sich nicht erpressen. Er hatte dem schon einmal widerstanden und gewonnen. Nichts war passiert.

Also, so gut wie nichts, denn der Tod des alten Wachmannes war zwar eine traurige Angelegenheit gewesen. Vor allem dieses sentimentale Gejammere in den Medien, widerlich. Als wirklichen Verlust hatte Kehl das nie empfunden.

›Wer einer Erpressung nachgibt, setzt damit den ersten Schritt zur nächsten‹, war Kehls Credo zu diesem Thema. Und er würde auch diesmal hart bleiben. Jeden Euro, der notwenig war für die Sicherheit, ja, den würde er zahlen. Aber keinen einzigen Cent an diese Verbrecher.

Was Kehls Optimismus hinsichtlich seiner Unverwundbarkeit zumindest optisch unterstützte, waren die beiden Geschütze, Raketenwerfer, oder wie immer solcherart Gerät technisch korrekt zu bezeichnen war, die das Bundesheer gestern links und rechts vom Einkaufszentrum in Stellung gebracht hatte. Auf der gegenüberliegenden Seite der riesigen Arena waren zwei weitere dieser schrecklichen Dinger postiert worden. Diese äußerst martialisch wirkende und so gar nicht zu einem friedlichen Fußballfest passende Maßnahme erfolgte aber nicht zum Schutz des Einkaufszentrums. Ganz und gar nicht.

Sondern aus der Verpflichtung des Staates heraus, die Sicherheit der Großveranstaltung auch gegen Angriffe aus der Luft zu gewährleisten, wie der Verteidigungsminister wieder und wieder betont und damit den Ankauf der unverschämt teuren Euroflyer gerechtfertigt hatte.

In Verbindung mit dem temporären Flugverbot über diesem Teil Wiens sollte diese machtvolle Demonstration der Bereitschaft, das friedliche Fußballfest notfalls auch mit Waffengewalt durchzusetzen, potenzielle Attentäter aus der Luft abschrecken.

»Mach mal'n Foto von der Artillerie da«, wies der Big Boss seinen Assistenten zur besonderen Verwendung an. »Macht sich ganz gut, der Laden zwischen zwei Flakgeschützen. Ist vielleicht etwas für die nächste Ausgabe der Mitarbeiterzeitung.« Er lachte hohl. »Oder 'ne neue Werbekampagne. ›Sicherer können Sie Ihr Geld gar nicht loswerden‹. Gut, was? Hehehe«, lachend klopfte er dem Junior auf die Schulter.

»Ja, Vater«, meinte der gehorsam, holte eine Digitalkamera aus der Sakkotasche, humpelte in eine günstigere Position und machte einige Aufnahmen. »Klasse Motiv, Vater. So richtig was für die Cannesrolle.«

* * *

FWCE? Was, um Himmels willen, konnte FWCE auf einem Stirnband bedeuten, wie es von Sportlern getragen wurde, grübelte Franca Wallner. Eben hatte sie das Telefonat mit ihrem Kollegen Vonderhöh von der Kantonspolizei Zürich beendet, in dem sich die beiden gegenseitig über den letzten Stand der Ermittlungen im Falle Arthur Mellnig informiert hatten.

Das Stirnband war zerknüllt und auch ein wenig verschmutzt in einem Seitenfach der Reisetasche des Ermordeten gefunden worden. Wie es schien, war es nicht speziell für die Reise nach Zürich eingepackt worden, sondern nach einer früheren Verwendung einfach vergessen worden.

Neben dem Stirnband war auch die Quittung einer Wiener Café-Konditorei ›Mehlsack‹ im 19. Bezirk gefunden worden. Der Beleg über insgesamt 12,60 Euro ließ den Schluss zu, dass die darauf verzeichnete Konsumation von zwei Personen getätigt worden war. Und zwar am 2. Juni am späteren Vormittag, also etwa elf Stunden, ehe Mellnig den Zug nach Zürich bestiegen hatte. Jenen Zug, den er nicht mehr lebend verlassen hatte.

Inspektorin Franca Wallner hatte Kollegen Vonderhöh versprochen, die daraus resultierenden Fragen so rasch wie möglich anzugehen und sich wieder zu melden.

8

Freitag, 6. Juni, nachmittags

Es war bezeichnend für die Hektik dieser Tage, dass selbst ein so liebevolles Paar wie die Wallners kaum Zeit fand, miteinander zu sprechen. Und die Partner daher auch vieles von dem nicht wussten, was den anderen gerade beschäftigte. Es sah fast so aus, als ob die Wahnsinnigen ganz Europas nur auf diese Fußball-EM gewartet hätten, um ihren mehr oder weniger gefährlichen Verrücktheiten und kriminellen Neigungen in dieser Stadt freien Lauf zu lassen. Da war noch nicht einmal das erste Spiel angepfiffen, und es wurde bereits betrogen, gestohlen und verprügelt, dass die Polizei kaum wusste, wo sie zuerst eingreifen sollte.

Dazu kam noch das vermehrte Aufkommen von Gerüchten, Vermutungen, abstrakten Gefahrensituationen und konkreten Verdachtsmomenten, denen man ebenfalls in jedem einzelnen Fall nachgehen musste.

Last, but not least verstand ein kleiner, aggressiver Teil der Menschen auf den Straßen und Plätzen der Stadt das Motto der Europameisterschaft ›Expect emotions‹ anscheinend als Freibrief dafür, ohne Rücksicht auf die große Zahl friedlicher Gäste und Bürger jeden auch noch so gefährlichen Unsinn anstellen zu dürfen.

Die Folge war, dass Unsicherheit, Frust und schlechte Laune die Oberhand gewannen, vorsichtiges Misstrauen das Klima bestimmte und das allgemeine Befinden ein ganz anderes war, als man zu Beginn eines großen Freundschaftsfestes der europäischen Völkerfamilie eigentlich hätte erwarten dürfen. Überall Polizei, dazwischen vereinzelt Militär, das entweder mit der Betreuung ausländischer Staatsgäste befasst war oder, wie im Prater, neben monströsen Geschützen darauf wartete, einmal ordentlich in der Gegend herumballern zu dürfen. Und das nicht nur in Wien, sondern auch in den anderen drei Austragungsorten Salzburg, Innsbruck und Klagenfurt.

Es war erschreckend, wie dumpf die zivile Gesellschaft diese schleichenden Einschränkungen ihrer Freiheiten hinnahm. Stumm, ohne diese Entwicklung auch nur einmal zu hinterfragen. Ja, ohne diesen subtilen Anschlag auf ihre Lebensqualität überhaupt zu bemerken.

Die Naiven hatten nichts zu verbergen und meinten, daher auch nichts befürchten zu müssen. Die anderen wieder hielten sich für klug genug, um in der Beschränkung eine Chance zu sehen. Und für die Fußballnarren und Patrioten war es die Hauptsache, dass Österreich endlich einmal bei einer Europameisterschaft dabei war.

Der Preis, der dafür bezahlt werden musste, und damit waren nicht nur die Hunderte Millionen Euro gemeint, spielte offenbar keine Rolle. Und falls doch, dann gab es immer noch das Zauberwort der ›Umwegrentabilität‹. Damit ließ sich heute schon nahezu alles schönreden.

Nach außen hin war das Ganze ein ›Fußballfest im Herzen Europas‹, auf dem man mottomäßig ›Emotionen‹, also Gefühle ›erwarten‹ durfte. Was immer das im Einzelnen bedeuten sollte. Wie auch immer, die Veranstalter erhofften sich eine von Trix und Flix geprägte Idylle, der sich völlig hinzugeben erste Bürgerpflicht geworden war. Quasi eine ›Ballsaison zwischen Elfmeter und Walzerseligkeit‹, die vor allem in keiner wie auch immer gearteten Weise gestört werden durfte. Nicht die nächsten drei Wochen.

Oberinspektor Wallner genoss die 20 Minuten Sinnierens, die er einem kurzfristig verschobenen Termin verdankte. Er war eigentlich gar nicht der Typ des Denkers, der über das Leben philosophierte, der Dinge infrage stellte. Wie schlimm musste es also stehen, wenn sogar er schon anfing, über Sinn und Wahnsinn des aktuellen Seins nachzudenken?

Das Telefon klingelte, und es war der einzige Mensch, dem er die damit verbundene Störung nicht übel nahm, seine Frau. Kollegin Wallner vom Koat Josefstadt hatte sich aber dienstlich gemeldet und wollte vom Herrn Oberinspektor wissen, ob er etwas mit der Abkürzung FWCE anfangen konnte/könne.

»FWCW sagst du?«, wiederholte der Oberinspektor, der noch in seinen für einen Beamten ja fast schon an Hochverrat grenzenden Überlegungen verhaftet war, desinteressiert.

»FWCW? Ich glaube, das habe ich erst unlängst irgendwo gehört. Worum geht es dabei, Schatz?« Inspektorin Schatz erklärte ihrem Mann, dass es FWCE hieß und die näheren Umstände ihres Interesses.

Die vorangegangenen philosophischen Lockerungsübungen hatten Wallners Kombinationsgabe zu Höchstform auflaufen lassen. Die Antwort auf Francas Frage flog ihm förmlich zu.

»Was, das steht auf einem Stirnband, das bei der Leiche von dem Schiedsrichter gefunden worden ist?« Jetzt war es einfach. Die eine Leiche führte zur anderen, zu jener von Urs Immenseh und zu einem dunkelblauen Pajero. »FWCE könnte Freizeit- und Wellnessklub Eggenbach bedeuten. Das ist ein Kaff rund 20 Kilometer nordöstlich von Wien.«

»Hmm, aha«, grunzte Franca Wallner am anderen Ende der Leitung, »das ist nicht uninteressant. Kennst du da jemanden?«

»Kann man so sagen«, räumte ihr Helmut ein. »Ein auf den Klub zugelassenes Fahrzeug ist in den Mord an dem Schweizer Architekten verwickelt, an diesem Immenseh. Du erinnerst dich doch an den Fall? Warum?«

»Kannst du feststellen, ob Arthur Mellnig in diesem Klub Mitglied oder zumindest gelegentlicher Gast war?« Franca fand es bemerkenswert, dass ein Wiener Schiedsrichter, der in Zürich ermordet im Zug aufgefunden worden war, das Stirnband eines Fitnessklubs bei sich getragen hatte, der in irgendeiner Form mit dem Mord an einem Schweizer Architekten in Wien zu tun hatte. Das war wahrscheinlich nur Zufall. Vielleicht aber auch nicht.

»Verstehe ich dich richtig? Du vermutest auch einen Zusammenhang zwischen den beiden Fällen?«, Helmut Wallner war hörbar erfreut, dass seine Frau zu demselben Schluss gelangt war wie er selbst. Und damit seinen zunächst nur vagen Verdacht bestätigte.

»Na, das tust du doch auch. Dabei weißt du einiges noch gar nicht«, entgegnete seine Lieblingsinspektorin und erzählte ihm auch noch den Rest.

»Na, das wäre ja etwas«, Wallner war begeistert. »Toll, ich gehe der Sache sofort nach. Gut gemacht, mein Schatz«.

* * *

Palinski und Florian Nowotny hatten die Unterlagen über Dr. Ante Brionigg ausführlich studiert. Beide wussten nicht, was sie eigentlich suchten. Aber jetzt, nach fast zwei Stunden, wussten sie zumindest, dass sie es nicht gefunden hatten.

Abgesehen davon, dass der Mann Ministerpräsident eines kleinen europäischen Staates und noch für etwas mehr als drei Wochen Präsident des Europäischen Rates war, war er stinknormal.

Weder Lebenslauf noch sonstige Informationen ergaben irgendwelche Hinweise auf spezielle Gewohnheiten, abnorme Vorlieben oder dergleichen, mit denen man ihn hätte ›beeinflussen‹ können.

Er liebte italienische Opern, vor allem die von Verdi, französische Küche, Wachauer Weine und Kokosbusserln nach einem Rezept seiner altösterreichischen Großmutter. Er verbrachte die Freizeit gerne mit seiner Frau und den beiden Kindern Jure (8) und Katrin (5) in seinem Ferienhaus in Portoroz oder auf dem Segelboot. Er hatte Übergewicht und erhöhten Blutdruck, litt gelegentlich unter Atemnot und war allergisch gegen Shrimps. Das hatte ihm sogar schon einmal einen Krankenhausaufenthalt eingebracht. Zwar nur für einen Tag, aber immerhin.

Ja, und er war auch kurzsichtig, links 2,5 und rechts 2,25 Dioptrien. Wahrscheinlich war Brionigg auch eitel, denn er trug Kontaktlinsen. Und das war's im Wesentlichen auch schon gewesen.

Wie man einen Politiker mit diesem Wissen vor einem Attentat beschützen sollte, war Palinski schleierhaft. Er konnte ihn ja schlecht …

Ja, warum eigentlich nicht, wenn ihm wirklich nichts Besseres einfallen sollte. Nein, schon die Vorstellung war zu lächerlich. Andererseits, falls es doch klappte? Und welche Alternative hatte er denn?

* * *

Während um ihn herum das Chaos ausgebrochen war, betrachtete Szeged, ein angeblich aus Ungarn stammender Aushilfsmitarbeiter des Restaurants ›Rathauskeller‹, zufrieden die gewaltige Sauerei. Die von einer kleinen, wie ein Fußball geformten Bombe angerichtet worden war, die auf einem Spielfeld aus Biskuit und grünem Marzipan versteckt gewesen war. Die mit dunkler und weißer Schokolade sehr kunstvoll verzierte Semtex-Kugel im Durchmesser von 15 cm hatte den Raum in ein wahres Schlachtfeld verwandelt, auf dem es von zerfetzten Torten, verstümmelten Obstkuchen und in ihre Zutaten atomisierten Petit Fours nur so wimmelte.

Von den Wänden und der Decke rannen oder tropften Gelees und Cremes aller Art und mischten sich am Boden mit vielen größeren und kleineren Batzen Schlagobers, mancherorts auch Schlagsahne genannt, zu lustigen bunten Ornamenten.

Als makabrer Höhepunkt klebten drei gewaltige Schoko-Nugat-Bomben, angeblich die bevorzugte Süßspeise des Präsidenten des Presseverbandes, an der Decke und folgten nur zögernd und in kleinen Portionen den Gesetzen der Schwerkraft.

Szeged, der uns schon als Dr. Matreier begegnet und allgemein als Konsul Emden bekannt und gesucht war, war sich sicher, dass diese Botschaft vom Adressaten verstanden werden würde. Der war aber nicht der Bürgermeister, sondern das Management des Pratereinkaufszentrums.

Konsul Emdens Beruf hatte zwei Seiten. Erstens sah er sich als begnadeter Auftragstäter, der seinen exklusiven Kunden die ausgefallensten Wünsche höchst originell und effizient zu erfüllen in der Lage war.

Nun war der Konsul aber noch nicht so lange im Geschäft, dass ihn die Auftragslage schon voll befriedigt, bzw. ihm erlaubt hätte, seinen doch recht aufwendigen Lebensstil zu finanzieren. Das heißt, zu tun hätte er genug gehabt, aber Emden war sehr wählerisch. Er nahm lediglich jene

Aufträge an, die seiner würdig waren. Und das waren nur sehr wenige. Um ehrlich zu sein, bisher eigentlich noch kein einziger.

Und damit zum zweiten beruflichen Aspekt. Diese Arbeit diente Emden vorrangig zur Geldbeschaffung. Was man eben so zum Leben benötigte und um sein Geschäft betreiben zu können. Der Konsul nutzte diese Projekte regelmäßig auch zur verspielten, ja mitunter exzessiven Selbstdarstellung und damit gleichzeitig als Werbung für sich und seine Fähigkeiten.

So hatte die kleine Episode mit den dummen Psychologiestudenten, die ihm die Geschichte von der wasweißgottwiewichtigen Feldstudie mit den Gummistiefeln abgenommen hatten, lediglich den Sinn gehabt, die Polizei publikumswirksam zu foppen. Gleichzeitig übte er über zwei kontrollierte Explosionen, eine im Rathaus und die andere im Stephansdom, Druck auf das eigentliche Ziel dieser Übungen aus, um es damit zur Zahlung der verlangten Summe zu zwingen.

Falls das nicht helfen sollte, dann würde es eben einen großen ›Wumm‹ geben, gewaltiger als die ersten beiden. Viel, viel gewaltiger. Und befriedigender, wenn er an den Mehrheitseigentümer des ins Auge gefassten Objektes dachte. Sehr viel befriedigender. Vielleicht sollte er den hässlichen Kasten überhaupt in die Luft jagen? Unabhängig davon, ob diese Säcke zahlten oder nicht.

Jetzt würde wohl die Polizei jeden Moment eintreffen, und dann konnte es für ›Szeged‹ unter Umständen eng werden. Mit dem Wertkartenhandy in der Tasche, mit dem er die Zündung der Bombe im Kühlraum ausgelöst hatte, konnte er rasch in eine unangenehme Situation geraten. Konsul Emden wusste, wann es Zeit war zu gehen, und das tat er jetzt auch.

Im Hinausgehen entledigte er sich seiner Perücke und entsorgte sie in einem öffentlichen Mistkübel. Sollten die Bullen das Ding doch ruhig finden. Wichtig war, dass sein derzeitiger ›Nom de Guerre‹ in der Pressemitteilung der Polizei aufschien, und da konnten solche Indizien durchaus hilfreich sein.

* * *

Franca Wallner hatte heute das Mittagessen ausfallen lassen. Nicht aus Sorge um ihre Linie, mit ihren 62 Kilogramm auf 1,74 m hatte sie so etwas wie eine Idealfigur. Und sie war auch eine gute Verbrennerin. Sie konnte essen, was sie wollte, und nahm nicht zu. Erst unlängst war ihr ihr erster Tennisdress wieder in die Hände gefallen. Der, den sie zuletzt mit 18 Jahren bei einem Jugendturnier in Aigen getragen hatte. Aus reinem Jux hatte sie versucht, ob sie heute noch hineinkam. Und siehe da, er passte nach wie vor wie angegossen. Na ja, um die Brust war er vielleicht ein wenig eng.

Nein, Franca hatte ganz einfach zu viel um die Ohren. Die personelle Ausstattung der Wiener Polizei war so, dass man in normalen Zeiten gerade über die Runden kam. Aber wann gab es schon normale Zeiten? Die existierten praktisch nicht und schon gar nicht in der Zeit vor und während eines Monsterevents, wie es eine Fußball-EM nun einmal war. Zwar wurde dann aus allen »Löchern« Verstärkung herausgezaubert, aus der Akademie, den Verwaltungsstellen. Ja, diesmal hatte man sogar mehrere bereits in Pension befindliche Kollegen kurzzeitig wieder in den aktiven Dienst geholt. Aber all diese Maßnahmen brachten mitunter mehr Probleme mit sich, als sie lösten.

Jetzt hatte Franca allerdings etwas Luft in ihrem straffen Zeitplan, die sie sowohl zum Essen als gleichzeitig auch für eine Recherche nutzen wollte. Sie machte sich auf den Weg nach Grinzing, um sich in der Café-Konditorei ›Mehlsack‹ ein wenig zu verwöhnen. In jenem Lokal, aus dem die bei Arthur Mellnig gefundene Kassenquittung vom 2. Juni über 12,60 Euro stammte. Für Konsumationen von zwei Personen, wie es aussah.

Nach einer Melange und einer Weinbergschnecke – ein spezielles Plundergebäck dieses Namens musste eine Grinzinger Konditorei wohl im Angebot haben – winkte sie die etwas unfreundlich wirkende Serviererin an den Tisch. Nachdem sie der etwa 50-jährigen Frau ihren Dienstausweis gezeigt und damit das vorhandene Grundmisstrauen der Guten entsprechend erhöht hatte, hielt sie ihr ein Foto Mellnigs unter die Nase. Das Bild, das sie von Anna Bader, der Schwester des ermordeten Schiedsrichters, erhalten hatte, war ziemlich aktuell, noch keine vier Monate alt, und zeigte den Mann mit einer Biertulpe in der Hand. Er prostete dem Fotografen oder der Fotografin lachend zu und hatte einen Teil der weißen Schaumkrone unter seiner Nase kleben. Ein dadurch weitgehend bedeckter, hauchdünner dunkelblonder Oberlippenbart fiel der Inspektorin jetzt zum ersten Mal auf.

»Kennen Sie diesen Mann?«, wollte sie wissen.

»Nein, den hab ich noch nie gesehen«, schoss es aus Adele heraus, so nannte sich der unfreundliche Drachen laut Namensschild an der Bluse, ohne überhaupt einen Blick auf das Bild geworfen zu haben. »Tut mir leid«, fügte sie halbherzig hinzu.

»Sind Sie sich wirklich sicher?«, Franca stellte diese Frage ganz dezidiert und in einem Tonfall, der in vielen ähnlichen Situationen schon einen Umdenkprozess bei den

Befragten eingeleitet hatte. Der aber auch geeignet war, auftauendes Kühlgut sofort wieder auf die geforderten minus 18 Grad Kälte zu bringen.

»Lassen Sie mich noch einmal schauen«, was Adele wohl als Beweis gnädigen Entgegenkommens verstanden haben wollte, klang jetzt eher wie der Ruf des Ertrinkenden nach dem Rettungsring. Sie studierte das Foto viel zu lange, sichtlich bemüht, ihren Beitrag zur Polizeiarbeit über ein simples »Ja« hinaus aufzublähen.

Franca blickte auf die Quittung, sagte nur: »Tisch 5 am letzten Montag, exakt 11.34 Uhr, hilft Ihnen das weiter?«

»Ja, ja«, bestätigte der gezähmte Drachen, »das ist der Freund vom Herrn Hiebler. Der hat sich in den letzten Wochen ein paar Mal hier mit ihm getroffen.«

»Wissen Sie, wo ich den Herrn Hiebler antreffen kann?«, wollte die Inspektorin wissen. »Und hat er auch einen Vornamen?«

»Er heißt Serge, glaube ich, oder Sergio oder so, und er wohnt irgendwo in der Strassergasse, gleich um die Ecke.« Adele war jetzt richtig aufgetaut und die Hilfsbereitschaft in Person. »Margie«, damit meinte sie ihre Kollegin hinter der Verkaufsbudel, »weißt du die genaue Adresse vom Herrn Hiebler?«

»Ja«, Margies Antwort kam postwendend, »der Sersch wohnt in der Strassergasse 10 im 2. Stock. In der Hofwohnung.«

»Und, was meinen Sie? Ob er jetzt zu Hause sein wird?«, wollte Franca wissen.

»Falls er keine Privatkunden hat, kommt er meistens so gegen 20.00 Uhr«, wusste Margie. »Da schaut er oft noch bei uns rein und holt sich etwas zum Naschen.« Sie lachte, so eine Mischung aus gequält und anzüglich. »Er ist schon ein Süßer, der Sersch.«

Die Inspektorin war geschult auf Zwischentöne und hatte kapiert, dass da noch etwas war. Sie war zwar nicht ganz sicher, ob sie richtig verstanden hatte, wollte aber noch etwas warten, bevor sie in diese Details ging. »Und was macht der Herr Hiebler beruflich?«

»Er ist Fitnesstrainer und Pörsonelkotsch«, Margie wusste wirklich eine Menge, wenn auch nicht unbedingt, wie es geschrieben wurde.

»Und was?«, Franca hatte zunächst wirklich nicht verstanden.

»Na, er kotscht reiche Leut, die alleinig zu faul sind, etwas gegen ihre Fettn z'machn«, übersetzte die Seele der Konditorei die persönliche Dienstleistung, der sich Herr Hiebler verschrieben hatte. »Und sonst is er Trainer in so an Fitnessclub in der Nähe von Deutsch Wagram. A paar Videos zum Abnehmen hat der Sersch auch gmacht.«

»Sie sprechen offenbar von mir«, meldete sich eine sympathische Stimme vom Eingang her. »Was verschafft mir die Ehre Ihres Interesses?« Ein etwa 35-jähriger Mann vom Typ ›sportlicher Schönling‹ war an Franca Wallners Tisch herangetreten. Jetzt auch noch ein Gespräch mit einem Zeugen, dessen Existenz sie vor einer Stunde bestenfalls erhofft hatte! Das war mehr, als sich die immer auf Effizienz bedachte Inspektorin von dieser spontanen Recherche erwartet hätte. Und das Gespräch sollte auch inhaltlich etwas bringen.

Zunächst einmal bestritt Serge keine Sekunde lang, mit Mellnig »sehr gut« befreundet gewesen und damit die von Anna Bader erwähnte bestimmende Beziehung in den letzten Monaten seines Lebens gewesen zu sein. Der Fitnesstrainer hatte den Schiedsrichter im Klub in Eggenbach kennengelernt. In der Folge waren sich die beiden Männer privat nähergekommen. Allerdings immer unter Wahrung strengster Diskretion, denn »Arthur hatte panische Angst davor, dass seine sexuelle Ausrichtung in Fußballkreisen bekannt werden könnte. ›Was meinst du, was ich mir anhören kann, wenn ich einem Spieler einmal die Gelbe Karte zeigen muss‹, hatte er immer wieder gemeint.«

Ja, Arthur hatte ihn auch über den Grund seiner plötzlichen Reise in die Schweiz informiert. »Eines Tages ist er ganz aufgeregt gewesen. Angeblich hat sich ein anonymer Anrufer bei ihm gemeldet, der ihm von beabsichtigten Unregelmäßigkeiten während der EM berichtet hat.«

Hiebler, ganz gesundheitsbewusst, hatte sich einen naturtrüben Apfelsaft bestellt. »Details hat er mir keine genannt, er ist aber innerhalb von 24 Stunden losgefahren. Und jetzt das.« Er hatte plötzlich sichtlich Mühe, seine Tränen zurückzuhalten. »Wissen Sie schon, wann sein Leichnam freigegeben werden wird? Wegen der Beerdigung.«

»Leider nein, aber das kann noch dauern«, antwortete Franca. Irgendwie tat ihr der Mann mit seinem ›Geliebten‹-Schicksal leid. Andererseits wieder irritierte sie der abrupte Gefühlswechsel. Jetzt weinte dieser Serge fast, was seiner zu erwartenden Stimmungslage drei Tage nach dem Tod des Freundes ja durchaus entsprach. Dabei hatte er sich bis vor einer Minute völlig unsentimental und vor allem frei von jeder erkennbaren Trauer mit ihr unterhalten. Ganz so, als ob ihn die Sache eigentlich nichts anging. Na ja, durchaus möglich, dass ihr das professionelle Misstrauen wieder einmal einen Streich spielte.

Zum Abschluss erzählte Hiebler wieder fröhlich von dem neuen Video ›Schlank und rank mit Gloria Schellenberg‹, »in dem ich sogar einen kurzen Soloauftritt habe«, wie er stolz vermeldete. Er holte eine Kassette aus seiner großen Umhängetasche. Offenbar hatte er immer einige bei sich, um damit Eindruck schinden zu können.

»Hier, das schenke ich Ihnen«, meinte er spontan und hielt Franca das Band hin.

Während sich die Inspektorin noch formell zierte, das Präsent anzunehmen, sie war so erzogen worden, hatte es sich Serge aber wieder überlegt. »Oh mein Gott«, sagte er plötzlich und schlug sich dramatisch mit der Hand auf die Stirn. »Das habe ich ja völlig vergessen. Tut mir sehr leid, aber ich kann Ihnen das Video gar nicht schenken, weil ich es schon meinem ... Chef versprochen habe. Tut mir wirklich leid.«

»Aber das macht doch gar nichts«, Franca kam in dieser Situation die Dienstvorschrift zur Hilfe. »Ich darf ohnehin keine Geschenke annehmen.« Was natürlich stimmte, aber bei einem mickrigen Video um 4,99 Euro hätte sich kein Mensch ernsthaft über verbotene Geschenkannahme Gedanken gemacht.

Was ihr mehr zu schaffen machte, war der höchst auffällige Rückzieher des Personal Coachs. Warum hatte es sich Hiebler plötzlich wieder überlegt? Der von ihm angegebene Grund war mit Sicherheit nur eine Ausrede, und eine dumme zudem. Denn er hatte in seiner Tasche mindestens noch drei weitere Kassetten, das hatte die Inspektorin ganz genau sehen können.

War etwas mit oder auf dem Videoband, das sie oder die Polizei generell nicht wissen oder sehen sollte? Und wenn ja, was konnte das sein? Francas Göttergatte musste beruflich auf den Presseball, sie hasste derlei Volksvergnügungen und freute sich auf einen ruhigen Abend. Da das Fernsehprogramm erfahrungsgemäß immer für eine Enttäuschung gut war, beschloss sie, auf dem Weg nach Hause einen Sprung in die Videothek an der Ecke zu machen. Vielleicht fand sie etwas Interessantes.

* * *

Zum Zeitpunkt, als sich der Bürgermeister persönlich ein Bild von dem Schaden machte, den die Explosion in einem Kühlraum des ›Rathauskellers‹ angerichtet hatte, befanden sich bereits mehr als 300 festlich gekleidete Gäste in freudiger Erwartung eines unvergesslichen Abends in den Räumen des Rathauses. Und minütlich wurde der Strom der Menschen dichter, der durch die beiden Zugänge in den für den Ball vorgesehenen Bereich drängte.

Natürlich wäre die sofortige Absage des Balles, die großräumige Absperrung des Rathauses und die peinlich genaue Untersuchung des riesigen neugotischen Gebäudekomplexes die einzige verantwortungsbewusste und daher richtige Reaktion auf diese Situation gewesen. Das war allen Beteiligten völlig klar und vor allem auch das, was der inzwischen abgetauchte ›Janosz Szeged‹ erwartet hatte, damit seine Warnung an das Management des Einkaufszentrums auch mit der größtmöglichen Publizität befördert wurde.

Aber was war schon richtig? Vor allem für das Image der Stadt, die heute wieder einmal im Fokus des globalen Interesses stand. Oder für die vielen in- und ausländischen Gäste, diese elegant gekleideten Männer und die wunderschönen Frauen in ihrem sündhaft teuren Nichts an Ballkleidern? Wäre es verantwortungsbewusst, all diese Menschen wieder nach Hause zu schicken, ohne ihre Erwartungen an einen lauen, wunderschönen und bis auf eine harmlose kleine Bombe in einem Kühlraum des ›Rathauskellers‹ völlig friedlichen Abend zu erfüllen? Durch die Absage eine Panik zu riskieren, die die Menschen zur unkontrollierten Lokalsuche in der Innenstadt veranlasst hätte?

Eigentlich nein, fand der Bürgermeister und damit auch die überwiegende Mehrzahl der anderen Entscheidungsträger. Eine formale Schwierigkeit musste allerdings noch umschifft werden, ehe es lustig und unter Ausblendung des Geschehens im Kühlraum weitergehen konnte.

Ein Wiener Landesgesetz statuierte in einem Zusatz zu einer Novelle, dass ›nach Anschlägen auf das oder im Rathaus Veranstaltungen aller Art erst nach einer ausführlichen Durchsuchung der betroffenen und aller sonstigen Räumlichkeiten stattfinden dürfen‹.

Die Rechtskundigen unter den Anwesenden einigten sich auf Wunsch ihres obersten Bosses darauf, dass der Kühlraum im Restaurant zwar, technisch gesehen, im Rathaus lag. Aber juristisch nichts, aber schon gar nichts damit zu tun hatte. Eine Rechtsansicht, die sich der Bürgermeister rasch entschlossen aneignete und den weiteren Dingen einfach ihren Lauf ließ.

Immerhin – ›Expect emotions‹. Es wurden ja nicht nur Gefühle erwartet, sondern auch deren Befriedigung. »And satisfy them«, das war eben Lattugas Art, aus halben Sachen ganze zu machen. Für Stadt, Land und … überhaupt. Im Nachhinein betrachtet, war der Bürgermeister richtig stolz auf sich.

Daher wurde der Presseball 2008 programmgemäß um 22.00 Uhr von einem Jungdamen- und Herrenkomitee der ›Vereinigten Wiener Tanzschulen‹ eröffnet, und eine traumhafte Wiener Ballnacht nahm ihren Anfang.

Als etwas enttäuschend wurde allerdings das heuer reichlich mickrige Dessertbuffet empfunden. Aber auch das konnte den rauschenden Erfolg der Nacht voll ›Musik, Charme und Schönheit‹, wie sie in den Vorankündigungen so blumig bezeichnet worden war, nicht wirklich beeinträchtigen.

›Alles Walzer‹, das zu Weltruhm gelangte sprachliche Unikum aus Wien, markierte in diesem Jahr den Beginn einer zweiten, ganz speziellen ›Ballsaison‹ im Juni.

* * *

Der kurze Abstecher in die Videothek war erfolgreich gewesen. Obwohl die Filiale in der Nähe von Francas Wohnung eigentlich auf fremdsprachige Filme spezialisiert war, hatte die Videothekarin oder wie immer man eine weibliche Mitarbeiterin in dieser Art Geschäft bezeichnete, ein Exemplar von ›Schlank und rank mit Gloria Schellenberg‹ gefunden. »Wir haben aber auch die Übermutter aller Aerobicvideos«, machte sie stolz aufmerksam, »das mit Jane Fonda. Ist allerdings schon eine Zeit her.«

Zu Hause hatte sich Franca etwas zu essen und zu trinken gemacht und das Tablett auf den Couchtisch gestellt. Nun steckte sie das Band in das Abspielgerät, drückte die »Play«-Taste und machte es sich bequem.

Jetzt musste sie nur noch auf Hinweise warten, vielleicht auch auf verräterische Details, die der Grund dafür waren, dass Serge Hiebler seine spontane Schenkung ebenso spontan unterlassen hatte.

Nach dem ersten Durchlauf der etwa 35 Minuten dauernden, in mehrere Variationen aufgesplitteten Herumhüpferei war Franca außer einigen, wahrscheinlich unfreiwillig komischen Szenen, die auf eine schlechte Regie oder einen schlampigen Schnitt schließen ließen, nichts aufgefallen. Aber das hätte sie eigentlich auch nicht erwartet. Sie hatte Zeit und richtete sich auf eine längere Nacht ein. Helmut würde sicher nicht vor 2.00 Uhr morgens nach Hause kommen. Und bevor er nicht da war, konnte sie ohnehin nicht richtig schlafen.

* * *

Konsul Emden alias Janosz Szeged alias Dr. Matreier war stocksauer. Dieser verdammte Bürgermeister oder wer immer für die Entscheidung, den Ball im Rathaus trotz der

Explosion nicht abzusagen, verantwortlich war, hatte damit seine Pläne erheblich durchkreuzt. Denn ein ›kleiner Unfall mit einer Gasflasche‹ oder eine ähnliche verniedlichende Erklärung für das Geschehen würde auf sein Erpressungsopfer, das Management des Pratereinkaufszentrums, erheblich weniger Eindruck machen als eine veritable Bombenexplosion. Die noch dazu zur Absage einer großen Veranstaltung und damit zu einem erheblichen finanziellen Schaden geführt hätte.

Aber so würde er diesen Herrn Lattuga nicht davonkommen lassen. Er würde schon dafür Sorge tragen, dass die Wahrheit und damit auch das überaus unverantwortliche Verhalten des Chefs der Wiener Stadtregierung bekannt wurden. Der Mann würde noch Blut und Wasser schwitzen, wenn ihn die Medien in den nächsten Tagen wegen seiner Verantwortungslosigkeit an den Pranger nageln würden. Halt, das mit dem Nageln war das Kreuz. Na, und wenn schon, Hauptsache, die Sache wurde angeprangert.

Schließlich war der Bürgermeister verantwortlich dafür, dass jetzt auch die Sprengkörper im Stephansdom gezündet werden mussten. Dabei hatte Matreier als zwar nicht gerade gläubiger, aber doch respektierender Christ gehofft, die Kirche aus der Auseinandersetzung heraushalten zu können.

Ein boshaftes Grinsen lag auf seinem Gesicht, als er jetzt die Rufnummer der Redaktion der größten heimischen Tageszeitung in sein Wertkartenhandy tippte.

* * *

Palinski war sich lange nicht sicher gewesen, ob sein Plan zur Verhinderung eines Attentats auf den slowenischen

Ministerpräsidenten Dr. Ante Brionigg mehr war als nur eine momentane Verwirrung seines Geistes. Und er war auch jetzt noch weit davon entfernt, von einem Erfolg der wahnwitzigen Idee überzeugt zu sein.

Das Konzept, Brioniggs Lieblingssüßgebäck ›Kokosbusserln‹ mit pürierten Shrimps zu versetzen, um den naschsüchtigen Ministerpräsidenten mit einer allergischen Reaktion, die darauf zu erwarten war, ins Krankenhaus und damit aus dem Schussfeld zu schaffen, hatte Charme. Aber es war zugleich mehr als verrückt.

Ehe er sich aber definitiv dafür oder dagegen entschied, musste er erst einmal testen, ob seine Variante mit den zu Brei gemachten Meerestieren machbar, essbar und damit überhaupt konkurrenzfähig war.

Und so hatten Palinski und Florian noch am Nachmittag ein gutes altes Kochbuch organisiert, ein Kilogramm tiefgekühlter, bereits geputzter Shrimps sowie alle anderen Zutaten besorgt und dazu noch fünf Halbkilosackerln von ›Brandecks hausgemachten Kokosbusserln‹, den besten, die der Markt zu bieten hatte. Für Vergleichszwecke, vor allem aber wegen der Originalverpackung. Denn ohne Tarnen und Täuschen würde es auf keinen Fall gehen.

Dann hatten die beiden noch die Tatsache, dass ›Mama Marias‹ nach den Problemen mit einem geplatzten Rohr heute erstmals wieder in Betrieb war, bei zwei herrlichen Pizzen, Barolo vom Feinsten und zwei abschließenden Macedonia di Frutta gefeiert. Palinski fühlte sich dabei wie der verlorene Sohn, der endlich heimgekehrt war. Dabei war das Restaurant ohnehin nur drei Tage geschlossen gewesen.

Aber das war eben alles relativ. 72 Stunden geschlossen – das war nur ein Moment für das Finanzamt, aber eine Ewigkeit für den Lieblingsitaliener.

Und dann ging es los. Das ›Institut für Krimiliteranalogie‹ verfügte über eine erstaunlich gut ausgestattete Küche, ein Relikt aus der Zeit, als Palinski sich um jeden Preis als Kochkünstler profilieren wollte. Das leidige ›Schnitzel à la Polska‹ mit all seinen auch noch heute aktuellen Auswirkungen stammte aus dieser Phase.

Zunächst kutterte Palinski die noch leicht gefrorenen Shrimps, entfernte so weit wie möglich das dabei reichlich angefallene Wasser und pürierte die etwas grobe Masse danach gründlich. Dann wurde das Resultat dieser Arbeit mit Eiklar, Zucker, Mehl, Kokosflocken und etwas Honig vermischt. Um den ganz, ganz leichten noch vorhandenen Shrimpsgeschmack, den Florian zu schmecken glaubte, wegzubekommen, wurde die Masse dann noch mit etwas Vanillezucker und einem Spritzer Rum verfeinert. Egal, das würden eben ›Brandecks Spezial-Busserln‹ werden. Hauptsache, Brioniggs Gesicht blühte nach dem Verzehr auf wie eine Pfingstrose, und er wurde ins Krankenhaus statt ins Stadion gebracht.

Im Hinterkopf beschäftigte Palinski natürlich unbewusst die Frage, wie viele Jahre Gefängnis er schlimmstenfalls für diesen heimtückischen Anschlag auf einen ausländischen Staatsmann erhalten konnte. Aber egal, da musste er durch. Vielleicht gelang es ja auch. Aber das wäre zu schön. Nun, probieren konnte man es ja einmal.

Kurze Zeit später war es dann so weit. Die Ergebnisse des ersten Backversuches lagen hellgelb und verführerisch duftend vor ihnen auf dem Backblech. Beim ersten Kosten verbrannten sich beide noch kräftig den Mund, so heiß war die Shrimps-Kokos-Kreation. Die, und das war kein Eigenlob, hervorragend mundete. Nachdem die beiden das Blech geleert, ja, man musste schon sagen, leergefressen hatten, waren sich beide sicher: Wenn Brionigg nur halb so wild auf das Zeug sein würde, wie sein Dossier andeutete, dann war die ganze Sache eine ›gmahte Wiesn‹.

Dennoch, Palinski war nicht ganz sicher, ob er sich darüber freuen oder Angst davor haben sollte.

* * *

Nach dem dritten, nervenzerfetzenden Durchlauf des Aerobic-Schinkens war Franca geschafft. Ihre Konzentration war gegen null gesunken und die letzten 10 Minuten hatte sie bereits heftig gegen das Einnicken ankämpfen müssen.

Also aus der Handlung, wenn man das zweifellos schweißtreibende, intellektuell aber kaum herausfordernde Gehüpfe überhaupt so nennen konnte, waren keinerlei Hinweise auf Serge Hieblers eigenartiges Verhalten zu erkennen. War es vielleicht etwas in der Dekoration, in der Kulisse? Oder in der Beschriftung der Kassette?

Franca versuchte, sich nochmals zu konzentrieren. Sie studierte das Blabla des völlig unverbindlichen Textes auf der Hülle, las die Namen der Akteure und fand neben dem Star, der ranken, schlanken, aber doch schon etwas überwutzelten Gloria Schellenberg und Serge le Beau, wie er sich hier nannte, auch Namen wie Gianni Rasunda, Jorge Esteves, Hanno Kappel, Ramona Azur, Evy Immen und Susanna Lacroix.

Das Band war vor einigen Monaten in Köln von einer Sport-Media GmbH produziert worden und wurde von SVI-Sport Videos International, Essen, verlegt.

Den Abschluss bildeten die auszugsweise abgedruckten Kommentare und Kritiken von Leuten und Sportmedien, die Franca absolut nichts sagten und in so unverbindlichen

Aussagen wie: »Das ist Bewegung, Rhythmus und Körperbeherrschung vom Feinsten …« *Weserländer Turnbote* gipfelten.

Wenn da etwas Sachdienliches dabei gewesen war, dann hatte sie es übersehen. Aber irgendetwas war da, das spürte sie. Und auf ihr Gespür konnte sie sich in der Regel verlassen. Na gut, morgen war auch noch ein Tag. Franca stand auf und machte sich auf den Weg ins Bad.

Nach dem Zähneputzen blickte sie noch einmal auf das müde Gesicht, das ihr aus dem Spiegel entgegensah. »Mein Gott, du wirst auch nicht jünger, Franca«, schoss es ihr durch den Kopf. Und völlig zusammenhanglos stellte sie sich die Frage, wie sie sich wohl nennen würde, wenn sie einen Künstlernamen hätte. Franca Wall? Nicht schlecht. Oder Fran Wall? Auch nicht übel.

Und dann wusste sie plötzlich, was ihr vorhin aufgefallen, aber nicht bewusst geworden war. Der Verdacht war zwar nur vage, ein wenig aus der Luft gegriffen. Aber auf jeden Fall einen Versuch wert. Sie würde morgen gleich als Erstes den Kollegen von der Zürcher Kantonspolizei anrufen.

* * *

Palinski und Florian hatten noch vier weitere Bleche voll mit ›Kokosbusserln Spezial‹ produziert und eines gleich wieder aufgegessen. Das Zeug schmeckte verdammt gut, fast besser als die Busserln, die die Omi seinerzeit für den kleinen Mario gebacken hatte. Durch die spezielle Zubereitung schmeckte der Teig nicht so trocken, irgendwie flaumiger. Kokosbusserlpuristen und Bäckereifundamentalisten würden jetzt sicher anmerken, dass es eine produkttypische Eigenschaft dieser Spezialität war, eher trocken, luftig, leicht zu sein. Aber Palinski schmeckte die etwas gehaltvollere Variante ›Maritima‹ nun einmal besser.

Deswegen hatte er auch ein halb und ein ganz volles Originalsackerl »Brandecks Kokosbusserln« mit nach oben in die Wohnung genommen, um sie dem kritischen Geschmack Wilmas auszusetzen.

Die war mit Marianne Kogler im Volkstheater gewesen, bei Molnars ›Liliom‹. Die beiden waren kurz vor Palinski nach Hause gekommen und gerade dabei, sich mit einem Glas Sauvignon blanc den letzten Schliff für eine gute Nachtruhe zu verpassen. Schön, dann sollte halt auch Anselm Wiegeles Verlobte ihr Urteil über die besonderen Kokosbusserln abgeben.

Auch wenn der edle Rebensaft und das süße Zeugs, das Palinski zu verantworten hatte, so gar nicht zusammenpassten, die beiden Damen störte das nicht im Geringsten. Sie stopften die Busserln in sich hinein, als hätten sie drei Tage nichts zu essen bekommen. Und nachdem sich Palinski als Hersteller der raffinierten Köstlichkeiten geoutet hatte, sparten sie auch nicht mit Lob für diese ungewöhnliche Leistung. Dabei floss der edle Tropfen in ganz beachtlichen Mengen.

Als Marianne etwas später die entscheidende Frage an Mario richtete: »Warum stellst du eigentlich süßes Backwerk her? Das ist doch nicht deine Profession«, hatte er bereits drei Glas intus. Und da ging ihm, wie auch schon früher in ähnlichen Situationen, plötzlich der Mund über. Und so kam es, dass er den beiden Frauen von seinem Problem, das Wilma ohnehin schon kannte, erzählte. Und von seinem genialen, intelligenten, wahnwitzigen, irrsinnigen Plan, dieses zu lösen. Ganz spontan und im Ansatz schon leicht lallend.

»Das ist doch Wahnsinn«, Marianne drückte präzise aus, was auch Wilma dachte und Palinski selbst, wenn er ehrlich war, zumindest fühlte.

»Ja, aber …«, versuchte er zu widersprechen. »Was soll ich denn tun? Kein Mensch hört mir zu«, mit einer liebevollen Geste deutete er an, dass Wilma und Marianne die ganz, ganz große Ausnahme waren. »Ich kann doch nicht zusehen, wie der Mann von irgendwelchen Wahnsinnigen umgebracht wird, ohne zumindest versucht zu haben, es zu verhindern.«

»Aber was ist, wenn Dr. Brioniggs allergische Reaktion so stark ausfällt, dass Lebensgefahr für ihn besteht?«, Mariannes Bedenken hatten natürlich etwas für sich. Auch Palinski hatte ansatzweise dieses Worst-Case-Szenario schon ins Auge gefasst gehabt. Allerdings nur sehr kurz und bewusst nicht nachhaltig.

»Aber welche Alternative haben wir denn?«, wollte er wissen. Darauf hatten die beiden Frauen auch keine Antwort. Stattdessen futterten sie die restlichen Kokosbusserln auf.

»Vielleicht kann man mit Dr. Brionigg ja vernünftig sprechen«, versuchte es Wilma doch noch mit einem eigenen Vorschlag. »Immerhin geht es um sein Leben.«

»Die Frage ist nur, ob auch er zu dieser Einschätzung gelangt«, widersprach Marianne, »und dann, ob er eine Möglichkeit sehen wird, ohne Gesichtsverlust aus der Schusslinie verschwinden zu können.«

»Was haltet ihr davon«, Palinski war schon immer ein Mann des Konsenses gewesen, zu dem der Kompromiss nun einmal gehörte wie die Torte zum ›Sacher‹. »Ich spreche mit Herrn Dr. Brionigg, erkläre ihm die Situation und versuche, ihn davon zu überzeugen, dass er nicht zu diesem Fußballspiel geht. Falls er stur bleibt, biete ich ihm meine Kokosbusserln an. Und dann …«

Wilma und Marianne schauten sich an und verdrehten die Augen dabei, wie man das häufig im Umgang der Eltern mit schlimmen, verwirrten oder gar grenzdebilen Kindern beobachten konnte.

»Das habe ich gesehen«, murrte Palinski, »ihr seid unfair. Selbst habt ihr keine Idee, aber Gesichter schneiden.«

»Und wie stellst du dir vor, an Brionigg heranzukommen?«

Das war eine wirklich gute Frage, aber Wilmas Mario war nach vier Gläsern Wein um keine Antwort verlegen.

»Na, ihr seid doch morgen«, er blickte auf seine Armbanduhr, »pardon, heute mit seiner Frau im Waldviertel unterwegs. Da wird sich doch eine Gelegenheit ergeben, mir für Sonntag früh einen kurzen Gesprächstermin zu verschaffen.«

»Du meinst, ich sage zur Frau des slowenischen Ministerpräsidenten einfach, hören Sie, mein Mann möchte mit Ihrem Mann einen Kaffee trinken.« Wilma lachte hell auf. »Einfach so. Und sie wird sagen: ›Aber gerne, meine Liebe. Mein Ante ist schon ganz verrückt danach, Ihren Mario kennenzulernen.‹ Du bist ein echter Depp.« Sie schüttelte den Kopf. »Je älter du wirst, desto naiver wirst du.«

In seiner mittelschweren Trunkenheit musste Palinski todunglücklich ausgesehen haben. »Also gut«, lenkte Wilma ein, »wenn sich eine Möglichkeit bietet, werde ich es versuchen. Übrigens«, sie wandte sich an Marianne, »wir sollten schlafen gehen. Der Wagen des Ministeriums holt uns um Viertel vor acht ab.« Sie stand auf, ging zu Palinski und küsste ihn auf die Stirn.

»Kommst du auch schon?«, sie blickte ihn liebevoll an. »Oder willst du dich weiter ansaufen?«

9

Samstag, 7. Juni, bis zum frühen Nachmittag

Tobias Nachens Appell an die Entführer seiner Tochter, der seit gestern Mittag alle drei Stunden über den Rundfunk und die wichtigen Fernsehsender ausgestrahlt wurde, war bisher ohne Ergebnis geblieben. Zwar riefen immer wieder Menschen an, die Sabine irgendwo gesehen haben wollten, alleine oder in Begleitung. Diese Angaben erschienen der Polizei allerdings durchwegs unglaubwürdig und wurden daher, wenn überhaupt, nur sehr oberflächlich überprüft. Immerhin ließen Entführer ihre Opfer kaum für die Öffentlichkeit frei erkennbar auf Autobahnrastplätzen herumlaufen.

Nachen flehte die Entführer förmlich an, Sabine bloß nichts anzutun und sie so bald wie möglich freizulassen. Er sicherte ihnen zu, auf seinen Einsatz bei der EURO 08 sofort und unwiderruflich zu verzichten, falls das den Intentionen der Entführer entsprechen sollte. Hauptsache, er konnte das arme, verängstigte Kind endlich wohlauf in die väterlichen Arme schließen.

Am Abend vorher hatte in Frankfurt eine fingierte Lösegeldübergabe stattgefunden, die mit der Verhaftung eines gewissen Hans Werner A. (38) geendet hatte.

Der Erpresser soll Angaben der Pressestelle der Frankfurter Polizei zufolge die Fragen nach dem Aufenthalt Sabines nur mit einem hämischen Lachen beantwortet haben. Nach mehr als fünf Stunden Verhör soll der Mann allerdings »ziemlich altbacken« gewirkt haben.

Während sich die deutschsprachige Welt langsam daran gewöhnte, dass Sabine P. noch immer nicht gefunden worden war, wachte das arme, verängstigte Kind, das sich nach wie vor Jan Paluda nannte, in einem Schrebergarten am Rande von Fürth auf. Hier hatte es mit seinen neuen polnischen Freunden gefeiert und dann auf einer Campingliege geschlafen. »Jan« fand immer mehr Gefallen an ihrem neuen Leben und dachte gar nicht daran, sich zu Hause zu melden. Mutter würde bloß durchdrehen und ihr sofort alles verbieten. Mindestens für die nächsten sechs Monate. Aber Vater wollte sie kennenlernen. Sie hatte sich vorgenommen, nach Möglichkeit heute bis Wien zu kommen. Mal gucken, wie weit sie noch mit Zbigniew und seinen Freunden mitfahren konnte.

* * *

Pünktlich um 7.40 Uhr hielt ein großer schwarzer BMW mit Chauffeur vor dem Haus Döblinger Hauptstraße 15. Zwei Minuten später setzte sich das Fahrzeug schon wieder in Bewegung, mit Wilma und Marianne an Bord und Richtung Hotel ›Imperial‹. Dort trafen die beiden Damen mit Mag. Renata Brionigg und Mag. Erika Fuscheé zusammen. Es war wahrhaftig ein hochrangiges ›Magistrae‹-Treffen, denn auch Wilma und Marianne waren Trägerinnen dieses akademischen Grades. Sozusagen zum Drüberstreuen wurde das Quartett noch von Mag. Sonja Hebenstreit betreut, der stellvertretenden Protokollchefin im Außenamt. Die Einzige, die nicht richtig dazu »passte«, war die persönliche Referentin Frau Brioniggs. Nadia Pertschnig hatte ein Doktorat in Philosophie.

Kurz nach 8.30 Uhr setzte sich der kleine Luxusbus, angeführt und gefolgt von je einem Wagen mit Sicherheitsbeamten an Bord, in Bewegung Richtung Krems. Knappe 15 Minuten später, der kleine Konvoi ließ gerade die

Ausfahrt Korneuburg rechts liegen, holte Wilma eines der beiden Sackerln mit Marios Spezial-Kokosbusserln heraus, die sie sich noch kurz vor der Abfahrt mit Florians Hilfe organisiert hatte. Man wusste ja nie, und sie wollte gerüstet sein. Erfreut stellte sie eine hohe Akzeptanz des seltsamen Backwerkes und eine entsprechend starke Nachfrage bei ihren Mitreisenden fest. Und die zahlreichen Ahs und Ohs, die ›Brandecks Spezialitäten‹ stellvertretend für Mario einheimsten, machten sie irgendwie ganz stolz auf ihren kleinen Spinner zu Hause.

* * *

Dr. Franz Netuschil war Notar in Wien und nach einem Kurzurlaub in New York heute wieder den ersten Tag in seinem Büro. Obwohl es Samstag und daher kein Parteienverkehr zu erwarten war, war dem fleißigen Arbeiter nach fünf Tagen Sightseeing in Big Apple und Shows am Broadway die heimelige Atmosphäre seiner Kanzlei abgegangen. Samstag war ein guter Tag, um die Post in Ruhe durchzusehen und sich wieder auf den letzten Stand des Geschehens zu bringen. Er hatte die ganze Zeit keine Nachrichten aus Österreich erhalten und wollte jetzt wissen, was sich in der vergangenen Woche so getan hatte.

Nachdem er Wasser heiß gemacht, in sein Lieblingshäferl gegossen und ein Sackerl Pfefferminztee hineingehängt hatte, machte er es sich mit den Zeitungen der letzten Tage bequem.

Am Montag und Dienstag hatte er offenbar nicht allzu viel verpasst in Wien. Zumindest nicht aus seiner Sicht.

In der Mittwochausgabe der meisten Blätter war aber ein kurzer Bericht über einen ›Toten im Schlafwagen‹, einen gewissen Arthur M. aus Wien, den man im Zürcher

Hauptbahnhof tot aufgefunden hatte. Irgendetwas meldete sich plötzlich mittelheftig in Netuschils biologischer Registratur und drang nach Registrierung des Reizwortes Schiedsrichter in dem ausführlicheren Bericht der Donnerstagausgabe machtvoll ins Freie. Das war doch der Mann, der am Freitag vor einer Woche bei ihm gewesen und ein Schreiben hinterlegt hatte. »Im Falle meines Todes innerhalb der nächsten Woche bitte der Polizei übergeben« stand auf dem Umschlag und hatte den Notar zur Annahme veranlasst, dass es sich bei dem Klienten um einen Paranoiker handeln musste.

So konnte man sich irren, ging es Netuschil ein wenig schuldbewusst durch den Kopf. Der arme Teufel musste seinen Tod vorhergesehen oder zumindest eine Ahnung gehabt haben. Was wohl in dem Brief stand? Einen Moment lang war er versucht, ganz einfach nachzusehen. Dann ermahnte er sich streng zur Ordnung, stand auf, ließ seinen Pfefferminztee Pfefferminztee sein, holte das Schreiben aus dem Tresor und suchte die Rufnummer des zuständigen Kommissariats heraus.

* * *

Die Zeiten meinten es nicht gut mit Liebenden im Polizeidienst. Als Franca Wallner kurz nach acht die Wohnung verließ und sich auf den Weg zum Koat Josefstadt machte, schlief ihr Göttergatte Helmut noch tief und fest. Kein Wunder, der Oberinspektor war dienstlich am Presseball gewesen und erst gegen halb vier ins Bett gekommen.

Obwohl sich ihr Verdacht, dass der Fall Mellnig irgendwie mit dem des Schweizer Architekten Immenseh zusammenhing, nach dem gestrigen Abend verdichtet hatte und sie daher dringend mit ihrem Mann sprechen musste, wollte sie ihn jetzt nicht wecken. Erstens nutzte ein unausgeschlafener Oberinspektor niemandem, und zweitens wollte sie ihre Vermutung nach Möglichkeit noch absichern.

In ihrem Büro angelangt, setzte sie sich sofort mit Beat Vonderhöh in Zürich in Verbindung und informierte ihn über die aktuellen Entwicklungen.

»Darf ich Sie noch um etwas bitten, das nicht unmittelbar mit diesem Fall zu tun hat?«, wollte Franca abschließend wissen. Und Vonderhöh sah keinen Grund, der charmanten Wiener Kollegin diesen Gefallen zu verweigern.

»Es geht um den Mord am Architekten Urs Immenseh, der am Dienstagabend in Wien schwer verletzt aufgefunden worden und auf dem Weg ins Krankenhaus verstorben ist«, erklärte sie. »Ich nehme an, dass mein … zuständiger Kollege deswegen mit Ihrem Kollegen in St. Gallen bereits Kontakt aufgenommen hat. Es gibt jetzt Anzeichen dafür, dass möglicherweise eine Verbindung zwischen diesem und unserem Fall besteht.« Sie holte tief Luft. »Glauben Sie, dass Sie mir ein Foto der Frau des Architekten, Evelyn Immenseh, zufaxen oder übers Internet zusenden können?«

Vonderhöh lachte leicht gönnerhaft. »Aber gerne, Frau Kollegin. Das ist überhaupt kein Problem. Man hilft doch gerne, wenn man kann, odr?«

* * *

Innerhalb weniger Sekunden verwandelte sich das pulsierende Leben am Stephansplatz mit den hunderten Einheimischen und Touristen, die hier flanierten, ihre Besorgungen machten oder den Dom besuchen wollten, in das reinste Chaos. Es war exakt 9.22 Uhr, als Teile der auf der linken Seite des riesigen Gotteshauses befindlichen Dombauhütte mit einem lauten Knall in die Luft flogen. Da es Samstag war, hatte sich Gott sei Dank kein Mensch in den Räumlichkeiten befunden. Allerdings gingen die Pferde zweier nur wenige Meter daneben wartender Fiaker durch und galoppierten unkontrolliert durch die Rotenturmstraße. Der Kutscher des ersten Gefährts hatte einen herabstürzenden Holzbalken an den Kopf bekommen und hing halb bewusstlos auf seinem Bock. Der zweite Fiaker, der eben kurz ausgetreten war, blickte nun fassungslos seiner in flottem Tempo Richtung Hohem Markt verschwindenden Kutsche nach.

Während die Menschen am Platz schreiend umherliefen, nach Verwandten und Freunden Ausschau hielten und vergebens versuchten, zu begreifen, was da eigentlich geschehen war, fand der Wahnsinn im Dom seine Fortsetzung.

Als sich eine Gruppe estnischer Katholiken anschickte, bei einem der Seitenaltäre demutsvoll einige Kerzen anzuzünden, flogen die aus Semtex täuschend echt nachgemachten kleinen Bomben vor ihren Augen in die Luft.

Ein halbblinder Dominikanerpater aus Tallinn, der in der ersten Reihe gestanden war, verlor dadurch auch sein rechtes Auge. Das war sehr schlimm. Andererseits war er ohnehin nie ein Freund halber Sachen gewesen. Drei weitere Pilger aus dem Baltikum wurden mittelschwer im Gesicht und an den Armen verletzt. Die in Panik geratene und ins Freie strebende Masse der Kirchenbesucher rannte eine alte Frau und drei kleine Kinder nieder und verletzte die vier leicht.

Konsul Emden, der das alles aus sicherer Distanz beobachtet hatte, war zufrieden. Diese Botschaft war un-überhörbar und konnte selbst vom lieben Gott nicht mehr unterdrückt werden. Verdammter Bürgermeister! Wäre dieser Lattuga nicht so überheblich gewesen, die Bombe im Kühlhaus zu ignorieren, die Verletzten heute hätten vermieden werden können.

Er hasste es, Menschen zu verletzen oder gar zu töten. Auch wenn es sich gelegentlich nicht verhindern ließ. Für diese Opfer hier konnte er aber nichts. Nein, wirklich nicht, dafür konnte ihn niemand verantwortlich machen.

Dr. Matreier, wie er sich hier in Wien nannte, steckte sein Handy weg und verließ den Schauplatz des Grauens Richtung Graben.

* * *

Die erste Station der magisteriellen Damenrunde um Frau Brionigg hatte zunächst beim Mohnwirt in Armschlag ein typisches Waldviertler Frühstück eingenommen. Renata bestand darauf, mit dem Vornamen angesprochen zu werden, was eine allgemeine Verschwesterung zur Folge hatte.

Die Damen ohne Waldviertler Hintergrund zeigten sich äußerst überrascht, was sich aus Mohn so alles machen ließ. Ein riesiger Korb mit Mohnzelten und anderen Spezialitäten hatte dann den Besitzer gewechselt, denn ›Ante mag bestimmt auch diese Sachen aus Mohn‹, war sich seine Frau sicher gewesen. Als Dankeschön für das großzügige Geschenk würde sich der Mohnwirt, der jegliche Bezahlung für die Köstlichkeiten abgelehnt hatte, ein Foto als Hahn im Korb der illustren Ladyrunde über der Schank aufhängen können.

Der nächste Programmpunkt sah den Besuch der berühmten ›Kraftarena‹ in Groß Gerungs vor. Die geomantisch äußerst interessierte Renata hatte schon viel von den Steinpyramiden, der Weltkugel, dem Opferstein und den anderen mystischen Einzigartigkeiten dieses Platzes gelesen und war fasziniert. Aber auch die anderen Damen, die sich bisher kaum mit diesem Thema befasst hatten, hatten sich einer gewissen kribbelnden Spannung angesichts der hier vorgefundenen Phänomene nicht entziehen können. Erika, also Frau Fuscheé, hatte es sich nicht nehmen lassen, diese Erkenntnis mit einem längst zur Plattitüde verkommenen Zitat aus Hamlet zusammenzufassen.

Apropos Erika Fuscheé: Wilma hatte die Frau des Innenministers von ihrem ersten und einzigen Aufeinandertreffen, das war vor knapp einem Jahr gewesen, in etwas ambivalenter Erinnerung. Ihre daraus für heute resultierenden Bedenken hatten sich aber zumindest bisher als völlig grundlos erwiesen. Die gelernte Pharmakologin hatte ihr Gift heute im Schrank gelassen und sich als reizende, geistreiche Gastgeberin erwiesen.

Und so nahm Wilma allen ihren Mut zusammen, um Frau Fuscheé eine … vielleicht doch etwas private Frage zu stellen. Obwohl, als Frau eines Ministers war sie auch irgendwie eine Person des öffentlichen Interesses und daher …

»Etwas wollte ich Sie … also dich«, korrigierte sie, nachdem sie sich einen scherzhaft-mahnenden Blick der Ministergattin eingehandelt hatte, »schon immer fragen. Ich hoffe, du wirst mir meine Neugierde nicht übel nehmen.«

»Nur zu«, ermunterte Erika sie, als sie Wilmas Zögern bemerkt hatte. »Was immer es ist, die Frage ist auf jeden Fall gestattet. Ob ich allerdings darauf antworten werde, werden wir sehen.« Sie lachte gutmütig.

»Also gut«, Wilma warf den letzten Rest Scheu über Bord. »Als Französischprofessorin muss ich feststellen, dass sich dein … euer Familienname über die anerkannten Grammatikregeln der Lingua Franca hinwegsetzt.« Sie grinste leicht verlegen. So geschwollen zu quatschen, war an sich nicht ihre Art. Wahrscheinlich versuchte sie damit, die letzten Spuren an Peinlichkeit zu kaschieren. »Denn der Accent aigu müsste sich nach den Regeln der französischen Sprache eigentlich über dem ersten e befinden.« So, jetzt war es raus und Wilma erleichtert.

Renata nickte zustimmend und meinte, dass ihr das ebenfalls aufgefallen war. »Erst gestern habe ich mit Ante spekuliert, ob das doppelte e mit dem Accent auf dem zweiten Selbstlaut vielleicht die antiquierte Schreibweise eines alten hugenottischen Namens darstellt?«

Erika Fuscheé musste neuerlich lachen. »Das ist mir durchaus bekannt, und es gibt einige Erklärungsversuche, diesen … Fauxpas zu deuten. Aber der mit dem alten hugenottischen Namen ist neu, der wird auch meinem Mann gut gefallen. Am wahrscheinlichsten ist es so gewesen, dass irgendein unaufmerksamer Stadtschreiber den Namen falsch in die diversen Bücher und Aufzeichnungen übernommen hat, als die Fuchés Ende des 18. Jahrhunderts aus dem Burgund zugewandert sind. Er hat ganz einfach ein e hinter dem h eingefügt, das da eigentlich nicht hingehört. Dadurch ist der Accent aigu ans Ende des Namens gewandert.« Sie zuckte mit den Achseln. »Wahrscheinlich war's so. Wir haben schon überlegt, eine amtliche Korrektur zu beantragen Aber wozu das Ganze?«

»Man könnte sagen, dass das der Sieg der Bürokratie über die Grammatik ist«, schmunzelte Renata Brionigg.

Aber auch Magistra Hebenstreit vom Außenamt, die bisher außer ›ja‹, ›nein‹ und einem fast verspielt wirkenden ›vielleicht‹ noch keinen Beitrag zur Konversation geleistet hatte, konnte etwas zu diesem Thema beitragen.

»So etwas Ähnliches ist einer guten Freundin von mir passiert«, wusste sie. »Durch einen Schreibfehler des Standesbeamten, der ein h vergessen hat, heißt ihr Sohn jetzt Bernard. So was gibt es auch heute.«

»Und«, wollte Erika Fuscheé wissen, »leidet der Bub darunter?«

»Im Gegenteil«, erwiderte die Hebenstreit, »er ist ganz stolz auf seinen außergewöhnlichen Vornamen. Immerhin ist er der Einzige, den er kennt, der so heißt.«

»Genau so geht es mir und meinem Mann auch«, bestätigte die Frau des Innenministers. Und damit war diese Diskussion beendet.

Wilma hatte aber noch ein ganz anderes Problem. Sie hatte insgeheim gehofft, im Laufe des Tages Gelegenheit für ein kurzes Vier-Augen-Gespräch mit der Frau des Ministerpräsidenten zu finden. Das, was sie Renata zu sagen hatte, ging die anderen nichts an. Wirklich nicht. Aber bis jetzt hatte sie nicht die geringste Chance dazu gehabt.

Und so ernst, wie Erika Fuscheé ihre Aufgabe als VIP-Betreuerin bis jetzt genommen hatte, waren die Aussichten auf fünf Minuten ohne die Ministergattin eher düster. Vielleicht konnte ihr Marianne irgendwie behilflich sein, aber wie?

Jetzt ging es auf jeden Fall erst einmal zurück nach Ottenschlag, genauer gesagt, nach Neustein bei Ottenschlag, wo Onkel Alois und Tante Mali den Hof hatten. Dort wartete sicher schon ein köstliches Mahl auf die Gruppe. Und dazu noch eine ganz besondere Überraschung für Madame Brionigg. Nämlich die 92-jährige Josefa Thaler aus Traunberg, angeblich eine Nichte von Renatas Urgroßmutter, also ihre … was immer auch. Auf jeden Fall Familie.

* * *

Nach den beiden ›Wumms‹ im Rathaus bzw. im Dom drängte sich bei Harry Bachler immer mehr die Frage auf, wann denn eigentlich der dritte, der, wenn ihn sein Gefühl nicht täuschte, echte ›Wumm‹ stattfinden sollte. Für den jungen Mann war klar, dass die beiden bisherigen Explosionen lediglich die Ouvertüre zum eigentlichen Verbrechen gewesen waren. Dieser Dr. Matreier hatte keine Zweifel offengelassen, dass der dritte, der große ›Wumm‹, auch der entscheidende sein würde. Was hatte er noch gesagt? Ja, das war's: ›Da wird der Alte aber schauen.‹

Nein, nicht schauen, gucken hatte er gesagt. Von welchem Alten allerdings die Rede war, keine Ahnung. Wenn es sich um einen politisch motivierten Anschlag handelte, dann konnte vom Bundespräsidenten abwärts jeder damit gemeint sein. Den Bürgermeister und den Kardinal konnte man wahrscheinlich ausschließen, obwohl …? Vielleicht war das nur ein Trick, um den Bürgermeister in Sicherheit zu wiegen.

Das Dumme an der ganzen Sache war, Harry hatte das ungute Gefühl, dass sich die Polizei gar nicht richtig um dieses dritte Attentat kümmerte. Er hatte bei seiner Einvernahme zwar ausdrücklich darauf hingewiesen, dass neben Rathaus und Stephansdom noch ein drittes Objekt gefährdet war. Hoffentlich war's überhaupt ein Objekt und nicht ein Mensch. Oder doch der ›Der Alte, der gucken würde‹?

Harry war zu sehr Sohn seines Vaters, um sich mit dieser quälenden Neugier abzufinden. Immerhin kannte er genug Menschen bei der Polizei. Er würde mit Helmut oder Franca sprechen, vielleicht konnte ihm ja auch Anselm helfen. Was immer, es musste bald geschehen, denn der dritte ›Wumm‹ würde nicht mehr lange auf sich warten lassen. Da war Harry ganz sicher.

* * *

In Franca Wallners Büro im Kommissariat Josefstadt überschlugen sich inzwischen die Ereignisse. Zunächst war vor wenigen Minuten ein Foto von Evelyn Immenseh übers Internet eingetroffen. Ein Blick darauf hatte der Inspektorin genügt, um den vagen Verdacht, der sie seit gestern plagte, zu festigen. Ohne im Augenblick den Vergleich mit dem Aerobicvideo anstellen zu können, war sie sicher, dass es sich bei der grazilen, lasziv wirkenden Evy Immen auf dem Band und der Frau des in Wien ermordeten Architekten um ein und dieselbe Person handelte.

Kompliment, dachte Franca, die Frau war immerhin schon fast 40 und bewegte sich wie eine 20-Jährige. Na ja, fast zumindest. Sie hatte die Konsequenzen dieser Erkenntnis noch gar nicht richtig erfasst, als schon der nächste »Hammer« auf sie wartete. Es war Notar Dr. Franz Netuschil, der nach seinem Anruf von einem Streifenwagen abgeholt und ins Koat Josefstadt gebracht worden war.

»Sie müssen schon entschuldigen«, versuchte sich Netuschil zu rechtfertigen, »dass ich mich nicht früher gemeldet habe. Aber ich war im Ausland und habe erst heute Morgen vom Tod Mellnigs erfahren.« Er saß da wie ein besonders eifriger Schüler vor seiner strengen Lehrerin und hielt ihr den Brief hin. Wie ein Streber einen besonders gelungenen Aufsatz.

»Danke, dass Sie gleich gekommen sind«, entgegnete die Inspektorin und nahm das Schreiben. »Kennen Sie den Inhalt?«

»Nein«, der Notar schüttelte den Kopf. »Ich habe den Brief lediglich übernommen und kann daher auch nur bestätigen, dass er mir von Arthur Mellnig am Freitag, den 29. Mai 2008 um 14.33 Uhr in meiner Kanzlei übergeben worden ist. Mit dem Auftrag, das Schreiben der Polizei auszufolgen, falls der Klient bis zum Ende der Fußballeuropameisterschaft stirbt.«

Er holte ein Protokoll aus der Aktentasche und legt es vor Franca auf den Tisch. »Was hiermit erfolgt ist. Bitte um Ihre Unterschrift«, er deutete auf eine bestimmte Stelle auf dem Papier.

Die Inspektorin bestätigte die Übernahme, dann öffnete sie das Kuvert, entnahm ihm das Schreiben und legt es vor sich auf den Schreibtisch.

Auf zwei eng beschriebenen Seiten führte Mellnig akribisch genau aus, wie und unter welchen Umständen er wann über bestimmte, angeblich geplante Unregelmäßigkeiten während der EURO 08 informiert worden war. Dabei ging es vor allem um die Beeinflussung von Spielergebnissen durch bewusste, vorsätzliche Fehlentscheidungen einiger Schiedsrichter und -assistenten zum Zwecke des Wettbetrugs. Angeblich war der anonyme Anrufer aufgrund seiner persönlichen Situation nicht in der Lage, die zuständigen Stellen bei der UEFA direkt in Kenntnis zu setzen. Auch fehlte es ihm an Glaubwürdigkeit, über die der als äußerst korrekt bekannte Mellnig nach Meinung des anonymen Informanten sehr wohl verfügte.

Den letzten Absatz des brisanten Dokuments musste Franca Wallner zweimal lesen, um seine Bedeutung für den Fall richtig zu erfassen. Hier stellte Mellnig klar, dass nicht er selbst den anonymen Anruf entgegengenommen hatte, sondern irrtümlicherweise eine befreundete dritte Person, die der Anrufer die ganze Zeit lang für Mellnig gehalten hatte. Der schüchterne Versuch, den Irrtum aufzuklären, war vom Anrufer mit der aggressiv wirkenden Aussage »Schon gut, Sie Feigling. Sie wollen sich auch nur Ihrer moralischen Verpflichtung gegenüber unserem Sport entziehen« im Keim erstickt worden. Und so hatte sich diese dritte Person ihrem Schicksal ergeben und zugehört. Mit »Diese Person hat mich in der Folge detailliert über den Inhalt dieses Telefongesprächs informiert« schloss das hochbrisante Schreiben.

Was diese Information so besonders interessant machte, war der Name dieser dritten Person. Denn deren Rolle in der ganzen Geschichte war bisher deutlich anders dargestellt worden als die, die ihr aufgrund des Inhaltes dieses Schreibens tatsächlich zuzukommen schien.

Plötzlich fügten sich einige lose Teile des Puzzles wie von selbst in ein stimmiges Gesamtbild. Falls das wirklich zutraf, was die Inspektorin vermutete, dann war das eine ungeheuerliche Geschichte. Ehe sie sich aber zu sehr in Spekulationen verlor, musste sie unbedingt noch mit einigen Leuten sprechen. Vor allem mit ihrem Mann und mit dem Kollegen in Zürich. Und vielleicht auch mit Palinski, der möglicherweise etwas darüber in seiner Datenbank finden konnte.

* * *

Nach dem total missglückten Versuch, die schwarzen Schafe unter den Schiedsrichtern mithilfe des Lügendetektors erkennen und damit ausschalten zu können, waren den Verantwortlichen der UEFA nicht mehr sehr viele Sicherheitsmaßnahmen geblieben. Einerseits waren die für einen Einsatz vorgesehenen Referees in streng bewachten Hotels in Österreich und der Schweiz untergebracht und von der Öffentlichkeit hermetisch abgeschirmt worden. Wobei selbst der Standort der beiden mit allem erdenklichen Luxus ausgestatteten Fünf-Sterne-Häuser ein streng gehütetes Geheimnis war. Dass sämtliche ein- und ausgehenden Telefonate der Schiedsrichter überwacht wurden, versteht sich von selbst. Es war wie im Hochsicherheitsgefängnis, allerdings erheblich komfortabler.

Einen gewissen Schutz versprachen sich die Verantwortlichen auch aus der möglichst späten Bekanntgabe der konkreten Besetzungen für die einzelnen Spiele. So würden die Namen der Schiedsrichter und ihrer Assistenten für das heute um 18.00 Uhr in Basel stattfindende Eröffnungsspiel und das zweite Spiel der Gruppe A um 20.45 Uhr in Genf erst bei der Pressekonferenz um 14.00 Uhr bekannt gegeben werden.

Von diesem Zeitpunkt an bis nach dem Ende des jeweiligen Spieles würden auch die Familienmitglieder der nominierten Referees unter Polizeischutz stehen, um sämtliche Eventualitäten auszuschließen.

Natürlich stand die UEFA auch noch in ständigem Kontakt mit den großen Buchmachergesellschaften, die den Europäischen Verband von jeder Entwicklung informieren wollten, die auf Absprachen oder sonstige Unregelmäßigkeiten im Spielbetrieb schließen ließ.

Während er sich für die Pressekonferenz fertig machte, dachte Generalsekretär de Graaf wehmütig an seine Jugend zurück. Damals war Fußball n u r ein faszinierendes Spiel gewesen. Die Fouls und Regelverstöße hatten sich auf die 90 Minuten am Spielfeld beschränkt, und die Freude am Spaß war der größte Gewinn.

Und heute? Ein gigantisches Geschäft mit all seinen negativen Nebenerscheinungen. Irgendwie hatten sie alle in den letzten Jahrzehnten ihre Unschuld verloren. Und der Fußball mit ihnen.

* * *

Gegen 14.00 Uhr traf der kleine Konvoi mit Renata Brionigg, Erika Fuscheé und den anderen Damen am Hagler Hof in Neustein ein. Der kleine, zu Ottenschlag zählende Weiler lag etwa zwei Kilometer außerhalb der Ortschaft in Richtung Traunberg. Das war wiederum die Gemeinde, aus der Josefa Thaler stammte, eine 92 Jahre alte wie auch immer mit Renata Brionigg verwandte Frau. Josefa saß in einem bequemen Stuhl vor dem Haus und genoss sichtlich ihre Rolle als Überraschung für den Ehrengast. Flankiert wurde die alte Dame von Onkel Alois und Tante Mali, vor Josefa warteten die beiden Volksschülerinnen Rosi Ansbacher und Helga Rettenbauer mit dem Willkommenstrunk, einem echten doppelt gebrannten Obstler vom Nachbarn.

Natürlich hatte der hohe Besuch auch den Bürgermeister und seinen Vize, die dazugehörigen Frauen und die zwölfköpfige Stadtkapelle auf die Beine gebracht und veranlasst, sich ebenfalls vor dem 1543 erstmals urkundlich erwähnten Hof aufzubauen.

Kaum war der Wagen eines Ehepaares aus Darmstadt, er Studienrat mit den Fächern Mathematik und Geometrie und sie Hausfrau, irrtümlich in die Zufahrt zum Hof eingebogen und langsam nach vorne gerollt, als die Musik auch schon mit ›Oh du mein Österreich‹ loslegte. Die beiden Deutschen, denen ihr ehrliches Erstaunen ins Gesicht geschrieben stand, schluckten den angebotenen Schnaps und lobten die Gastfreundschaft auf dem Lande in höchsten Tönen, ehe sie ihre Fahrt fortsetzten.

Gerade noch rechtzeitig genug, um die Ankunft der eigentlichen Ehrengäste nicht zu behindern. Die Waldviertler waren aber nicht nur gastfreundlich, sondern auch lernfähig. Daher blickten sie jetzt zunächst einmal misstrauisch auf die verspiegelten Scheiben des kleinen Reisebusses. Wahrscheinlich wollten sie sich zuerst einmal versichern, dass ihre musikalischen Perlen nicht wieder bloß an verirrte Touristen verschwendet wurden.

Als Renata Brionigg endlich aus dem Bus stieg, rief Josefa Thaler ganz aufgeregt: »Des muass die klane Reni vom Martin sein, mei, is die groß worn!«, stemmte sich aus dem Stuhl hoch und humpelte dem Ehrengast entgegen.

Und da gab es auch für die Neuauflage von ›Oh du mein Österreich‹ kein Halten mehr, der Schnaps floss wie auch einige Tränen, und der Bürgermeister versuchte mehrere Male vergebens, mit den prominenten Besucherinnen gleichzeitig auf ein Foto zu kommen.

Der prominente Besuch ließ das alles mit beispielloser Geduld über sich ergehen und beantwortete zwischendurch sogar einige der intellektuell wirklich nicht sonderlich anspruchsvollen Fragen eines Vertreters des ›Waldviertler Botens‹. Zwischendurch umarmten sich Renata und Josefa immer wieder und waren sichtlich bewegt, hier das erste Mal in ihrem Leben aufeinandergetroffen zu sein. Mit einem Wort, es war berührend mit einer gewissen Tendenz zur Peinlichkeit.

Das änderte sich aber rasch, als Tante Mali schließlich energisch zu Tisch bat, mit dem unwiderlegbaren Argument, dass selbst ihre Waldviertler Knödel irgendwann zerfielen, wenn sie zu lange im heißen Wasser schwimmen mussten.

Einige Zeit nach dem köstlichen Essen, als sich kein Mensch mehr so richtig bewegen konnte, geschah dann das kleine Wunder, auf das Wilma den ganzen Tag gehofft hatte. Erika Fuscheé hatte sich in der Kraftarena den linken Knöchel verstaucht. Ein ungeschickter Schritt, und es war passiert gewesen. Das angeschwollene Fußgelenk schmerzte inzwischen doch in einem Maße, dass Tante Malis Helfersyndrom angesprochen wurde und sie veranlasst hatte, der »Frau Minister« einen speziellen Verband mit Kräutern anzulegen. Dieser kühlte wunderbar und linderte die Schmerzen, solange der Fuß nicht belastet wurde.

In einer halben Stunde sollte der Hubschrauber des Innenministeriums auf der großen Wiese hinter dem Hof landen, um Frau Brionigg und die Frau des Innenministers nach Wien und damit rechtzeitig zu dem abendlichen Besuch der Oper zu bringen. Vorher wollte sich Renata allerdings noch etwas Bewegung verschaffen, hatte aber vollstes Verständnis dafür, dass sich Erika Fuscheé unter Hinweis auf ihren Knöchel entschuldigte. Marianne Kogler, die auf wundersame Weise kapiert haben musste, worum es Wilma ging, blieb ebenfalls im Hause. Und so kam Wilma doch noch zu jenen paar Minuten alleine mit der Frau des slowenischen Ministerpräsidenten, mit denen sie nicht mehr zu rechnen gewagt hatte.

Und sie nutzte diese kurze Zeitspanne. Sie hatte keinen Plan, war aber wild entschlossen, alles zuzulassen bis auf eines: nämlich dass ihr Mario aus falsch verstandenem Pflichtbewusstsein oder was immer er in dem Zusammenhang verspürte, wegen Körperverletzung oder gar noch Schlimmerem ins Gefängnis musste. Also begann Wilma ganz einfach zu reden.

Sie berichtete der zunehmend aufmerksamer, ja gespannt wirkenden Renata von dem Gerücht über das Attentat, die vergeblichen Bemühungen Palinskis, damit Gehör zu finden, und seine verzweifelten Überlegungen, dieses quasi im Alleingang zu verhindern.

»Und das sind diese … Kokos… busseln?«, ungläubig starrte Renata ihre neue Freundin an. »Sie meinen, da sind Shrimps mitverarbeitet worden? Von ihrem Mann?«

»Also eigentlich sind wir …« Egal, dachte Wilma, es war doch völlig unerheblich, ob und warum sie mit Mario seit mehr als 25 Jahren nicht verheiratet war. »Ja, das hat sich mein Mann ausgedacht«, sagte sie daher mit einem gewissen trotzigen Stolz. »So ist er eben, manchmal zumindest. Und ich finde, die Dinger schmecken köstlich. Ich weiß, dass Mario damit gewissermaßen ebenso ein Attentat auf Ihren Mann plant, aber bitte berücksichtigen Sie seine Motive.«

»Also, dieses Backwerk schmeckt wirklich hervorragend«, anerkannte Frau Brionigg, »haben Sie noch etwas davon?« Dabei zwinkerte sie Wilma zu. Die wiederum holte das zweite, noch völlig unberührte Brandeck-Sackerl heraus und reichte es der Slowenin.

»Danke«, meinte Renata. »Und noch etwas. Wollen Sie und Ihr Mann nicht morgen zum Frühstück in unser Hotel kommen? Ante wird sich gewiss freuen. Sagen wir um 9.00 Uhr?«

»JJJa!«, entfuhr es Wilma. Sie ballte die Faust dazu wie eine 17-Jährige und vollendete die Geste, die sie unlängst bei Harry beobachtet hatte. Die so aussah, als ob man mit viel Kraft an einer nicht vorhandene Notbremse zog. Irgendwie erschien ihr das jetzt passend zu sein.

»Ja, wir kommen sehr gerne. Danke, Renata.«

* * *

Elektrisiert starrte Palinski auf das von Franca telefonisch angekündigte Fax, das vor ihm auf dem Schreibtisch lag. Soweit er beim ersten Durchlesen erkennen konnte, schien hier eine jener Verknüpfungen vorzuliegen, deretwegen er seinerzeit die Datenbank ›Crimes – Facts and Ideas‹ angelegt hatte.

Es war faszinierend. Zwei Verbrechen, die scheinbar völlig unabhängig voneinander stattgefunden und nichts miteinander zu tun hatten, erwiesen sich plötzlich möglicherweise als Teil eines Ganzen. Das war schon etwas Seltenes in diesem Sumpf an simplen, einfallslosen, nur von Gewalt und dumpfen Trieben bestimmten Alltagsverbrechen.

Wie sahen also nun die Fakten aus, die er zur Erfassung und zum gleichzeitigen Suchen nach Entsprechungen eingeben würde. Palinski ließ die einzelnen Punkte wie einen Film vor seinem geistigen Auge abspulen:

- In der Nacht vom 2. auf den 3. Juni wurde der Schiedsrichter Arthur Mellnig im Schlafwagen Wien–Zürich ermordet. Der Tat verdächtig war eine attraktive Frau, die mit ihm im Speisewagen gesehen wurde (Phantombild).
- Am Abend des 3. Juni wurde der Schweizer Architekt Urs Immenseh im Wienerwald schwer verletzt aufgefunden. Er starb auf dem Transport ins Krankenhaus. Besonders auffallend: Seine Schamhaare wurden bis auf einen kleinen horizontalen Streifen oberhalb des Penisansatzes (Menjou-Bärtchen) völlig abrasiert.
- Bei dem Fahrzeug, mit dem Immenseh in den Wald gebracht worden war, handelte es sich um einen Mitsubishi Pajero, der auf den ›Freizeit- und Wellnessklub Eggenbach‹ zugelassen ist. Der Wagen wurde an dem Abend vom Eigentümer des Klubs, Herbert Rosselic, gefahren. Rosselic hat mit der Tat aber nichts zu tun. Vielmehr war das Fahrzeug ordnungsgemäß in Betrieb genommen worden, während Rosselic im Restaurant ›Jägerhof‹ zu Abend gegessen hatte.
- Da ein Schlüssel zum Wagen im Club so gut wie frei zugänglich war, konnte jeder Mitarbeiter den Wagen

gefahren haben. Zumindest jeder, der gewusst hatte, dass er an diesem Abend am Parkplatz des ›Jägerhofes‹ abgestellt sein würde.

- Die Frauen der beiden Ermordeten kamen als Täterinnen nicht infrage, da sie für die jeweilige Tatzeit ein überzeugendes Alibi haben.
- Nach Aussage Anna Baders, der Schwester Mellnigs, war ihr ermordeter Bruder schwul und hatte seit einigen Monaten einen Freund. Er weigerte sich aber, sich zu outen, da er erhebliche nachteilige Auswirkungen auf seine Tätigkeit als Schiedsrichter befürchtete.
- Die Schwester war der Meinung, dass sich Mellnig mit dem angeblichen Wissen nur wichtig machen wollte, weil er bei der Nominierung für die EURO 08 nicht berücksichtigt worden war.
- Der Freund Mellnigs, ein gewisser Serge Hiebler, arbeitet als Fitnesstrainer beim ›FWC Eggenbach‹, dem Klub, dessen Geschäftsführer Rosselic ist.
- Derselbe Serge hat an einem Videofilm mitgewirkt, der vor einem Jahr in Köln aufgenommen worden ist. In dem Film spielte auch eine Evy Immen mit. Hinter diesem Künstlernamen verbirgt sich Evelyn Immenseh, die Frau des in Wien ermordeten Schweizer Architekten.
- Laut Hiebler hatte Mellnig ihm von dem anonymen Anruf berichtet, der der Anlass für die Reise des Schiedsrichters in die Schweiz war.
- Laut Schreiben Mellnigs, das er beim Notar hinterlegt hatte, war der anonyme Anruf aber von Hiebler entgegengenommen worden. Der Schiedsrichter war von seinem Freund Hiebler über den Inhalt des Anrufes informiert worden.

Bis auf den Widerspruch zwischen der Aussage Hieblers und Mellnigs Schreiben ließen sich sämtliche Punkte durchaus zu einem schlüssigen Ganzen verknüpfen.

Andererseits konnte das alles natürlich auch nur reiner Zufall sein, wusste Palinski. Aber sein inzwischen auf einiger Erfahrung basierendes Gefühl sagte ihm, dass das sehr unwahrscheinlich war.

Man konnte also davon ausgehen, dass sich der Freund des ersten und die Frau des zweiten Mordopfers kannten.

Egal, wie gut und wie weit diese Bekanntschaft ging, damit war die entscheidende Grundlage für völlig neue Überlegungen gegeben. Wenn es sich, was durchaus denkbar war, in beiden Fällen um »getauschte Morde« handelte, dann waren die wunderbaren Alibis der beiden zum Zeitpunkt des Mordes an Freund bzw. Mann keinen Cent mehr wert.

Folgte man dieser Überlegung konsequent, so kam auch Mellnigs Frau Daniela als Täterin infrage. Allerdings wies derzeit nichts darauf hin, dass die Frauen der beiden Opfer in der Vergangenheit jemals Kontakt zueinander gehabt hatten.

Palinski hatte das Suchwort ›Tauschmorde‹ eingegeben und erwartungsgemäß einen Hinweis auf Alfred Hitchcocks Film ›Strangers on the train‹ (1951) nach einem Roman von Patricia Highsmith erhalten. ›Fremde im Zug‹ handelte von zwei Männern, die sich in der Eisenbahn kennenlernten und im hypothetischen Plaudern übers Morden ins Grübeln kamen. Als dann etwas später die Frau des einen durch die Hand des anderen Mannes den Tod fand, erwartete dieser die gleiche Dienstleistung von dem jungen Witwer.

Klang verrückt, was? Aber konsequent und ohne Fehler durchgezogen, hätte die Polizei da keine Chance. Nur gut, dass die meisten Menschen nicht konsequent genug waren. Und fehlerlos schon gar nicht.

Was bedeuteten bloß die abrasierten Schamhaare? Palinski erinnerte sich dunkel an irgendetwas in der Mythologie. Aber in welcher? War es nicht der alttestamentarische Samson gewesen, in dessen Haaren seine Stärke steckte? War das Scheren der eher mickrigen Haarpracht an dieser Stelle Immensehs so zu verstehen, dass damit die sexuelle Kraft des Architekten vernichtet werden sollte? War das eine symbolische Kastration gewesen? Da wartete auch auf die Kollegen in der Schweiz einiges an heiklen psychologischen Recherchen.

Hatte nicht Marianne vor einigen Tagen eine interessante Meinung dazu geäußert? Wie war das noch gewesen?

»In beiden Fällen könnten die Toten durch das scheinbar sinnlose Verhalten des Täters, nämlich durch das Eindringen mit einem Schraubenzieher ins Gehirn bzw. durch das Abrasieren der Schamhaare, für ein früheres Fehlverhalten bestraft worden sein«, hatte sie gemeint. Und: »Das kleine Bärtchen im zweiten Fall könnte eventuell noch als zusätzliche Verächtlichmachung gesehen werden.« In beiden Fällen hatte sie auf Verrat als gemeinsamen Nenner getippt.

Und Verrat verlangte nach Rache. Das bedeutete Hass als entscheidende Triebkraft. Falls Palinski das und die Zusammenhänge richtig deutete, dann musste die Frau des Architekten einen irrsinnigen Hass auf ihren Mann gehabt haben. Ebenso wie Serge Hiebler oder Daniela Mellnig auf Arthur. Vielleicht sogar beide? Aber warum? Wie konnte es kommen, dass ein Mensch einen anderen so hasste, dass er ihn zu Tode brachte?

Das war der Teil seiner Arbeit, die ihm am meisten zu schaffen machte. Palinski liebte die überwiegende Mehrzahl der Menschen, mochte einige nicht und ein paar wenige überhaupt nicht, aber er hasste keinen Einzigen. Daher konnte er sich auch nicht in Menschen hineinfühlen, die hassten. Dementsprechend war ihm auch die bloße Vorstellung, einen anderen Menschen umzubringen, völlig fremd. Vielleicht wäre er im Falle von Notwehr oder Nothilfe dazu imstande. Aber geplant, kalt überlegt, vorsätzlich? Nie!

Möglich, dass man so sehr verletzt werden konnte, musste, damit ein derart mörderischer, letztlich selbstzerstörerischer Hass entstand. Aber da konnte er, Gott sei Dank, nicht mitreden.

Bei den vorliegenden beiden Fällen war Hass aber nur die eine Seite der Medaille. Denn, falls Franca Wallner recht hatte, und Palinski zweifelte nicht daran, dann war Hass nur der Antrieb zur Anstiftung zum Mord gewesen. Die Ausführung selbst war durch Personen erfolgt, die mit ihrem Opfer vorher in keinerlei erkennbarer Beziehung gestanden waren.

Warum aber dann diese über die eigentliche Tötung hinausgehenden Handlungen? Die wiederum auf Rache schließen ließen. Waren diese rituellen Misshandlungen im Auftrag der Anstifter erfolgt oder waren es ersatzweise Rachehandlungen?

Wo befanden sich die Schamhaare Immensehs jetzt eigentlich?

Palinski hatte keine Antworten, die er Franca hätte geben können. Er hatte aber noch ein, zwei Fragen, die zu stellen den »Fall der beiden Fälle«, wie er die Geschichte für sich nannte, ein gutes Stück näher an seine Lösung heranbringen konnte.

Palinski fühlte sich das erste Mal in den letzten Tagen wieder gut. Dieser intensive Exkurs in die Welt des gemeinen Verbrechens hatte gutgetan. So abartig das auch klingen mochte, aber das war sein Revier, in dem er Bescheid wusste. Der Garten, in dem er täglich lustwandelte.

Die große, weite Welt der politisch motivierten Attentate hingegen, die ihn seit einigen Tagen gefangen hielt, war ihm fremd und unheimlich. Und dieses Gefühl, nicht wirklich etwas tun zu können, schrecklich.

Hoffentlich konnte Wilma heute wenigstens einen Termin bei Brionigg erreichen. Und damit eine letzte Chance, mit Anstand aus der Scheißsituation, die er Don Vito zu verdanken hatte, herauszukommen.

Der Gedanke daran hatte genügt, Palinskis Laune wieder in den Keller zu befördern. Angefressen griff er zum Telefon und rief Franca Wallner an.

* * *

Um sicherzugehen, dass die Botschaft aus dem Stephansdom und die auf einen leicht kritischen Kommentar in einer Tageszeitung reduzierte aus dem walzertanzenden Rathaus beim Management des ›Prater-EKZs‹ auch angekommen waren, hatte Konsul Emden noch ein E-Mail nachgeschickt. Die Nachricht war sowohl formell als auch inhaltlich so gehalten, dass die Verantwortlichen sofort eine außerordentliche Vorstandssitzung einberufen hatten. Zu der auch der gerade in Wien anwesende Mehrheitsaktionär Hans Jürgen Kehl geladen und in Begleitung seines Sohnes erschienen war.

Generaldirektor Wahlheimer vertrat im Gegensatz zu seinem Stellvertreter Dr. Eisner die Meinung, der Forderung des Erpressers nach den fünf Millionen Euro nachzugeben. »Die Ereignisse im Dom und auch im Rathaus beweisen, dass der Wahnsinnige nicht blufft. Und falls er wirklich bei uns eine Bombe zur Explosion bringen sollte, dann handelt es sich bei dem Betrag im Vergleich zu dem entstandenen Schaden nur um Peanuts. Die Versicherung zahlt in diesem Fall keinen Cent, da dieses Risiko ausdrücklich ausgenommen wurde.« Und dazu kamen noch der Imageschaden, Gewinnentgang und so weiter und so fort.

Dr. Eisner, der die Einstellung des Mehrheitsaktionärs kannte und auf eine steile Karriere im Kehlschen Konzern aus war, widersprach dem vehement. Als Meister in der hierzulande so beliebten Disziplin des Einschleimens äußerte der Vize-Chef ganz staatsmännisch genau das, was der Mehrheitsaktionär hören wollte, nämlich, dass man mit Terroristen nicht verhandeln sollte. Und wie erwartet blieb auch Kehl hart und lehnte jedes Eingehen auf die Forderungen »dieser Verbrecher« ab.

Dann sollte das Einkaufszentrum, das während der EURO 08 auch sonntags bis 22.00 Uhr geöffnet bleiben sollte, an diesem Tag zumindest ab 18.00 Uhr geschlossen werden, forderte Wahlheimer. »Damit wenigstens keine Menschen zu Schaden kommen, falls die Drohung wirklich wahr gemacht werden sollte«, wie er betonte.

»Sie sind mir ja ein Angsthase!«, donnerte ihn Kehl an. »Ich glaube, mit Ihrem Engagement ist mir ein Fehler unterlaufen. Kommt doch gar nicht infrage. Wer soll denn den Verdienstausfall bezahlen?«

»Also Vater«, mischte sich jetzt sogar der bisher nur still dasitzende Johann Friedrich Kehl ein, »das ist doch zynisch.«

»Ach, halt doch den Mund! Du hast doch keine Ahnung vom Geschäft«, fuhr ihn sein Vater an. »Sei froh, dass du dabei sein darfst. Zu etwas anderem bist du ja nicht zu gebrauchen.«

Generaldirektor Wahlheimer hatte sich, was in seinem Alter und seiner Position echt rar war, noch einen kleinen

Rest Gewissen und Würde erhalten. Und da seine Frau wohlhabend war, verfügte er auch über den Mut, sich dazu zu bekennen.

Er war während Kehls Ausbruch langsam aufgestanden, hatte seine Unterlagen zusammengepackt und sich langsam in Richtung Türe bewegt.

»Der Mann blufft doch nur!«, inzwischen brüllte Kehl nur mehr. »Ich werde mich selbst in der fraglichen Zeit im EKZ aufhalten und diesem Arsch trotzen. Wahlheimer, wohin wollen Sie?«

»Ich bin eben von meinem Vertrag zurückgetreten. Wegen Verletzung der §§ 14 und 23«, verkündete der so Befragte würdevoll, wie sogar sein Kollege Eisner anerkennen musste. »Alles Weitere werden Sie von meinem Anwalt hören.«

Der Mann hatte die Türe erreicht, sie geöffnet und dann wieder geschlossen. Von außen.

»Sie sind fristlos entlassen, Sie Pfuscher, Sie Traumtänzer!« Kehls Gesicht war blutrot angelaufen, und die meisten Anwesenden hofften schon …

Aber so schnell, wie er in die Höhe gegangen war, hatte sich Kehl auch wieder beruhigt. »Wissen Sie was, Eisner?«, meinte er zu dem bisherigen Stellvertreter, der sich schon auf der nächsten Karrierestufe sah. »Ich denke, ich werde Wahlheimers Funktion bis auf Weiteres selbst übernehmen. Ein bisschen Schwung in euren lahmen Laden hier bringen. Damit wir in Ruhe einen Nachfolger für diesen Versager suchen können.«

Typisch Vater, dachte Johann Friedrich Kehl, während er auf seinen Stock gestützt hinaus und aufs WC humpelte. Verstand es immer wieder brillant, mit einem einzigen Schlag mehr Menschen zu treffen als jeder andere, den er kannte. Aber eines Tages würde das dem Alten selbst auf den Kopf fallen. Das würde aber mehr als nur Kopfschmerzen bedeuten. Und der Tag war näher, als dem Patriarchen lieb sein konnte.

* * *

Sabine Pleschke alias Jan Paluda war mit ihren polnischen Reisegefährten heute Morgen noch bis München mitgefahren. Hier hatten sich ihre Wege getrennt. Jana, Karel und Monika wollten weiter nach Stuttgart und sie nach Salzburg. Sie hatte allerdings vor, sich vorher noch ein ordentliches Frühstück in der Stadt zu genehmigen.

Im Augenblick hatte sie sich ein kuscheliges Plätzchen an der Isar gesucht und holte den Schlaf nach, den sie letzte Nacht nicht gefunden hatte. Ihre durchwegs um sieben bis acht Jahre älteren Freunde hatten gefeiert, was das Zeug hielt. Irgendwann war es dem stillen Burschen, wie sich Jan alias Sabine gab, aber zu viel geworden und er hatte sich zurückgezogen. Und dann zwar Ruhe gehabt, aber nicht schlafen können.

Die Aufregung um ihre »Entführung« hatte sich inzwischen von der Titelseite ins Blattinnere verlagert, von der Schlagzeile zur mehr oder weniger kurzen Meldung auf der Sportseite oder im Chronikteil gewandelt. Deutschland und der interessierte Rest der Welt hatten sich daran gewöhnt, dass Sabine Pleschke nicht da war, wo sie der Meinung ihrer Mutter, ihrer Großmutter und auch der Nummer eins im Tor der deutschen Nationalmannschaft nach hätte sein sollen.

Das war etwa zwei Stunden vor dem Eröffnungsspiel der EURO 08 im Basler St.-Jakobs-Park und rund 26 Stunden vor der mit Hochspannung erwarteten Begegnung Deutschland gegen Österreich in Wien.

10

Samstag, 7. Juni, später am Nachmittag

Nachdem Renata Brionigg und Erika Fuscheé kurz nach 16.00 Uhr von einem Hubschrauber abgeholt worden waren – beide Damen hatten um 19.30 Uhr einen offiziellen Termin in der Staatsoper, ›La Bohème‹ mit der Tiziani und Marco Berulli –, hatten sich Wilma und Marianne ganz gemütlich nach Wien bringen lassen.

Auch die beiden hatten heute Abend noch einiges vor. Immerhin wurde Marianne morgen 34 Jahre alt, ein guter Grund, um mit Anselm, der Familie Wilmas und einigen Freunden in einem erstklassigen Restaurant in der Innenstadt fein zu essen und das Geburtstagskind um Mitternacht hochleben zu lassen. »Hineinfeiern« nannte man das. Das bedeutete einen langen Abend und eine kurze Nacht. Denn am nächsten Tag um 9.00 Uhr stand schon wieder etwas Einmaliges auf dem Programm. Das Frühstück mit dem slowenischen Ministerpräsidenten und seiner Frau. Mario würde Augen machen.

* * *

Nach einer kurzen, sehr berührenden Eröffnungsfeier, die mit dem Aufsteigen von 10.000 Luftballons mit Friedensbotschaften an die Fußballfreunde in aller Welt ihren abschließenden Höhepunkt fand, erklärte der Schweizer Bundespräsident die Fußballeuropameisterschaft 2008 für eröffnet.

Mit der geringfügigen Verspätung von zwei Minuten pfiff der russische Unparteiische Anatoli Karpolew im Basler St.-Jakobs-Park-Stadion um 18.02 das Eröffnungsspiel Schweiz gegen Portugal an. Das große, lange und sehnsüchtig erwartete Fußballspektakel hatte begonnen. Für mehr als drei Wochen hatte jetzt das runde Leder, der Ball, um den sich alle Träume drehten, Saison. Endlich! ›Expect emotions‹.

* * *

Palinski saß in der Wohnung und wartete ungeduldig auf Wilmas Heimkehr. Im Laufe des Tages hatte er mehrmals versucht, sie telefonisch im Waldviertel zu erreichen. Hatte sie auf ihrer Mailbox angefleht, ihm einen ersten »Stimmungsbericht« zu geben.

Aber vergebens, die Frau, mit der er nunmehr schon länger als 25 Jahre nicht verheiratet war, hatte auf sein drängendes Bemühen einfach nicht reagiert. Was weiter nicht verwunderlich war, hatte sie ihr Handy doch irrtümlich zu Hause, in einer anderen Jacke vergessen. Das wusste Palinski aber nicht.

Um sich die Zeit zu vertreiben, hatte er sich die Eröffnung der EM in Basel angesehen und verfolgte jetzt halbherzig das langweilige Spiel, das in der 35. Minute noch immer 0:0 stand. Auch wenn die Schweizer bisher leichte Vorteile für sich verbuchen konnten.

Es war ein typisches Eröffnungsspiel, geprägt von Vorsicht und dem deutlich erkennbaren Bestreben, bloß keine Fehler zu machen. Keine Fehler bedeuteten beim Fußball keine Tore. Tore waren aber das Salz dieses Spiels, und ohne Salz mundete es wie … na ja, wie salzlose Kost nun einmal schmeckte, schrecklich eintönig. Zum Vergessen.

Und genau das war das Spiel auch bis zur 47. Minute. Wenige Sekunden vor Ablauf der angezeigten Nachspielzeit nahm Andi Bellinson im Tor der Eidgenossen einen vom eigenen Verteidiger kommenden Rückpass ohne Not mit den Händen auf. Kein Mensch, auch Bellinson selbst, konnte diese Kurzschlusshandlung später erklären. Außer vielleicht mit Vorherbestimmung.

Dem aufmerksamen Schiedsrichter war das natürlich nicht entgangen, und so pfiff Gospodin Anatoli Karpolew sofort ab, zeigte indirekten Freistoß an und deutete auf einen Punkt im schweizerischen Strafraum. Entsetzen bei den rund 22.000 Eidgenossen auf den Rängen, Begeisterung bei den etwa 4.000 Anhängern der Portugiesen und interessierte Aufmerksamkeit beim Rest der Wahnsinnigen. Ein Indirekter im Strafraum, das sah man wirklich nicht täglich. Was nun tatsächlich folgte, aber noch seltener: Stürmerstar João Marén legte sich den Ball sorgfältig auf, der Schiedsrichter scheuchte die aufgeregten Spieler der Schweizer so lange hin und her, bis der Abstand stimmte. Dann endlich der erlösende Pfiff. Der geschickt zu Alistingo gezirkelte Ball wurde allerdings vom herausstürmenden Bellinson in hohem Bogen aus dem unmittelbaren Gefahrenbereich geboxt und gelangte zu dem am ›Sechzehner‹ wartenden Olbinger.

Da die so unmittelbar vor der Pause völlig unerwartete Chance auf den Führungstreffer sämtliche Portugiesen in den Strafraum der Gastgeber gelockt hatte, befand sich zwischen dem Schweizer Mittelstürmer und dem gegnerischen Tor niemand mehr außer dem portugiesischen Keeper Polani. Der sich, um besser sehen zu können, was sich bei seinem Kollegen vis à vis abspielte, etwa auf Strafraumhöhe aufgebaut hatte.

Olbinger hatte den Ball blitzschnell angenommen und bereits einige Meter in Richtung des portugiesischen Tors zurückgelegt, als Polani die akute Gefahr erst so richtig erkannte, sich umdrehte und lossprintete. Der Schweizer Stürmer führte den Ball noch einige Meter, brachte sich dann in Schussposition und hob den Ball aus mehr als 50 Metern Entfernung gefühlvoll auf Polanis Tor.

Der Portugiese, der die 100 Meter angeblich in 10,9 zurücklegen konnte, gab wirklich sein Bestes. Aber das war an diesem Tag nicht gut genug. Etwa einen Meter vor ihm senkte sich der Ball fast wie in Zeitlupe auf den Rasen knapp vor dem Tor und sprang dann über den unglücklich nachhechtenden Goalie hinweg ins Netz. 1:0 für die Schweiz.

Selten zuvor hatte ein Torhüter so alt ausgesehen wie der arme Polani in dieser Situation.

Das ungläubige Schweigen, das sich nach Olbingers Ballannahme über den St.-Jakobs-Park gesenkt hatte, wurde schlagartig von einem ungeheuren Sturm der Begeisterung abgelöst. Der Pfiff, mit dem der Schiedsrichter die erste Spielhälfte beendete, ging völlig in den minutenlangen, stakkatoartigen ›Olbinger, Olbinger‹- und ›Hopp Schwiiz‹-Rufen unter.

Lediglich die bitter enttäuschten portugiesischen Fans, nicht wenige von ihnen heulten wie kleine Kinder und stellten so einen bevorzugten Blickfang für die internationale Bildregie dar, beeinträchtigten das allgemeine Hochgefühl.

Ja, so war Fußball, dachte Palinski. Da reichten 30 verrückte Sekunden, um die vorangegangenen 46 Minuten nicht nur vergessen, sondern in Begeisterung verwandeln zu lassen.

Er ging in die Küche, um sich ein Glas Mineralwasser und ein paar Kekse zu holen. Das Abendessen zu Ehren Mariannes würde erst um 21.30 Uhr stattfinden, und er hatte Hunger. Jetzt.

Als er ins Wohnzimmer zurückkam, liefen eben einige Werbespots in der ›Idiotenlaterne‹. Palinski wollte schon den Sender wechseln, als plötzlich die hinlänglich bekannte ›Beisl-Bar‹-Werbung zu laufen begann. Er hatte sich nach dem gestrigen Telefonat und seinem Vergleich mit Hektor Wiener nicht mehr weiter um die Schnitzel-Angelegenheit gekümmert. Die fachlichen Details waren ohnehin Sache des Anwalts, vor allem aber hatte er gar keine Zeit gehabt.

Palinski verfolgte das Filmchen zunächst eher desinteressiert, dann aber mit wachsender Empörung. Zwar waren alle Passagen, die ihn bzw. seinen Namen in Bezug mit der Schnitzelaktion brachten, entfernt worden. Aber der neue, dem Spot unterlegte Text, besser, dessen Kernaussage machte ihn zornig. Da stellte dieser Scheißwiener die ganze Spendenaktion sozusagen als Idee seines Unternehmens hin und verschaffte sich auf seine, Palinskis Kosten, das Image des Wohltäters hilfsbedürftiger Kinder und Jugendlicher.

»Von jedem Schnitzel, das während der Fußball-EM, also bis zum 29. Juni, in einem unserer ›City-Beisln‹ verkauft wird«, verkündete der feiste Unternehmer mit seinem schmierigsten Lacher in die Kamera, »gehen 20 Cent an ›Kinder in Not‹ und andere Jugendhilfswerke. Also lasst euch das ›Schnitzel à la Polska‹ schmecken und helft gleichzeitig Kindern, denen es nicht so gut geht!«

Scheißschleimer, Palinski war zornig. Er musste unbedingt mit Herburger sprechen, denn so hatte er das nicht mit Hektor Wiener vereinbart. Diese anbiedernde Profilierung als Freund und Retter der Kinder war widerlich. Die würde er diesem Mistkerl auch nicht durchgehen lassen.

* * *

Oberleutnant Beat Vonderhöh von der Kantonspolizei in Zürich saß in seinem Dienstwagen und ärgerte sich. Da war die Schweiz mit dem Jahrhunderttreffer, bei dem zugegebenermaßen auch ein wenig Glück im Spiel gewesen war, in Führung gegangen, und dann das.

Die zweite Halbzeit hatte mit stürmischen Angriffen der Portugiesen begonnen, die von der Schweizer Abwehr, allen voran von einem heroisch kämpfenden Andi Bellinson, erfolgreich abgewehrt worden waren. Bis ihm in der 67. Minute ein Ausschuss abriss und direkt vor den Beinen von da Silva landete. Verteidiger Michel Lepertie hatte nur mehr die Option einer Notbremsung des portugiesischen Schützenkönigs im Strafraum. Was natürlich einen Elfmeter zur Folge hatte.

Und diese Chance ließ sich der Gefoulte höchstpersönlich natürlich nicht nehmen. 1:1, alles war wieder offen.

Vonderhöh zog den Startschlüssel ab, stieg aus dem Wagen, verschloss ihn und machte sich auf den Weg vom Parkplatz zum Hotel ›Baur au Lac‹.

Vonderhöh hatte Glück, der Portier, der am Morgen des vergangenen Dienstags Dienst gehabt hatte, war auch heute Abend da. André Buerkli hatte mit dem Kollegen, der jetzt eigentlich in der Loge stehen sollte, getauscht. »Wegen einer Familienangelegenheit«, wie er beiläufig erklärte. Buerkli betrachtete das Bild einige Zeit, runzelte dabei die Stirne und kratzte sich mehrmals an der Nase. Und gerade, als Vonderhöh zu befürchten begann, dass der Concierge verneinen würde, legte der sich ganz dezidiert fest: »Das ist die Dame, die sich am Dienstagmorgen bei mir nach einer Zugverbindung nach Genf erkundigt hat. Ich bin ganz sicher. Ich habe noch jetzt die Nase von ihrem überreichlich aufgetragenen Parfum voll. Calèche, meine Freundin liebt es.«

Wie es schien, war die Wiener Kollegin da tatsächlich auf etwas gestoßen. Wenn es stimmte, dass die Frau des Schweizer Mordopfers in Wien den Wiener Schiedsrichter im Zug nach Zürich umgebracht hatte und die Frau oder der Freund des Schiedsrichters den Architekten in Wien, dann war das schon ein dicker Hund. Er hatte zwar schon von solchen getauschten Morden gehört, diese aber bisher immer für das Produkt der Fantasie eines überspannten Drehbuchautors gehalten. Obwohl – zwischen verdächtigen und beweisen lag noch eine Menge Arbeit. Aber es war ein erster Schritt und reichte für die Festnahme von Evelyn Immenseh.

Als Vonderhöh sein Autoradio wieder angedreht hatte, war bereits die 92. Minute des Spiels im Basler St.-Jakobs-Park erreicht, und es stand noch immer 1:1. Nun, wenigstens hatte er nichts Entscheidendes versäumt. Obwohl, das hätte er gerne auf sich genommen, wenn es sich um das Siegestor gehandelt hätte. Für die Schweiz natürlich.

Er drehte das Radio ganz leise und ließ sich über die Zentrale der Kantonspolizei mit Kollegen Lercher in St. Gallen verbinden, um die Festnahme Frau Immensehs zu veranlassen. Während er auf die Verbindung wartete, sah er plötzlich, wie sich die Menschen, völlig fremde Leute offenbar, am Straßenrand in die Arme fielen. Dann hörte er auch schon den euphorischen Aufschrei Frederick Lerchers aus dem Handy: »Ja Gopferdeckel, jetzt haben wir doch noch das verdammte Tor geschossen!«

So gewann die Schweiz das Eröffnungsspiel gegen Portugal durch ein Eigentor Dal Pintos glücklich, aber nicht unverdient mit 2:1, und Oberleutnant Beat Vonderhöh hatte den entscheidenden Treffer in der 93. Minute nicht mitbekommen.

Also, wenn er keine eigenen Zähne mehr gehabt hätte, sondern falsche, aus zwei Hälften bestehende Beißerchen, er hätte sich jetzt selbst in den Hintern gebissen.

* * *

Harry Bachler und Irmi Weinbrugger, beide an Fußball nicht sonderlich interessiert, waren nach der heutigen Ballprobe noch ins Kino gegangen. Jetzt war es kurz vor 21.00 Uhr, und sie bummelten gemächlich über die Kärntner Straße zur Weihburggasse. In der sich auf Nummer 4 das neben dem ›Sacher‹ wahrscheinlich traditionsreichste Luxusrestaurant der Stadt befand, das ›Drei Husaren‹.

1933 hatten Oberst Paul Graf Palffy, sein Vetter Peter Palffy und Rittmeister Baron Sonjok das Kaffeehaus Ella Zirners in der Weihburggasse 4 gepachtet. Damit war der Grundstein für das weltberühmte ›Drei Husaren‹ und seine wechselvolle Geschichte gelegt worden.

Bald schon hatten die drei Haudegen allerdings erkennen müssen, dass außerordentliche Fähigkeiten im Felde nicht automatisch auch schon Erfolg bei der Führung eines Gastronomiebetriebes garantierten. In weiser Selbstbeschränkung hatten sie sich daher die Dienste Ignaz Dieners, des langjährigen Direktors des Hotel »Sacher«, gesichert und ihn mit der Führung ihres Restaurants beauftragt. Schwere finanzielle Fehlschläge hatten Graf Palffy aber gezwungen, das Restaurant 1938 an Hitlers Lieblingsgastronomen, den Berliner Otto Horcher, zu verkaufen.

Die Gunst des ›GröFaZ‹* hatte in den folgenden Jahren beste Geschäfte garantiert. Kritik an der unmenschlichen Rassenpolitik der Nazis hatten Horcher allerdings später

* Größter Feldherr aller Zeiten – gemeint ist Hitler, das Akronym verulkt die Vorliebe der Nationalsozialisten für Abkürzungen aller Art

in größte Schwierigkeiten gebracht. Mithilfe Görings war ihm und seiner Familie aber 1943 die Flucht nach Madrid gelungen, wo er das berühmte ›Horcher‹ in der Calle de Alfonso gründete. Das Restaurant existiert noch immer und wird dem Vernehmen nach gerne von internationalen Größen besucht.

1949 hatte Egon Baron von Fodermayer das seit Horchers Abgang geschlossene ›Drei Husaren‹ erworben. Nach zwei Jahren liebevollster Restaurierung hatte er das Restaurant wieder eröffnet und dem etwas an Glanz verlorenen Namen neuerlich strahlende Geltung verliehen. Mehr denn je zuvor etablierte sich das einzigartige Lokal als kulinarischer Fixstern und beliebter Treffpunkt der Wiener Gesellschaft. Die überragenden Leistungen der Küche erkochten dem Lokal ein Image, welches das Restaurant weit über die Grenzen Österreichs, ja Europas hinaus bekannt machte.

Nachdem er in Uwe Kohl und Ewald Plachutta sowohl fachlich als auch gastrosophisch kongeniale Nachfolger gefunden hatte, hatte Egon von Fodermayer 1979 sein Lebenswerk in jüngere Hände übergeben und sich zurückgezogen.

Allen Skeptikern und Unkenrufern zum Trotz war es den neuen Eigentümern in kurzer Zeit gelungen, die qualitative und atmosphärische Kontinuität dieser Wiener Institution in beeindruckender Weise zu sichern. Mehr noch, es gelang ihnen, die Marke ›Drei Husaren‹ mit Geschmack, Fingerspitzengefühl und Augenmaß so dem Wandel der Zeit anzupassen, dass das Restaurant blieb, was es immer schon gewesen war. Nämlich d i e Adresse für Wiener Küche und Esskultur. Dadurch, dass das ›Drei Husaren‹ nie im modernistischen Gastromainstream mitgeschwommen war, war es auch nie in gewesen und konnte daher auch niemals out sein. Eine bessere Langzeitstrategie gab es nicht.

Palinski hatte Uwe Kohl, dem das Lokal inzwischen alleine gehörte, durch einige Jobs während seiner Studienzeit kennen- und schätzen gelernt. Ja, er hatte sich mit dem um rund 20 Jahre älteren Gastronomen angefreundet. Die beiden Männer sahen sich zwar nicht oft, genossen die seltenen Treffen dafür aber umso mehr.

Für heute Abend 21.30 Uhr hatte Mario einen Tisch für zehn Personen bestellt, um den Geburtstag einer guten Freundin zu feiern. Grund genug für Kohl, sich ein paar nette Kleinigkeiten einfallen zu lassen. Denn Marios Freunde waren auch seine Freunde.

Als Erster der Runde erschien Harry, Palinskis Sohn, mit seiner derzeitigen Flamme. Nettes Mädchen, fand Uwe. Und wie groß der Bub geworden war. Als er ihn das letzte Mal gesehen hatte, war Harry noch ein richtiger kleiner Hosenscheißer gewesen. Und jetzt stand ein Mann vor ihm. Also Limonade konnte er den beiden nicht mehr anbieten.

»Schön, Sie heute hier begrüßen zu können«, meinte er zu Irmi und küsste ihr galant die Hand. »Servus Harry, ihr seid die Ersten.« Er deutete zur Bar: »Darf ich euch schon einmal auf ein Glas Champagner einladen?«

* * *

Serge Hiebler blickte auf den Umschlag, der eigentlich längst unterwegs oder gar schon an der Empfängeradresse angelangt sein sollte. Er hatte sich seit vorgestern vorgenommen, die Sendung zur Post zu bringen. Gleich nachdem er die kleine Schachtel gekauft und mit dem etwas ungewöhnlichen Versandgut befüllt hatte. Den kurzen

Begleitbrief hatte er rasch geschrieben gehabt und beides, Brief und Schachtel, in ein etwas größeres Kuvert gesteckt. Und seither lag der Umschlag auf dem kleinen Kasterl im Vorzimmer, mit Adresse und Absender versehen und bereit, auf die Reise zu gehen.

Inzwischen hatte er ein bisserl ein schlechtes Gewissen. Sein Partner hatte seinen Teil der Vereinbarung voll erfüllt und konnte daher erwarten, dass auch er, Serge, die von ihm übernommene Verpflichtung zu 100 Prozent erfüllte. Und dazu fehlten eben noch, na ja, die letzten 0,5 Prozent halt. Ihm war bisher aber immer was dazwischengekommen.

Na ja, Sie kennen das sicher auch. Man nahm sich etwas vor, und es wollte und wollte einfach nicht klappen. Aber heute sollte es geschehen. Serge blickte auf seine Uhr, es war kurz nach 21.30 Uhr und ein herrlicher Abend. Er hatte noch irgendwo einige Briefmarken, die würde er auf den Umschlag kleben und diesen dann in den Briefkasten beim Grinzinger Postamt einwerfen. Der wurde auch sonntags geleert, wenn er sich nicht irrte. Wichtig war vor allem aber, dass das Zeug endlich einmal weg aus seiner Wohnung kam. Und danach wollte er sich noch ein, zwei Vierterln beim Heurigen genehmigen. Zum Ausklang einer erfolgreichen Woche und als Trunk zur Guten Nacht.

Ein wenig später, auf dem Weg zu jenem gelben Kästchen mit den beiden Schlitzen links und rechts, überkamen Serge allerdings Bedenken. Da der Inhalt des Umschlages zumindest für seinen Empfänger einen sehr hohen Wert besaß, sollte er das Postgut vielleicht besser doch ›Rekommandiert‹ versenden. Auch für den Fall, dass die Sendung verlorenging, was der Post, privatisiert oder nicht, gelegentlich schon passieren konnte, war es besser, dem Empfänger gegenüber die Erfüllung seiner Verpflichtung nachweisen zu können. Wo aber war das nächste Postamt, das am Samstag um diese Zeit noch geöffnet hatte? Na, in jedem Fall die Hauptpost in der Inneren Stadt.

Da er aber jetzt schon einmal in der Heurigengegend war, wollte er auch etwas trinken. Während er noch überlegte, für welches Lokal er sich entscheiden sollte, wurde er von einem Spezifikum fußballerischer Großveranstaltungen umflutet, einer Gruppe Schlachtenbummler. Die rund fünfzehn 25- bis 35-jährigen Männer aus Deutschland, die bereits leicht angetrunken waren und die Stangen ihrer zum Teil aufgerollten Fahnen gesenkt vor sich hertrugen wie weiland die Ritter im Turnier, schienen Serge für einen hilfsbereiten Menschen zu halten. Was er ja grundsätzlich auch war.

»... n'Abend«, meinte der mit der größten Fahne. »Tschulldjung, kännen Sie mer saschen, wo es hier zum ›Hause Däbling‹ gäht?«

Serge, der nie zuvor einen Sachsen live erlebt hatte und noch dazu in Gedanken war, reagierte eher unwirsch.

»Wenn Sie etwas von mir wollen, müssen Sie schon Deutsch reden«, murrte er unwillig. »Wer soll denn das Kauderwelsch verstehen?«

Irgendwie hatte Hiebler damit die alkoholbedingt recht niedrig liegende Reizschwelle der Freunde aus Mitteldeutschland überschritten und sich damit zwei zufällige, aber deutlich spürbare Stöße mit den Fahnenstangen eingehandelt.

»Au«, brüllte er, »was soll denn das, ihr Arschlöcher?!« Kaum hatte er das gesagt, hatte er sich auch schon eine mächtige Backpfeife, also eine Ohrfeige, eingehandelt.

Einige ebenfalls schon leicht angeschickerte jüngere Wiener auf Lokalsuche sahen den Landsmann bedroht und gleichzeitig eine Chance, sich wieder einmal körperlich zu betätigen. Und schon war die schönste Rauferei im Gange, die Grinzing seit Langem gesehen hatte.

Mit dem ersten Schlag, den Serge hatte einstecken müssen, hatte er den Umschlag fallen lassen. Nachdem ein, zwei Kämpfer versehentlich draufgestiegen waren, wurde das gute Stück durch ein wohlmeinendes Schicksal aus der unmittelbaren Kampfzone heraus irgendwie ins Rinnsal befördert, wo das Kuvert mehr oder weniger unbeachtet liegen blieb.

Serge fiel der Verlust erst einige Zeit später auf dem Kommissariat auf, in das man die ganze Blase, die sich angesichts des gemeinsamen Feindes plötzlich ganz gut verstand, gebracht hatte.

Aber da war es schon zu spät. Denn in der Zwischenzeit hatte der Polizeibeamte Anton Weber den Brief entdeckt und geborgen. Er wollte damit schon zum nächsten Postkastl eilen, um die Sendung ihrer Bestimmung zuzuführen, als sein Blick auf den Adressaten fiel. Der Name kam ihm bekannt vor, sehr bekannt sogar, und er wusste auch gleich, woher. Hatte er ihn doch erst vor wenigen Tagen gehört. Und so nahm er den Umschlag mit sich, um ihn seinem Vorgesetzten zu zeigen.

* * *

Sabine Pleschke alias Jan Paluda hatte die Reise zu ihrem Vater bisher sehr genossen. Sie war ihr wie Urlaub vorgekommen. Eine von diesen Fahrten in den Süden, von denen ihr ihre Großmutter so oft erzählt und die sie in den besseren Tagen tatsächlich gemacht hatte.

Im Lauf des Abends war ihr der Spaß aber gründlich vergangen. Zunächst hatte alles noch so prima ausgesehen. Da war einmal diese nette türkische Familie gewesen, die sie bis Salzburg mitgenommen hatte. Obwohl in dem alten VW-Bus ohnehin kein Platz mehr gewesen war, hatten sie diese freundlichen Menschen auf die Rückbank zwischen die alte Oma und die beiden Kleinen geklemmt. Die Fahrt war sehr nett gewesen, eng, aber wirklich nett.

Da ihre neuen Freunde nach Villach mussten, Sabine aber nach Wien, trennten sich ihre Wege am Walserberg. Dort war sie nach zwei Stunden Siesta in der Sonne und einer Jause im Rasthaus mit Dolly in ihrem alten VW mitgefahren. Diese Frau hatte sie an der Kasse angesprochen und ihr angeboten, sie mitzunehmen. Sogar bis Wien, nachdem Sabine dieses Reiseziel genannt hatte.

Dann hatte Dolly ihr allerdings den Rucksack mit dem Ausweis und ihrem gesamten Vermögen, mehr als 400 Euro, abgenommen und sie am Rastplatz Mondsee hinausgeschmissen.

Und da saß Sabine jetzt seit vielen Stunden auf einer Bank, sah hinab auf den im Mondlicht gleißenden See und wusste nicht, was sie tun sollte. Ihre Stimmungslage schwankte zwischen Angst, Zorn und Niedergeschlagenheit. Dazu kam, dass ihr trotz der milden Nachtluft langsam kalt wurde. Aus dem in den letzten Tagen äußerst selbstsicher gewordenen Jan war schlagartig wieder die ›kleine Bine‹ geworden, die sich nach ihrem wohlbehüteten Zuhause bei Mama und Oma sehnte und nicht wusste, wie es weitergehen sollte.

Schließlich siegte die Natur über das momentane Chaos. Sabine legte sich auf die Bank, rollte sich zusammen und war innerhalb von Sekunden eingeschlafen.

* * *

Kurz nach 21.30 Uhr war die Runde im ›Drei Husaren‹ tatsächlich komplett. Ja, selbst Helmut Wallner, der noch um 20.00 Uhr einen Termin in der Polizeidirektion gehabt hatte, war fast pünktlich erschienen.

Zur Einstimmung hatte Uwe Kohl Palinski und seine Freunde mit einem speziell für das Geburtstagskind kreierten Cocktail erfreut, den er ›Mariannes Delice‹ getauft hatte. Irmi und Harry, die sich das Warten auf die anderen mit mehreren Gläsern Champagner an der Bar vertrieben hatten, waren schon sehr guter Stimmung, um das einmal höflich zu formulieren. Wilma blickte besorgt auf ihren in Permanenz an Irmi knabbernden Sohn und beobachtete mit Argwohn, wie die junge Frau darauf reagierte. Schließlich fand sie, dass es genug war. Sie flüsterte Palinski etwas ins Ohr, dann stand sie auf und ersuchte die Freundin ihres Sohnes, mit ihr zu kommen. Was Irmi schließlich auch tat.

»Was soll denn das?«, wollte Harry schon aufbegehren, aber Palinski gab ihm mit einer Geste zu verstehen, ruhig zu bleiben.

»Vergiss nicht, dass dieser Abend Mariannes Abend ist und nicht deiner oder Irmis«, erinnerte er den Junior. »Wenn ihr in der Disco seid oder bei Freunden, dann könnt ihr so weit gehen, wie ihr es verantworten könnt. Aber wenn ihr mit uns unterwegs seid, dann nehmt bitte Rücksicht darauf. Klar?«

Einen Moment lang schien es so, als ob Harry widersprechen wollte. Dann überlegte er sich das aber und nickte nur stumm mit dem Kopf. »Tut mir leid«, meinte er nach einigen Minuten. »Too much champagner, you know«, blödelte er. Tatsächlich war ihm die Zurechtweisung aber unangenehm gewesen, sehr unangenehm.

Wilma hatte inzwischen auch Irmi wieder auf den Boden zurückgeholt und den beiden bis auf Weiteres Alkoholverbot erteilt. Damit war die Angelegenheit für alle Beteiligten fürs Erste erledigt, und man konnte sich endlich dem legendären Horsd'œuvre-Konvoi des ›Drei Husaren‹ widmen.

Auf mehreren Wagerln war an Vorspeisen aufgebaut, was die Gourmets aller fünf Kontinente in schwärmende Raserei zu versetzen geeignet war. Es war fantastisch, was die Küche alles aufgeboten hatte, um den Gaumen so richtig in Fahrt zu bringen.

Inzwischen trudelten die ersten Gäste ein, die sich nach dem Ende der Oper oder der zahlreichen Theater auf ein exquisites Dinner freuten. Uwe Kohl kannte die meisten dieser Menschen und war unterwegs, sie persönlich willkommen zu heißen.

Einige Tische neben der fröhlichen Runde um Marianne Kogler hatten inzwischen ein hochgewachsener, patriarchalisch wirkender älterer Herr mit schlohweißer, wallender Mähne und eine korpulente, auf faszinierende Weise nichtssagende Dame Platz genommen. Vom Patron auf das Wienerischste willkommen geheißen mit: »Küss die Hand, gnädige Frau. Guten Abend, Herr Konsul, schön, dass Sie uns wieder einmal die Ehre geben.«

Der alte Herr ging nicht weiter darauf ein, sondern öffnete die Speisekarte. »Mein Sohn wird etwas später nachkommen«, teilte er dem bereitstehenden Ober mit, »aber wir fangen schon einmal an.«

Anselm Wiegele hatte beim Eintreten des Paares aufgeblickt und leicht mit dem Kopf genickt. Gegrüßt, wie es Palinski schien.

»Kennst du diese Leute?«, flüsterte er dem Freund zu.

»Das sind Konsul Dr. Hans Jürgen Kehl und seine Frau, der Hauptsponsor unseres Teams«, damit meinte er natürlich das DFB-Team.

»Der Kehl?«, vergewisserte sich Palinski fast ungläubig, »der deutsche Supermarktkaiser?«

»Genau der«, bestätigte Wiegele, »inzwischen gehört ihm aber auch schon einiges bei euch hier. Wie zum Beispiel das Einkaufszentrum beim Ernst-Happel-Stadion.«

»Aha, aber warum ...«, der exakt zu diesem Zeitpunkt servierte ›Tafelspitz mit Rösterdäpfel und Schnittlauchsauce‹ hatte Palinskis Konzentration abreißen und seine Frage vergessen lassen.

Wir werden daher niemals erfahren, was er in diesem Moment hatte wissen wollen. Aber was soll's? Wird schon nicht so wichtig gewesen sein.

* * *

Konsul Emden schlich lautlos durch das leere Kellergeschoss des Gebäudes, in dem demnächst sein nächster und bisher größter ›Wumm‹ stattfinden sollte. Er hatte sich unter einem anderen Namen einen Schlüssel zu dem Komplex beschaffen können, was ihm bei seinem heutigen Vorhaben sehr entgegengekommen war. Eben hatte er die letzten Handgriffe für die Sprengung getan, die Vorbereitungen waren damit abgeschlossen. Besonders amüsant fand er den Umstand, dass ihm in diesem Fall seine spezielle »Tarnung« sehr viele Freiheiten ermöglichte. So hatte ihm unter anderem, es war wirklich zum Lachen, einer der Wachleute geholfen, einen Teil des Sprengstoffes in das Gebäude zu bringen. Natürlich hatte der Unglückselige keine Ahnung davon gehabt.

Jetzt hatte Konsul Emden, der heute ein wenig zu hinken schien, den hinteren Notausgang erreicht und trat vorsichtig ins Freie. Die leichte Anspannung, die ihn erfüllt hatte, fiel von ihm ab, und er stellte fest, dass er Hunger hatte. Das traf sich gut, denn er wurde ohnehin noch zum Essen erwartet.

* * *

Der Polizist Anton Weber war mit dem Umschlag sofort ins Koat Döbling auf der Hohen Warte zurückgekehrt. Da Oberinspektor Wallner nicht mehr im Hause war, brachte er seinen Fund zu Inspektor Franz Haberfellner, dem stellvertretenden Leiter der Kriminalpolizei am Kommissariat. Da Weber über die Bedeutung des Adressaten für einen aktuellen Mordfall Bescheid wusste, machte er den Inspektor sofort darauf aufmerksam. Dieser kannte den Fall zwar nicht wirklich, aber gut genug, um die mögliche Brisanz des Fundes erahnen zu können. Daher hielt er sich auch nicht lange mit der Überlegung auf, ob er den Umschlag öffnen sollte oder nicht, sondern schaffte Fakten. Er zog sich Handschuhe an, um das Kuvert nicht auch noch mit seinen Fingerabdrücken zu übersäen, und öffnete es. Vorsichtig nahm er ein Schreiben sowie eine kleine Schachtel heraus und stellte sie vor sich auf den Schreibtisch. Dann hob er den Deckel ab, nahm die als Abdeckung dienende Schicht Watte herunter und starrte auf … ja, was war das eigentlich? In jedem Fall etwas für das Kriminaltechnische Labor.

Jetzt nahm er sich das Schreiben vor. Und wusste plötzlich, was er in der kleinen Schachtel gesehen hatte. Bei dem stacheligen, undefinierbaren Klumpen handelte es sich um die mit Rasierschaum verklebten Reste der Schambehaarung des ermordeten Architekten. Natürlich vorbehaltlich der Ergebnisse der Laboruntersuchung. Der Inhalt des Begleitschreibens klärte aber auch noch die restlichen Geheimnisse dieses Falles, der eigentlich aus zweien bestand.

Und dann passierte noch etwas, das sich im Konnex mit den aktuellen Ereignissen wie ein kleines Wunder ausnahm. Als Haberfellner zwei Beamte in die Strassergasse 10 schicken wollte, um Serge Hiebler wegen des dringenden Verdachts des Mordes an Urs Immenseh festzunehmen, teilte ihm der Diensthabende Erstaunliches mit. Nämlich, dass sich ein Mann dieses Namens bereits im Wachzimmer befand und dabei war, eine Aussage zu einem Raufhandel zu machen, in den er verwickelt worden war.

»Sofort festnehmen!«, ordnete der Inspektor an. Wenn bloß alle Tatverdächtigen so entgegenkommend wären, dachte er, während er versuchte, seinen Chef ans Telefon zu bekommen, um ihn mit den aktuellen Entwicklungen zu überraschen.

* * *

Kurz vor Mitternacht war Johann Friedrich Kehl in den ›Drei Husaren‹ aufgetaucht und hatte sich am Tisch seiner Eltern niedergelassen. Der alte Kehl war unüberhörbar verärgert darüber, dass der Junior erst so spät gekommen war. Der wieder machte scheinbar auf geknickt, bestellte sich aber in Wirklichkeit ziemlich ungerührt und ohne auch nur einen Blick in die Karte zu werfen, ein Steak mit Folienkartoffeln und Blattsalaten. »Nur mit Balsamico, etwas Olivenöl und ganz wenig Salz mariniert«, verlangte er und spießte den Ober dabei förmlich mit seinem Zeigefinger auf.

Exakt um Mitternacht erschien Husarenpatron Uwe Kohl mit einer Doppelmagnumflasche ›Taittinger‹, gefolgt von seinem Patissier, der auf einem Servierwagerl eine riesige Geburtstagstorte vor sich her schob. Gemeinsam mit zwei Oberkellnern begann der kleine Chor mit ›Happy birthday to you‹, in das schließlich auch die Runde und sogar einige andere Gäste einstimmten.

Genau in diese berührende Stimmung hinein klopfte Helmut Wallners Handy an. Der Oberinspektor ließ es klopfen und wartete ab, bis sich der Gesang wieder gelegt hatte. Dann entschuldigte er sich kurz und ging hinaus, um sich mit dem Kollegen Haberfellner in Verbindung zu setzen.

Konsul Kehl und seine Familie beobachteten gelangweilt, ja sogar leicht angewidert das ›Menscheln‹ einige Tische entfernt.

»Dass man wegen eines Geburtstages so viel Wind macht«, wunderte sich das Familienoberhaupt. »Bei der zunehmenden Enge auf dem Planeten müsste jeder Geburtstag eigentlich mit einer Trauerfeier begangen werden.« Er grinste beifallheischend vor sich hin.

Gattin Wilhelmine seufzte nur, sie erinnerte sich noch gut und gerne an früher, als auch ihr Ehrentag Anlass für so nette, kleine Überraschungen gewesen war. Aber das war schon lange her.

Johann Friedrich Kehl wieder taxierte die feiernde Runde erstmals bewusst, erkannte den ihn grüßenden Sicherheitschef des DFB, der ihn vom Flughafen abgeholt hatte, und erwiderte den Gruß mit einer knappen Kopfbewegung. Dann blieb sein Blick an dem jungen Mann hängen, der zwei Plätze daneben saß.

Harry, der in den vergangenen zwei Stunden viel gegessen und nur mehr Orangensaft und Wasser getrunken hatte, war, ebenso wie seine geliebte Irmi, wieder völlig nüchtern. Er hatte zwar ein Glas Champagner vor sich, aber bloß zum Zuprosten.

Plötzlich fühlte er sich beobachtet. Vorsichtig blickte er sich um und bemerkte einige Tische entfernt einen Mann mittleren Alters, der ihn offenbar beobachtete. Jetzt aber seinen Blick rasch wieder abwandte. Fast ein wenig abrupt, wie Harry vorkam, und mit einem leicht spöttischen Lächeln auf den Lippen. Der Mann kam Harry irgendwie bekannt vor, er musste ihn schon einmal wo gesehen haben.

In diese Gedanken hinein kehrte Helmut Wallner an den Tisch zurück. Schon auf einige Meter Entfernung konnte man erkennen, dass ihm telefonisch Gutes widerfahren sein musste. Er strahlte – und das sicher nicht nur wegen Mariannes Geburtstag.

»Gute Nachrichten!«, rief er seiner Frau zu. »Wahrscheinlich sind die Schamhaare aufgetaucht. Du wirst nie draufkommen, an wen dieser Hiebler sie mit der Post senden wollte.«

»Doch, an Evelyn Immenseh«, die Inspektorin war wirklich nicht leicht zu verblüffen.

Falls Wallner dadurch überrascht wurde, so ließ er sich das zumindest nicht anmerken. »Der Depp hat das Kuvert mit den Haaren und einem aufschlussreichen Begleitschreiben auf dem Weg zum Briefkasten verloren.«

Er schüttelte den Kopf, ganz so, als ob er bedauerte, dass die erfolgreiche Lösung des Falles durch die Ungeschicklichkeit des Mörders über Gebühr erleichtert, der Spannung beraubt und dadurch entwertet worden war. »Ich bin sicher, es ist nur mehr eine Frage von Stunden, bis er den Mord an Immenseh auch zugibt und die Frau des Architekten beschuldigt, Mellnig ermordet zu haben.«

Auf diesen Erfolg wurde natürlich angestoßen, und auch Harry gönnte sich noch einen Schluck ›Teteusche‹, wie der Ober die Marke des wunderbar perlenden Nasses aus der Champagne korrekt bezeichnete und fast richtig aussprach.

Aber er war nicht richtig bei der Sache. Der eigenartige Gast einige Meter entfernt am Tisch dieses alten Paares irritierte ihn über Gebühr.

»Sag, Anselm«, flüsterte Harry Wiegele zu. »Kennst du den Mann da drüben«, er verdrehte die Augen nach oben, wollte offenbar damit andeuten, dass er sich nicht umdrehen konnte, ohne Aufmerksamkeit zu erwecken. »Da hinten, drei Tische weiter. Der alte Herr mit der weißen Mähne.«

»Das ist Konsul Dr. Kehl, ein deutscher Milliardär«, flüsterte Wiegele zurück. »Er ist Hauptaktionär der KUP-Supermärkte. Auch das neue Einkaufszentrum im Prater gehört zum größten Teil ihm.«

»Und der Jüngere der beiden, wer ist das?«

»Das ist sein Sohn Johann Friedrich Kehl. Ich glaube, er und der Alte vertragen sich nicht wirklich«, Wiegele blinzelte Harry an. »Dominanter Vater erdrückt Sohn«, formulierte er. »Nicht jeder hat so ein Glück wie du.«

Harry verdrehte im Scherz die Augen, musste dann aber lachen.

Wiegele erzählte ihm, was er wusste, auch über den schweren Unfall in Südamerika und so. »Ein Bein soll seither kürzer sein. Angeblich kann er nur mit orthopädischen Schuhen gehen.«

Komisch, der Kerl kam Harry so bekannt vor. Aber woher? Wohin sollte er ihn stecken? Na, es würde ihm schon noch einfallen. Und wenn nicht, dann eben nicht, so wichtig war die Sache auch wieder nicht.

Obwohl: War Kehl nicht auch der Name einer Stadt?

11

Sonntag, 8. Juni, vormittags

Obwohl sie erst nach 2.00 Uhr morgens ins Bett gekommen war, war Wilma kurz nach 6.00 Uhr schon wieder auf den Beinen. Es war eine Frage, auf die sie eine Antwort suchte, die sie nicht länger schlafen ließ. Was zog man, verdammt noch einmal, an, wenn man mit einem richtigen Ministerpräsidenten und seiner Frau zum Frühstück verabredet war?

Sohn Harry war ebenfalls schon munter, lenzte aber noch zwischen den Linnen. Ihn beschäftigte auch so einiges. Die ganze Nacht über hatte er immer wieder den Mann, diesen Kehl junior, vor Augen gehabt. Der hatte ihn im Traum höhnisch angelacht, als ob er sagen wollte »Na du, erkennst du mich nicht, du armes Würschtel, ich bin's, der …« Und genau an das, was der Scheißkerl dann gesagt hatte, konnte sich Harry partout nicht erinnern. Und diese eine Geste, die ihm so vertraut vorgekommen war. Dieses Stechen, Harpunieren, Aufspießen des Gegenübers mit dem Zeigefinger der rechten Hand. Wäre der Mann kein Krüppel, dann … Harry dachte den Gedanken nicht zu Ende, denn der Mann war nun einmal schwer gehbehindert.

Fast automatisch stellte er das kleine Fernsehgerät in seinem Zimmer an und blickte auf die munteren Figuren des frühmorgendlichen Kinderprogramms. Immer wieder derselbe Schmus, dachte er, und dennoch irgendwie wie das Leben. Der Kater terrorisierte die Mäuse, die Mäuse wehrten sich mit List und Tücke. Und so wogte das Leben hin und her, einmal hatte der eine die Schnauze vorne, dann die anderen.

Harry hatte sich schon öfters gefragt, für wen dieses Programm eigentlich bestimmt war. Für die Kleinen, die im Kindergarten waren, oder die schon etwas Größeren in der Schule? Wohl mitnichten. Eher doch für jene, die ihre vormittägliche Bestimmung schwänzten, mit vorgetäuschtem Bauchweh im Bett geblieben waren. Nun ja, manchmal musste man sich eben verstellen, um weiterzukommen. Wie jetzt gerade die Maus, die dem Kater vorgaukelte, sich nicht mehr rühren zu können. Um plötzlich wie ein Blitz auf und davon zu laufen.

Das war's, ja, das musste es sein. Falls diese Annahme zutraf, würde alles plötzlich zusammenpassen, sich erklären lassen. Wie hatte ein kluger Kopf einmal gesagt? »Es ist einfach für einen intelligenten Menschen, sich dumm zu stellen. Umgekehrt ist das so gut wie unmöglich.« Was für die Intelligenz galt, musste doch auch auf ein kürzeres Bein anzuwenden sein. Oder ein längeres, je nachdem, wie man das sehen wollte.

* * *

Wilma hatte sich schließlich für den Hosenanzug aus naturfarbener Thaiseide entschieden, der sie atemberaubend aussehen ließ. Fand nicht nur Palinski, sondern zumindest auch der Doorman des ›Imperials‹, dem beim Eintreten Frau Bachlers die Augen herausquollen wie die Zahnpastawürschteln aus der Tube. Frau Brionigg, die die beiden schon in einem reservierten Salon in der Nähe des Caféhauses erwartete, war aber auch nicht ohne. Mario hatte die etwa 40-jährige Frau bisher nur auf Fotos bzw. einmal aus größerer Distanz gesehen und war sehr angenehm überrascht. Aus lauter Begeisterung ließ er sich sogar zu einem angedeuteten Handkuss hinreißen. Etwas, das zuvor erst ein einziges Mal stattgefunden hatte, nämlich beim Abschlusskränzchen seiner Tanzschule.

Wiens erste Hoteladresse hatte alles auffahren lassen, was auch nur im Entferntesten mit Frühstück zu tun hatte, und noch einiges mehr. Was jetzt noch fehlte, war ein einsichtiger Politiker, der sich von Palinskis Warnung überzeugen lassen und die entsprechenden Konsequenzen ziehen würde. Nämlich nicht zu diesem verdammten Fußballspiel zu gehen. So einfach war das Ganze und … Verdammt, Palinski hatte ganz weiche Knie bei dem Gedanken, dass etwas schiefgehen könnte. Wo blieb der Herr Ministerpräsident überhaupt?

Als ob Renata Brionigg Palinskis Gedanken gelesen hätte, kam sie gerade darauf zu sprechen.

»Meinen Mann müssen Sie leider entschuldigen«, stellte sie fest, »aber eine dumme Magengeschichte ist wieder akut geworden und hat ihn in ärztliche Behandlung gezwungen. Er ist jetzt zur Beobachtung im Spital.«

»Bedeutet das, dass Ihr Mann heute Abend …?«, Palinski wagte nicht zu glauben, was er jetzt hoffte.

»Ich fürchte, dass mein Mann das geplante Programm nicht wird einhalten können«, bedauerte Frau Brionigg und grinste dabei wie ein Spitzbub. »Aber keine Angst, die …«, sie wandte sich hilfesuchend an Wilma, »wie heißen diese köstlichen Süßigkeiten mit der Shrimpsfülle noch? Also diese Dinger haben meinem Mann sehr gut gemundet. Er lässt Sie um das Rezept bitten.«

Sämtliches Blut aus seinem Körper, angeblich waren das an die sechs Liter, konzentrierte sich schlagartig in Palinskis Schädel, der leuchten musste wie Rudolfs Nase in der Christnacht. Höchst irritiert wanderte sein vorwurfsvoller Blick zu Wilma, die sich aber nichts anmerken ließ.

»Sie dürfen Ihrer Frau keinen Vorwurf machen, Herr Palinski«, fuhr Renata Brionigg fort. »Sie hat das einzig Richtige getan, nämlich sich mir anvertraut. Ich meine, immerhin haben Sie vorgehabt, meinen Mann außer Gefecht zu setzen, um das einmal so hart zu formulieren. Das hätte schließlich auch ins Auge gehen können.«

Sie blickte ihn ernst an. »Aber ich anerkenne Ihr Motiv und das Risiko, dass Sie damit eingehen wollten. Und ich stehe auch nicht an, Ihnen dafür zu danken. Immerhin hätten Sie ja mindestens Gefängnis dafür riskiert.«

Palinskis Blut weigerte sich nach wie vor standhaft, wieder aus dem Kopf abzufließen. Betreten blickte er zu Boden, dann erwiderte er trotzig: »Immer noch besser, als wenn er heute Abend tot auf der Ehrentribüne des Stadions läge.«

Renata trat jetzt zu Palinski hin, fasste ihn an den Schultern, beugte sich vor und küsste ihn auf beide Wangen. Zuerst rechts, dann links und dann, wohl wegen des wachsenden Spaßes daran, nochmals rechts.

»So, jetzt habe ich Sie genug geärgert«, meinte sie sanft, »jetzt möchte ich Ihnen nur mehr danken. Übrigens, Ihre Idee mit den Shrimps war zwar originell, ja aberwitzig, aber wirkungslos. Denn mein Mann ist lediglich gegen rohes Shrimpsfleisch allergisch. Sobald die Dinger erhitzt werden, sind sie völlig ungefährlich für ihn. Daher hat er Ihre … Kokosbusschens heißen sie wohl, auch mit großem Vergnügen gegessen. Obwohl er nicht die ganze Rezeptur kennt.« Sie lachte verschwörerisch in Richtung Wilma.

»Ja, aber, woran ist er …«, kam es spontan aus Palinski heraus. »Ich meine, wenn er nicht …«

»Das ist mein kleines Geheimnis«, Renata lächelte geheimnisvoll, und er spürte, dass das Thema damit erledigt war. »Auf jeden Fall habe ich meinem Mann nichts von einem Attentat gegen ihn gesagt. Das hätte er entweder nicht geglaubt, oder er hätte unbedingt den Helden spielen wollen. Ante kann da manchmal etwas eigensinnig sein. Obwohl er gleichzeitig ein gewaltiger Hypochonder ist. Ach, diese Männer!«, lamentierte sie scherzhaft und zwinkerte Wilma zu.

Na, auch gut, Palinski sollte es recht sein. Das Blut verteilte sich inzwischen wieder gleichmäßig über seinen ganzen Körper, und ein unheimliches Hochgefühl erfüllte ihn. Attentat verhindert, Auftrag erledigt, auch wenn das vielleicht nie jemand erfahren würde. Aber wegen des öffentlichen Ruhms hatte er den Mord ja ohnehin nicht verhindert. Es war Zeit für ein abschließendes Statement.

»Tut mir nur leid, dass Ihr Mann auf das Fußballspiel verzichten muss«, bedauerte er. »Hoffentlich hat er sich nicht zu sehr darauf gefreut.«

»Da kann ich Sie beruhigen«, erwiderte Renata, »aber mein Mann mag diesen Sport nicht sonderlich. Er hat eigentlich nur zugesagt, um Gérard, also Präsident Chatrel, einen Gefallen zu tun. Der wollte nicht ganz alleine mit der deutschen Kanzlerin und dem Gastgeber in der VIP-Loge sitzen. In Wirklichkeit ist er ganz froh, sich das Ganze zu ersparen. Noch dazu rettet er damit ja auch seinem französischen Freund das Leben, wenn ich das richtig verstanden habe.«

Dann war da nur noch eine Sache zu klären.

Dass der Anschlag auf Brionigg diesmal nicht stattfand, bedeutete ja nicht, dass nun keine Gefahr mehr für den slowenischen Ministerpräsidenten bestand. Gut möglich, dass zu einem späteren Zeitpunkt ein neuerlicher Anschlag versucht wurde. Aber den und alle weiteren sollten andere verhindern. Dr. Brionigg hatte sicher bessere Möglichkeiten als er, den Dingen auf den Grund zu gehen und entsprechende Maßnahmen zu ergreifen, war sich Palinski sicher. So griff er in seine linke Sakkotasche und holte ein kleines Tonband heraus. So eines, wie man es in diesen handlichen Diktiergeräten verwendet.

»Darf ich Sie bitten, gnädige Frau, dieses kleine ›Präsent‹ an Ihren Mann weiterzugeben«, er hielt ihr die kleine

Kassette hin. »Es wird aber besser sein, Sie sprechen einige erklärende Worte dazu«, er grinste verlegen, »damit er nicht allzu schockiert ist, wenn er von dem Komplott gegen seine Person hört. Ich bin sicher, er wird besser beurteilen können, was damit geschehen soll.«

Dann stürzte er sich erleichtert auf das Frühstück und ließ es sich schmecken wie schon lange nicht mehr.

* * *

Tina Bachler, die seit Monaten in Paris lebende Tochter Wilmas und Palinskis, war auf dem Weg nach Hause. Sie hatte die französische Hauptstadt gestern früh mit der fast 30 Jahre alten Ente ihres Freundes Emile verlassen. Der legendäre Citroën 2 CV hatte zwar bereits Kultstatus, aber auch nur eine Höchstgeschwindigkeit von etwas mehr als 100 Kilometern pro Stunde. Entsprechend langsam kam Tina auch voran, hatte erst gegen 20.00 Uhr München erreicht. Hier hatte sie bei einer Freundin die Nacht verbracht und sich heute auf die zweite, deutlich kürzere Etappe ihrer Fahrt gemacht.

Irgendwann am Vormittag war ihr das rote Lämpchen am Armaturenbrett bewusst geworden, das sich standhaft weigerte, wieder auszugehen. Im Gegensatz zu den anderen, die hin und wieder an- und dann auch wieder ausgingen.

Kurz nachdem sie die österreichische Grenze am Walserberg überschritten hatte, machte sich der schon im Normalzustand gequält klingende Motor mit seltsamen Geräuschen bemerkbar. Tina, die viele Talente hatte, zu denen technisches Verständnis allerdings nicht zählte, maß dem zunächst keine weitere Bedeutung bei.

Kurz nach Salzburg war es dann endgültig so weit. Der über Gebühren malträtierte Motor machte noch einen schmerzhaft klingenden Schnaufer, eher er den Geist ein für alle Mal aufgab.

Ein kurz danach eingetroffener gelber Engel des Autofahrerklubs konnte es nicht fassen. »Haben Sie schon einmal gehört, dass ein Motor Öl benötigt?«, meinte er mit gespielter Verzweiflung.

»Nun ja, ich denke schon«, Tina lachte verlegen, »aber ..., na ja, ich habe wohl nicht achtgegeben.«

»Das wird aber teuer, Fräulein«, meinte der Veteran der Landstraße. »Ein Kolbenreiber, da muss wahrscheinlich ein neuer Motor her. Zahlt sich aber aus, der Wagen ist ja schon ein Oldtimer.«

Dann hängte er die Ente an das Seil und schleppte das marode Fahrzeug und seine Lenkerin zum Autobahnrastplatz Mondsee.

»In Attnang gibt es eine gute Fachwerkstatt«, teilte ihr der gelbe Engel zum Abschied noch mit und bot an, anzurufen und die Abholung des Fahrzeugs zu veranlassen.

Tina wollte sich aber nicht festlegen, sondern vorher noch mit ihren Eltern sprechen. Vielleicht war es ja besser, das Fahrzeug gleich nach Wien bringen zu lassen. Sie blickte auf ihre Uhr. Es war kurz vor 11.00 Uhr und Zeit für einen Kaffee und ein Telefonat.

* * *

Obwohl Oberinspektor Helmut Wallner Serge Hiebler seit 8.00 Uhr ohne Unterbrechung verhörte, dauerte es mehr als drei Stunden, bis der zunächst sture Fitnesstrainer vor den erdrückenden Beweisen kapitulierte und einsah, dass seine verschissene Zukunft nicht im Schweigen lag.

Hiebler hatte die Frau des Architekten unter dem Namen Evy Immen bei den Aufnahmen zu dem Aerobicvideo in Köln kennengelernt. Nachdem sie vergebens versucht hatte, den schwulen Beau zu bekehren und sich damit den Zorn über ihren permanent fremdgehenden Mann aus dem Kopf zu vögeln, waren die beiden so etwas wie Freunde geworden. Nein, eher so etwas wie eine Interessengemeinschaft.

Ein paar Monate später hatte Serge Arthur Mellnig kennen- und lieben gelernt. Nach einigen sehr intensiven Wochen hatte er aber feststellen müssen, dass sich der von seinem Sport besessene Schiedsrichter nie zu seiner Neigung und damit zu Serge bekennen würde.

»Im Gegenteil, zuletzt hat er sich allen Ernstes mit dem Gedanken getragen, sich mit seiner Frau auszusöhnen«, bekannte Hiebler. »Nur um den Schein zu wahren und sich die blöden Bemerkungen einiger vertrottelter Spieler zu ersparen.«

Für den total verliebten Fitnesstrainer war diese Aussage, dieser Verrat an seinen Gefühlen sehr schmerzhaft und schließlich unerträglich gewesen.

Als Serge einige Wochen später Evelyn Immenseh bei einem Fortbildungskurs in Bad Homburg traf, war es dann zu diesem ›mörderischen Arrangement‹ gekommen.

»Urs hat Evy wiederholt in aller Öffentlichkeit bloßgestellt«, erklärte er. »Darüber hinaus hat er sie auch mehr oder weniger regelmäßig verprügelt.« Damals war es mit den Geschäften des Architekten bergab gegangen, und er hatte seinen Frust an seiner Frau ausgelassen.

Und so hatten sich die beiden beim gemeinsamen Joggen durch den morgendlichen Kurpark zu einem ultimativen Entschluss durchgerungen: Sie würden dem anderen und damit auch sich selbst einen großen Gefallen tun. Indem jeder von ihnen den Partner des jeweils anderen beseitigte, dessen fortgesetzte Existenz nicht mehr zu ertragen war.

Als absehbar geworden war, dass Immenseh nach Wien kommen würde, hatte Hiebler seinen Freund nur noch veranlassen müssen, genau zu diesem Zeitpunkt in die Schweiz zu reisen. Mit den angeblich manipulierten Spielen während der EM war das bei dem ehrgeizigen Mellnig ein Leichtes gewesen.

Sehr raffiniert eingefädelt, wie Wallner anerkennen musste.

Ja, und damit war es so weit gewesen.

* * *

Der Traum der letzten Nacht hatte Harry noch immer nicht losgelassen. Wieder und wieder sah er das höhnische Gesicht vor sich und hörte die Stimme sagen, dass es für einen intelligenten Menschen überhaupt kein Problem war, sich dumm zu stellen.

Da war auch noch die listige Maus, die dem Kater vorspielte, sich nicht mehr rühren zu können. Um dann plötzlich wie ein Blitz loszurennen. Auf und davon. Und der Kater war der Dumme.

Das Letzte, woran sich Harry erinnerte, war der ausgestreckte Zeigefinger der rechten Hand, mit der die Maus ... So ein Blödsinn, Mäuse haben keinen Zeigefinger. Aber Konsul Emden hatte einen, ebenso Dr. Matreier und auch ... Ja, das war es, das musste es sein. Plötzlich glaubte Harry, die ganze Wahrheit zu kennen. Und nichts als die Wahrheit. Aber auch das, was noch auf sie zukommen sollte.

Aufgeregt tippte er Wiegeles Rufnummer ein und wartete ungeduldig, bis sich der Hauptkommissar meldete.

»Hi, Anselm, erinnerst du dich noch an unser Gespräch über Dr. Matreier?«, Harry war gleich zur Sache gekommen. »Als wir uns das Video Konsul Emdens angesehen haben?«

Natürlich erinnerte sich Wiegele, aber warum sollte er das gerade jetzt tun? »Ich glaube, Dr. Matreier bzw. Konsul Emden und Johann Friedrich Kehl sind ein und dieselbe Person«, Harry war ganz atemlos vor Aufregung. »Ich bin ganz sicher, dass ich ihn gestern im Restaurant erkannt habe. Die Augen, dann diese typische Gestik, vor allem, wie er die Menschen mit seinem Zeigefinger traktiert. Das ist unverwechselbar.«

Wiegele wusste nicht sofort, was er antworten sollte.

»Aber Kehl mit seinem kaputten Bein ist doch gar nicht in der Lage, all die Dinge zu tun, die Konsul Emden bzw. Dr. Matreier getan hat«, erwiderte er halbherzig.

»Es ist leichter für einen intelligenten Menschen, sich dumm zu stellen«, Harry war richtig froh, das Zitat endlich einmal anbringen zu können, »als für einen Dummen ...«

»... auf intelligent zu machen«, vollendete Wiegele. »Du meinst also, die Beinverletzung Kehls ist bloß Tarnung?«

»Ja, da bin ich mir ziemlich sicher. Und das Beste ist«, Harrys Stimme hatte etwas Triumphierendes angenommen, »ich denke, der Alte, dem es Matreier mit dem dritten ›Wumm‹ zeigen will, ist sein Vater. Also Kehl senior.«

Langsam fand Wiegele Gefallen an dem Gedanken. Irgendwie hatte diese Konstruktion Charme, erklärte einiges. Ihm fiel auch sein letztes Aufeinandertreffen mit Johann Friedrich Kehl ein, bei dem er einen Widerspruch bemerkt hatte.

Es war bei der Fahrt vom Flughafen nach Wien gewesen, als der junge Kehl diesen Doktor, wie hieß er noch, ach ja, Samum, auf Valentinis aufmerksam gemacht hatte. Woher wollte der Mann diesen speziellen Laden, der erst ein knappes Jahr zuvor eröffnet hatte, eigentlich kennen, wenn er, wie er selbst angegeben hatte, seit 20 Jahren nicht mehr in Wien gewesen war?

»Nun ja, deine Theorie hat einiges für sich«, gab Wiegele jetzt zu. »Jetzt müssen wir nur noch überlegen, wie wir den Kerl am besten überführen.«

»Was meinst du mit überlegen?«, wollte Harry wissen. »Wieso kann man ihn nicht einfach verhaften lassen?«

»Einfach deswegen, weil wir Kehl das alles auch beweisen müssen. Die wichtigste Frage lautet also: Wo wird der nächste ›Wumm‹ stattfinden? Ich habe da allerdings einen Verdacht.«

* * *

Kai Uwe Kabella, der deutsche Teamchef, gab in seiner heutigen Pressekonferenz endlich die Aufstellung seiner Mannschaft für das Spiel gegen Österreich bekannt. Für Insider nicht ganz überraschend war die Nominierung von Lutz Lederer anstelle von Tobias Nachen im Tor.

»Diese Änderung unserer Standardaufstellung erfolgt in Abstimmung mit unserer Nummer eins«, stellte Kabella ausdrücklich fest. »Erstens ist Toby durch das nach wie vor ungeklärte Schicksal seiner Tochter nicht konzentriert genug, zweitens möchte er sich nicht dem Verdacht aussetzen, unter Druck gesetzt den Ausgang des Spieles zu beeinflussen.« Nachen würde daher nur auf der Reservebank sitzen und lediglich im Falle des Falles zum Einsatz kommen.

Abschließend appellierten sowohl der Teamchef als auch Kapitän Bleiheimer und natürlich Toby Nachen selbst an die Entführer, endlich ihre Forderungen zu stellen oder besser noch, die kleine Sabine freizulassen. Einfach so, weil es menschlich wäre.

So etwas von naiv, dachten sich die meisten der anwesenden Reporter. Wer machte heute schon etwas, nur weil es menschlich war? Aber es klang gut, würde den Sehern und Lesern gefallen.

›Verzweifelter Vater appelliert an Menschlichkeit der Entführer‹, na, wenn das keine Schlagzeile war! Am besten für den Chronikteil.

* * *

Wilma hatte die Gunst der Stunde genützt und Palinski nach dem Frühstück im ›Imperial‹ zu einem Bummel durch die Innere Stadt überredet. Die Kärntner Straße, die Fußgängerzone von der Staatsoper bis zum Stephansplatz, war voll mit Menschen der verschiedensten Nationalitäten, wobei die deutschen Schlachtenbummler in der Über- und die Wiener eher in der Unterzahl zu sein schienen.

Zwischendurch wieselten einige kleine, als Trix und Flix verkleidete Menschen herum wie Trolle im Sommernachtstraum und trieben ihre harmlosen Scherze mit den auf Emotionen wartenden Massen. Die man ihnen versprochen hatte, die sich aber noch nicht so recht einstellen wollten.

Ein etwas größer gewachsener, ein rotes Leiberl mit der Nummer 20 tragender Maskott versuchte einer älteren Frau die Handtasche zu entreißen. Der böse Räuber wurde aber rasch von einem Paar echter ›Trix und Flixs‹ gestellt, die sofort erkannt hatten, dass mit dem Kollegen etwas nicht stimmen konnte. Hatten die original roten T-Shirts doch alle ausschließlich die 8 am Rücken.

Wie auch immer, Wilma genoss das pulsierende Leben um sich herum und war rundum glücklich. In dem Ausmaß, in dem sie sich immer wohler fühlte, überkam Palinski mehr und mehr Unbehagen.

Diese schwitzenden, ungehobelten Menschen, die einen ständig anrempelten und danach so taten, als gehörte das zum guten Ton, widerlich! Er konzentrierte sich auf sein Handy, suggerierte ihm förmlich, doch endlich zu klingeln und ihm einen Vorwand zu liefern, sich aus dieser zunehmend unangenehmer werdenden Situation verabschieden zu können. Ohne die geliebte Frau an seiner Seite zu vergrämen. Doch vergebens.

Kurz vor Erreichen des Grabens machte sich aber Wilmas Mobiltelefon bemerkbar. Aufgeregt nahm sie das Gespräch an, es war Tina. »Hallo, mein Schatz, du bist schon in Wien?«, wollte sie mit strahlendem Gesicht wissen. »Das ist aber schnell gegangen.«

Plötzlich erstarrten die Gesichtszüge seiner Schönen fast, schien es Palinski.

»Was ist passiert? Du hast eine Ente kaputt gemacht.« Verwirrt starrte sie Mario an und hielt ihm das Handy hin. »Sprich du mit ihr, irgendetwas mit einer Ente stimmt nicht. Ich verstehe kein Wort.«

Palinski nahm das kleine Gerät und hielt es ans Ohr. »Hallo, Liebes, ich bin's. Was ist los?« Dann erschöpften sich seine Antworten auf einige »Ahas«, »Na, so was« und »Na geh«, ehe sie in einem abschließenden »Gut, ich komme. Es wird aber ein paar Stunden dauern« gipfelten.

Palinski frohlockte. Das war genau das, was er sich erhofft hatte. Ein mehr als guter Grund, sich sofort aus diesem irritierenden Umfeld zurückzuziehen. Und Wilma konnte in diesem Fall auch nicht den geringsten Einwand dagegen haben. Welche Mutter hätte etwas dagegen, wenn man ihre ›schiffbrüchige‹ Tochter aus dem rauen Meer auffischte und sicher in den heimatlichen Hafen brachte?

»Ich muss dringend nach Mondsee«, erläuterte er der Frau, mit der er seit 25 Jahren nicht verheiratet war. »Tinas

Auto ist nicht fahrbereit, und ich hole sie ab. Wir sehen uns dann am Abend.« Er gab ihr einen Kuss, reichte ihr die beiden Einkaufssackerln, die er bisher getragen hatte, und machte sich auf den Weg zum nächsten Taxi.

»Ja, aber«, rief ihm Wilma nach, »was war das jetzt mit der toten Ente?«

* * *

Ernst Wahlheimer, inzwischen Ex-Generaldirektor des Pratereinkaufszentrums und ein Mann mit einem gewissen Rückgrat – eine Eigenschaft, die heute schon eher selten anzutreffen war –, hatte sich entschieden. Trotz der von ihm unterschriebenen, ihn über Vertragsdauer hinaus bindenden Geheimhaltungsklausel und der ausdrücklichen Forderung des Mehrheitseigentümers, in der Erpressungssache die »Klappe zu halten«, hatte er sich entschlossen, die Polizei von der Erpressung, vor allem aber von den angedrohten Konsequenzen in Kenntnis zu setzen.

Wahlheimer war aber kein spontaner Mensch. Auch wenn dieser Eindruck nach seiner Reaktion auf Konsul Kehls Verhalten entstanden sein mochte. Der Gedanke, dem Alten alles hinzuschmeißen, hatte ihn schon lange beschäftigt. Sein spektakulärer Abgang war also nicht einer plötzlichen Eingebung folgend geschehen, sondern die Reaktion auf den berühmten letzten Tropfen.

Und so stellte sich Wahlheimer die Frage, wie er am besten vorgehen sollte. Einerseits musste die Polizei über die Gefahr für das Prater-EKZ informiert werden, andererseits wollte er aber namentlich nicht damit in Verbindung gebracht werden. So entschied er sich schließlich dafür, sein Wissen und die damit verbundene Warnung elektronisch an die Polizei weiterzugeben. Nach Überwindung einer gewissen Hemmschwelle begab er sich daher das erste Mal in seinem Leben in ein Internetcafé. In dem fiel der grau melierte Wirtschaftsakademiker im Nadelstreif auf wie ein Königspinguin am Nordpol.

Die Nachricht mit dem alarmierenden Betreff ›Meldung eines geplanten Verbrechens‹ wurde vom Postmaster der Polizeidirektion, oder wie immer sich der elektronische Mitarbeiter nannte, nach verschiedenen Kriterien geprüft.

Nachdem die Warnung auch die Spamhürde genommen hatte, landete sie schließlich in der Abteilung, die die eingehenden E-Mails nach ihrer Ernsthaftigkeit, Wichtigkeit und Dringlichkeit prüfte. Und die Kollegen hatten wirklich einiges zu tun in diesen Tagen.

* * *

Tina Bachler hatte sich am Buffet des Rasthauses zwei Wurstsemmeln und einige Müsliriegel besorgt und wollte sich jetzt im Freien eine Bank suchen, um die Wartezeit bis zum Eintreffen ihres Vaters zu einem ausgedehnten Sonnenbad zu nutzen.

Langsam schlenderte sie über den großen Parkplatz hin bis zur Wiese, von wo aus der Blick auf den weiter unten liegenden Mondsee besonders hübsch war. Hier standen auch einige Bankerln und luden zum Verweilen ein.

Sie nahm Platz und begann, an einer der beiden mit Schinkenwurst belegten Semmeln zu kauen. Am See zogen einige auf Spielzeuggröße reduzierte Segelboote ihre Bahnen, und ein paar besonders abgehärtete Typen tollten bereits in dem sicher noch nicht allzu warmen Wasser.

Auf der Bank neben jener, die Tina ausgewählt hatte, lümmelte ein junger, schlaksiger Bursche von vielleicht

14, 15 Jahren. Mit großen hungrigen Augen beobachtete er, wie sie in die Semmel biss, einige Male kaute und den Inhalt ihres Mundes einspeichelte, dann schluckte und neuerlich abbiss. Die junge Frau hasste es normalerweise, so beobachtet zu werden. In diesem Fall hatte sie aber nicht den Eindruck, dass der Bursche sie belästigen oder mit ihr anbandeln wollte, dazu war er einfach zu jung. Er sah eher aus, als ob er Hunger hatte, schlicht und einfach Hunger.

Und so brach sie die zweite Semmel in der Mitte auseinander und hielt ihm die eine Hälfte hin. »Appetit darauf?«, fragte sie freundlich. Der Jüngling nickte dankbar, nahm die Semmel und beseitigte sie innerhalb kürzester Zeit.

»Danke«, meinte er dann mit noch relativ kindlich hoher Stimme, was auf ein Entwicklungsstadium vor dem Stimmbruch schließen ließ.

Das war nicht bloß Appetit, erkannte Tina, der Kleine hatte richtig Hunger. Und so holte sie einen Zehner aus ihrer Geldbörse und hielt ihn dem Jungen hin. »Holst du uns noch je eine Schinkensemmel und, sagen wir, für jeden eine Cola dazu?«

»Klar«, meinte Jan Paluda und ergänzte:»Das ist aber nett. Ich bin gleich wieder zurück.«

* * *

Palinski war rasch nach Hause gefahren, um sich etwas Bequemeres für die Fahrt anzuziehen und Schlüssel und Papiere für Wilmas Van zu holen. Beim Verlassen des Hauses bemerkte er Bewegung im vis à vis auf Stiege IV liegenden Büro des ›Instituts für Krimiliteranalogie‹. Da konnte er natürlich gar nicht anders, als noch einen Blick zu riskieren, um herauszubekommen, wer die Sonntagsruhe ignorierte.

Es war Florian, sein Assistent, der keine Lust verspürt hatte, nach Hause zu fahren und, Sonntag hin oder her, lieber ein wenig arbeitete.

Am Anrufbeantworter fand sich eine Nachricht von Dr. Herburger, den Palinski gestern ebenfalls auf Band über seinen Ärger mit dem neuen Werbespot Hektor Wieners informiert und die Frage gestellt hatte, was man dagegen tun konnte. Der Anwalt entschuldigte sich, aus Zeitgründen noch nichts dazu sagen zu können, und kündigte eine verbindliche Stellungnahme an. In Kürze, wie er betonte.

»Also, ich finde den neuen Spot toll«, meldete sich Florian zu Wort. »Viel großzügiger als ursprünglich vereinbart.«

Palinski blickte den jungen Freund an wie ein Kalb mit zwei Köpfen. »Was meinst du?«, erwiderte er entgeistert. »Du findest den Spot gut? Ich habe mich wahnsinnig darüber geärgert. Wiener tut ja so, als ob er für jedes verkaufte Schnitzel 20 Cent an karitative Organisationen abführen wird. Dabei zahlt er ja nur für jedes ›Schnitzel à la Polska‹.«

»In dem Spot sagt er aber etwas anderes«, widersprach Florian. »Vielleicht ist es ja nur ein Irrtum, aber so, wie die Botschaft rüberkommt, bedeutet das nach meinen Recherchen immerhin rund 40.000 bis 50.000 Euro für die Kinder. Man wird Herrn Wiener halt nur zwingen müssen, sich an seine eigenen Ankündigungen zu halten.«

Palinski konnte oder wollte es nicht glauben, wahrscheinlich beides. Auf jeden Fall legte er das Band mit der Aufzeichnung des Spots ein und lauschte mit besonderer Aufmerksamkeit. Und tatsächlich:

»Von jedem Schnitzel, das während der Fußball-EM, also bis zum 29. Juni, in einem unserer ›City-Beisln‹ verkauft wird«, das war tatsächlich eindeutig, eine Aussage ohne jede Einschränkung, »gehen 20 Cent an ›Kinder in Not‹ und andere Kinderhilfswerke. Also lasst euch das ›Schnitzel à la Polska‹ schmecken und helft gleichzeitig Kindern, denen es nicht so gut geht.«

Eine klare Sache, die abschließende Hervorhebung des ›Polska‹ änderte nichts an der auf den Gesamtabsatz bezogenen öffentlichen Auslobung durch Hektor Wiener. Die, und da war er sich ziemlich sicher, irrtümlich durch eine Verknappung des Textes zustande gekommen war. Denn der Fast-Food-Kapitalist war sicher nicht über Nacht zum Wohltäter mutiert.

Aber das war egal, Wiener sollte nur blechen. Immerhin traf es ja keinen Armen. Und er, Mario Palinski, würde schon dafür sorgen, dass sich dieser ›Schnitzelbrater‹ an seine Versprechungen hielt. Es war wirklich zu schön. »Gut gemacht, Florian«, lobte er seinen Mitarbeiter, »sehr gut sogar.« Dann stieg er beschwingt ins Auto und brach auf. An den Mondsee, seine Tochter holen.

* * *

Evelyn Immenseh, die nach dem Schock über den Tod ihres Mannes zwei Tage im Krankenhaus verbracht hatte, war nach ihrer Entlassung direkt zur Modenschau eines befreundeten Couturiers nach Genf gefahren, um sich ein geeignetes Modell für die Beerdigung auszusuchen. Kleider machten nun einmal Leute, und das galt auch für traurige Events.

Als sie heute Mittag in ihr Haus in St. Gallen zurückkehrte, wartete bereits die Polizei auf sie. Nach ihrer Verhaftung wurde sie nach Zürich gebracht, wo sie von Oberleutnant Beat Vonderhöh von der Kantonspolizei schon sehnsüchtig erwartet wurde.

Der war von Inspektorin Franca Wallner über den aktuellen Stand der Entwicklungen in Wien informiert worden und konnte der Immenseh daher den Mord an Arthur Mellnig auf den Kopf zusagen. Wie sich aus der Vorgeschichte der Frau ergab, hatte sie bis zu ihrer Verehelichung als Physiotherapeutin gearbeitet. Die Zusatzausbildung als Chiropraktikerin hatte sie wegen ihrer Heirat kurz vor dem Abschluss abgebrochen. Evelyn Immenseh war also sowohl fachlich als auch körperlich durchaus in der Lage gewesen, ihrem Opfer einfach und fachgerecht das Genick zu brechen.

Da außer dem Hotelportier inzwischen auch zwei Mitglieder der rumänischen Nationalmannschaft die Verdächtige zweifelsfrei als die Frau im Speisewagen erkannt hatten und ihre Fingerabdrücke in Mellnigs Schlafwagenabteil gefunden worden waren, bestand kein Zweifel mehr. Natürlich oblag es dem Gericht und den Geschworenen, über Schuld oder Nichtschuld zu befinden, aber für Vonderhöh stand fest, wer Arthur Mellnig getötet hatte.

»Sie können Ihre Situation nur verbessern«, klärte der Oberleutnant die heulende Frau auf, »wenn Sie von jetzt an vorbehaltlos mit uns kooperieren, Madame.« Er betonte das Wort Madame so, dass der Eindruck entstehen konnte, er habe noch nicht jeden Respekt vor seiner Gesprächspartnerin verloren. Mit dieser Taktik hatte er in Vergangenheit schon gute Erfahrungen gemacht. »Sie sind eine schöne, noch junge Frau. Da macht es schon einen Unterschied, ob Sie 15 Jahre bekommen und bei guter Führung nach zehn Jahren nach Hause gehen oder lebenslang …« Er machte mit der Hand eine Geste, die die Aussichtslosigkeit eines solchen Schicksals andeuten sollte.

»Gut«, die Immenseh wischte sich die Augen ab, schnäuzte sich, dann war sie so weit. »Was möchten Sie wissen?«

* * *

Da Konsul Emden zu den most wanted persons in der Bundesrepublik zählte, hatte sich Anselm Wiegele mit Kriminaldirektor Dr. Reinbeck vom BKA in Wiesbaden in Verbindung gesetzt und Rückendeckung geholt. Vor allem hatte er darum gebeten, eine Kopie des Haftbefehls nach Wien zu faxen. Nach Rücksprache mit Dr. Schneckenburger direkt an dessen Anschluss im Innenministerium.

»Ich bin inoffiziell bereits beim Bundeskriminalamt, schon fast vier Monate«, vertraute er Harry auf der Fahrt zum Ministerialrat an. »Aber offiziell mache ich noch den Hauptkommissar in Singen. Das ist so eine Art ›Undercover‹-Aktion, es geht um eine mächtige Figur aus dem Dunstkreis der Regierung in Stuttgart. Aber vergiss das gleich wieder, sonst bekomme ich noch Schwierigkeiten.«

Harry nickte nur, war ganz begeistert, Geheimnisträger zu sein. Obwohl er eines nicht ganz verstand. »Ich werde schweigen wie ein Grab«, sicherte er Wiegele zu. »Nur etwas möchte ich noch wissen. Gehört der Job als Sicherheitschef des DFB auch zu deiner ›Undercover‹-Aktion?«

»Ja«, Wiegele hatte ein wenig mit der Antwort gezögert.

»Das kann dann aber nur bedeuten, dass …«, wollte Harry einwerfen, doch der Hauptkommissar, oder was immer er im Moment auch war, fiel ihm ins Wort.

»Richtig, die Person, um die es geht, hält sich derzeit ebenfalls in Wien auf. Also halt bloß die Klappe, sonst bringst du mich in Teufels Küche.«

Bei Schneckenburger herrschte Hektik pur. Zu dem ganz normalen Zuwachs an Aufgaben für die Polizei, die eine Veranstaltung dieser Bedeutung und Größenordnung nun einmal mit sich brachte, kam noch der fast schon explosionsartige Mehranfall an Interventionen und Wünschen an den Minister.

Gut, mit der Polizeiarbeit unmittelbar hatte der Ministerialrat zwar kaum zu tun. Aber alleine die laufende Berichterstattung, die Fuscheé von ihm als seinem Vertreter im BK erwartete, nahm mehr als die Hälfte seiner eigentlichen Arbeitszeit in Anspruch.

Das Lästigste und gleichzeitig auch Widerlichste war aber dieses Gemauschel auf politischer, aber auch privatgesellschaftlicher Ebene. Egal, ob es um zwei Karten für eine total ausverkaufte Aufführung mit der Tarabelli in der Oper ging, um einen Ferienjob für die Enkelin der Großnichte von irgendeinem Gesinnungsgenossen oder darum, das Strafmandat, das der Cousin eines Bekannten eines Freundes des Friseurs des Ministers erhalten hatte, verschwinden zu lassen, ›Schneckenburger macht das schon‹. Das war der Standardsatz seines Herrn und Meisters, und der brachte ihn schon langsam zum Kotzen. Nicht der Minister, der Satz. Obwohl, wenn er es genau bedachte …

Manchmal fragte er sich wirklich, wozu sein Studium gut gewesen sein sollte. Ein 8-wöchiges Kolleg an der Nepotismus-Akademie wäre wahrscheinlich effektiver gewesen. Oder zumindest ein Blockseminar an der Ignoranten-Hochschule. Viele der wirtschaftlich tatsächlich erfolgreichen Zeitgenossen hatten sich den Respekt ihrer Bank ohne zu viel nur Skrupel schaffende und daher hinderliche Kenntnis der Gesetze erarbeitet.

Wie gesagt, manchmal war es echt zum Kotzen.

»Hallo, Wiegele! Ciao, Harry! Was kann ich für euch tun?«, gab sich der Ministerialrat betont locker. Immerhin war Sonntag, seine Familie zu Hause und er hier im Amte. Also das Mindeste, was er in dieser bescheidenen Situation beanspruchen konnte, war die Vision von Lockerheit. Das bedeutete, keine Krawatte und keine übertriebenen Höflichkeiten. Die kleinen Freuden des gehobenen Staatsdienstes eben.

Wiegele informierte Schneckenburger kurz, aber präzise über Konsul Emden und den Europäischen Haftbefehl, dessen Kopie inzwischen hieramts aufliegen müsste. Ob das Fax bereits eingetroffen war, war im Augenblick allerdings nicht festzustellen. Das spielte aber weiter keine Rolle, da Gefahr in Verzug war und die erforderlichen Maßnahmen zu deren Abwehr auch ohne bürokratischen Kram in Ordnung gingen.

Das Problem lag woanders. Es war Sonntag, wunderschönes Wetter mit Temperaturen, die zum Baden einluden. Das erste Mal so richtig in dieser Saison. Im BK war deswegen lediglich eine Rumpfmannschaft im Dienst, und die war fast ausschließlich unterwegs, auf Ermittlungen.

Langer Rede kurzer Sinn, weder das BK noch das LK waren in der Lage, ein Team zur Observierung Johann Friedrich Kehls abzustellen, geschweige denn eine Mannschaft zur Überwachung des Prater-EKZs. Da nützte auch Schneckenburgers Charme, eigentlich ein Widerspruch in sich, überhaupt nichts. Auch nicht das Gewicht des Vertreters des Ministers.

Natürlich würde man sofort eine Einheit der Wega in Marsch setzen, sobald sich die Verdachtsmomente zu einem konkreten Vorfall verdichteten, aber bis dahin?

»Wo nix is', hat da Minista hoit des Recht verlurn«, zitierte der altgediente Diensthabende leicht abgewandelt, aber durchaus zutreffend. »Also vü Glick, die Herrn.« Und das war's.

Das war aber auch der Moment, in dem Ministerialrat Schneckenburger die große Chance sah, seinen trüben, von Vorsichten und Rücksichten beherrschten Alltag einmal hinter sich zu lassen und etwas weniger Langweiliges zu tun. Das Wetter war verlockend, die Aufgabe auch, und so beschloss er, sich höchstpersönlich dem Team Anselm Wiegele/Harry Bachler anzuschließen.

12

Sonntag, 8. Juni, nachmittags

Die Bedeutung, die Wien dieser Tage nicht nur in der Sportwelt beigemessen wurde, kam auch in den Nachrichten zum Ausdruck, die Palinski auf der Fahrt zur Autobahn hörte. Endlich wieder einmal in Ruhe hören konnte, nach dem Irrsinn der letzten Tage.

Am Vormittag waren der deutsche Bundespräsident sowie die Kanzlerin und einige Mitglieder der Regierung aus Berlin in Wien eingetroffen, weil, na, das konnte man sich ja denken. Ein rein privater Besuch, bei dem man sich natürlich auch zu einigen Arbeitsgesprächen und Freundschaftsbesuchen treffen würde, also ohne allzu viel protokollarisches Tamtam. Aber mit jeder Menge Polizei zum Aufpassen.

Apropos Polizei: Wenn ein halblustiger Fußballfan dieser Tage mit einem Vertreter der Ordnungsmacht zu tun bekam, konnte es durchaus geschehen, dass er Töne wie »Mensch, machen Se bloß nich solche Fisimatenten« zu hören bekam. Der Grund für solche sprachlichen Kuriositäten in diesen Breiten waren einige Hundertschaften deutscher ›Schupos‹, die ihre ›Ösi-Kollegen‹ für die Dauer der Europameisterschaft unterstützten und sogar Abmahnungen aussprechen sowie Strafmandate ausstellen durften.

Das war zwar zunächst etwas irritierend und mit der Heiligen Kuh ›Neutralität‹ scheinbar so gar nicht vereinbar. Tatsächlich war es aber gut so, denn die »Freunde und Helfer« aus dem Nachbarland hatten bei ›ihrer‹ Weltmeisterschaft vor zwei Jahren eindrucksvoll bewiesen, dass man vor allem mit Freundlichkeit und guten Worten die Ordnung aufrechterhalten konnte.

Aber zurück zu den Meldungen des Tages:

Der slowenische Ministerpräsident war wegen einer plötzlichen Indisposition ins Krankenhaus gebracht worden. Nichts Ernstes, die Ärzte vermuteten einen akuten Anfall von Heuschnupfen in Verbindung mit Asthma. Sein Zustand wurde von den Ärzten als »nicht weiter besorgniserregend« bezeichnet. Dr. Brionigg würde aber sicherheitshalber bis morgen zur Beobachtung im Spital bleiben.

Der französische Präsident, der ursprünglich für den Nachmittag in Wien erwartet wurde, um sich mit Brionigg zu treffen, hatte daraufhin seine Ankunft auf den morgigen Vormittag verschoben.

In einer viel belächelten Stellungnahme hatte der Regierungschef, ein echter Rastelli in der sinnfreien Verwendung nichtssagender Worthülsen, dezidiert festgestellt, dass ihn der Vergleich sicher machte. Vor allem am Ende des Tages. Auf die Frage eines ausländischen Reporters, worauf sich diese Aussage beziehe, hatte der Regierungschef nur lakonisch gemeint, dass der Wähler eben das letzte Wort hatte. Die inländischen Medienvertreter waren recht belustigt ob der Initiative ihres Kollegen aus Saarbrücken gewesen, hatten sie es doch schon lange aufgegeben, in den Aussagen des Kanzlers nachhaltig Essenzielles zu vermuten.

Trotzdem fanden sich immer doch noch politische Kommentatoren, die dem Orakel des Alten Sinn einzuhauchen versuchten. Das alles war für Nicht-Österreicher wohl nur schwer verständlich, aber eben so.

Von der 13-jährigen Sabine Pleschke, der Tochter des deutschen Nationaltorhüters, die vor einigen Tagen entführt worden war, fehlte nach wie vor jede Spur. Aus diesem Grund verzichtete das DFB-Team für das heutige Spiel gegen Österreich auf den Einsatz seiner Nummer eins zwischen den Pfosten.

Nach dem Wetter folgte eine Sendung über die neuesten Fluggeräte der Österreichischen Luftstreitkräfte, die berühmten, nicht ganz unumstritten gewesenen Euroflyer, die heute zum ersten Mal offiziell zum Einsatz gelangen sollten. Der Zeitpunkt für diesen Beitrag war psychologisch sehr geschickt gewählt: Nach dem Ankauf von 18 Stück dieses außerordentlich erfolgreichen Flugzeugtyps, der seinerzeit auf erfreulich große Akzeptanz sowohl bei den Politikern als auch der Bevölkerung gestoßen war, hatten einige wenige – es waren immer dieselben ewigen Querulanten – die Sinnhaftig- und Rechtmäßigkeit dieses Vorganges angezweifelt. Und mit zweifelhaften Methoden sogar eine parlamentarische Untersuchung sowie eine Reduktion auf 15 Stück erzwungen.

Aber der stetige Hinweis maßgeblicher verantwortungsbewusster Politiker und Fachleute, dass Großereignisse wie die Fußballeuropameisterschaft ohne Euroflyer nun einmal nicht stattfinden konnten, da Hinz, Kunz oder sonst wer andernfalls den Luftraum über ›unseren Stadien‹ missbrauchen würden, hatte seine Wirkung nicht verfehlt.

Daher war es nicht nur fair und gerecht, sondern auch eine Frage der Glaubwürdigkeit, dass diese 15 Maschinen … Nein, so stimmte das nicht ganz, es waren ja erst sechs dieser Vögel geliefert worden. Also, dass die sechs …, nein, das stimmte schon wieder nicht. Tatsächlich war es so, dass die vier einsatzbereiten Euroflyer heute von 17.30 bis 19.45 Uhr über dem Ernst-Happel-Stadion in Wien und von 20.30 bis 22.45 Uhr über dem Wörtherseestadion in Klagenfurt für die Sicherheit der Spieler und Zuschauer Sorge tragen würden. Das würde sicher einen sehr guten Eindruck von der Entschlossenheit des Landes geben, seinen Luftraum mit allen Mitteln zu verteidigen. Natürlich nur mit all jenen, die zur Verfügung standen.

Vorausgesetzt natürlich, es regnete nicht. Aber keine Angst, der Wetterbericht war günstig. Und um für alle Eventualitäten gerüstet zu sein, standen ja auch noch einige angemietete Jets F-5 Tiger sowie die bewährten Saabs und Draken bereit.

Euroflyer, dachte Palinski und musste schmunzeln, so wurden die Dinger wohl genannt, weil sie bei der EURO fliegen sollten. Unsere Stars am Himmel. Nach wie vielen internationalen Großveranstaltungen sich eine derartige Investition wohl rechnete? Oder galt das mit der Sicherheit auch für nationale Meisterschaften wie zum Beispiel die im Fesselballon fahren. Für die Hightech-Fluggeräte mussten die bunten Dinger am Himmel doch eigentlich perfekte …, aber halt, das war purer Zynismus.

Er wechselte den Sender. Nach all dem Blabla und dem Unsinn, der ihm daraufhin durch den Kopf gegangen war, war ihm jetzt nach Musik zumute.

* * *

Gegen 14.00 Uhr meldete sich der Erpresser wieder beim Generaldirektor des Pratereinkaufszentrums. Er wiederholte seine Forderung nach fünf Millionen Euro, ein letztes Mal, wie er ausdrücklich betonte. Andernfalls würde etwas geschehen, dessen quantifizierten Auswirkungen ein Vielfaches des geforderten Betrages ausmachen würde. Das Geld sollte pünktlich um …

Doch der neue Generaldirektor, Konsul Kehl persönlich, lachte nur höhnisch in den Hörer, sagte dann etwas von »Arschlecken« und legte einfach auf. Anschließend beauftragte er die Sekretärin, den VIP-Klub des Einkaufszentrums am Fuße ›des Baums des Lebens‹ ab 17.00 Uhr zu reservieren. Weiters verlangte er, dass ein großer 16:9 Flatscreen aufgestellt wurde, damit er sich das Fußballspiel ansehen konnte, während er in aller Öffentlichkeit dem Erpresser trotzte.

Der ›Baum des Lebens‹ ging auf eine Idee des Konsuls zurück und stellte eine zweifache Allegorie dar. Horizontal zeigte die gewaltige, aus Stahl, verschiedenen Metallen und Kunststoffen bestehende Skulptur den Ablauf des Jahres, also die vier Jahreszeiten, vertikal entlang des Stammes die Entwicklung des Menschen vom Säugling bis zum Greis.

Das fast 15 Meter hohe Kunstwerk war in seiner vordergründigen, anbiedernden Symbolik von exemplarischer Scheußlichkeit und von den meisten Beschäftigten des EKZs nur mit sehr viel Ironie zu ertragen. Vor dem ›Baum des Lebens‹, der im hinteren Drittel der einem glasüberdachten Innenhof nachempfundenen Plaza stand, befand sich eine für maximal 32 Personen Platz bietende, sehr komfortable Sitzgruppe mit Bar und allem anderen, was es brauchte, um den Auserwählten das Gefühl zu geben, etwas Besonderes zu sein. Eben der bereits erwähnte VIP-Klub.

Betuchte Interessenten konnten dieses exklusive Geviert stundenweise reservieren lassen, um wichtige Gäste entsprechend verwöhnen zu können. Bei Reservierungsgebühren von 200 Euro je Stunde wurde von diesem Angebot aber nur relativ wenig Gebrauch gemacht. Um ehrlich zu sein, eigentlich überhaupt nicht. Und so wurde der Klub von den Insidern hinter vorgehaltener Hand auch als ›Kehls Schrebergarten‹ bezeichnet.

Genau hierher wollte sich Herr Konsul Dr. h. c. Hans Jürgen Kehl ab 17.00 Uhr setzen, das Fußballmatch gegen die Ösis angucken, ein paar Pils zischen und gleichzeitig dem Bösen die Stirne bieten.

Er war schon ein bemerkenswerter Mann, der Herr Konsul Kehl.

* * *

Harry hatte dann noch die Idee gehabt, Florian Nowotny anzurufen und als Verstärkung für die aus der Situation entstandene ›Sondereinheit Konsul Emden‹ zu gewinnen. Immerhin war Palinskis Assistent Polizist und verfügte über besondere Talente.

Die Einsatzbesprechung beim ›Ruckenbauer‹ am Beginn der Sieveringer Straße war wesentlich entspannter, als der Anlass hätte vermuten lassen. Ja, sogar oder besonders Miki Schneckenburger wuchs über sich hinaus und benahm sich gar nicht wie ein Beamter. Eher fast schon wie ein normaler Mensch. Nachdem sich die vier durch die Eiskarte gefressen hatten, legten sie sich einen Plan zurecht, dessen Eleganz so schlicht war, dass sie eigentlich nicht weiter auffiel.

Sie würden sich einfach um das EKZ herum verteilen und versuchen, den als Konsul Emden oder Dr. Matreier oder möglicherweise auch in einer neuen Verkleidung auftretenden Johann Friedrich Kehl aufzuspüren. Danach musste der Mann so rasch wie möglich dingfest gemacht werden, und zwar so, dass er keine Gelegenheit mehr hatte, eventuell noch eine Explosion auszulösen. Das war's dann auch schon, den Rest nach der privaten Festnahme konnte die Polizei erledigen.

Nachdem ein Foto Kehls herumgegangen war, erläuterte Harry noch die auffallende Gestik des Gesuchten, besonders den symbolhaft wie einen Spieß benutzten Zeigefinger. Wiegele wies dann noch ausdrücklich darauf hin, dass Kehl entweder unverkleidet und humpelnd oder in Verkleidung, dafür aber ohne Behinderung in Erscheinung treten konnte.

Allen war klar, dass die Chancen, den Gesuchten zu finden, nicht sehr groß waren. Dazu war das Gelände um das Einkaufszentrum, das schließlich nahtlos an das Fußballstadion anschloss, einfach zu groß. Und die U-Bahn-Station, die dieser Tage Unmengen von Passagieren ausspie, lag unmittelbar daneben.

Darüber hinaus war die gesamte Umgebung des Stadions zu einer ›Fan-Arena‹ mit zwölf Videowalls und Dutzenden von Fress- und Saufständen, 20 mobilen WC-Anlagen und zwei Erste-Hilfe-Posten umgestaltet worden. Inoffiziell wurden bis zu 150.000 Menschen erwartet, die sich mangels Eintrittskarten das Spiel vor den Toren des Stadions ansehen würden.

Wiegele war aber sicher, dass Kehl, falls er tatsächlich der lang gesuchte Konsul Emden sowie sein Vater der »Alte« war, dem er es zeigen wollte, alles tun würde, damit dieser »Alte« auch wusste, wem er das Ganze zu verdanken hatte.

»Zwei von uns bleiben daher möglichst nahe an Konsul Kehl dran«, lautete seine Order, »die anderen beiden nehmen sich, sozusagen als ›freie Spieler‹, die Umgebung vor.«

Das war zwar kein wirklich überzeugender Plan, aber besser als gar keiner. Sie einigten sich darauf, dass Wiegele und Florian Nowotny am »Alten« dranbleiben sollten, sobald der sich zeigte. Schneckenburger und Harry wollten ihr Glück dagegen im weiteren Umfeld des EKZs versuchen.

* * *

Kurz vor 16.00 Uhr hatte Palinski es geschafft. Er parkte Wilmas Van auf dem weitläufigen Parkplatz beim Rasthaus »Mondsee«, stieg aus und begann, sich nach seiner Tochter umzusehen. Bei den zahlreichen kommenden, gehenden oder auch nur hin und her schlendernden Menschen kein leichtes Unterfangen. Da er davon ausging, dass sein kleiner Liebling Ausschau nach ihm hielt, kurvte er langsam durchs Gelände, um sich zu zeigen.

Komischerweise war es »Jan«, die Tina auf den seine Runde drehenden Mann aufmerksam machte. Das Mädchen und die junge Frau hatten inzwischen so etwas wie Freundschaft geschlossen und sich die letzten Stunden mit Plaudern vertrieben. Tina hatte eine Menge von sich und ihrem Leben erzählt und ihren Vater dabei offenbar so gut beschrieben, dass »Jan« ihn jetzt bemerkt hatte. »Da, guck mal, könnte das nicht dein Alter sein?«

Da war Tina auch schon aufgesprungen, hob einen Arm in die Höhe und rief dazu ganz aufgeregt: »Papa, Papa!« Und dann fühlte sich Palinski mit einem Schlag um viele Jahre jünger. Wie er seine kleine Justina so im Arm hielt, war es, als ob ihn eine Zeitreise 24 Jahre zurück in die Vergangenheit geführt hätte.

So schnell dieses Gefühl über Palinski gekommen war, verschwand es auch wieder.

»Und wen haben wir da?«, wollte er wissen, schüttelte ›Jan‹ die Hand und betrachtete ›ihn‹ prüfend.

»Das ist Jan …«, wollte Tina erklären, doch ihr Vater unterbrach sie.

»Bist du nicht dieses Mädchen, das seit Tagen über sämtliche Medien gesucht wird?«, er blickte sie forschend an. »Bettina, nein, Sabine Irgendwie aus Osnabrück?«

»Nein, nein, das ist …«, wollte Tina insistieren, doch Bine hatte ihre Augen schuldbewusst zu Boden gesenkt und nickte kaum erkennbar mit dem Kopf.

Während seine Tochter damit zu tun hatte, ein 13-jähriges Mädchen mehrere Stunden lang für einen Buben gehalten zu haben, wollte Palinski es genau wissen. »Ganz Europa sucht nach dir. Alle Welt glaubt, dass du noch in der Gewalt der Entführer bist. Seit wann bist du denn frei? Und wie bist du diesen Verbrechern entkommen?«

Entgeistert starrte Sabine den Vater ihrer neuen Freundin an. Was redete der da für einen Quatsch zusammen? »Entführt? Ich bin doch nicht entführt worden, Mensch!« Und dann erzählte sie den beiden ihre wahre Geschichte.

* * *

Now expect a lot of emotions:

Langsam wurde es ernst mit dem ersten Fußballeuropameisterschaftsspiel auf österreichischem Boden. Der bereits im Vorfeld heiß diskutierten, von enormen Emotionen besonders auf der rot-weiß-roten Seite getragenen Partie Deutschland gegen Österreich.

Obwohl erst kurz nach 17.00 Uhr, strömten die Massen bereits zu den bei den Eingängen aufgebauten, von den Flughäfen hinlänglich bekannten Sicherheitssperren. Dazu kam noch die Kontrolle der Eintrittskarten auf ihre Echtheit. Ein notwendiger, gelegentlich zu mitleiderregenden Konsequenzen führender Vorgang. Denn das aufmerksame Sicherheitspersonal hatte schon nach kurzer Zeit mehr als 100 Fußballfans zur Seite geholt, denen man gefälschte Eintrittskarten angehängt hatte. Die zwar täuschend echt wirkten, vor dem unbestechlichen Auge des Hightech-Gerätes aber chancenlos blieben.

Je nach Temperament und Mentalität waren die Betroffenen naturgemäß sehr ungehalten, zornig oder am Boden zerstört. Mit einem Wort: unzufrieden. Langsam aufkommender Ärger war förmlich spürbar. Aber dank der ›Fan-Arena‹, in der die Betrogenen das Spiel wenigstens verfolgen und sich dabei Trost infiltrieren konnten, würde sich dieser Ärger in Grenzen halten.

Oberinspektor Wallner war ein ausgesprochener Fußballnarr, Anhänger des grünen Traditionsklubs zwar, aber keinesfalls ein Fanatiker. Daher hatte Ministerialrat Schneckenburger, der mit Fußball überhaupt nichts am Hut hatte, seine Karte für das erste Spiel in Wien an den Oberinspektor, einen guten Bekannten aus dem Freundeskreis um Palinski, weitergegeben. Wallner war richtig aufgeregt, denn er hatte nicht irgendein Ticket. Nein, es handelte sich um eine Ehrenkarte, die ihm einen Platz auf der Ehrentribüne und Zugang zum VIP-Bereich sicherte. Wallner war zwar kein Snob, fand die näheren Umstände seines heutigen Stadionbesuches aber höchst anregend. Einmal etwas ganz anderes, eine besondere Erfahrung eben.

Obwohl noch einige Zeit bis zum Anpfiff war, strömte bereits jede Menge Prominenz in den VIP-Bereich. Da war der deutsche Botschafter, der Bürgermeister von Wien, die wichtigen Kapazunder aus der Wirtschaft, ein, zwei Staatssekretäre, die aber auch hier nicht sonderlich auffielen. Natürlich fehlte auch der rührige Präsident von Wallners Lieblingsklub nicht, ebenso wenig wie einige von Wallners Bossen, bis hin zum Wiener Polizeipräsidenten.

Der Oberinspektor fühlte sich außerordentlich gut. Etwas gehemmt vielleicht in dieser ungewohnten Umgebung, aber gut.

Das war ein toller Tag heute: Zunächst hatte er einen spektakulären Fall abgeschlossen. Dann die unverhoffte Möglichkeit, das Spiel des Jahres zu genießen. Und sich gleichzeitig der Illusion hingeben zu können, auch einmal zu den Schönen und Reichen dieses Landes zu gehören. Wenn auch nur kurz. Aber vielleicht genügte das ja, um ihm die gelegentlichen Flausen auszutreiben und mit seinem Leben zufrieden zu sein. Immerhin ging es ihm gut, und mit Franca, Gott, wie er diese Frau liebte, hatte er das große Los gezogen.

Dieser ganzen Inszenierung hier traute er dagegen nicht. Nicht wirklich.

Dennoch, es war nicht schlecht. Wirklich nicht schlecht. Jetzt wollte er sich noch rasch eine Melange gönnen, ehe es losging.

* * *

»Na, du hast mich ja ganz schön an der Nase herumgeführt«, beschwerte sich Tina bei Sabine. Sie war dem Mädchen aber nicht wirklich böse, wahrscheinlich hätte sie unter diesen Umständen auch nicht anders gehandelt, gestand sie sich selbstkritisch ein.

Der Wagen mit Palinski und den beiden jungen Frauen hatte inzwischen die Ausfahrt Traun passiert und näherte sich Linz. »Und du hast die ganze Zeit über keine Zeitung gelesen, keine Nachrichten gehört oder sonst irgendwie mitbekommen, welches Tohuwabohu du mit deinem Abhauen verursacht hast?« Er schüttelte ungläubig den Kopf, dann lachte er. »Es ist nicht zu fassen. Aber Hauptsache, du bist wiederaufgetaucht.« Er biss herzhaft in das Stück Topfenstrudel, das ihm Tina hinhielt. »Ich denke, es wird Zeit, das erfreuliche Ereignis jetzt auch deiner Mutter und deinem Vater mitzuteilen.«

Palinski fischte sein Handy aus der Tasche und reichte es Sabine. »Da, ruf zu Hause an und sag Bescheid!«

Nach einigen erfolglosen Versuchen, ihre Mutter oder die Oma zu erreichen, gab das Mädchen das Gerät Tina, die neben ihrem Vater saß. »Es meldet sich niemand, darf ich es später nochmals probieren?«

»Na sicher«, räumte Palinski ein. »Dann versuchen wir eben zuerst, deinen Vater zu informieren.« Er nannte Tina Wiegeles Rufnummer und bat sie, die Verbindung herzustellen. Doch auch diese Nummer war ständig besetzt.

* * *

Das Spiel des Jahrhunderts, wie das Aufeinandertreffen der heimischen Kicker mit ihren deutschen Kollegen unsinnigerweise schon seit Wochen bezeichnet und damit der legendäre ›Geist von Córdoba‹ beschworen wurde, stand kurz vor seinem Anpfiff. Anselm Wiegele hatte eine Menge prominenter und noch viel, viel mehr unbekannter Gesichter zu sehen bekommen, aber keines, das direkt oder auch nur verdachtsweise dem gesuchten Konsul Emden alias Dr. Matreier alias Johann Friedrich Kehl zuzuordnen gewesen wäre. Aber auch vom Alten, dem echten Konsul, also von Hans Jürgen Kehl, war weit und breit nichts zu sehen.

Dann die imperial-pompöse Anlieferung der VIPs wie die des österreichischen und des deutschen Bundespräsidenten, der deutschen Bundeskanzlerin und ihres österreichischen Pendants. Dazu das Stolzieren, Gockeln und Hofieren diverser Mitglieder verschiedener Bundes- und Landesregierungen, gesetzgebender und administrativer Körperschaften und weiß der Teufel, wer noch alles.

Da waren auch noch jene Typen in Wirtschaft, Kultur und Gesellschaft, die sich zum Teil oder überhaupt über ihr näheres Verhältnis zu den wirklich oder auch nur scheinbar Wichtigen und deren Platz in dieser Peepshow der Eitelkeit definierten. Wirklich beeindruckend, diese Ansammlung von Mächtigen und Möchtigen.

Ein kleiner Rest anarchischen Denkens ließ Wiegele just in diesen Minuten an den in den USA recht populären Witz mit den 100 Rechtsanwälten in einem abstürzenden Flugzeug denken. Was das war? Ein guter Anfang.

Er hatte manchmal so, wie sollte man es nennen, aufrührerische Gedanken, und die erschreckten den Staatsdiener Wiegele. Den kleinen Schelm in ihm aber, mit reichlich schwarzem Humor gesegnet, amüsierten diese Anflüge intellektueller Amoral dagegen sehr.

Dem Kommentar aus dem kleinen tragbaren TV-Gerät, das einer der Securities neben sich stehen hatte, konnte der Hauptkommissar entnehmen, dass das große Match begonnen hatte. Was, nach knapp 30 Sekunden bereits die erste Ecke für sein Team? Wiegele war angetan, gerade aus Standardsituationen waren die Jungs in den letzten Spielen besonders erfolgreich gewesen.

Sicher wurde der Eckstoß von Henning Schultheiß ausgeführt, der Bursche war …

Da unterbrach das polyfone Zirpen seines Mobiltelefons die taktischen Hoffnungen Wiegeles und zwangen ihn, seine Aufmerksamkeit von der ersten Torchance der Deutschen abzuziehen.

Es war Mario, und er hatte gute Nachrichten. Was hieß gute, ausgezeichnete.

»Wir sind jetzt in der Gegend von Melk und werden in etwa 90 Minuten in Wien sein«, kündigte Palinski an. »Ich komme mit Sabine direkt zum Stadion. Und sag ihrem Vater, er soll unbedingt spielen. Falls wir heute gewinnen, dann soll das gegen eure stärkste Mannschaft sein. Und falls wir verlieren, auch«

* * *

Der pfeilschnelle Attamachi hatte den Ball eben in der eigenen Hälfte angenommen, einen Sprint über gut 30 Meter in Richtung deutsches Tor hingelegt und dann das Spiel durch einen präzisen Pass zu dem mitgelaufenen Waselmayer nach links verlagert. Der hochtalentierte Salzburger holte sich den Ball geschickt aus der Luft, schaltete mit einem Haken den schon etwas behäbig wirkenden Karsten Brenzow aus und rannte nun direkt auf Lutz Lederer zu.

Das war die erste echte Torchance für die Österreicher, und Helmut Wallner hatte bereits ganz feuchte Hände bekommen. Ihn störte dieses Schwitzen in den Händen, wenn er sich aufregte, aber was sollte er machen?

Er dachte gerade, wie gut es war, dass er jetzt niemandem die ungewaschene Pranke schütteln musste, als sich von hinten eine Hand auf seine Schulter legte.

»Oberinspektor, welche Freude, Sie hier zu sehen«, sagte eine Stimme, die ihm ungemein bekannt vorkam. Die er zu jeder Tages- und Nachtzeit sofort erkennen würde. »Gut, dass ich Sie hier treffe. Ich habe gehört, dass dieser komplizierte Fall abgeschlossen werden konnte.« Es war schlimm, nein, noch schlimmer. Es war der Innenminister. Der sich jetzt vor Wallner aufbaute und es offensichtlich auf ein Shakehands angelegt hatte.

Während sich der verlegene Oberinspektor mehrmals hektisch über das linke Hosenbein wischte, ehe er seinem obersten Boss das Pratzerl überließ, brüllten die rund 23.000 österreichischen Zuschauer begeistert auf. Warum das so war, konnte Wallner nur ahnen, während die meisten der mindestens 12.000 deutschen Schlachtenbummler stakkatoartig »Nachen, Nachen, Nachen« zu rufen begannen. Den Innenminister, offenbar ein wahrer Fußballfan, interessierte das Geschehen am Spielfeld überhaupt nicht.

»Sie müssen mir alles über diesen sensationellen Fall berichten!«, forderte er Wallner auf. »Mein Gott, zwei Tauschmorde, das ist ja wie bei Hitchcock! Ich muss jetzt einmal die Runde machen, wir sehen uns später.«

Unter den konkreten Bedingungen klang das wie eine gefährliche Drohung für den Oberinspektor. Aber welche Wahl hatte er, ohne seinen Platz auf der Ehrentribüne aufgeben zu müssen. Und das kam nun wirklich nicht in Frage.

Immerhin stand es nach 22 Minuten sensationell 1:0 für

Österreich, und die Freude darüber konnte ihm auch Dr. Fuscheé nicht nehmen.

* * *

Erstaunlich, welchen Krach die drei Euroflyer machten, sobald sie das Areal des Ernst-Happel-Stadions überflogen. Was offenbar ihr Lebenszweck war, denn sie taten es unentwegt. Das sollte wohl das Sicherheitsgefühl der Massen erhöhen, bewirkte bei Harry aber genau das Gegenteil. Ihn machte das martialische Getue am Himmel nervös und ärgerlich.

Dazu kam noch, dass die Mannschaften der beiden neben dem Stadion postierten Fliegerabwehrraketenwerfer oder wie das sperrige Klumpert hieß, immer mehr den Eindruck vermittelten, als wollten sie die komischen Vögel da oben eigentlich abschießen. Denn dazu waren sie im Grunde genommen ja da. Wahrscheinlich war ihnen langweilig, so eine Art kleine Sinnkrise vielleicht, der man mit diesen Gedankenspielen begegnen wollte.

Kai Uwe Kabella war über Wiegeles Anruf zunächst etwas verärgert gewesen. Nachdem er aber den Grund für die Störung ausgerechnet nach dem unglücklichen 0:1, bei dem sich Lederer wie ein Anfänger verhalten hatte, erfuhr, war er heilfroh. In doppelter Hinsicht natürlich. Jetzt konnte er Toby Nachen ohne Bedenken aufs Feld schicken. Ein wenig wollte er aber noch abwarten, ein Patzer konnte schließlich jedem einmal passieren.

Vor allem musste er seinem Tormann Nummer eins die Chance geben, die frohe Nachricht zu verarbeiten.

Inzwischen hatte Bleiheimer einen Freistoß aus der eigenen Hälfte hoch nach vorne gegeben. Der Ball wurde von Achenbusch mit dem Kopf zu Wernecke weitergeleitet, der den in der Mitte durchgehenden Schultheiß mit einem idealen Pass in Schussposition brachte. Da konnte sich Ferdie Bauer im Strafraum der Ösis nur mehr mit einer unsauberen Attacke helfen. Die Notbremse kam zwar etwas zu spät, aber Henning hatte damit gerechnet und ließ sich wunderschön fallen. Und Señhor Madrilaga aus Toledo pfiff auch sofort ab. Als er auf den Elfmeterpunkt deutete, schrieb man exakt die 37. Minute in diesem Spiel der Spiele.

* * *

Konsul Kehl, der in der Stadt aufgehalten worden war, hatte sein reserviertes Plätzchen im VIP-Klub des Prater-EKZs kurz nach dem Ausgleich zum 1:1 eingenommen. Den zunächst verschossenen Elfer hatte er gar nicht gesehen, sondern erst die Wiederholung, die durch das zu frühe Hineinlaufen Mundelers in den Strafraum notwendig geworden war. Also der Schiedsrichter aus Spanien war wirklich klasse, auch wenn dieser Wiener Pöbel ihn gellend auspfiff.

Anselm Wiegele und Florian Nowotny hatten den Konsul gleich nach Betreten des abgesperrten Bereichs vor und unter dem ›Baum des Lebens‹ erkannt und sichere Beobachtungsposten bezogen. Per Handy wies der Hauptkommissar die beiden anderen »Musketiere« an, sich von jetzt an ausschließlich auf Dr. Matreier zu konzentrieren. Oder wie immer Kehl junior heute auftreten würde.

Wiegele hatte sich beim Elektronikmarkt, etwa 25 Meter von Kehl senior entfernt, positioniert. Umgeben von mehreren Männern, die das Spiel auf einem großen Bildschirm verfolgten, fühlte er sich gut getarnt. Obwohl es eigentlich auffallen musste, dass er als Einziger den Blick vom Monitor abgewandt und dafür das Geschehen auf der großen Plaza im Auge hatte.

Inzwischen war die erste Halbzeit schon in der Nachspielphase, drei Minuten laut Anzeige des vierten Mannes an der Linie. Die Österreicher, mit dem Unentschieden zur Pause offenbar hochzufrieden, waren in Gedanken schon in der Kabine. Sie schoben sich den Ball lustlos zu, nur darauf bedacht, ihn bloß nicht mehr zu verlieren.

Als der Schiedsrichter dann endlich auf seine Uhr blickte und alle auf den erlösenden Pfiff warteten, machte Axel Paulsen, der Benjamin des DFB-Teams und begnadete Mittelfeldstar vom Bökelberg, etwas scheinbar total Verrücktes. Er sprintete plötzlich in einen abgerissenen Pass Langers zu Buchinger hinein und dann weiter zum österreichischen Tor. In diesem hatte sich Erwin Pobacker kurz zuvor umgedreht, um seine Trinkflasche aus der Ecke zu holen. Der österreichische Keeper schickte sich gerade an, das Ding aus Plastik an sich zu nehmen, als ihn die Reaktion der Zuschauer wie auch die Zurufe seiner Kameraden Schlimmes erahnen ließen.

Obwohl er die Flasche sofort wieder fallen ließ und sich umdrehte, war es schon zu spät. Der äußerst glückliche Schlenzer des 19-jährigen Paulsen ging genau über der Trinkflasche Pobackers ins Netz und erwischte den erfahrenen Tormann damit auf dem völlig falschen Bein.

Der Torpfiff des Schiedsrichters ging nahezu nahtlos in den Pfiff über, mit dem er die erste Halbzeit beendete. Glücklich fielen sich die deutschen Spieler und Betreuer in die Arme. Das 2:1 noch vor der Pause, Mensch, das war schon was! Das fand auch Wiegele.

Der Hauptkommissar in Diensten des DFB war happy und achtete daher auch nicht auf die ältere Frau, die hinter ihm stehen geblieben war und ihn unauffällig musterte.

* * *

In der Pause war Helmut Wallner siedendheiß eingefallen, dass er in der Hektik des heutigen Tages ganz vergessen hatte, den Schweizer Kollegen anzurufen und ihn zu bitten, den Verantwortlichen beim Europäischen Fußballbund Entwarnung zu geben. Die würden sicher sehr erleichtert sein, zu hören, dass sich der Verdacht auf Schiedsrichterbeeinflussung und Ergebnismanipulationen in nichts aufgelöst hatte.

Schuldbewusst hatte er schon sein Handy herausholen und sich eine ruhige Ecke zum Telefonieren suchen wollen, als ihm Zweifel gekommen waren.

Wie konnte er behaupten, dass alles in Ordnung war und die Gerüchte jeder Substanz entbehrten? Nur weil sich diese eine Sache mit Mellnig als Schwindel erwiesen hatte? Niemand konnte wissen, wie viele Sauereien daneben noch abliefen.

Nein, nein, die Fußballbosse sollten ruhig wachsam bleiben, denn die Gefahr von Schweinereien bestand im Sport immer. Gleich hatte er sich wieder besser gefühlt und das Handy weggesteckt. Jetzt musste er nur noch irgendwo ein Platzerl im VIP-Bereich finden.

* * *

Palinski und seine beiden Mitfahrerinnen näherten sich der Ausfahrt Auhof und damit dem Ende der Autobahn.

Offenbar saß halb Österreich und mehr jetzt vor den Fernsehern, um sich das Spiel anzusehen. Denn die Autobahn war fast leer gewesen. Falls sie durch die Stadt ebenso wenig Verkehr vorfanden, würden sie nach nur 20 Minuten das Happel-Stadion erreichen.

Vor etwas mehr als einer halben Stunde war es ihnen endlich gelungen, Sabines Mutter zu sprechen. Die überglückliche Frau hatte sich überschwänglich bei Palinski bedankt, der gar nicht wusste, wie er eigentlich dazu kam. In seiner Verlegenheit hatte er Frau Pleschke, die mit dem nächsten Zug nach Wien kommen wollte, einige Tage ins Gästezimmer des ›Instituts für Krimiliteranalogie‹ eingeladen. »Wenn Sie und Ihre Tochter nun schon einmal hier sind, sollten Sie doch die Gelegenheit nützen, die Stadt kennenzulernen«, hatte er gemeint.

Dann hatten sie auch noch Tinas Mutter angerufen und über die aktuelle Entwicklung informiert. Wilma, die schon sehnsüchtig auf ein Lebenszeichen ihrer Lieben gewartet hatte, wollte sich gleich darauf ein Taxi rufen, um ebenfalls zum Stadion zu kommen.

Während die beiden jungen Frauen Pläne machten, was Sabine und ihre Mama in den nächsten Tagen anstellen sollten, versuchte Palinski zu erfahren, was sich im Ernst-Happel-Stadion so abspielte. Mit Befriedigung hatte er zur Kenntnis genommen, dass die Deutschen in der zweiten Hälfte mit Toby Nachen im Tor spielten. Ein Tausch, der auch von den Schlachtenbummlern lautstark goutiert worden war.

Dieser Wechsel hatte offenbar auch eine psychologische Auswirkung auf das DFB-Team gehabt, denn bereits zwölf Minuten später schloss Heiner Ribarski eine Traumkombination mit Bleiheimer mit einem satten Schuss aus etwa elf Metern Entfernung ab. Die Kombination hatte die österreichische Abwehr sehr alt aussehen lassen, gegen die Granate unter die Latte hatte Pobacker keine Chance gehabt.

3:1 für die Piefke, das war hart. Palinski seufzte, damit war das Spiel wohl gelaufen. Na ja, wenn er ehrlich war, dann war auch nicht viel anderes zu erwarten gewesen. Das DFB-Team war nach der erfolgreichen WM 2006 und der souveränen Qualifikation für die EM natürlich haushoher Favorit nicht nur für dieses Spiel.

Nach einer mehr als zweijährigen Vorbereitung ausschließlich mit Freundschaftsspielen, in denen man noch nicht einmal restlos überzeugt hatte – Palinski musste dabei an die blamablen Spiele gegen Kanada, Kroatien und Ungarn denken und an die Pleiten gegen Malta –, konnten die Österreicher gegen einen Gegner wie den heutigen eben nicht bestehen.

* * *

Wallner war richtig sauer, und zwar auf den Minister, der ihn im VIP-Raum mehr oder weniger festhielt, um sich den Fall Mellnig/Immenseh berichten zu lassen. Während draußen das Spiel der Spiele lief. Um zu erfahren, was die plötzlichen Unmutsäußerungen vor den Fenstern der Nobelkantine zu bedeuten hatten, hatte sich der Oberinspektor mit einem dringenden Klobesuch entschuldigen müssen und bei der Gelegenheit vom Barkeeper das mit dem 3:1 für Deutschland erfahren. So ein Mist! Aber wenigstens hatte er jetzt nicht mehr ganz so das quälende Gefühl, etwas zu versäumen. Dennoch fühlte er sich schlecht.

Wenn er ehrlich war, musste Wallner sich eingestehen,

war er vor allem auf sich selbst sauer. Wieso, verdammt noch einmal, hatte er nicht die Courage, den Minister ganz einfach auf später zu vertrösten? Ob es der dezente Hinweis des großen Mannes war, ihn demnächst im Bundeskriminalamt sehen zu wollen? Wenn würdeloses Kuschen der Preis für die Karriere war, musste er seine diesbezüglichen Erwartungen noch einmal überdenken.

Also gut, das Jetzt und Hier musste er wohl durchstehen.

Und so berichtete er Fuscheé, wie sich Serge Hiebler und Evelyn Immenseh kennengelernt, ihr Leid geklagt und zu überlegen begonnen hatten, sich gegenseitig die Arbeit abzunehmen.

»Nehmen Sie auch noch einen Kaffee?«, unterbrach der Minister zwischendurch in einer Anwandlung von Fürsorglichkeit und bestellte, ohne eine Antwort abzuwarten. Auch gut.

Wer letztlich die konkrete Idee gehabt und den anderen schließlich davon überzeugt hatte, die Immenseh oder Hiebler, war derzeit noch nicht klar, betonte Wallner.

»Aber die Staatsanwaltschaft soll ja auch noch was zu tun haben«, scherzte der Oberinspektor, und der Minister nickte. »Das nennt sich Gewaltentrennung«, meinte er.

Dann hatte sich die Immenseh im Zug nach Zürich mit einem Vorwand an Mellnig herangemacht, einen Tag später Hiebler an den Schweizer Architekten. Der blutige Rest konnte als bereits bekannt vorausgesetzt werden, selbst beim Minister.

»Stimmt es eigentlich, dass man dem Architekten die …«, er deutet aufgeregt auf sein Hosentürl, »na, Sie wissen schon, abgeschnitten hat?«

Plötzlich war im Stadion die Hölle los. Tausende Menschen brüllten auf, jubelten und sangen: »Immer wieder, immer wieder, immer wieder Austria.« Da wusste Wallner, dass etwas sehr Wichtiges passiert sein musste. Ohne auf sein Gegenüber Rücksicht zu nehmen, sprang er auf und lief zu seiner Informationsquelle, dem Barkeeper. Der war, obwohl eigentlich aus Potsdam stammend, sehr glücklich darüber, dass Mundeler einen Traumfreistoß verwandelt hatte. Aus fast 30 Metern, da hatte ›nich mal der Nachen ne Schangse‹, wie man in seiner Heimatstadt gesagt hätte. Damit lag seine neue Heimat nur noch mit einem Treffer im Rückstand.

»Entschuldigen Sie«, meinte Wallner zum Minister, als er an den Tisch zurückkam, »aber es hat mich einfach gepackt. Wir haben einen Treffer aufgeholt. Es steht nur mehr 2:3.«

»Schon in Ordnung. Ich habe ja gar nicht gewusst, dass Sie so ein Fußballfan sind«, Fuscheé winkte besänftigend ab.

Und ich nicht, dass Sie so ein Blitzgneißer sind, lag es dem Oberinspektor schon auf der Zunge, doch er unterdrückte den Impuls.

»Also wie ist das jetzt mit ...«, der Minister deutete auf ein Neues nach unten. »Stimmt das? Und falls ja, warum hat der Mann das getan?«

»Ach, Sie meinen die abrasierten Schamhaare«, meinte Wallner mit normaler Stimme. »Oder denken Sie an das verbliebene Menjoubärtchen?«

»Na, ich würde noch lauter reden, damit das auch wirklich alle mitbekommen«, brummte der Minister, der offenbar gschamiger war, als man bei einem Mann seines Ranges und Alters annehmen durfte.

»Wen meinen Sie eigentlich?«, erwiderte Wallner fast ein wenig frech. »Es ist doch kein Mensch hier außer uns, die sehen sich doch alle das Match an.« Um sein Glück aber nicht allzu sehr zu strapazieren, kam er dann gleich wieder auf die Sache zurück.

»Frau Immenseh hatte den Wunsch geäußert, dass ihrem Mann da unten die Haare entfernt werden. Vielleicht hat das etwas mit dem Samson-Mythos zu tun. Das mit dem Bärtchen ist dagegen auf Hieblers Mist gewachsen. Mellnig hatte früher, als Serge ihn kennengelernt hat, so einen Bart getragen. Wahrscheinlich war das, bewusst oder unbewusst, so eine Art Visitenkarte, eine Markierung.«

Also entweder der Minister war wirklich gebildet oder er würde später im Lexikon nachsehen oder es war ihm egal. Auf jeden Fall hatte er bei dem Hinweis auf »Samson« mit keiner Wimper gezuckt.

»Wie auch immer, den Schamhaaren und ihrem versuchten Versand in die Schweiz verdanken wir, dass die beiden Fälle so rasch als zusammengehörig erkannt und auf einen einzigen reduziert werden konnten. Obwohl es wahrscheinlich zwei Verfahren geben wird.«

Inzwischen waren die letzten 15 Minuten der Partie angebrochen, und die wollte sich Wallner nicht nehmen lassen. Ob der Minister dafür wirklich Verständnis hatte, konnte der Oberinspektor nicht sagen. Eigentlich war ihm das aber egal. Die Frage war bloß, wie er das dem hohen Herrn rasch und unmissverständlich klarmachen sollte. Ohne damit sämtliche Brücken für die Zukunft abzubrechen.

Während Wallner noch überlegte, machte sich das ministerielle Mobiltelefon mit einer eigenwilligen Version von Verdis Triumphmarsch bemerkbar.

»Ja«, meldete sich Fuscheé knapp und ohne seinen Namen zu nennen. Das war auch nicht notwendig, denn jeder, der diese Rufnummer wählte, wusste ganz genau, wer und was ihn erwartete. Nach wenigen Worten wirkte der Minister aufgeregt und überschwemmte seinen Gesprächspartner mit Fragen.

»Das ist ja großartig«, meinte er dann. »Und Sie sagen, die Waffen wurden entdeckt, wie sie von zwei angeblichen Rettungssanitätern aus dem Stadion gerollt wurden«, des Ministers Gesicht hatte einen glücklichen Ausdruck angenommen. »Was? Ah, die Waffen waren neben dem angeblich Verletzten, der auf der fahrbaren Trage lag, unter dem Leintuch versteckt. Ich verstehe, ganz schön raffiniert. Und die Polizei hat unter anderem einen als TV-Kamera getarnten Raketenwerfer sichergestellt? Ja, was wollten denn diese Leute bloß damit?«

»Vielleicht hat es sich dabei ja um einen missglückten Terroranschlag gehandelt«, scherzte Wallner ungeduldig. Immerhin dauerte das Spiel nur mehr zwölf Minuten. Vielleicht noch ein paar mehr, wegen der Nachspielzeit.

»Großartig, ja, das ist es. Das muss es sein. Ein Terroranschlag, den unsere wunderbare, jederzeit wachsame Polizei bereits im Keim erstickt hat«, jetzt strahlte der Minister förmlich.

»Gratulieren Sie den Leuten und bringen Sie mindestens einen der Helden zur Pressekonferenz mit. Ja, ja, in einer halben Stunde hier im VIP-Center.« Fuscheé beendete das Gespräch, wählte aber sofort eine weitere Nummer. Nämlich die von Ministerialrat Dr. Schneckenburger, den er in aller Deutlichkeit aufforderte, sofort, aber wirklich sofort hier im Stadion zu erscheinen. »Wir konnten eben einen Terroranschlag erfolgreich verhindern und müssen daher sofort eine Pressekonferenz veranstalten. Veranlassen Sie alles Notwendige.«

Jetzt wandte er sich Wallner zu. »Das sind wir dem

Souverän, dem Volk, schuldig. Es muss wissen, dass es in diesem Lande sicher leben, sich auf seine Polizei verlassen kann. In einem Lande, in dem i c h Innenminister bin.« Jetzt fehlte gerade noch, dass sich Fuscheé selbst auf die Schulter geklopft hätte.

Bei so viel Selbstgefälligkeit stand der Oberinspektor knapp davor, sich anzuspeiben. Er war an den Bartresen getreten und hatte einen doppelten Wodka bestellt. Nein, sicherheitshalber gleich einen dreifachen.

Der Barkeeper aus Potsdam guckte gleichfalls etwas zweifelnd aus der Wäsche. »Ick versteh ja nischt von, aber wieso ham de Terroristen det Kriegsspielzeuch eijentlich aus dem Stadion raus und nich rein jekarrt?«

Gute Frage, dachte Wallner und kippte den Hochprozentigen in einem Zug hinunter. Er überlegte, welchem der in Kürze zu erwartenden Pressevertreter er diese Frage besonders ans Herz legen sollte.

* * *

Es war wieder einmal Harry Bachler, dem etwas seltsam vorkam. Die unscheinbare Frau war ihm zuerst aufgefallen, als sie hinter Anselm bei dem riesigen Fernsehgerät stand, aber nicht für das Spiel, sondern offenbar für den Hauptkommissar Interesse zeigte. Nicht der Art, dass sie überlegte, wie sie ihn kennenlernen konnte. Nein, vielmehr abschätzend, mit einem »Wie werde ich denn den am besten los«-Blick. Beim ersten Mal hatte er sich nichts dabei gedacht, denn die Frau war beim nächsten Hinsehen schon wieder verschwunden gewesen. Er hatte sie aber wenige Minuten später wieder entdeckt, wie sie Wiegele von der Galerie im ersten Stock aus beobachtete. Dann schien sie auch ihn entdeckt zu haben, wie Harry an einem kaum merklichen Zusammenzucken erkannt zu haben glaubte. Wer war diese Frau? Harry hatte das Gefühl, sie schon einmal gesehen zu haben. Konnte das sein?

Er schlich sich in den ersten Stock hinauf, um die Person besser beobachten zu können. Wie sie da stand und diese gigantische Skulptur, das seltsame Ungetüm am Ende der Plaza, betrachtete. Oder war es der offenbar in die Betrachtung des Fußballspieles versunkene Konsul Kehl, dem ihre Aufmerksamkeit galt? Und dann passierte etwas, und Harry erkannte es sofort.

Die Dame richtete den Zeigefinger ihrer rechten Hand auf den Alten, und das in einer ganz typischen Art und Weise. Körpersprache war verräterisch und das Weib Konsul Emden. Oder Dr. Matreier, auf jeden Fall aber Johann Friedrich Kehl, der leibhaftige Sohn des Alten da unten.

Aufgeregt wollte Harry Wiegele übers Handy informieren, ihn warnen. Denn dass hier etwas höchst Unheiliges im Gange war, war für ihn völlig klar. Aber wie häufig im Leben, versagte die Technik gerade jetzt den Dienst, wo es am wichtigsten gewesen wäre. Der erste Versuch scheiterte daran, dass Anselm in dem Moment ebenfalls telefonierte, der zweite am inzwischen völlig leeren Akku. So ein verdammter Mist! Er blickte sich suchend um und ging dann entschlossen in den nächsten Laden, eine Parfümerie. Die hatten doch sicher einen Festnetzanschluss.

* * *

Palinski hatte Wiegele vom Praterstern aus angerufen und ihn von der bevorstehenden Ankunft beim Stadion informiert. Anselm hatte gebeten, den Wagen vor dem Eingang zum Einkaufszentrum abzustellen, »aber bitte in einiger Entfernung. Aus Sicherheitsgründen«, wie er kritisch betont hatte. Und dann hatte er noch angekündigt, dass es einige Zeit dauern könnte, bis er sich bei den dreien meldete. »Wir müssen vorher noch eine Kleinigkeit erledigen, also wundert euch nicht, wenn es ein wenig dauert.«

Während der Wagen den Kreisverkehr verließ und in die Ausstellungsstraße einbog, donnerten wieder einmal die beiden Euroflyer mit mächtigem Getöse über diesen Teil der Stadt, und Palinski stellte den Ton des Autoradios etwas lauter.

Wie es aussah, wollte die deutsche Mannschaft nach dem unerwarteten Anschlusstreffer der Ösis kein Risiko mehr eingehen und, wie es so schön hieß, den ›Sack jetzt zumachen‹. Entsprechend hysterisch und mit sich überschlagender Stimme kommentierte der semantisch etwas eigenwillig agierende Kommentator die pausenlosen Sturmläufe der Mannen von Kai Uwe Kabella.

»Unsere Burschen kommen jetzt aus der eigenen Hälfte überhaupt nicht mehr heraus«, stellte der Mann fast weinend fest und beschrieb damit den Status quo präzise.

Nun gut, dachte Palinski resignierend, dann müssen wir eben die anderen beiden Gruppenspiele gewinnen. Es war ja von Anfang an klar gewesen, dass das Spiel gegen unsere Nachbarn kein Honiglecken werden würde. Natürlich hatten alle gehofft, und die Hoffnung war es ja auch, die bekanntlich als Letztes starb. Aber jetzt schien es langsam an der Zeit, sich von ihr zu verabschieden. Noch drei, vier Minuten in der zweiten Halbzeit und dann vielleicht noch ein, zwei in der Nachspielzeit. Da durfte man gegen einen in der Schlussphase so überlegenen Gegner keine Wunder mehr erwarten.

* * *

Langsam wurde es Zeit zu handeln. Seine Verfolger waren ihm bereits auf den Fersen, das hatte Johann Friedrich Kehl natürlich längst bemerkt. Er hatte sich für heute eine ganz neue Verkleidung einfallen lassen und gehofft, unerkannt zu bleiben. Offenbar hatte er aber den jungen Burschen unterschätzt, den diese blöden Studenten vor einigen Tagen angeschleppt hatten. Dieser ... Harry ... war wirklich clever und vor allem ein verdammt guter Beobachter. Aber egal, in wenigen Minuten würde ohnehin alles vorüber sein. Mit etwas Glück würde er sich in dem entstehenden Chaos davonmachen können. Und falls sie ihn nicht in flagranti erwischten, würden sie ihm kaum etwas nachweisen können.

Was war das? Ein Tor der Deutschen in der 89. Minute war von dem hervorragenden Schiedsrichter aus Spanien nicht anerkannt worden? Wegen Abseitsstellung. Na und?

Mein Gott, wenn die wüssten, wie sehr ihm das Spiel am Arsch vorbeiging. Aber für das, war er vorhatte, bedeutete der ganze Trubel der Europameisterschaft, dieses Durcheinander eines Großereignisses, denkbar günstige Voraussetzungen.

Er tippte die Handynummer seines Vaters ein und wartete auf die Verbindung. Der Alte musste unbedingt wissen, wem er das alles zu verdanken hatte, wenn er in Kürze von der Bühne abging. So wie das geplant war.

* * *

Wiegele, der das Telefonat eben beendet hatte, blickte sich suchend nach der »Frau« um, die Harrys Misstrauen erregt hatte. Der Junge war unwahrscheinlich, ging es ihm durch den Kopf. Er hatte selten zuvor einen Menschen erlebt, dessen Beobachtungsgabe in Verbindung mit Logik und Kombinatorik so überzeugend gewesen war. Schon gar nicht bei einem so jungen Menschen.

Der Hauptkommissar, der von Berufs wegen gewohnt war, jede Information und Aussage kritisch auf ihren Gehalt zu überprüfen, hatte keinerlei Zweifel daran, dass Harry mit seinen Schlussfolgerungen recht hatte. Die Frau hatte es auf Konsul Kehl abgesehen. Wie sie das machen wollte, das wussten die beiden allerdings noch nicht.

Plötzlich war ein lauter Knall zu hören, dem zwei, drei weitere folgten. Erschreckt blickte sich Wiegele um, konnte aber die Quelle der Lärmentwicklung nicht ausmachen. Dann passierte aber zweierlei, und zwar fast gleichzeitig.

Der oberste, etwa zwei Meter lange Teil des ›Baums des Lebens‹ neigte sich langsam zur Seite, fiel dann, immer schneller werdend, aus einer Höhe von gut 15 Metern herab und landete direkt auf dem Tisch mit dem Flachbildschirm, auf welchem Konsul Kehl bis vor wenigen Minuten das Fußballspiel verfolgt hatte.

Fast zur selben Zeit war eine weitere, bedeutend lautere Detonation zu vernehmen gewesen, die ihren Ursprung am Fuß der irrwitzigen Skulptur hatte, die man hier ›Baum des Lebens‹ nannte. Beziehungsweise, bisher genannt hatte. Die Explosion hatte nicht nur den Boden an der Stelle aufgerissen, an der der Baum aus dem Untergeschoss gewachsen war, sondern das gesamte Monstrum auch gekappt und etwa einen Meter in die Höhe geschleudert.

Dann stürzten die immerhin rund fünf Tonnen aus Stahl, sonstigen Metallen und Plastik, das allerdings relativ wenig ins Gewicht fiel, nach vorne und landeten mit einem gewaltigen Getöse am Boden. Bedauerlicherweise fielen jetzt noch weitere Teile dieses Machwerks auf den alten Konsul und erschlugen das, was nach der ersten Bombe noch übrig geblieben war, endgültig. Da kam jede Hilfe zu spät, erkannte Wiegele, der sofort zu dem blutüberstömten, in seinem VIP-Fauteuil zusammengesunkenen alten Mann geeilt war. Während er sich über die Leiche beugte, hörte er Harry schreien: »Schnell, Anselm, Matreier will sich davonmachen!« Er blickte auf und sah Palinskis wachen Filius, wie er einer Frau mittleren Alters nachjagte, die erstaunlich schnell laufen konnte. Sehr undamenhaft und Richtung Ausgang.

Wiegele wies sich gegenüber einem der herbeigeeilten Securities als deutscher Kriminalbeamter aus und »empfahl« ihm, sofort einen Notarzt zu rufen und dann die Polizei. Dann setzte auch er sich in Bewegung und folgte Konsul Emden alias Dr. Matreier, beide heute einmal als Mrs. Doubtfire verkleidet, ins Freie.

* * *

Palinski hatte sich zunächst verfahren und war bei der ›Fan-Arena‹ mit ihren gigantischen Videowalls gelandet. Hier verfolgten (nach späteren Angaben der Polizei) inzwischen mehr als 120.000 Fußballfans das Geschehen im Ernst-Happel-Stadion bei Bier, Würstel und Langos. Trotz des Spielstandes schien eine ausgezeichnete Stimmung zu herrschen.

Schließlich war Palinski aber doch noch beim Einkaufszentrum gelandet und hatte den Wagen wie verabredet in etwa 15 Meter Entfernung vom Haupteingang abgestellt. Da er aber in einer Parkverbotszone stand, hatten sie den Wagen nicht verlassen. Vielmehr wartete er mit Tina und Sabine im Auto auf das, was nun kommen würde.

Obwohl das Spiel seiner Meinung nach bereits verloren war, war Palinski mit einem Ohr nach wie vor bei der Übertragung. Die reguläre Spielzeit war zu Ende gegangen, die drei Minuten Nachspielzeit hatten eben begonnen, als einige nicht allzu laute, aber eindeutig explosionsartige Geräusche seine Aufmerksamkeit vom Kicken ablenkten. Dann kam ein gewaltiges ›Wuummm‹ mit entsprechendem Nachgrollen, und er glaubte plötzlich zu wissen, in welchem Film er sich befand. Immerhin hatte Harry erst gestern immer wieder davon gesprochen. Er hatte den armen Buben aber nicht ernst genommen, ja, nicht einmal richtig zugehört, war zu sehr mit dem Verhindern eines Attentates beschäftigt gewesen. Das war zwar eine exzellente Ausrede, aber dennoch kein Grund für sein Verhalten gewesen.

Da drinnen ging etwas vor sich, das seine kriminalistische Ader heftig zum Pochen brachte. Er musste sofort in das EKZ eilen und nachsehen, was los war. Also zog er den Startschlüssel ab und wollte schon aussteigen, als ihn die aufgeregte Stimme des Radioreporters wieder gefangen nahm.

»Also das war eindeutig Elfmeter«, brüllte der Mann, ein echt lautstarker Patriot, »und der Schiedsrichter will nichts gesehen haben. Also, das wäre ein Skandal ersten Ranges. Was macht Señhor Madrilaga da? Es sieht fast so aus, als ob er sich mit seinem Assistenten an der Outlinie bespräche. Und jetzt dreht er sich um, läuft zum Strafraum und zeigt, ja, er gibt Elfmeter. Unseren deutschen Freunden«, das kam schon mit einer saftigen Portion Häme rüber, »wird das sicher nicht schmecken. Einige Spieler sind auch schon zum Referee gelaufen, um zu protestieren. Einer wird sogar handgreiflich. Also, meine Herrn, so geht das nicht. Was ist jetzt los?« Die Stimme des Reporters überschlug sich fast. »Ja, er holt die Gelbe Karte heraus. Für wen ist sie bestimmt? Das muss Brenzow sein, ja, es ist die Nummer 5 der Deutschen. Der hat doch schon …, die Gelbe in der 52. Minute hat der exzellente Pfeifenmann aus Toledo doch nicht vergessen? Nein, und das bedeutet Gelb-Rot für den hitzigen Karsten Brenzow und damit seinen vorzeitigen Abgang in die Kabine. Die Nachspielzeit ist übrigens inzwischen …«

Aus dem Einkaufszentrum kam eine maskulin anmutende Frau gelaufen, die etwas in der Hand hielt und damit hinter sich deutete. Auf, Palinski glaubte seinen Augen nicht trauen zu können, seinen Sohn Harry, der ebenfalls aus dem Konsumtempel stürmte.

Als das Ding in der Hand der Frau plötzlich Bumm machte, erkannte er, dass es sich dabei um eine Pistole handeln musste. Oder einen Revolver. Nach so vielen Jahren kriminalistischer Tätigkeit war es eigentlich eine Schande, dass Palinski den Unterschied noch immer nicht kannte. Aber so war es nun einmal.

»… hat sich den Ball zurechtgelegt und schreitet selbst zur Exekution des Strafstoßes«, tönte es martialisch aus dem Lautsprecher, doch das war im Moment nicht wichtig.

Palinski war schon aus dem Wagen gesprungen und stürmte auf das böse Weib los, das die Impertinenz besaß, auf seinen Sohn zu ballern.

* * *

Da kein Taxi aufzutreiben gewesen war, hatten sich Wilma und Marianne der öffentlichen Verkehrsmittel bedient. Bis zum Schottenring war es etwas zäh hergegangen, da der 37er an Sonntagen nur in relativ langen Intervallen verkehrte. Vom Schottentor weg ging es dann aber sehr rasch mit der ausgebauten U 2, die die beiden Frauen direkt zum Ernst-Happel-Stadion brachte. Das war wirklich eine tolle Verbindung.

Sie kamen eben aus der Station ins Freie, als sich mehrere Dinge auf einmal abspielten. Da war einmal Wilmas Sohn Harry, der einem scheinbar weiblichen Wesen nachrannte, das wie ein als Frau verkleideter Mann aussah, und von diesem mit einer Pistole beschossen wurde. Einer Glock 26/9 mm, wenn sie sich auf diese Entfernung nicht irrte. Aber sie irrte sich nicht. Seit Palinski sich so intensiv mit dem Verbrechen befasste, kannte sich Wilma mit solchen Dingen aus.

Dann war da auch Anselm Wiegele, der hinter Harry herlief und gleichzeitig versuchte, eine kleine Handfeuerwaffe aus dem am Unterschenkel befestigten Halfter zu ziehen. Das Ganze sah irgendwie komisch aus, wie eine Art verunglückter Hüpftanz aus dem Voralpengebiet.

Inzwischen waren auch Florian Nowotny und – Wilma glaubte, ihren Augen nicht trauen zu können – Miki Schneckenburger am Rande der Bildfläche erschienen und taxierten ihre Möglichkeiten, sich sinnvoll in das Geschehen einzubringen. Sie hatte den Ministerialrat noch nie zuvor derart atemlos und derangiert, gleichzeitig aber engagiert und angriffslustig erlebt wie jetzt.

Last, but not least war da auch noch, wie könnte es auch anders sein, ihr Mario, der, von der anderen Seite kommend, auf das wilde Weib losstürmte und damit riskierte, ebenfalls beschossen zu werden. Erstaunlich, wie rasch er sich trotz seines Alters und der mindestens …, na ja, seines Übergewichts bewegte, wenn nur der Adrenalinstoß stimmte. Aber für seinen Sohn nahm er alles auf sich, wusste Wilma. Bei dem Gedanken wurde ihr ganz warm ums Herz. Was Palinski aber damit erreichen wollte, war ihr nicht ganz klar. Wollte er die Frau einfach niederrennen?

In diesem Moment zog der Euroflyer eine letzte Runde über dem Gelände und bog dann Richtung Süden ab. Sicher, um das in einer knappen Stunde in Klagenfurt beginnende 2. Gruppenspiel ebenso gut zu beschützen wie das in Wien.

Die seltsame Frau blieb, offenbar irritiert durch den sukzessive weniger gewordenen Fluglärm, stehen und blickte zum Himmel. Diese Gelegenheit wollte wieder Florian Nowotny nützen. Er lief einfach auf die komische Frau zu und rief aus Leibeskräften: »Gnädige Frau, gnädige Frau, Sie haben etwas verloren!« Dazu winkte er mit irgendetwas, das er in der linken Hand hielt.

* * *

Johann Friedrich Kehl, der sich in Damenkleidung überraschend wohl fühlte und vor allem von der fehlenden Enge zu knapp sitzender Hosen begeistert war, blieb plötzlich stehen und blickte nach oben. Was machte er eigentlich hier? Er hatte seinen Vater umgebracht, diesen Men…, dieses Monster, das ihn jahrelang schikaniert hatte. Und jetzt, wo er endlich Ruhe, ein eigenes Profil gefunden haben könnte, rannte er davon. Noch dazu derart verkleidet, dass kein Mensch hatte erkennen können, wem die Welt die Befreiung von diesem exemplarischen Egomanen und Blutsauger Kehl zu verdanken hatte. War davonlaufen, sich verstecken und verleugnen wirklich das, was er jetzt eigentlich wollte? Oder hatte er nicht die einmalige Chance, die alleinige Verantwortung für eine gewaltige Sache zu übernehmen? Das erste Mal in seinem immerhin schon im 38. Jahr stehenden Leben.

Technisch gesehen war Vaters Tod ohnehin nur ein Unfall gewesen, schlechtestenfalls eine grob fahrlässige Tötung. Für die Schlagzeilen und damit auch sein Ego würde das durchaus reichen, und er konnte nach … Er hatte keine Ahnung, aber er schätzte, mit einem guten Anwalt in drei, vier Jahren wieder draußen zu sein. Um die Millionen, was heißt, Milliarden seines Erbes zu genießen.

Stimmte es eigentlich, dass man sich im Gefängnis nicht duschen konnte, ohne von …?

Verdammt, das waren echte Scheißperspektiven. Aber mit Geld konnte man sicher auch in dieser Umgebung viel erreichen. Und Geld hatte er ja nun genug.

Jetzt rannte nicht nur dieser Harry hinter ihm her, sondern auch der Sicherheitschef des DFB. Wie kam der eigentlich dazu? Wo Vater doch der größte Sponsor ist, war.

Na, vielleicht deswegen, aber dass jemand das so persönlich nahm, war schon eigenartig.

Da kam jetzt auch noch ein Mann wie ein Bulle von vorne auf ihn zugestürmt, wo hatte er den Kerl bloß schon gesehen?

Was war das wieder? Welche gnädige Frau hatte was verloren? Diese Wiener mit ihrer komischen Sprache! Klang aber irgendwie nett. Ach, der junge Mann meinte wohl ihn. Was konnte er verloren haben? Seine Börse mit dem Führerschein? Falls es das war, dann musste er unbedingt danach trachten, sie wiederzubekommen. Sonst konnte er sich gleich freiwillig stellen oder selbst aufhängen.

Vielleicht war das überhaupt keine schlechte Idee. Johann Friedrich Kehl fühlte sich plötzlich unendlich müde, wollte jetzt eigentlich nur noch schlafen.

Er blickte zu dem Van, in dem zwei Mädchen saßen. Tina und Sabine, aber das wusste Kehl nicht. Und es war, als ob er den Wagen und die damit verbundenen Möglichkeiten erst jetzt bewusst wahrgenommen hätte. Schlagartig änderte er seine Pläne.

* * *

Palinski war schon bis auf wenige Meter an die Frau herangekommen, als diese die Waffe in die Höhe richtete und zwei Warnschüsse abgab. Wenn er nicht sofort stehen blieb oder sich zu Boden warf, dann nicht, weil seine Instinkte nicht funktionierten, sondern weil die in Bewegung befindliche, rund 100 Kilogramm schwere Masse nicht so rasch abzubremsen war.

Die ›Frau‹ machte nun einen eigenartig elegant wirkenden Schritt zur Seite, wobei ›sie‹ das eine Bein so stehen ließ, dass Palinski gar nicht anders konnte, als darüber zu stolpern. Mit dem Effekt, dass sein nach wie vor in Schwung befindlicher Körper noch einige Schritte nach vorne taumelte. Um dann direkt vor den Beinen seines eben herangekommenen Sohnes hart und schmerzhaft auf dem rauen Beton zu landen. Harry stürzte daraufhin ebenfalls, landete aber am Körper seines Vaters relativ gut abgepolstert.

Kehl machte sich die sich abzeichnende Verbesserung seiner Lage zunutze und rannte auf den Wagen los, aus dem heraus Tina und Sabine das Geschehen atemlos verfolgt hatten.

»Total super, was bei euch so abgeht«, freute sich das junge Ding aus Osnabrück. Sie hatte ja schon einiges davon gehört, was im ›Wilden Süden‹ los war, aber dass das so toll werden würde, hatte sie nicht erwartet.

Für Wilma sah das weniger toll aus, sondern eher gefährlich. Und zwar für ihren Augenstern Tina und natürlich auch für ihre neue junge Freundin, die Tochter dieses Tormanns. Wie es aussah, hatte es das wild gewordene Weibsbild, das auf ihr, Wilmas, Auto losstürmte, darauf abgesehen, sich des Wagens zu bemächtigen, die beiden Mädchen als Geiseln zu nehmen und zu flüchten.

Und jetzt zeigte sich, dass die Frau, mit der Palinski seit 25 Jahren nicht verheiratet war, es an Reaktionsvermögen und Geistesblitz mit dem Vater ihrer Kinder durchaus aufnehmen konnte. Sie griff einfach in ihre Tasche, holte ihren Fahrzeugschlüssel heraus – das war der mit der Türverriegelungsfunktaste – und hoffte inständig, die Batterien auch wirklich erneuert zu haben.

Dann sandte sie das Signal aus und betete, dass der Wagen nicht zu weit entfernt stand. Doch das beruhigende Klick war, zwar nur leise, doch unüberhörbar zu vernehmen.

Und das keine Sekunde zu früh, denn die Frau hatte inzwischen den Van erreicht und rüttelte an der Fahrertüre. Wilma war erstmals auch froh und dankbar über die serienmäßig vorgesehene Klimaanlage, die sie persönlich nicht sonderlich mochte. Weil man die Fenster nicht öffnen durfte, während die Luft umgewälzt wurde. Aber Mario liebte es kalt, daher lief das Ding auch ständig, und die Fenster blieben zu. Immer.

Von jetzt an ging alles sehr schnell. Eigentlich noch schneller, denn es war ja schon bisher reichlich flott abgegangen. Während die »Frau« noch an der Wagentüre rüttelte und ein erstes Mal vergebens versucht hatte, das Fenster mit der Waffe einzuschlagen, war der nach wie vor »Gnä'

Frau, Ihr Tascherl« rufende Florian Nowotny ebenfalls beim Wagen eingetroffen und hielt Johann Friedrich Kehl etwas Undefinierbares hin. Reflexartig streckte die ›Frau‹ die freie Hand aus, um die sich sofort die von Nowotny hervorgezauberten Handschellen legten. »Ich verhafte Sie wegen«, ihm fielen die richtigen Worte offenbar nicht ein, »Gefährdung der Öffentlichkeit durch Verwendung einer Schusswaffe.«

So kam der sofort nach Absolvierung der Polizeiakademie karenzierte Polizist und Assistent Palinskis zur ersten Festnahme seines Lebens.

* * *

Palinski hatte sich beim Sturz auf den Boden verletzt und verspürte ziemliche Schmerzen in der Schulter. Dazu gab es eine zerrissene Hose und ein ganz schön aufgeschlagenes Knie. Und da er auch ziemlich hart mit dem Kopf aufgeschlagen war, brummte ihm der Schädel mehr als nur gehörig.

Dennoch fühlte er sich ganz gut, denn die Gefahr, in der sich zunächst sein Sohn und dann auch die anderen befunden hatten, war gebannt. Das hatte ihm Ministerialrat Schneckenburger gerade versichert und gefunden, dass sie die ganze Angelegenheit doch prima geschupft hatten. Was hatte Miki eigentlich damit zu tun gehabt? Und womit überhaupt?

Der Sanitäter der Rettung, die ursprünglich wegen Konsul Kehl gekommen war, hatte sich entschlossen, sich doch lieber um den sichtlich verstörten Palinski zu kümmern. Angeblich war dem Alten nicht mehr zu helfen gewesen, alles Weitere lag jetzt bei der Gerichtsmedizin.

Dem anderen, dem, dem noch zu helfen war, hatte man zunächst ein schmerzstillendes Mittel gegeben. Eine ordentliche Portion, denn wie es aussah, konnte der sie auch vertragen. Ehe er jetzt gleich ins Sozialmedizinische Zentrum Ost gebracht werden sollte. Mit dem Verdacht auf eine mittelschwere Gehirnerschütterung.

Bevor man ihn fortbrachte, wollte Palinski aber unbedingt noch eines wissen. Das große Problem war allerdings, dass er total vergessen hatte, was das war. Es musste etwas sein, das ihn beschäftigt hatte, kurz bevor die ganze Sache losgegangen war, die schließlich mit seinem Sturz geendet hatte.

Es war zu blöd. Er fühlte, dass es etwas war, das ihn ungemein interessiert hatte. Aber je mehr er darüber nachdachte, desto mehr schien er sich von einer Antwort zu entfernen.

Jetzt wurde er in den Ambulanzwagen gehievt. Niemand begleitete ihn, was ihn ein wenig traurig stimmte. Aber die …, wie hieß sie noch? Und verdammt, jetzt hatte er auch den Namen seines … wer war das gewesen, ach ja, seines Sohnes vergessen, mussten sich um … ja, um die beiden Mädchen im Auto kümmern. Und da war auch noch Janina. Wo hatte er den Namen bloß schon … ? Ach ja, das Armband, er musste … unbedingt bald nach Dubro…vnik. Ja, versprochen. Branko liebt sie.

Während Palinski mehr oder weniger amnesisch dem Donauspital entgegendämmerte, schnappte er einen Satz des Gespräches zwischen Sanitäter und Fahrer auf. Nämlich:

»Mit dem Ergebnis können sowohl wir als auch die Deutschen leben.«

Genau, das war es gewesen. Mit einem Schlag wusste er nicht nur wieder, wie die Frage gelautet hatte. Nein, jetzt war er sich auch ziemlich sicher, die Antwort darauf zu kennen.

Die Antwort lautete Wilma. Oder doch nicht? Das ergab eigentlich keinen Sinn, wieso sollten die Deutschen mit Wilma leben können? Na, denen würde er es zeigen, wenn sie sich auch nur das Geringste herausnahmen. Das mussten diese Piefkes sofort wieder hineingeben, oder er … Was? Jetzt kannte sich Palinski gar nicht mehr aus. Seltsam, wie … wurscht ihm das war.

»Auf jeden Fall ein tolles Spiel«, lobte der Fahrer. »Nicht so eine geschobene Sache wie vor 25 Jahren bei der WM in Gijón.«

Welche …? Ach ja, trotz seiner Kopfschmerzen hatte Palinski wieder den vollen Durchblick.

Gijón, also nicht Wilma. Er hatte gewusst, dass sie nicht der Typ dafür war. Nicht Wilma. Das war gut so, sehr … gut, sondern … nein, ein Unentschieden. Ja, das musste es sein. 3:3 unentschieden, so musste … das Spiel ausgegangen sein.

Jetzt machte auch dieses seltsame Motto ›Expect emotions‹ endlich Sinn, denn Palinski freute sich riesig. Über Wilma und das andere, das … Resultat. Das schmerzstillende Mittel begann zu wirken, und ein fast überirdisches Lächeln breitete sich über seine Züge aus.

Also 3:3, das musste das Ergebnis sein, mit dem die Freunde aus Deutschland und die Rot-Weiß-Roten gut leben konnten. Na ja, das war nichts anderes als Córdoba plus Höflichkeit gegenüber dem Gast. Diesem ganz besonderen Gast. Eine noble Geste. Nicht mehr und nicht weniger.

Aber nicht Gijón.

Ja, das war gut. Hihihiiii, also mit dieser Darstellung konnte Palinski noch besser leben. Hihihiii, schon wieder.

Er konnte dieses seltsame Geräusch nicht unterdrücken. Richtig, das nannte man Lachen. Hihihiiii.

Schöner Gedanke, er riss den Mund zu einem gewaltigen Gähnen auf. Aber vielleicht sollte er … Anselm gegenüber … diese eigenwillige Interpretation … doch besser für … sich … behal…

Völlig entspannt hatte er die Augen geschlossen und war sofort eingeschlafen.

* * *

Später, sehr viel später an diesem Abend klingelte das Telefon am Schreibtisch eines wichtigen Mannes in einer europäischen Hauptstadt. Am anderen Ende der Leitung war ein nicht minder wichtiger Mann aus einer anderen Hauptstadt des Kontinents.

Der Angerufene meldete sich nicht mit Namen, denn jeder, der die Rufnummer kannte – und das waren nicht allzu viele Personen – wusste, wer sich melden würde – sondern mit einem für ihn üblichen, mürrisch klingenden »Hallo.«

Nachdem ihm sein Gesprächspartner nachdrücklich versichert hatte, dass die Leitung sicher sei, er hatte das heute noch ausdrücklich überprüfen lassen, kam der Anrufer sofort zur Sache. »Das in Wien ist ja ordentlich danebengegangen, stellte er fest. »Aber bitte, dass der Slowene plötzlich Kreislaufprobleme bekommt und ins Krankenhaus muss, statt zum Fußball zu gehen, konnte keiner vorher ahnen.«

»Tja, das war Pech«, brummte sein Gesprächspartner und war froh, dass es keine Schuldzuweisungen gegeben hatte, »aber wir erwischen die beiden schon noch. Angeblich wollen sie ja beim Finale in Wien dabei sein. Ist zwar nicht sehr viel Zeit bis dahin, um das vorzubereiten. Aber wir werden das schon schaffen.«

»Nein, nein«, entgegnete der andere. »Die Sicherheitsbehörden werden jetzt noch vorsichtiger sein, wir müssen unsere Leute nicht mit Gewalt in Gefahr bringen. Ich würde sagen, Brionigg ist aus dem Schneider. Glück gehabt, der Bursche. Na ja, persönlich habe ich ja ohnehin nichts gegen ihn.«

Er schniefte unangenehm laut in den Hörer. »Im 2. Halbjahr nehmen wir uns dann eben den Franzosen und den Tschechen vor. Damit erreichen wir unser Ziel genauso, allerdings einige Monate später. Aufgeschoben ist eben nicht aufgehoben.« Er lachte relativ ordinär auf.

»Besteht die Gefahr, dass die Panne in Wien irgendwie mit uns in Verbindung gebracht wird?«

»Nein, keineswegs«, beruhigte der Befragte. »Die Männer, die im Stadion verhaftet worden sind, kennen nur die Balkan-Version. Die glauben, sie sind für kroatische Kreise tätig geworden. Und nichts anderes können sie den Behörden in Wien erzählen.«

»Im Herbst sollten wir den Islam wieder ins Spiel bringen«, meinte der andere. »Ich hab ein paar gute Leute an der Hand, denen man die Zugehörigkeit zu El-Kaida sofort abnimmt.«

Die Verwendung dieses Reizwortes hatte einen Impuls ausgelöst, der über einen der Kommunikationssatelliten, die so zahlreich die Erde umkreisten, ein Aufnahmegerät in einer streng geheimen Einrichtung einer mächtigen Organisation in der Nähe von Darmstadt zum Laufen brachte. Um die restlichen exakt 5,34 Minuten dieses streng vertraulichen Gespräches aufzuzeichnen und dabei nicht einmal das kleinste Hüsteln oder das leiseste Lächeln auszulassen.

Nun ja, mit der Sicherheit war das eben so eine Sache. Alles im Leben war mit einem gewissen Restrisiko behaftet. Auch und vor allem sichere Telefonleitungen.

ENDE

Postscriptum: No more emotions expected

ANHANG

Für den Fall, dass Sie einmal einen Shrimps-Allergiker vor einem Attentat retten wollen – KOKOSBUSSERLN à la PALINSKI

Zutaten für ca. 80 Stück:
200 g kleine, geschälte und gut gewaschene Shrimps
200 g Staubzucker
200 g Kokosflocken
3 Eiklar
1 Prise Salz
1 TL Zitronensaft
etwas Vanillinzucker zum Abschmecken
80 Stück Backoblaten, Durchmesser 4 cm

Vorbereitungszeit: ca. 40 Minuten
Backzeit: ca. 20 Minuten

Das Backrohr auf 160 Grad aufheizen, Backblech mit den Backoblaten belegen, dann wird das Eiklar zu Schnee geschlagen und dabei Salz, Zucker und Zitronensaft in den Schnee eingerührt, weiterrühren, bis der Schnee sehr steif ist.

Die noch kühlen, gut gewaschenen und geschälten Shrimps in einem leistungsstarken Mixer pürieren und etwas mit Vanillezucker abschmecken.

Danach Kokosflocken und Shrimpsmasse vorsichtig mit dem Schneebesen unter die Schneemasse heben.

Mit zwei angefeuchteten Teelöffeln kleine Häufchen formen und auf die Backoblaten setzen.

Und dann ab damit in den heißen Backofen.

Weder Autor noch Verlag übernehmen jegliche Garantie für Machbarkeit, Geschmack und Verträglichkeit dieser Kreation Mario Palinskis.

Alle Gmeiner-Autoren und ihre Krimis auf einen Blick

Anthologien: Mords-Sachsen 2 (2008) • Tod am Bodensee • Bodensee-Blues • Mords-Sachsen • (2007) • Grenzfälle (2005) • Spekulatius (2003) **Artmeier, H.:** Feuerross (2006) • Katzenhöhle (2005) • Schlangentanz • Drachenfrau (2004) **Baecker, H-P.:** Rachegelüste (2005) **Bauer, H.:** Fernwehträume (2008) **Beck, S.:** Totenklang (2008) • Duftspur (2006) • Einzelkämpfer (2005) **Blatter, U.:** Vogelfrau (2008) **Bode-Hoffmann G./Hoffmann M.:** Infantizid (2007) **Bomm, M.:** Notbremse (2008) • Schattennetz • Beweislast (2007) • Schusslinie (2006) • Mordloch • Trugschluss (2005) • Irrflug • Himmelsfelsen (2004) **Bosch van den, J.:** Wassertod • Wintertod (2005) **Buttler, M.:** Dunkelzeit (2006) • Abendfrieden (2005) • Herzraub (2004) **Clausen, A.:** Ostseegrab (2007) **Danz, E.:** Nebelschleier (2008) • Steilufer (2007) • Osterfeuer (2006) **Detering, M.:** Puppenmann • Herzfrauen (2007) **Dünschede, S.:** Solomord (2008) Nordmord (2007) • Deichgrab (2006) **Emme, P.:** Ballsaison (2008) • Tortenkomplott • Killerspiele (2007) • Würstelmassaker • Heurigenpassion (2006) • Schnitzelfarce • Pastetenlust (2005) **Enderle, M.:** Nachtwanderer (2006) **Erfmeyer, K.:** Todeserklärung (2007) • Karrieresprung (2006) **Franzinger, B.:** Jammerhalde (2007) • Bombenstimmung (2006) • Wolfsfalle • Dinotod (2005) • Ohnmacht • Goldrausch (2004) • Pilzsaison (2003) **Gardein, U.:** Die letzte Hexe – Maria Anna Schwegelin (2008) **Gardener, E.:** Lebenshunger (2005) **Gibert, M.:** Nervenflattern (2007) **Graf, E.:** Elefantengold (2006) • Löwenriss • Nashornfieber (2005) **Gude, C.:** Binärcode (2008) • Mosquito (2007) **Haug, G.:** Gössenjagd (2004) • Hüttenzauber (2003) • Tauberschwarz • Riffhaie • Tiefenrausch (2002) • Höllenfahrt (2001) • Sturmwarnung (2000) **Heim, U.-M.:** Das Rattenprinzip (2008) • Totschweigen (2007) • Dreckskind (2006) **Heinzlmeier, A.:** Bankrott (2006) • Todessturz (2005) **Imbsweiler, M.:** Bergfriedhof (2007) **Karnani, F.:** Turnaround (2007) • Takeover (2006) **Keiser, G.:** Apollofalter (2006) **Keiser, G./Polifka, W.:** Puppenjäger (2006) **Klausner, U.:** Die Pforten der Hölle (2007) **Klewe, S.:** Wintermärchen (2007) • Kinderspiel (2005) • Schattenriss (2004) **Klingler, E.:** Königsdrama (2006) **Klugmann, N.:** Die Tochter des Salzhändlers (2007) • Kabinettstück (2006) • Schlüsselgewalt (2004) • Rebenblut (2003) **Kohl, E.:** Willenlos (2008) • Flatline (2007) • Grabtanz • Zugzwang (2006) **Köhler, M.:** Tiefpunkt • Schreckensgletscher (2007) **Koppitz, R. C.:** Machtrausch (2005) **Kramer, V.:** Todesgeheimnis (2006) • Rachesommer (2005) **Kronenberg, S.:** Weinrache (2007) • Kultopfer (2006) • Flammenpferd • Pferdemörder (2005) **Kurella, F.:** Das Pergament des Todes (2007) **Lascaux, P.:** Salztränen (2008) **Lebek, H.:** Schattensieger • Karteileichen (2006) • Todesschläger (2005) **Leix, B.:** Waldstadt (2007) • Hackschnitzel (2006) • Zuckerblut • Bucheckern (2005) **Mainka, M.:** Satanszeichen (2005) **Matt, G./Nimmerrichter, K.:** Schmerzgrenze (2004) • Maiblut (2003) **Misko, M.:** Winzertochter • Kindsblut (2005) **Puhlfürst, C.:** Rachegöttin (2007) • Dunkelhaft (2006) • Eiseskälte • Leichenstarre (2005) **Senf, J.:** Knochenspiel (2008) • Nichtwisser (2007) **Seyerle, G.:** Schweinekrieg (2007) **Schmitz, I.:** Mordsdeal (2007) • Sündenfälle (2006) **Schmöe, F.:** Pfeilgift (2008) • Januskopf • Schockstarre (2007) • Käfersterben • Fratzenmond (2006) • Kirchweihmord • Maskenspiel (2005) **Schröder, A.:** Mordsgier (2006) • Mordswut (2005) • Mordsliebe (2004) **Schuker, K.:** Brudernacht (2007) • Wasserpilz (2006) **Schneider,H.:** Ernteopfer (2008) **Schulze,G.:** Sintflut (2007) **Schwab, E.:** Angstfalle (2006) • Großeinsatz (2005) **Schwarz, M.:** Zwiespalt (2007) • Maienfrost • Dämonenspiel (2005) • Grabeskälte (2004) **Steinhauer, F.:** Menschenfänger (2008) • Narrenspiel (2007) • Seelenqual • Racheakt (2006) **Thömmes, G.:** Der Bierzauberer (2008) **Thadewaldt, A./Bauer, C.:** Blutblume (2007) • Kreuzkönig (2006) **Valdorf, L.:** Großstadtsumpf (2006) **Vertacnik, H.-P.:** Abfangjäger (2007) **Wark, P.:** Epizentrum (2006) • Ballonglühen (2003) • Albtraum (2001) **Wilkenloh, W.:** Feuermal (2006) • Hätschelkind (2005) **Wyss, V.:** Todesformel (2008) **Zander, W.:** Hundeleben (2008)